室町戦国期の公家社会と文事

伊藤慎吾

三弥井書店

室町戦国期の公家社会と文事　目次

序論——室町戦国期の公家社会と文事

1　室町期の公家の文事

室町期に限ることではないが、公家にはそれぞれ家としての職があり、文書作成、遊興、それを継いで行くことが求められた。公儀の儀式、文書作成、遊興、さまざまな方面に約束事があり、それを踏まえなくてはならない。それらのすべてを記録として留めることはできず、経験や口伝に頼ることも多い。儀式で割り当てられた職務は一子相承というものではなく、その時々に応じて家や人物が変わる。諸説がそのうち発生して、まちまちになっていくのである。どれが正しいか、もはや判断はできず、それぞれの家説として横並びにされる。

公家日記の中でも、文章を立てる家、たとえば勧修寺流藤原氏の諸家（中御門家や甘露寺家、広橋家など）、中原家、菅原家などのものをみると、諸家の説が細字で注記されている。中には正誤の判断を示しているものもあるが、区々の諸説があることを示しているものも多い。これらを詳しく記録しておくこと、諸説を把握していること、これができる家々があったのだ。

公家の文章といえば和歌や連歌を挙げるのが常道であるが、ただそれは文学的営為に限ったものである。したがって、文学史的叙述を試みるならばそれでよいだろう。しかし広く文事を俯瞰すると、それは当時の公家社会の中の一端を示すものに過ぎない。記録・文書を作成し、日記を記し、朝廷や寺社の儀礼に文章を作成することのほうが、むしろ日常的に行われた文筆活動であった。

他方で、公家衆はなかば公務として朝廷での月次の和歌や連歌及び和漢聯句の御会に勤仕する習慣となっていた。だから歌の家でなくとも、殿上人ならば和歌・連歌の嗜みは必要最低限のものであった。文章を能くする公家衆もまた然りである。とりわけ連歌会における執筆の役を命じられることも多かった。その点、宮廷以外の張行に際しても、同様に執筆の役を期待されることがしばしばあったものと想像される。

なお、漢詩を作ることはほとんど記録に残っていない。詩作は、個人差があるとしても、多少なりとも行われていたようである。しかしながら、詩会が定期的に行われていたものかどうか疑問である。いずれにしろ、この時期の公家社会での作詩の実態については今後の課題といわねばならない。

これら文学的な営為とは別に、実用目的を含んだ文章作成として看過できないのは勧進帳である。

2　勧進帳

勧進帳というと、『平家物語』や『義経記』などに見られる文覚や弁慶のそれを想起しがちである。つまり路頭や門前で質素な法衣をまとった僧侶が読み上げる類である。しかしそのようなものばかりを勧進帳というのではない。貴人の屋敷に持参する装丁の見事な巻子本が多く現存する（第Ⅲ章第三節参照）。これらが無名の廻国僧の手にしていたものと同等のものであったかは甚だ不審といわねばならない。今日伝世する勧進帳の多くは高価な料紙を使用しており、中には装飾紙を用いたものも散見されるのである。諸国を勧進に廻った聖たちはさておき、このような豪華な勧進帳の場合、扱いも丁重であったことは容易に想像されよう。そういうものだから、その時々の勧進が成就したのちも寺社に保存され、今日美術作品としても尊重されているのであろう。

そのような勧進帳は次の事例のような扱いをされるのが一般的であったと思われる。すなわち『宣胤卿記』永正元年（一五〇四）五月十一日の条には天台座主尭胤法親王からの書簡が引き写されている。

　日吉社の一切経の勧進ちやう御奉加ちやうまいらせ候

つまり、尭胤法親王の書簡、すなわち添え状とともに日吉社一切経勧進帳と奉加帳とが中御門宣胤のもとに送られてきたのである。各地に派遣された勧進僧がどの程度いたか不明であるが、それらにすべて法親王自筆の添え状を持たせたわけではあるまい。相手が貴人であるから、特別に書簡を認めたのである。そして宣胤のもとにもたらされた勧進帳もまた特別製のものであったと想像されるであろう。

また『言国卿記』明応七年（一四九八）二月十七日の条に次のようにある。

　山門大講堂勧進聖也、勧進チヤウ・クワコチヤウアリ、明日可勧進、少可入由申、今日八日ツキナル間如此、

延暦寺山門大講堂の勧進聖が勧進帳と過去帳とを携えて山科言国のもとにやってきた。明日勧進にやってくるので、少し喜捨する用意をしてくれるように頼みに来たのだった。ここでは勧進帳は音読されたのか、単に言国の前に広げられただけなのか定かではない。ただ、何らかのかたちで趣旨を伝えようとして勧進帳を持参したことは明らかである。またここにいう「クワコチヤウ」は恐らく奉加帳のことだろうが、奉加帳を「過去帳」と名付けたものは確認されない。一般に、奉加帳は「奉加帳」のほか、「勧進帳」や「勧進帳之事」「勧進之事」と題されるものである。

さて、言国のもとに来た勧進聖は、約束通り、翌日改めて参上したのだった。

　昨日之寺家ヨリノ勧進聖来之間、智源ヲクワコチヤウニ入、十疋遣之了、

智源とは亡き山科定言のことである。通常、奉加帳には喜捨した者の名を記すのであるが、この場合は過去帳とい

う性格上、故人の名を入れている。勧進活動が死者追善の役割を果たす場合もあったことを示すものだが、珍しい事例だ。いずれにしても勧進僧が高貴の屋敷に奉加してもらいにいく際、併せて勧進の主旨を記した勧進帳を持参していたことを示すものである。ただしその場合、果たしてこれを読み上げたか否かは管見のかぎりでは不明である。

3　願文・諷誦文

では、その寺社が誰に清書を依頼するのか、そうして、そもそも本文は誰が草するのか、これを考えてみなくてはならない。その場合、当然、当該寺社の僧侶が草案・清書をする事例があることは自明のことで、ここでは問題にならない。今明らかにしたいことは、それが外部の公家の手になる場合である。外の人間といえども、何らかの関係があればこそ草案なり清書なりを担当することになるのである。それであるから、両者を結び付けるものは何かを明らかにすることが差し当っての課題である。

この点に関しては第Ⅲ章第四節で三条西実隆を取り上げて考えている。実隆は草案・清書ともに携わっているが、まず草案についてみると、第一に執筆に家意識が働いていないこと、第二に文章構成の定式を除けば故実が無いということ、第三に個人的な資質として文章に巧みであり、その才能が社会的にも評価されていたことが挙げられる。次に清書についてみると、第一に能書の家である世尊寺家が衰微したこと、第二に実隆個人の特質として能書であったこと、第三に文人としての交友範囲のひろさが挙げられる。その上で制作依頼を多く受け入れた理由は経済的要因と信仰的要因とがあると思われる。

これを踏まえた上で、室町中期の代表的な文人貴族というべき中原康富を対象に考察を広げていきたいが、その前にまず勧進帳と類似する文章作成として、禁仙や幕府の行事としての法会に用いる願文・諷誦文の類の作成について見ておきたい。例えば正長元年（一四二八）五月に行われた等持寺での法華八講の際の願文・諷誦文は、草案に五条為清、清書に世尊寺行豊が担当している。この組み合せは、万里小路時房によると、近年の例にならうものであった（『建内記』五月六日の条）。このような組み合せは「菅家数輩有りといへども、為清一人、儒道の風を残す」（『看聞日記』応永三十年四月二十九日の条）と見られていたからでもあろう。

また永享六年（一四三四）十月二十日の後小松院七回忌曼荼羅供の際の願文については、時房と日野兼郷とが打ち合せしており、そこで次のような経緯があった（『建内記』十月七日の条）。

菅家於殿中故秀長卿、自然事奉行歟。公儀先例如何。多以可在職事・弁官経歴之中歟。当時無人珍事也。猶然者可申談執柄之由答了。

東坊城秀長が願文草執筆に当たることだったが、公儀の先例はどうかというと、職事、弁官の中から選ぶようである。しかし、現在、その任に当たれる者がいない事態にある。そこで摂政二条持基と相談することにしたという。そして翌日、時房は文章博士唐橋在豊に願文を草進するよう通達している。かくして十八日の夜に至って草案が時房のもとに届き、翌朝、時房は料紙とともに日野西資宗に送り、行豊に清書させたのであった。

このような草案の仕事は儒家が任にあたったらしい。たとえば、美濃国衣斐寺の表白文・諷誦文の草案を当寺の本寺である東岩蔵寺の等日房に依頼されたとき、中原康富は次のように述べている（『康富記』嘉吉二年九月十七日の条）。

予非儒流、又非天性。旁以雖固辞、平可書進之由被仰之間、応貴命了。

自分は儒流ではないし、また天性でもないという理由で依頼を断ったのである。しかし、強く要請してきたから結局了解したという。

要するに、公事としての願文・諷誦文というものは、先例に則りしかるべき立場の者に命じて作成されるものだったわけである。もっとも清書は草案ほど厳密なものではない。そのような考え方が公家社会では浸透しているために、康富自身は、儒流ではないという立場を考えて辞退を申し出たわけである。ただしこれはあくまで建前上のことだから、康富は再度の要請には応じている。その程度の慣習的な強制力だったのだ。

ところで願文や諷誦文の作成について、康富は裏松弁入道から依頼されたことがあった（『康富記』宝徳元年九月二十日の条）。

　晩清外史令立寄給。来廿日慶雲院贈左府五旬御作善被修之。仍裏松殿弁入、被修諷誦。清外被草進之。予可清書之由、自裏松被仰之間、持来之由被命之。

上司であり、師でもある清原業忠が草案を作り、その清書を書いたのである。このときは特に辞するような態度は読み取れない。

ともあれ、公家の人間関係の中で表白や諷誦文の作成にあたることになる機会があったことが確認されるわけである。勧進帳の作成について同様の人間関係の中で依頼が来ることは確認できないが、とりわけ勧進帳は儒家であらねばならないという条件はないから、単に記録に残っていないというだけであって、したがって可能性としては康富も他の公家を介しての勧進帳作成に携わった経験があったのではないかと想像したい。

4　中原康富の勧進帳作成

勧進帳の場合はそうした朝廷でのなかば職務としての側面をもつ関係以上に、康富個人もしくは中原家という家の縁に基づく関係のほうが多かった。この点、以下に見ていきたい。

事例としては次のものが挙げられる（いずれも『康富記』による）。

①丹波国井原石屋寺（文安元年四月二日）

下総清賢山口掃部入道、伴丹波井原石屋寺大勧進来。彼寺勧進帳所望也。

②安芸国円満寺（文安元年九月十六日）

自世尊寺三品行豊卿、安芸国円満寺本尊阿弥陀修造勧進帳草事、被所望之間、予乍憚書進了。外見有其憚、比興々々。

③但馬国新田庄某寺塔（文安五年八月十二日及び二十三日）

・但州新田庄云九日、左衛門男太郎二郎、来。所望勧進帳草事、自世尊寺相公被引付之者也。

・早朝詣世尊寺相公行豊卿、亭。痢病所労云々。子息伊忠朝臣面謁。先度被誂勧進帳草出来之間、持参付進之。如法々々被悦謝之。被卿可有清書云々。草案見左。彼勧進之本主俗男也。仍沙門とも不得書、又居士とも不得書。然間弟子と書也。俗も諷誦などには弟子と書故也。

④尾張国知多郡大野庄金蓮寺御影堂（宝徳二年十月五日及び六日）

尾張国智多郡大野庄内小倉郷金蓮寺之僧眼慶、去月廿八日来申云、御影堂勧進帳可書進給之由所望之。今日書與之。今日即可下向云々。正親町と一条之間西頬、銀屋左衛門二郎家為宿云々。

⑤一条今出川辻堂大般若経奉納（宝徳三年九月二日及び八日）

・今出川大般若勧進聖入来。勧進帳事所望也云々。

・一条今出川辻堂聖者、摺写大般若経二部、可奉納伊勢両宮之由蒙夢想。自去々年春勧進聖十方檀那之聖也。既千巻出来、所残二百巻也。書勧進帳可進公方之由申之。先日来蓬屋所望間、今日書遣了。

⑥円福寺末寺三河国某寺三部経万部読誦（宝徳三年九月三十日）

晩頭詣清和院、依招引也。令語給云、円福寺之末寺参河国丶丶寺屈請五百人僧侶、可致三部経万部読誦。其勧進帳事旨趣一筆令加添削之由被仰之。一見了。韻声被居可然歟之由申之。平仄之字直進了。令感悦給、賜一盞了。

⑦洛陽祇園社大鳥居（宝徳三年十二月七日及び十日）

・世尊寺被官人兵庫来。祇園大鳥居勧進事申之。

・兵庫男来申祇園大鳥居四条橋爪、勧進帳事、草之遣了。案続類部（部類カ）記了。

まずこの中で注目されるのは世尊寺家との関係である。②③⑦が中原・世尊寺両家に関わる事例である。康富が伏見殿で侍読するようになったことには勧修寺の推挙による（『看聞日記』永享三年十二月二十七日の条）。

小外記康富初参対面。献御剣。勧修寺扶持者也。以彼状参。別而可致奉公之由申。

その背景は不明だが、勧修寺家が貞成親王の祖父崇光院に祗候していたことによるか（『看聞日記』永享五年三月十五日の条）。

そもそも世尊寺家に依頼が来るのは、名実ともに能書の家であるからは言うまでもない（行豊が作成に関わった願文・諷誦文類については第Ⅰ章第三節の注に掲げてある）。行豊は朝廷や幕府の法会における詩文の作成に重要な役割を担っていたものである。子息には伊忠（行高）のほか、相国寺に真光喝食がいる（『看聞日記』応永三十・二・九）。行豊は文安年間まで清書の担当者として記録が残っており、その後、行忠に家業を継がせたのであった。

また行豊は禁仙のみならず、幕府にとっても重要な存在であった。さらに奉加帳に皇族の銘を記す役も、大概、世尊寺家が担っていたようである。すなわち『親長卿記』文明六年七月二十二日の条には次のように記されている。

広橋大納言申、帥中納言申摂州嶋上郡内安勝寺、先年回禄、住持捧勧進帳、奉加可有御奉加云々、仰無下行之実者不可然云々、但重申云、公方御奉加之由被載奉加帳者、有助成為同事之由、広亜相申之、然者可書載、予可書遣云々、即引筆書之、禁裏御奉加、奉加帳面之中之カウニ書之畢、旧院御代連々予書之、或世尊寺宰相書之、

依時々仰也、

広橋大納言綱光が帥中納言益光の言っていたこととて、摂津国の安勝寺が焼失したので、住持が勧進帳を携えて奉加を募っているという。後土御門天皇の仰せには、下行しないのはよろしくないとのこと。足利将軍が奉加帳に名を連ねるならば、こちらも同じく奉加帳に載せるようにすべきだと綱光は言った。そこで奉加帳には甘露寺親長が書き載せることになった。なぜ親長が書くことになったかというと、先の後花園天皇の御代には親長かもしくは世尊寺が任じられていたからであった。ここでいう世尊寺は行豊のことである。

この行豊が康富と同世代の人物であった。且つ、伏見殿に近仕する立場であることも懇意な関係を形成していく要因となったことだろう。これは両家が代々築いてきた関係ではなく、康富が伏見殿で漢籍の講釈を勧めるようになってからの、いわば康富個人の付き合いの所産であったということができる。

ではほかの事例はどうであろうか。

①の事例について

清賢は盛賢また成賢とも記される。六条殿御承仕明盛（唯玄法橋男『看聞日記』応永二十四・十・十七）の子息である。幼名を千代寿といい（『看聞日記』応永二十五・二・二）、応永二十四年春、後小松院から「盛賢」の名字を賜った。おそらく「盛賢」という表記が正しいものであろう。素人ながら絵を能くし、「狂言絵」なるものを伏見殿で模写している（『看聞日記』嘉吉元年六月五日条）。なお、兄弟に快賢（改梅寿『看聞日記』応永二十五・二・二）や年の離れた弟（同永享三・一・二十四）などがいる。盛賢は伏見殿に親しく出入りする者である。したがって、康富とは伏見殿への勤仕が始まってからの関係であろうと思われる。

⑥の事例について

康富が中原家の菩提寺である円福寺もしくは当寺の寺僧を仲介とする勧進帳作成を行ったことは可能性としては想定できるであろう。というのも、五条坊門猪熊にあるこの寺（『康富記』正長二年八月八日条・同享徳三年七月十四日の条）は代々中原家菩提寺であるばかりでなく、康富の子息五郎丸（頓意房と号す）が官務の養子になった上で寺僧を勤めている所でもあり（文安六年三月二十七日の条、宝徳三年八月十二日の条、同年十一月十二日の条）、当寺を相続する予定でもあったからである（同元年二月二十一日の条）。文安四年八月二十二日には、宗清房を請じて祖父と息道心との年忌をしているから、祖父重貞（浄貞…宝徳三年八月二十二日の条）の代には当寺が菩提寺となっていたようである。

地方の末寺から本寺に勧進帳の依頼が来て、本寺が縁故を頼ってしかるべき公家に持っていく仲介の役割を果たしていることがわかる。これは勧進帳以外にも見られる関係性である。すなわち尾張国一宮勝福寺大会表白及び美濃国衣斐寺塔供養諷誦文は、その本寺たる東岩蔵寺すなわち観勝寺に要請が入った。

〈一〉勝福寺表白及び衣斐寺諷誦文

・来月尾張国勝福寺塔供養導師等日房可被下向云々。表白事被仰之。（『康富記』嘉吉二年八月二十五日の条）

・東岩倉等日御房有入御。坊主等月上人為尾張国勝福寺塔供養導師、自来二十日有下向。二十四日可行供養大会也。表白事可草進之由、兼日被仰之間、今日書調進入之。又美濃国衣斐寺塔供養事同請招之間、自尾張上洛之時可被供養之。仍此表白并諷誦二通草進之。予非儒流、又非天性、旁以雖固辞、平可書進之由被仰之間、応貴命了。勝福寺衣斐寺共為岩蔵之末寺也。（嘉吉二年九月十七日の条）

・東岩蔵之密花院坊主《等月上人》、并等日房等、今日令下向尾張一宮給。来廿四日勝福寺塔供養也。為導師等月上人被請招云々。来廿八日美濃国江斐寺塔供養也。等月上人同為導師者也。今日下向也。彼両寺供養之表白、并諷誦事、依所望予草進之。（嘉吉二年九月二十日の条）

・東岩蔵等月房、等日房、今日自尾張有上洛。去月廿四日被供養一宮勝福寺塔、被行曼陀羅供云々。同廿八日被供養美濃江斐寺塔者也。彼表白諷誦、依命予草進訖。（嘉吉二年十月二日の条）

同様の例を二つ挙げる。

〈二〉東岩蔵寺十三年忌表白（嘉吉三年四月五日の条）

東岩蔵寺故眞性院良日上人来月十三年忌也。今月六日引上可有作善之間、自明日五日十座論議始行、来月二八可有結縁灌頂云々。表白事等日上人被仰之間予草進了。

〈三〉永福門院御年忌表白（文安六年四月二日の条）

東岩蔵向坊等意房故等日御房御弟子也、来七日入学衆。件日永福門院御年忌也。有論議。表白事被誂之間、予草之。一筆、今日注遣了。叔父等日御房御存生之時者、連々書進之間、以其好難去、被懇望之故也。

（参考）小助川元太「『壒嚢鈔』の〈観勝寺縁起〉」『行誉編『壒嚢鈔』の研究』（三弥井書店、平成一九年）

以上の康富のほかにも、家や個人的な付き合いから勧進帳を作成する例としては、中原師郷と清和院尭賢、一条冬良と大乗院尋尊、中御門宣胤と卜部氏（西大寺僧）、山科言継と伊勢神宮寺僧、同じく言継と仏陀寺舜智などの関係が挙げられるだろう。

5　勧進帳とは

こうした人間関係を通して得ていたものは何かというと、言うまでもなく金品であったろう。中原康富複数の人物に読書をしていたといえども、経済的にはさのみゆとりがあったのではないようである（『康富記』宝徳二年十月七日の条・同三年十月二十五日の条）。それゆえに勧進帳を作成することも、収入対象としては必ずしも否むべきものではなかったように思われる。しかし、どの程度のものであったのか、容易に知りがたい。金銭では百疋、ほかに樽一荷というこ とも少なくなかったようだから、それほどの収入になったとも思われない。ただ、円滑な人間関係を維持するにも依頼を受けることは大切だと思われていたと思われる。

以上、中原康富を中心に添えて、室町期の公家衆と勧進帳との関わりについて考えてきた。三条西実隆のような例、つまり全国的な名声による人脈や幅広い依頼層というのは稀なものであって、本来、公家社会における勧進帳作成というものは、康富の例が示すように、ごくささやかな人間関係を通して行われるものであっただろう。

室町期の文人貴族の日常的な文筆活動というのは、公務でなければ血縁・地縁といった人間関係、本寺末寺・出仕先の同僚・所領内の寺社関係者といった繋がりを通して維持されるものだったようである。そういう意味からすれば、月次の歌会や連歌・和漢聯句の会は社交の場としてきわめて重要であったことが想像される。第四章第V節では山科言継の句作活動を通して具体的に論じているが、同世代の冷泉高倉永宣邸での長期にわたる連歌会、晩年の松尾社の神官一族らとの交流からその他の文筆活動に及んでいくことがあったことわけである。中原康富の場合も、とくに寺僧や幕府方の武士との交流を背景として生み出されながらも今日散逸した作品が数多くあったことだろう。

6　本論をめぐって

第Ⅰ章の総論を経て、第Ⅱ章で菅原家を取り立てて取り上げたのは、ハレの場の文芸や物語文学（の読書・書写行為）ではなく、書く営みにそれ自体近づきたかったからである。

同時にまた、ここでは菅原家の家業と同族間の関係性も明らかにしている。そして単なる記録・文書とは違い、詩文のレトリックを素養抜きでは作成できない願文・祭文の執筆過程とその意義について明らかにしている。菅原家は唐橋・高辻・五条・東坊城の諸流に分岐して室町期に至り、九条家に仕えていた唐橋家を筆頭として、高辻・五条・東坊城三家が支える体制であったものの、唐橋在数刃傷事件を契機に唐橋家の地位が落ち、他三家が連繫しつつ近世まで菅原諸家の存続と家職の継承を図っていく。家職としての文章作成としては国家的祭儀・法会に用いる願文・祭文を取り上げ、その作成過程を明らかにする。また主要人物の中でも戦国期初頭の高辻章長の伝記を明らかにすることで当該期の菅原家の実情と内面を描き出した。

律令制度が古代に確立し、博士が現れた。紀伝・明経・陰陽・算・宿曜・音などである。これらは後世衰退したものもある。一方で存在したものもある。室町期になると、宿曜博士はもはや朝廷にはおらず、民間に宿曜師がいるくらいとなる。宿曜道自体が消滅したのではなく、その職掌が陰陽師や僧侶の役割の中に吸収されていったのである。民間の宿曜師も実際は寺僧であった。

こうした中で、室町期に下って、なお朝廷で確たる足場をもっていたのが紀伝道、明経道、陰陽道であった。ただしかし、古代とは違って、その頃には世襲制となっていた。明経博士は清原家から出、陰陽博士は賀茂もしくは安倍家から出た。そして紀伝道の博士、すなわち文章博士は菅原家から出たのである。

陰陽道は宗教的な分野に限った活動をするものである。天変地異の勘進などである。その一方で実務的な文書作成は内記・外記の両局があたった。いわば書記官僚である。その筆頭になり得たのが菅原家及び清原家であった。そのような名門であるから、その家の子息の教育がどのようなものであったか興味深い問題であるが、明確なところは分からない。しかし両家は敵対的であったかといえばそうではなく、相応の交流があったようである。ただし菅原家は読書指南を清原家に依頼するのではなく、中原家（康の家及び師の家）が主だったと思われる。

さて、菅原家の職掌にはおよそ次のことがあった。文書作成、願文・祭文の草案、改元、院号である。願文や祭文はあくまで草案であって清書ではない。清書は能書家、主に世尊寺家の当主、もしくは時々の能書に任じるのが基本であった。祭文の場合は祭主である陰陽博士によった。

朝廷は応仁・文明の大乱を経て経営が悪化するばかりでなく、人材の欠乏も副次的問題として深刻化した。それによって、恒例の行事として行われるべきものが次々と廃されていった。それがもたらしたのは、当時、知識の伝達上、重要であった口伝の断絶という危機的状態であった。この事態を打開すべく動いた人物として中御門宣胤や三条西実隆がおり、これらの人物についての考証は以前から行われている。そのうち、看過されてきた人物が東坊城和長であった。第Ⅲ章ではなぜ和長の文筆活動が重要であるか、その意義を詳細に論じている。それはすなわち、散逸文献の収集と再編集、後世への伝達ということであった。まず和長の伝記とこれまで整理されてこず、また不明であった和長の著作を明らかにした。これによってその活動の大概を把握することができる。ついでそれがどのような背景で作成され、どのように利用されていったのかを、改元勘文・祭文・勧進帳を具体的に検証することで明らかにしようと試みている。

朝儀に用いられる文章は形式及び表現が細かな点まで固定的である。草案の作成はその厳しい制約の中で新しい文章を創作しなくてはならないのである。語句の入れ換え程度のことなのである。しかしその範囲で四六駢儷体の流麗な文章に仕立てないといけないのであった。

祭文は朝廷や幕府が行う陰陽道の祭文に不可欠なものである。誰もが作ることのできる文章ではなく、慣例に則り特定の氏族がこれを作った。すなわち、草案は祭主となる陰陽博士が作る場合もあるが、多くは文章博士が作った。それは文章が一定の形式をもっており、また様々な故実、つまり約束事があったからである。それを守り伝えてきた歴史をもつ家の者でないと、先例に則った正しい文章ができないのである。とりわけ祭儀は形式を重んじる。そこに故事先例に従わない、つまり格式を重んじない文章が使われることは神に対する不敬にもなるから、そうそう新しい要素は取り込めないのである。どこまでも古式を重んじ伝えていくことが必要で、それを担い、且つ、朝廷でその役を任じられていたのが菅原家なのだった。

祭文のほかにも法会に用いる願文や宣命もまた同様である。これらは半ば朝儀、つまり公務の一環として作成されるものであった。

また以上の文章とは別に、先述した勧進帳というものもある。これは寺社の修造や再興のための資金集めの活動である。勧進の趣旨を述べたものである。これは菅原家に限ったものではなく、三条西家、中御門家、甘露寺家、中院家などの文章の長けた家の人物に依頼することも多い。また寺院内で作ったり、他寺の僧に依頼したりこともある。要するに、形式は細部まで固定したものではなく、草者の個性が示されやすいといえよう。ただし詩作の素養が必要なのも確かなことだ。基本的に対句表現と四六駢儷体を守らなくてはならないのである。また形式は比較的自由ではあるが、文章の構成はほぼ決まっているものである。文芸作品に見られる弁慶の勧進帳などは異色中の異色と評される。

第Ⅳ章は、公家が日々どのような文事に携わっていたのかという点を各論で示したものである。言談というのは発話行為であるが、中でも本章では知識の伝達という点を問題としている。当時の文筆活動の本質ともいえる有職・故実の継承を文字言語ではなく音声言語で実践するものであり、文事に隣接するものとして取り上げる必要のあるものである。十五世紀の宮家の一つ伏見宮家での談話の実相を分析することでその点を明らかにしている。また第三節では前章でたびたび取り上げてきた勧進帳について、公家社会を離れてその形式や役割について把握しようとしている。ここでは鎌倉期から戦国期に至る勧進帳を網羅したリストを載せた。第四節では室町後期最大の文化人と称される三条西実隆の勧進帳作成を具体的にみて、その執筆における人間関係の重要性や経済事情などを明らかにした。最後に、これまで漢文資料が中心であったが、戦国期の文化人山科言継の教養形成を和歌・連歌を題材に考察した。

以上のように、本論では時代を室町戦国期（十五～十六世紀）に限定しているものの、日常時における知識や技術の継承を伝統的な文字社会の住人である公家がどのように行っていたのか、そして断絶の危機にどのように対応して行ったのかという点を一貫したテーマとしてまとめている。

I

室町戦国期の菅原家――人と文事

本書は室町時代から戦国時代にかけての公家社会における文事、すなわち文筆活動の実態とその背景を取り上げるものである。文学史的展開に留意しつつも、伝統的な文字社会に生きた公家たちが具体的にどのような文事に携わってきたのかを解明することを目的としている。その中核に位置づけたものが、朝廷の記録・文書作成に主体的に関わってきた菅原家である。

本章では菅原家の家業と同族間の関係性も明らかにしている。そして単なる記録・文書とは違い、詩文のレトリックを素養抜きでは作成できない願文・祭文の執筆過程とその意義について明らかにしている。

第一節では、菅原家は唐橋・高辻・五条・東坊城の諸流に分岐して室町期に至り、九条家に仕えていた唐橋家を筆頭として、高辻・五条・東坊城三家が支える体制であったものの、唐橋在数刃傷事件を契機に唐橋家の地位が落ち、他三家が連繫しつつ近世まで菅原諸家の存続と家職の継承を図っていくまでを述べる。

第二節では最初にこうした流れの中で最も重要な人物は室町初期の東坊城秀長について述べる。彼は室町期の菅原家の礎を築いた人物と評価できるものである。その嫡子長遠は長命の秀長の補佐役的な存在であったが、詩文をよくした人物だったようである。その後、五条為清・唐橋在豊・東坊城益長・高辻継長・五条為学・高辻長雅らの伝記を述べることで、当該期の菅原家にどのような人物が出たのかを具体的に示している。

第三節では、彼らの家職である文章作成として、国家的祭儀・法会に用いる願文・祭文を取り上げ、その作成過程を明らかにする。東坊城秀長、長遠の次に五条為清と唐橋在豊とが中心となって活動する時期を迎える。永享嘉吉頃、この二人による交代制ともいうべき体制が不完全ながらも成り立っていたことを推測している。また、願文は菅家の文人の草するものという考えが定着していたことを指摘している。他方、その草案を清書する人物は世尊寺行豊であった。その行豊が清書をし、草案は為清ないし在豊が作るという体制が形成されていたことを推測したものである。

第四節では、これに関連する資料として、十五世紀の室町幕府が主催した陰陽道の祭儀で使われた祭文数種を収録する京都大学附属図書館所蔵『泰山府君都状』の翻刻をし、解説を加えた。紀伝道の家である菅原家の文章博士が主に草案を担当したものであることを明らかにしている。

第五節では戦国初期の紀伝儒高辻章長の伝記及び学芸活動に関して考察する。唐橋家零落期の菅原家にあって、五条為学とともに東坊城和長を補佐して五条・高辻・東坊城の三家による体制を築き存続に貢献したことを述べる。

以上のように、本章では菅原家の実態と文事を捉えることに終始したものである。

一　室町戦国期の菅原家

はじめに

室町・戦国期、禁裏における学問の担い手として清原家がよく知られている。清原家は家説に基づく古典の注釈書や講義の記録を残し、その業績が広く知られているからである。門人が多く、注釈書が流布していたことは、江戸初期の儒僧文之玄昌「砭愚論」（『南浦文集』所収）の「清家環翠先生ハ京城ノ聞人ナリ。古書ヲ講ズルノ暇ニ諸書ヲ鈔スルモノ、巻帙鉅多、是亦京城ニ氾濫タリ」という記述から察せられよう。すなわち公家社会に限らず、武家・寺家等他の身分に亙り、社会的影響力が大きかったことが知られるのである。

これに対して菅原家はそれほどの存在感を示さなかった。これはなにも菅家に限ったことではなく、たとえば清家の下にあった中原家（康の家）にしろ、中原家（師の家）にしろ、康富や師富など、まま逸材を出したが、個人的な名声を得ながらも、しかしながら家としての名を恒常的に高めるほどのものではなかった。これが室町期の学問の家の典型であり、清家は例外的なのだと思われる。

菅原家は紀伝の家として、『史記』『漢書』『後漢書』や詩文集である『文選』『東坡詩集』、更には『蒙求』などの講説を行っていた。朝廷の仕事としては、詔勅の起草が専らであった。そこから派生して、国家的な法会や祭儀で用いる詩文、すなわち願文・諷誦文・祭文・宣命を草し、時に清書を兼ねた。さらに依頼があれば個人や家単位で同様の文を作成し、また寺社のために勧進帳を作ることもあった。勿論、宮廷人として、和歌・連歌・和漢聯句を嗜むのは当然であったし、稀に行われる詩会では中心的な位置を占めていた。ほかに文人として釈奠などの晴の場で詩を作り、また吟じることも必要なことであった。古典や漢字の知識を活用するものに改元や命名があるが、これも菅家の博士が社会的に要求されるところのものであった。菅原家の学業や文業はおよそこれらの事柄に絞られるであろう。

1　菅原家の流れ

さて、それでは中世の菅原家の展開をおおまかに見ておこう。鎌倉以降、次の諸家があらわれた。

唐橋家
高辻家
五条家
坊城家─┬東坊城家
　　　　└西坊城家

鎌倉期は唐橋家が主流として多くの長者を出し、また天皇の侍読を出していた。鎌倉期は唐橋家の嫡流のみならず庶流からもしばしば要職に就く人材が輩出されたのである。『尊卑分脈』によると、北野天満宮に新一位社として祀られている氏の長者（北野の長者と称す）定義（康平七年没）の子息で、母は歌人として著名な藤原実方の女。やはり北野の長者となり、北野社に三位殿として祀られている（存否未詳）。また『新古今集』に入集している歌人でもあった。

氏の長者（北野の長者）は原則として死ぬまで就くものであった。最も長く就いた例としては在高がいる。在高は正治二年（一二〇〇）から貞永元年（一二三二）まで在職した。左に中世の長者を一覧する。

在高（正治二年《一二〇〇》—貞永元年《一二三二》）　唐橋祖在良輔方の流
為長（貞永元年《一二三二》—寛元四年《一二四六》）　（高辻・五条両祖）
淳高（寛元四年《一二四六》—建長二年《一二五〇》）　在高息（群書本系図ではその子良頼を以て唐橋祖とする）
公良（建長二年《一二五〇》—文応元年《一二六〇》）　唐橋
在公（文応元年《一二六〇》—弘長十年《一二七〇》）　唐橋
長成（弘長十年《一二七〇》—弘安四年《一二八一》）　高辻
高長（弘安四年《一二八一》—弘安七年《一二八四》）　五条
高能（弘安七年《一二八四》—正応三年《一二九〇》）　唐橋祖在良弟義高息
在嗣（正応三年《一二九〇》—延慶元年《一三〇八》）　唐橋
長経（延慶元年《一三〇八》—正和四年《一三一五》）　五条
在輔（正和四年《一三一五》—元応二年《一三二〇》）　唐橋
在兼（元応二年《一三二〇》—元亨元年《一三二一》）　唐橋
忠長（元亨元年《一三二一》—元弘元年《一三三一》）　五条
公時（元弘元年《一三三一》—康永元年《一三四二》）　唐橋（在公弟公氏の流）
在登（康永元年《一三四二》—観応元年《一三五〇》）　唐橋
在雅（観応元年《一三五〇》—延文二年《一三五七》）　唐橋

為視（延文二年《一三五七》―貞治元年《一三六二》）　五条
国長（貞治元年《一三六二》―応安三年《一三七〇》）　高辻
長嗣（応安三年《一三七〇》―至徳三年《一三八六》）　五条
長綱（至徳三年《一三八六》―明徳三年《一三九二》）　東坊城
秀長（明徳三年《一三九二》―応永十八年《一四一一》）　東坊城
長敏（応永十八年《一四一一》―応永三十一年《一四二四》）　高辻
在直（応永三十一年《一四二四》―長禄元年《一四五七》）　唐橋
在豊（長禄元年《一四五七》―寛正五年《一四六四》）　唐橋
在綱（寛正五年《一四六四》―文明十三年《一四八一》）　唐橋
在治（文明十三年《一四八一》―延徳元年《一四八九》）　唐橋
長直（延徳元年《一四八九》―大永二年《一五二二》）　高辻
和長（大永二年《一五二二》―享禄二年《一五二九》）　東坊城
為学（享禄二年《一五二九》―天文十二年《一五四三》）　五条
長淳（天文十二年《一五四三》―天文十七年《一五四八》）　東坊城
為康（天文十七年《一五四八》―永禄六年《一五六三》）　五条
長雅（永禄六年《一五六三》―天正八年《一五八〇》）　高辻
盛長（天正八年《一五八〇》―慶長十二年《一六〇七》）　東坊城

鎌倉期の菅家の公卿は参議に至れば十分であり、そもそも公卿に列せられるのは、鎌倉前期では五十代に至ってからであった。おそらく最も高齢で従三位になったのは在宗だろう。在宗は資高（正四位下）の二男として生まれた。寛元元年（一二四三）、二十九歳で大内記となったが、三十四歳のときに病によってその職を辞した。その後復帰に手間取り、文応元年（一二六〇）、六十二歳で大学頭となり、文永五年（一二六八）、七十歳で従三位に昇った。が、長寿で八十二歳まで生きた。ちなみに四十代としては建長五年（一二五三）、高辻長成の四十九歳での補任があるが、これとても五十代の例と変わらないものだろう。

一時的ではあるが、十四世紀にはいって変化が見られたことがある。すなわち次の三例である。

嘉元三年（一三〇五）　季長　四十一歳

応長元年（一三一一）　忠長　三十九歳

応長元年（一三一一）　長宣　四十一歳

右に見られるように、軒並み十歳ほど若くして従三位となる人物が出ている。とはいえ、これは一時的なもので、鎌倉後期には再び高齢化が進む。しかしながら、このような先例が出来たことで、若くして公卿となる可能性が増したことは確かであろう。興味深いことに、この三人はいずれも唐橋家ではない。すなわち季長・忠長は五条長経の孫で、長宣は高辻清長の子息である。唐橋家の公卿は旧来通り、五十代であり、違いが見られる。

さて、五条家について一言しておこう。この家は鎌倉期菅家中興とされる為長の四男高長を祖とする。四男といえども従二位に至り、晩年には北野の長者にもなった要人である。弘安七年（一二八四）、七十五歳で他界。この家は鎌倉末頃からやや衰え、公卿が出なくなる。が、十五世紀に次第に力を戻してきて、戦国初期に為学が出てから菅家の中核となっていく。

高長の嫡子が長経で、すなわち右高長の父である。長経は長寿で、延慶元年（一三〇八）、六十八歳で長者、応長元年、七十一歳で正二位参議となり、正和四年（一三一五）、七十五歳で没した。息子は四人とも公卿になっている。その一人が茂長といい、東坊城家を立てた。

為長の子息はいずれも優れ、後の菅家に大きな足跡を残している。右高長もそうであるが、嫡子長成もまた高辻家の祖となっている。そういうわけで、五条家と高辻家とは血の繋がりは濃い。ここで高辻家の概略を述べておく。

高辻家の祖である長成は元久二年（一二〇八）に誕生。長成の兄には唐橋在輔の養子となって跡を継いだ公良がいる。公良は北野の長者で後深草・亀山両天皇の侍読となり、文応元年（一二六〇）に没した人物である。長成もまた両天皇の侍読となり、のちに北野の長者になっている。弘安四年（一二八一）十二月十五日死去。享年七十七歳。著作には、後世、改元時の年号選定にあたって広く参照された『元秘抄』（群書類従十一巻所収）がある。ついで家を継いだのは子息清長である。清長は嘉禎三年（一二三七）に誕生。公卿に列せられたのは正応元年（一二八八）で、嘉元元年（一三〇三）没。ついでその子長宣（一二七一―一三二五）が継ぐ。『諸家伝』では長宣の項に「高辻と号す」とあるが、ここは『尊卑分脈』他諸系図に従う。ついでその子国長（一二八四―一三七〇）が継ぎ、のちに長者となった。その子長衡（一三二一―一三六一）は後円融天皇の侍読となった。そして、その子久長の代に至って室町期に入る。その子長郷は永享十年（一四三八）に高辻家庶流の家長とともに公卿に列せられる。ちなみに家長の父長敏（応永三十一年没）は長者であったが、この流は家長が公卿となったばかりで、絶えている。長郷は享徳四年（一四五五）に没したが、『公卿補任』には前年の三年までしか記載がない。

ところで高辻家は長郷のときに所領を召し放たれている。すなわち『看聞日記』永享六年（一四三四）二月十六日の条に次のようにある。

御乳人帰参語世事。裏松許へ行人々事、室町殿以外腹立。厳密及沙汰。（中略）長郷朝臣去年安堵芝山庄・筑紫之所領等被召放。殊以不便不便。先日御会祇候余波欤。
＊抑先日若公出生之時、裏松前中納言家へ公家・武家・僧等行向令賀。室町殿兼被付人被見。参賀人々交名注進。
（中略）以外及御沙汰。面々失面目云々（二月十四日の条）。

すなわち将軍義教の子を産んだ室は籠居中の裏松資広の妹であった。その資広の許に祝いに出向いた面々に対して義教は制裁を加えたのである。長郷に対してはその所領の一部を召しあげた次第である。

その後、継長が継ぎ、侍読の労によって、文明二年（一四七〇）、権大納言となっている。高辻家にとって初めてのことであった。

なお、江戸初期に至る家君の系譜は次の通り。

長成《長・侍》（弘安四《一二八一》没）—清長（嘉元一《一三〇三》没）—長宣（正中二《一三二五》没）—国長《長》（応安三《一三七〇》没）—長衡《侍》（康応元《一三六一》没）—久長（応永二十一《一四一四》没）—長広（享徳四《一四五五》没）—継長《侍》（文明七《一四七五》没）—長直《長・侍》（大永二《一五二二》没）—章長《侍》（大永五《一五二五》没）—長雅《長・侍》（天正八《一五八〇》没）—遂長…（下略）

鎌倉期の菅家の学業の実際については、為長を別として、ほとんど明らかでない。資料が少ないからである。その中で、淳高に関する記録が後世伝わっており、その点、注目すべきものであるから、次に掲げておきたい。

又旧鈔巻子本　求古楼蔵
現存夏本紀一巻。末題夏本紀第二史記二。界長七寸七分余、幅八分、毎行十三四字、注十八九字。巻末有文和三年大監物惟宗守俊記、宝治二年大史大丞安倍時貞記、建長八年匠作安倍為貞記、又有菅淳高菅在時旧跋。及承久二年菅原亀丸、嘉禄中在江、仁治三年菅原在匡、弘安十一年陰陽大属安倍有雄、正安二年主殿権助安倍重章各記。
（『経籍訪古志』巻第三）

2　室町期の菅原家

南北朝期、菅原家は北朝方についた。その中で、東坊城長綱・秀長父子は足利将軍家の信任を得、武家方の支持が強かったようである。そのこともあってか、室町期以降、当家は重要性を増していく。この父子は後円融・後小松両帝の侍読を拝命している。なお、秀長は将軍義満の侍読もしている。

他方、高辻家は、室町後期、嫡流の久長が時期に合わず、庶流の長敏が活躍している。長敏は庶流でありながら、秀長の後、十年あまり北野の長者となり、応永三十一年（一四二四）、七十九歳の長寿を全うした。

五条家は貞治元年（一三六二）に没した為視以降、一人も公卿が出ずに室町期に入る。しかし永享九年（一四三七）にようやく為清が従三位となった。為清は侍読ともなったのだが、不幸なことに嘉吉元年（一四四一）の冬以降、長患いから本復せず、翌二年に他界している。

この時期は為清、そして次世代の唐橋在豊が菅家の代表的存在であったと看做されるであろう。もっとも著述活動は職掌の範囲内のものばかりが現存し、まとまった著作を物したか定かではない。一般的見地からすれば、おそらく何も作らなかったであろうと想像される。為清の子息為賢もまた同様であるが、しかし歌書を書写した記録が残る。すなわち『万葉集時代難事』（続群書類従所収）で、これには宝徳元年（一四四九）三月、「子孫の為に之を写す」とある。為賢は康正元年（一四五五）、従三位となり、長禄二年（一四五八）、権中納言で他界した。

ついで東坊城益長や高辻継長らが出る。益長は将軍義教の勘気を蒙ったことがあるが、後花園天皇時代における官位の昇進は順調であり、むしろ破格であったというべきかも知れない。文安元年（一四四四）、三十八歳で従三位、同年に参議、宝徳元年（一四四九）、四十三歳で正三位、康正二年（一四五六）、五十歳で正二位権大納言となった。が、その後はさしたる進展を見せず、文明六年（一四七四）、六十八歳で他界している。

この益長の躍進は菅家にとって画期的な出来事であった。すなわち康正二年（一四五六）に権大納言に叙されているのである。これは菅家にとって初めてのことであった。この例が出たことにより、長禄四年（一四六〇）の唐橋在豊、文明二年（一四七〇）の高辻継長をはじめ、菅家の極官として権大納言になることが恒例化するのである。ちなみに益長が権大納言になったときの長者は唐橋在綱で、権中納言であった。このころから三十代で公卿に昇る例もまた増加する。継長が宝徳三年（一四五一）に昇進したときは三十八歳であった。

益長もやはり他と同じく著述にとぼしく、公務用の詩文は現存するが、私的なものはわずかで、まとまった著書は作らなかったものと思われる。東坊城家にとって不幸なことは、益長の嫡子長清が早世したことである。すなわち応仁元年（一四六七）、二十八歳で従三位に昇るという、菅家にとっては驚くべき昇進を遂げたから、菅家中興として十分に期待を背負っていたことが思われる。しかしながら、四年後の文明三年（一四七一）、伊勢在国中に三十二歳の若さで他界してしまうのである。今日、長清自筆のものとしては京都随心院に短冊が一葉残るほか、古筆手鑑の類に稀に見られる程度である。ともあれ、長清の早世によって東坊城家は嫡子和長が長じるまで暫く表舞台から姿を消すことになる。

一方、唐橋家についてであるが、室町期以後はその主流が在輔の子息二人、すなわち在公、公氏の二流に限定される。左に十五世紀の流れを示しておこう。

在公…（中略）…在敏（早世）―在直[1]―在綱[3]―在永―真照（観智院権僧正）
公氏…（中略）…在遠（早世）―在豊[2]―在治[4]―在数（横死）…（下略）

このように、この時期、右二流から交互に長者が選出されていることが知られる。十五世紀末、長者を務めた唐橋在治は延徳元年（一四八九）、七十六歳の長寿を全うして他界した。後継の在数はまだ若く、庶流も絶え、五条家や東坊城家に時に合う人がなく、高辻家の長直が長者となった。この間、明応五年（一四九六）正月七日のことであるが、在数が九条亭で殺されてしまう。この事件は多くの長者を出していた菅家の本流ともいうべき唐橋家の零落のきっかけとなった。家自体はこの後も存続するが、もはや長者も侍読も出なくなってしまう。すなわち、戦国期の菅家は高辻・五条・東坊城の三家によって展開していくものとみていいだろう。ちなみに菅原家出身の弁官は、この時期、高辻・東坊城両家から出る慣例が出来ていたようである。

3 戦国期の菅原家

高辻長直《ながただ》が菅家の代表として活動していたころ、ようやく東坊城家から故長清の嫡子が世に現れる。和長である。和長は幼年期に父と死別したため、益長や庶流である西坊城家の顕長（ただし実父は唐橋在豊）などの庇護を受けて成長したものと想像される。この教養形成過程における特殊な家庭環境がどのように影響したか不明だが、長じて菅家歴代の人物の中で最大の著述家となる。どのような著作を残したかについては、第Ⅱ章で取り上げることにして、ここでは、和長は、やや後輩にあたる高辻章長（長直男）・五条為学と三人で戦国初期の菅家を再興した人物であったと評することができるだろうことを指摘しておくにとどめたい。当然のことながら、権大納言に至り、大永二年（一五二二）、長直の後をうけて長者となり、享禄二年（一五二九）、六十九歳で没した。

この後、和長同様勤学の士と評されていた章長が長者となるべきはずであったが、既に大永五年（一五二五）に越前一乗谷で客死していたので、為学が継ぐことになった。為学は五条家としては初めて権大納言になった人物である。為学は『拾芥記』と通称される日記を残しているが、それ以外にまとまった著作は残っていない。

十六世紀前半は為学を頂点にその子息達の世代が活動した時期である。すなわち東坊城長淳・高辻長雅・五条為康である。為学は天文十二年（一五四三）、七十三歳で他界したので、三十八歳の若さではあるが、長淳が北野の長者となった。時に正三位権中納言であった。この人事は菅家に相応の年齢の人材がいなかったという状況を示すものといえるだろう。この長淳もまた章長のごとく天文十年（一五三一）の冬から翌冬までの約一年の間、越前（一乗谷か）に滞在している。章長の滞在理由と同じく、おそらく経済的な事情によるのではなかったかと想像される。長淳はついで天文十六年（一五四七）に、今度は九州に下向し、翌春、他界してしまった。まだ四十三歳であった。死因は深酒の直後であるから、急性アルコール中毒であったと思われる。

長淳の急死により、再び東坊城家は時に合う人材に事欠くことになった。長者は五条為康が継ぎ、また高辻家には長雅がいて、活動しており、この二人が菅家の中核として織豊期に及ぶことになる。この二人も権大納言に叙されている。また、この時期は公卿になる年齢が三十〜四十代というのが通例となった。この二人の次世代に東坊城盛長がいる。長淳の子ということになっているが、その実、為康の子で、当家に養子に入ったのである。天正八年（一五八〇）、従三位に昇り、同年、長者となった。四十三歳のときのことである。そして同十四年（一五八六）、四十九歳で従二位となった。しかし、どういうわけか、さしたる進展も見せず、結局、慶長十二年（一六〇七）、七十歳で他界した。

以上のように、室町期は唐橋家が主として長者を出す家として存続し、一方、侍読は高辻・五条・東坊城の三家が担っていた。ところが在数の横死の後は、菅家の中核としての役割が失われてしまった。江戸初期の文章博士について寛永十九年（一六四二）書写の『有職抄』（『宮廷文化研究』一所収）には次のように記されている。

・文章博士《モンジヤウ》

・高辻　・坊城　・五条

・近代三家相続テ任ジ来ル。大内記モ此家譜代トナレリ。以前ハ右ノ名家ノ中、日野或ハ南家江家以下ノ諸氏ノ中ヨリ才智アル輩ヲ任ゼラル。唐橋ナドモ近代儒業ヲ失ヒ侍シリナリ。文章博士ハ紀伝ノ儒トシテ史書ヲマナビ諸ノ文章ノ事ヲ司ル。又、内記ハ詔勅宣命等ヲ書ク。コレニヨリテ文筆兼タル人ヲ任ズルナリ。是等近代菅家ノ家業トナリ侍ルナリ。

かくて高辻・五条・東坊城三家は互いに扶助しながら家を維持し、戦国期を乗り切ることになった。この中で五条家は為学以降、東坊城、高辻、そして唐橋家にも養子を出し、各家の存続に貢献し、江戸前期には実質的に菅家の中核として位置づけられるような状況が生み出されたのである。

二　主要人物伝

1　東坊城秀長

東坊城秀長は室町期菅原家中興の祖とも称すべき逸材である。暦応元年（一三三八）、兵部卿長綱（明徳三年六月十五日没）の男として生まれた。その後順調に昇進し、また要職にも就き、康暦二年（一三八〇）二月二十日には天皇の侍読となった。時に四十三歳。その後、永徳三年（一三八三）三月二十八日、従三位となり、同時に右大弁に任じられる。嘉慶三年（一三八九）正月二十六日、正三位、明徳二年（一三九一）十二月二十四日、参議、同四年正月五日、従二位、土佐権守、応永元年（一三九四）、式部大輔を兼ね、同九年正月六日、正二位となり、同十四年三月五日、参議を辞した。この時期の菅原家において正二位になるのは容易ではなかったが、秀長はそれを成し遂げたのである。それから四年後の応永十八年（一四一一）八月六日、他界した。享年七十四歳という長寿であった。法名宗親。

秀長は将軍義満から強く信任を受けており、また学問の師範でもあった。たとえば秀長の日記『迎陽記』康暦二年（一三八〇）四月八日の条には義満に対する『孟子』の講釈に関する記事が見える。

今日、武家文談式日之間、可罷向之処、浜名備中守送状曰、今日、猿楽御指合候。明日申刻可参云々。可存知之由返答。

この日は義満の許に訪うところ、猿楽興行につき、明日改めてくるように浜名詮政から書状がきたので了承したという。また同じく八月一日の条には義満のために『孟子』を新写して進上している。

孟子一部、加新写、進大樹。御返、練貫一重、杉原十帖也。浜名備中守詮政奉行之。

そのほか、公務としての書記活動の記録は多く見られるところである。たとえば永和四年（一三七八）八月、義満が大将に任じられた時に、その記録を草している（『康富記』康正元年九月九日の条）。また義満が明徳二年（一三九一）二月十一日に北野天満宮に奉納した万句連歌の清書は、初めの百韻は義満の自筆で、以下は秀長が一人で清書したものである。すなわち『満済准后日記』永享五年（一四三三）二月十日の条に次のように記されている。

鹿苑院殿御懐紙、御名字ハ前左大臣四字計也。初百韻御懐紙一折以御自筆被遊了。殊勝珍重々々。自余、秀長卿一筆清書。本懐紙執筆五百韻秀長卿一筆令沙汰了。

これは将軍義教が十一日に一万句を一座に張行するにあたって神殿から取り出して見たときの記事である。後に掲げた『迎陽文集』を参照されたい。

秀長はさらに義持の時代においても引き続いて重んじられていた。しかし温度差があったのだろうか。応永三年（一三九六）の将軍義持の読書始の義では秀長は希望したが叶わず、清原良賢が候じている（『荒暦』応永三年十月十六日の条）。

伝聞、今日、将軍《義持》読書始。良賢真人候侍読。読孝経云々。（中略）今度、菅宰相、為理運之由、人以存之。而雖望申不許云々。尤不便事歟。

とはいえ、義持のほかにも義嗣・義教の師範にもなっているから（『迎陽記』応永八年正月十六日の条）、概して足利将軍家との関係は良好であったと見ることが出来よう。

秀長の子息には長遠・長頼・惟長がいる。血縁的に興味深いのはむしろ息女に関してであろう。すなわち一条経嗣の妻となり、兼良を産み育てているのである。もう一人の息女茂子は従三位勾当内侍となり、その妹は従三位左衛門局として内裏に奉仕した。長女の茂子は長命で、康正元年（一四五五）十月二十日、七十九歳で出家している。また、血縁関係としては、等持寺の東岳和尚は秀長を外祖父とするという（『蔭涼軒日録』長禄四年八月七日の条）。

秀長の著作には、現存するもの、しないもの含め、下記のものが管見にはいった。

①光厳天皇御凶事記
②後光厳天皇御譲位記
③康暦度改元年号字難陳
④相国寺供養記
⑤北山院御入内秀長記
⑥迎陽記
⑦景憲物語
⑧姓名録抄
⑨奈良八景詩歌
⑩名字鈔

①『光厳天皇御凶事記』は貞治三年（一三六四）の光厳天皇崩御の記録であって、実は『迎陽記』の抜書である。明和九年、烏丸光祖書写の尊経閣文庫本などがある。東園基量の『基量卿記』延宝六年（一六七八）八月四日の条にも次のような借用の記事が載る。

向坊亜相亭。貞治三諒闇記秀長記迎陽記借用了。後中記一冊借遣了。

②『後光厳天皇御譲位記』は応安四年（一三七一）の譲位の記録で、書陵部に写本がある。

③『康暦度改元年号字難陳』は康暦元年（一三七九）の改元時の記録で、『迎陽記』の抜書。

④『相国寺供養記』は明徳三年（一三九二）の供養記録。群書類従に収録され、広く知られるものである。

⑤『北山院御入内秀長記』は、応永十四年（一四〇七）の北山の女御入内の記録である。山科教言は秀長からこれ（『北山女院御入内之記』）を借り、教冬に書写させているから（『教言卿記』応永十四年五月二十三日の条）、はやくから流伝していたことが窺われる。

⑥『迎陽記』は家乗で、後半に文集を付けている伝本が多い。『秀長卿記』など別題を付けている伝本もある。これは、後世、多くに人々に読まれ、政務の参考にされた。たとえば『実隆公記』長享三年（一四四〇）五月二十五日の条に次のようにある。

　永徳度、勘解由小路大納言、軽服、被仰除服、勘進之例也云々。委細見秀長卿記。為後鑒、聊記之。

ところで、三条西実隆と東坊城家との交流の一端を示すものと思われる掛幅が、近世の東坊城家には伝来していたことが次の事例からうかがわれる。すなわち鳳林承章の『隔蓂記』慶安元年（一六四八）十一月十六日の条に次のようにある。

　午時、於東坊城亜相（長維）公、而被招予、有振舞。定勝翁令同道也。大徳寺之宗朔首座亦被来。朔首座弟子三蔵主亦被来。予初逢三蔵主也。亜相公被製章句、予拙対。聯句十六句有之也。其間、狂句亦十句有之也。予、秉燭而令帰山也。今日掛物者逍遥院之大文字也。菅家先祖秀長卿之記録、号迎陽記之由、其事被書之大文字也。

　　宏哉才智　　奇也文章　　管窺展巻　　披霧迎陽

　如此之四言之詩也。有印也。

ここからは実隆が秀長の『迎陽記』を高く評価していたことが窺知されるであろう。

また近世前期、林鵞峰が『本朝通鑑』を編纂するにあたり、本書を南北朝期の重要文献として評価していたことは、『国史館日録』寛文六年（一六六六）五月九日の条から知られる。

五条家有向陽記。彼祖秀長日記也。是当義満之時。此二書出則有便於編輯。

二書とは『園太暦』『迎陽記』のことである。すなわち、五条家に『迎陽記』が伝わり、鵞峰は『園太暦』とともに本書が便あるものと認めている。その後、鵞峰は寛文九年（一六六九）五月八日に本屋に命じてこれを写させている。

朝、白水来。乃命写迎陽記之事。是、菅氏秘本也。先是官求之、不出之。而今為書賈依高価而借之。

白水とは書肆である。高価なために購求せずに借りて転写させているのである。

⑦『景憲物語』は存否未詳。『国書解題』による。以下の諸書は未見。

⑩『名字抄』はおそらく命名に関する参考書の類で、反切などが分かるような体裁ではなかったかと想像するが、存否未詳で、内容はわからない。

このほか、散佚したと考えられるものに『迎陽御記』がある。これは東坊城和長が『諸祭文故実抄』中で頻繁に引用している文献で、おそらく祭文に関する体系的な著作であったと推測される（第Ⅱ章第一節一六九ページ参照）。

秀長の学業としては、儒家として重要にして栄誉となる仕事である天皇の侍読を挙げなくてはならないだろう。秀長の侍読の記録は次の通りである。

後円融天皇

康暦二年（一三八〇）二月二十一日下命。同二十七日。『史記』「五帝本紀」を奉授。

永徳元年（一三八一）六月二十日『後漢書』第二を奉授。

同二年（一三八二）閏正月十三日『貞観政要』を奉授。

後小松天皇

永徳年五月二十四日下命。ただし、代始、幼主のため、猶予。

明徳三年（一三九二）十二月二十六日『史記』「五帝本紀」を奉授。当代初。

同四年（一三九三）正月二十八日『史記』「孝文本紀」を奉授。

応永三年（一三九六）正月二十八日『文選表巻』を奉授。

同四年（一三九七）三月二十九日『史記』「孝文本紀」を奉授。

同六年（一三九九）三月二十七日『文選表巻』を奉授。

同七年（一四〇〇）正月二十四日『貞観政要』を奉授。

同八年（一四〇一）正月二十四日『後漢書』を奉授。

同九年（一四〇二）正月十四日『貞観政要』を奉授。

同十年（一四〇三）二月二十四日『史記』「孝文本紀」を奉授。

同十一年（一四〇四）二月二十五日『後漢書』を奉授。

同十二年（一四〇五）二月二十七日『貞観政要』を奉授。

同十三年（一四〇六）三月二十八日『史記』を奉授。

同十四年（一四〇七）三月三十日『史記』「孝文本紀」を奉授。

同十六年（一四〇九）二月二十七日『貞観政要』を奉授。

秀長は天皇家の侍読のほかにも当然ながら貴顕の子弟や寺僧の教育に携わっている。日野重光息資重（『康富記』同年五月二十二日の条、『毛詩』）・六角満高（『康富記』文安元年四月四日の条）・相国寺常徳院勤侍者（『迎陽記』応永八年閏正月二日の条、『尚書』）・南禅寺上乗院課侍者（『迎陽記』応永八年閏正月十七日の条、『論語』）・某僧（『迎陽記』応永八年二月十九日の条、『春秋左氏伝』）などである。いくつか参考として記録を挙げておこう。

『迎陽記』応永六年（一三九九）四月十一日の条

今日、北小路亜相《日野重光》息進士資重九才、読書始事申給之。著狩衣罷向。授孝経了。

同記応永八年（一四〇一）閏正月四日の条

雨降。勤侍者《相国寺常徳院》両僧入来臨。尚書第十二了。

同記同年閏正月二十三日の条

課侍者《南禅寺上乗院》入来。談八佾了。

また、武家に学問を授けることも同じである。しかし、武家に対しては、公家方に聊か躊躇される向きもあったようで、清原業忠は中山定親に次のように問うている（『康富記』文安元年四月四日の条）。

外史《業忠》令語給云、昨日詣尹大納言《定親》亭。語此事之次、尹亜相被語云、故菅相公秀長卿記者大略見及了。彼記ニ秀長卿ト佐々木六角為知音。仍相公モ常被向佐々木亭。佐々木自元細々参相公亭、為文学之約云々。武辺罷向教之間事、先蹤是多之者也。次、清史、当時、於畠山匠作亭、有論語之講釈矣。豈空手、是先聖之要言哉。人弘道之起、古来不能左右欤。

公務としては、改号や故帝の尊号の審議では中心的な役割を果たしていた。これらの名称を審議するにあたり、菅家の博士などがいくつかの案を提出し、その範囲内でしかるべき号を決定することになっていたからである。『荒暦』明徳五年（一三九四）六月二十六日の条には秀長の改元に関わる様子の一端が記録されている。

菅宰相来。年号新字等十許撰出。一紙令見合。予、粗述所存畢。

すなわち秀長は明徳から改元するに当たり、十種ほどの字を撰出し、経嗣に見せているのである。『迎陽記』も日記ということではあるが、向後の公務の先例となるべく記録したものと思われ、日常的な出来事の記述よりも、多くはこの種の記録となっている。『康暦度改元年号字難陳』はこの日記から抜き出されたものである。

また貴顕の諱や命名を行った。たとえば将軍義嗣の諱は秀長の撰による（『教言卿記』応永十五年二月二十七日の条）。著書の『姓名録抄』や『名字鈔』はおそらくそのような役務の必要性から生まれたものであろう。

ところで秀長の行った大きな仕事の一つに、足利義満のための一連の法事の際の願文・諷誦文草進がある。これは将軍義持の依頼によるものであった。しかしすでに秀長自身、老齢に及んでいたために、その四周忌（応永十八年五月六日）の自筆の書について、それを手にした子孫の東坊城和長は次のような感想を述べている（『諷誦文故実抄』）。

斯御願諷、已上大略迎陽御草也。爰、今年秋八月六日卒逝春秋七十四。依老労、筆蹟、寔如鳥跡。以愁涙、成滴露。抄写之畢。

和長は最晩年の秀長の筆跡をみて、鳥の足跡のようであると悲涙を流しているのである。

文学的な営みとしては、当時の公家が一般的に行っていた和歌・連歌のほか、漢詩や四六文など多彩であり、また現存数も後の菅原家の人々の作数に比べて著しく多い。

詩文集としてまとまったものに『迎陽記』と『奈良八景詩歌』とがある。後者は未見のため、内容は不明。前者は前回述べたように、日記であり、その後半は『迎陽文集』とも称され、諷誦文を中心にまとめられている。

そもそも諷誦文とは死者供養の仏事の際に尊霊や参列者に対して仏事の趣旨を述べ、また尊霊の徳を讃える文のことである。形式からみると、願文諷誦・小諷誦・例諷誦の三種に分けられる。願文諷誦は願文のように長文で願文モドキともいう。文末に諷誦の旨を添えてあるものである。小諷誦は一枚の檀紙に収まる程度の分量なので、一枚諷誦ともいう。およそ三段から成っている。例諷誦は例文によって書き、とくに文章はない。これも紙一枚で済ませるものである。一般的な構成は次の通り。

敬白
　請諷誦事
　　三宝衆僧御布施麻布　　端
右　先院聖霊ーーー
（略）
仍諷誦所修如件敬白
　　年　月　日

さて、秀長の『迎陽記』はいまだ全文翻刻が公刊されていないものであるから、ここでは秀長自筆本の系統の伝本である国立公文書館に所蔵される一本を例にして構成をみておこう。

本書は江戸前期の菅家、五条為庸の奥書をもつ伝本である。全十三冊。

外題「迎陽記　一（―十三）」
内題「迎陽文集　諷誦」（第八冊以降）
奥書「此迎陽記秀長卿以自筆巻全書寫畢
　雖然草字故不字正以推量管見令改
　正者也尤誤繁多而已

寛文八年初秋天　　　菅為庸」（第一冊）

「（第一冊に同じ）

寛永七暦孟夏下旬　　翰林学士菅為適」（第七冊）

付箋「明治十八年七月依水戸本校

長谷川信道（印）」

「右迎陽記三巻以木村太七傳借

之本写之

天和元年辛酉十二月」

構成は第一冊から六冊までが久寿から応永に至る改元の記録である。そして第七冊以降が所謂『迎陽文集』となっている。もっとも、内題に「迎陽文集」と記されるのは第八冊以降からである。以下に掲載文の多少備考を交えながら掲示する。

〈第七冊〉

加賀入道五旬…「小外記康隆誂之」

大馬助入道任宗五旬願文…「子息成貞修之、清書同申之」

応永五年七月日敬白

頓阿五旬願文

応永五年七月

音阿為先考一周追善…「清和院光空上人誂之」

永和元年九月
同諷誦文
永和元年九月
兼豊入道五旬…「子息兼熈朝臣修之」（吉田家）
永和二年十月
同諷誦文
三江新左衛門入道父母追善
永徳三年九月日敬白
羽渕法印宗信三回…「子息右京亮満親修之」（藤原家）
同諷誦文
嘉慶元年九月
兼豊入道十三回
同諷誦文
嘉慶二年八月
〈第八冊〉
後光厳院御周忌
奉為随心院僧正昭厳一回…「附弟僧都御房令修之給、清書伊能朝臣云々」
永和元年九月十一日

吉田神主兼熙朝臣父百ヶ日…「四日夕誂之、五日早旦草遣之投筆畢」
　永和二年十二月七日敬白
土岐刑部大輔養母五旬…「清書行忠禅門云々」
　永和三年九月十三日義行敬白
参河国本願寺先師三回…「尭恵上人誂之、則清書」
　永和三年九月二十六日
万里小路一位母儀十三回
　永和三年十一月一日
　『迎陽記』康暦元年十二月九日の条に万里小路中納言嗣房母儀十三回忌の願文草の記事が見える。
兼豊宿祢七回…「不及清書」
　永徳二年八月二十七日

〈第九冊〉

佐々木判官入道崇永道號雪江三廻…「猶子四郎兵衛尉高詮修之」
　応安五年六月
同諷誦文…文末に注記あり。
去五月十八日為四郎兵衛尉高詮使節伊万光入道長存入来誂之清書之下向早速可草給之由令申候間同廿五日書之
六月一日引給馬一疋鹿毛畢清書勘解由小路侍従宰相行忠卿也
山名右京大夫入道時氏法名道静七廻追善…「子息陸奥守氏清修之、清書伊能朝臣」

　永和三年三月二十八日
同諷誦文…「以三条三宮長福寺長老信皎上人被誂之」
土岐伊豫入道五旬
　康暦二年十二月
同諷誦文
佐々木庭尉禅門崇永十三廻願文…「子息佐々木四郎満綱修之」
同諷誦文（二種）
　永徳二年六月七日

〈第十冊〉
日野一品忠光五旬諷誦文…子息資藤分
　永和五年二月十八日
同諷誦文…家僕出羽守俊高分
左中辨資衡以使者出羽守俊高申云、故一位卅五日相當来、（『迎陽記』同年同月十一日）
右中丞又申送曰、先日願文早速為悦、自分諷誦一通又可草給云々、領状了、（『迎陽記』同年同月二十五日）
宮内大輔資藤故忠光卿二男送状曰、来廿八日四十九日諷誦可草給之、向後毎事異他可申云々、書状禮節恐惶謹言書之、
遣返報領状申、（『迎陽記』同年同月二十五日の条）
同百ヶ日願文…子息資藤分、円福寺長老尭恵上人申之康暦元年四月三十日
同一廻…「猶男右中弁資衡修之、清書侍従行藤云々」

　康暦二年正月十九日
柳原故一品忠光十三周忌願文
　明徳二年正月十九日
同諷誦文
〈第十一冊〉
大炊御門門尉室一回諷誦文
兼豊入道十三回
侍従大納言公時卿五旬願文（三条前博陸母儀カ）
　永徳元年十月十六日
二条前黄門為重卿五旬願文并諷誦…「子息侍従為右修之、清書行俊朝臣」
　至徳二年四月五日
二条故中納言為重卿三回…「子息少将為右修之」
　至徳四月二月十六日
〈第十二冊〉
一条大納言入道俗名実材一周忌願文…秀長分の諷誦文
義満公五旬願文
新御所御諷誦…義嗣分
　応永十五年六月二十五日

裏松一位亜相…「長頼書進之」
　応永十五年六月二十五日
青蓮院義円諷誦文
　応永十五年六月二十五日
北山院諷誦文…義満室
　応永十五年六月二十五日
御篠御所…「此御諷誦長頼清書之」
法華寺御尼衆分…「長頼書了」
柳殿御尼衆…「長頼書了」
光照院御尼衆…「長頼書了」
入江殿御尼衆…「長頼書了」
池尼三品禅尼…「長頼清書之」
室町殿御臺御方…「義持公室、長頼清書之」
対方禅尼…「長頼清書之」
北向三品局…「長頼清書之」
東御方…「長頼清書之」
柳原禅尼…「加賀局清書遣之」
一條局禅尼…「長頼清書之」

春日局…「新御所御母儀、長頼清書之」
内府…「長頼同清書之」
一條前殿下…「清書仰長頼書進之、以御自筆被載御名字」
右府…「長頼清書遣之」
曼陀羅供願文
応永十五年六月二十三日敬白
同諷誦文
冷泉民部卿…「長頼清書遣之」
竹中僧正…「仰為清々書進之」
葉室大納言入道…「仰長頼書進之」
富小路法印…「仰長頼書遣之」
按察法橋…「仰長頼清書遣之」
重継法橋母儀…「長頼清書遣之」
秀長…「自筆書之」
〈第十三冊〉
義満百ヶ日諷誦文…「清書一条宰相中将実秋朝臣」
応永十五年八月十六日
義満御一廻十種供養御願文

応永十六年五月三日義持敬白

同諷誦文…「清書一条宰相中将実秋朝臣」

鹿苑院…清書実秋

以上取り上げた『迎陽文集』は詩文を集めたものといっても、このように実用的な法会用の文集なのである。つまり、菅家の子孫にとっては有益な手本として利用されるものではあっても、一般の観賞用の詩文とはいいがたいだろう。そこで、漢詩や和歌・連歌についても言及しなくてはなるまい。まず、秀長の歌は『新続古今和歌集』巻第十七「雑歌上」に入集している。

花の歌の中に　　　式部大輔秀長

一六四三　君が住むここのかさねの花ざかりあらしの風も聞かぬ春かな

夢を　　　式部大輔秀長

一九六五　思ひねはさもこそあらめいかにして知らぬ昔の夢にみゆらん

いずれも明徳四年以降の作である。このほか、管見に入った歌を時系列に掲示する。

『年中行事歌合』　二十九歳

十番右　祈年祭　　　秀長朝臣

二〇　祈るてふ年のをながき君が代を三千千あまりの神やうくらん

十二番右　梅宮祭　　　秀長朝臣

二四　神まつる卯月の榊をりをへて梅の宮ゐにたつるみてぐら

卅五番左　節折　　　秀長朝臣

六九　霜さやぐ竹の葉かぜもあらたへのよをりの袖は猶やさゆらん
『永徳元年室町亭行幸詩歌』　四十四歳
永徳元年（一三八一）三月十五日、後円融天皇は足利義満の室町亭に行幸し、その際、和歌及び詩の御会が催された。秀長はそれに随行し、詩の御会の講頌人の一人として参会した。この会には父坊城長綱も加わっている。

春日侍　行幸室町第賦花添池上景一首　以春為韻　大学頭兼文章博士菅原秀長

涵花池面展紅茵
映柳水光浮麹塵
畫鷁綵龍多載興
宸遊日永太平春

『隠岐高田明神百首』　五十歳
至徳四年（一三八七）六月。二条良基の序をもつ百首和歌。高田明神は隠岐にある高田神社。

池余寒　従三位秀長

七　春にはやなるさは池のうすごほりなほとけあへでさゆる比かな

江月吟　従三位秀長

四七　おく露の玉江のあしのみだれ葉に夜かぜもそよとやどる月かげ

寄灯恋　従三位秀長

七二　待ちふけてひとりむかふもつらきかなきえなばきえねねやの灯
『内裏九十番御歌合』　七十歳

応永十四年（一四〇七）十一月二十七日、後小松天皇は内裏に足利義満らを招いて歌合を開催した。なお、この年の三月、秀長は参議を辞している。題は「寒月」「浦雪」「神祇」の三題。

二十七番　寒月　右　　前参議秀長

御溝水やどれる月の影さえてこほりをしける九重の庭

五十七番　浦雪　右　　式部大輔秀長

松にふくしほ風までもうづもれて雪にのこるやみほのうら波

八十七番　神祇　右　　式部大輔秀長

風月のあるじとなれる天神ひかりをそへよやまとこと葉に

『北山殿行幸記』七十一歳

応永十五年（一四〇八）三月八日、後小松天皇は将軍義満の北山亭に行幸した。その時の記録。この時、秀長自身は随行していない。十一日には同所で賦何路百韻連歌を張行。これには子息長頼が連衆に加わる。十四日には舞が、十七日には蹴鞠が行われた。そして三月二十日に詩歌の御会を開いた。詩の御会には秀長が題者に任じられた。これには長頼も参会している。天皇・義満・義嗣らはこれには出ず、歌の御会に出た。ちなみに義満はこの年五月六日に死去している。

賦池台花照宴　一首　以春為韻　　式部大輔菅原秀長

玉樹遶台花照人
天臨海鏡寵光新
任他積翠池辺景

日月長留仙城春

その翌二十一日、賦何木百韻を張行。これには長頼が参会。

なお『看聞日記』応永三十二年（一四二五）八月十日の条につぎのようにある。

今暁夢想故菅宰相秀長卿和歌両三首詠進。其内一首覚悟自余ハ不覚。

開べき時はきぬぞときゝながらまたこの花はつねのこの春

此返歌不案出。夢中ニ思案。近日若宮御事、天下有沙汰。此事被詠也と思て夢覚了。併天神御詠也。吉夢勿論有憑。其後又夢想僧一人来云、一流御運再興御治定ニて候ぞと申と思て夢覚了。両度夢想不思議也。更不偽之条、祖神天神等任知見者也。源宰相、重有朝臣等語之。瑞夢之由申。

この日の暁、伏見宮貞成親王は夢に故東坊城秀長から和歌二・三首を詠進された。その返歌は案出しなかった。歌の趣意は第一皇子彦仁王を後小松院の猶子とする問題で、天下で沙汰されていたが、このことについて詠じられているのだと夢中で考えて目覚めたのである。まさしく吉夢であり、頼みあることである。その後見た夢では僧が一人やってきて、祖父崇光院以来の一流の御運の再興は定まったということを言って目覚めた。この二つの夢想が偽りでないことは祖神・天神等の知見するところである。源宰相田向経良・庭田重有朝臣等に語ったところ、これは瑞夢であるという。

2　東坊城長遠

東坊城長遠は、貞治四年（一三六五）、東坊城秀長の長子として出生した。従三位に昇ったのは応永十八年（一四一一）十二月十四日、四十七歳のときであり、文章博士でもあった。この頃は菅原家が公卿に列せられる年齢が四十代もしくは五十代であったから（父秀長も四十六歳）、この昇進は一般的なことであった。同十九年正月二十八日、大蔵卿に任じられ十二月九日には仙洞三席御会の記録に真名序を添えた。同二十一年正月五日、五十歳に及んで正三位に叙され、同年三月十六日、右大弁に任じられるが、翌月十六日にこれを辞す。同二十四年正月五日、従二位に叙され、同年十二月一日、将軍義持の子息首服につき、名字義量を勘進する。応永二十六年三月十日、参議に任じられる。その後、際立った事蹟はなく、応永二十九年（一四二二）七月十九日、五十八歳で他界した。長遠の訃報を聞いた伏見宮貞成親王は次のように日記に記している（『看聞日記』七月十九日の条）。

抑、只今聞。菅宰相長遠卿、今日、逝去云々。頌道弥零落。為朝家可惜。北野長者不達先途之間、殊不便。神慮如何。勾当内侍長遠卿妹、禁裏御悩為御祈、伊勢参宮。而自途中下向云々。不吉事歟。

貞成親王は長遠と多少交流をもっていたことが、たとえば応永二十七年（一四一九）三月十日、伏見の指月庵に猿楽を見物に行ったこと（『看聞日記』同日の条）などの記事から察せられる。「頌道いよいよ零落」と、楽道に関連する詩文の講頌という点に惜しむべき理由を挙げているところに、親王の長遠に対する興味があったことが窺われる。

同月二十八日になって、朝廷は故長遠に正二位を贈った。なお、男子には嫡子の益長のほかに猶子の慶寿丸がいる。慶寿丸は、応永三十二年十一月十四日、得度して少納言阿闍梨長恵と名乗り、醍醐寺に住した（『満済准后日記』同日の条）。

さて、東坊城長遠にはまとまった著作が残っていない。公務については、父秀長と同様のことをしただけなので、ここでは釈奠参加の記事を掲げよう（『康富記』応永二十九年二月九日の条）。

釈奠也。上卿、権大納言満季卿、菅宰相長遠卿・菅少納言長政朝臣・蔵人右少弁俊国遅参（中略）講師在豊・序者有長也。題者長政朝臣、為文章博士之間、出題也。（中略）菅宰相長遠卿、出声、同講頌了。儒林無人数之時、公卿令講頌之条、先例云々。

仲春釈奠聴講古文孝経　七言　　参議従二位菅原朝臣長遠

今古滂流夫子言
毎聞上下欲酬恩
閑居侍座孝之道
共弄春光接廟門

この時期の釈奠は会場の状態もひどく、また資金的にも困難であり、人材にも事欠いていた。度々朝廷に援助を請うているが、うまくいかなかったようである。この年の釈奠では「儒林、人数無き」状態であったので、長遠が講頌したことが分かる。このときの講頌の噂が貞成親王の先述の長遠評の伏線になっているのではないかと思われる。

学業については、委細は不明である。侍読は称光天皇の応永十九年（一四一二）十月四日に下命され、同二十年六月二十七日、『史記』「五帝本紀」を奉授している。

そのほか、文学的営為としては、和歌が多少残る。『新続古今和歌集』巻第十二「恋歌二」に一首入集している。

寄橋恋を　　参議長遠

一一四二　あけぬまをたのむ一夜のちぎりだに猶かけわぶる久米の岩橋

連歌にも公家一般とかわらず、型どおりに参加していたと思われる。はやい事例では至徳二年（一三八五）十月十八日の石山寺百韻連歌（発句・二条良基、脇・周阿）があり、これに三句付けている。

3　五条為清

五条為清の生年は不詳。応永期の初めの頃ではないかと想像する。祖父は宮内卿為綱、父は式部少輔為守。為清の動向としてはまず応永二十四年（一四一七）八月の釈奠に参会していることが確認される。このとき、題者は為清であったが、高辻家長が代わりに担った。時に正五位下式部少輔であった。同三十年八月九日の釈奠の記録も残っているが、それにも参加していたことが確認できる。この時は文章博士西坊城長政が不参のため、為清が献題している。時に大内記となっていた。この頃から本格的に詩文の草案に携わるようになったようで、同三十二年六月四日には「金院御堂曼荼羅経供願文」を草進している。清書は清水谷実秋であった。そして、為清にとって大きな事跡となったのは正長元年（一四二八）七月二十一日の天皇追号であった。このとき、為清は故院に対して称光院という号を勘進し、詮議の結果、これに決せられたのである。その後順調に仕事をこなし、役職柄、願文・諷誦文・宣命などを草した。その功あってか、永享三年（一四三一）二月十八日には菅生庄を仙洞から拝領している。時に少納言であった。この出来事の背景には、楊梅兼重の禁中での不義事件があり、兼重の所領が没収され、為清に下賜されたのである（『看聞日記』同日の条）。同九年八月二十九日には従三位に叙された。これは行幸の詩を献じた功績による上階であったという。すなわち『看聞日記』同日の条に次のように記されている。

抑、為清朝臣、上階宣下。上首長政朝臣。長郷朝臣、同上階。菅家人々、不乱位次云々。為清朝臣、就詩事、上階云々。

この記事で興味深いのは、菅原家の人々は、位次を乱さない慣例があるので、為清が昇進したら、自動的にその上首である西坊城長政や高辻長郷も同様に昇進したということである。この年十月十四日、大蔵卿に任じられた。嘉吉元年（一四四一）八月十九日、左大弁に任じられ、翌二年正月五日に正三位に昇進した。しかし為清は昨冬から病んでおり、この間、型どおりの職務を果たすことは無理であったろうと思われる。そして終に十月二十九日に他界する。この日、参議に就任する。

五条為清は若年のときでこそ未熟な面が指摘されることがあった。応永二十四年八月の釈奠のときに、次のような処遇を受けている（『康富記』）。

家長雖為上首、於為清無才学之間、為清為講頌如此云々。講師者下臈役也云々。

すなわち釈奠における講師と講頌とについて、本来、講師は地位の下の為清が、講頌は為清の上首たる高辻家長が担当すべきであるが、為清には講師を勤める能力に欠けるから、先例には反するが、役割を交代したということである。この点については、単に経験が足りなかっただけであったと思われ、その後、努力をした結果であろう、克服できたようである。そして同三十二年、大内記、永享九年（一四三七）、大蔵卿となり、また後花園天皇の侍読をも拝命するに至った。なお、家長は生没年が不明だが、為清と同じく永享九年に従三位に昇っているので、右の釈奠のときの官職は為清とさほど差があるわけではなく、儒林全体の中で為清に近く、且つ経験のある人材として、家長が代理となったのであろうと推測される。

さて、為清は後花園天皇の侍読を勤めた。永享九年（一四三七）のことであるが、ただし詳細は不詳である。為清の学識に関して、次の記事が参考になろう。すなわち翌年のことであるが、伏見宮貞成親王が語句について個人的に尋ねる相手が二宮貞常親王の侍読の中原康富のほか、この為清であることは、良い評価を得ていた結果だろう（『看聞日記』）。

銅細工喚。御憑事仰。又、今御所御誂風流之物、日金銅・月銀・移銀と云文字一令作。立花に可被懸云々。詩哥

心也。日月之影、物にうつる字不審之間、為清卿・康富両人に相尋。日月移るは移書此字也。水にうつるは写字也云々。同様ニ両人申。移字、行豊朝臣書。銀は自是遣令作。

なお、永享六年三月十五日、伏見殿南御方三品宣下につき、名字二字を勘進し、翌日南御方の位記を伏見殿に持参しているが、これが記録上、伏見宮初参である。

為清の評価については、世尊寺行豊の次の発言が興味深い。すなわち『看聞日記』応永三十年（一四二三）四月二十五日の条に、「菅家数輩有りといへども、為清一人儒道の風を残す」と発言していたことが記録されているのである。これについて、貞成王はいまだに面謁したことはないものの、「末代の幸人、希有の事か」と同調した評価をしている。この評価の背景には、為清と行豊との組合せが当時願文作成の通例であったことが考えられる。当時の菅家の文人の活動状況が読み取れよう。すなわち、為清の登場は、低迷しつつある菅家の文事の再興を期待されたものであったと想像されるのである。万里小路時房も『建内記』正長元年五月六日の条で、等持寺の法華八講の願文・諷誦文につき、次のように述べている。

御願文・御諷誦文、大内記為清朝臣草之、侍従行豊朝臣清書之、如近年。

その後、このような職務を兼ねた行豊との交友関係が縁となったのであろう。永享八年（一四三六）六月十八日、為清は貞成親王に人麻呂（人丸）の画賛を沽却している（『看聞日記』）。

人麿絵一幅讃、中書王、筆云々。行豊朝臣持参。為清朝臣伝執、進沽却之由申。殊勝之間、可召留之由、仰。

為清の学問的な言動として『薩戒記』応永三十二年（一四二五）二月十六日の条に次のような出来事が記録されている。大内記になった年、釈奠について清原良賢が題に苦言を呈した。すなわち高辻長広の献じた『左伝』の「文承天之休」の前後の文脈に凶事がある。小川宮治仁王の突然の薨御が起こったのは、この文を用いたからである。それゆえ、この文は憚るべきであったと、小川宮薨去と釈奠の献題との因果関係を説いたのである。為清はこのことを聞き、「吉撰を以て題を出だすは例」であり、「これを以て難となす事は先例未曾有の事」であると反論する。このとき献題したのは西坊城長政の代理である為清本人であった。また、凶事出来前の釈奠を難じることは「理、有り難き」ことであるから、良賢の「申す旨、太だ謂れ無し」と長広を弁護している。いずれも正論で、このときの良賢の言動は、暗に小川宮の呪詛を仄めかして人を陥れるようであり、悪意を読みとったのであろう。

為清にまとまった著作は確認されない。しかし、応永三十二年六月四日、「金院御堂曼荼羅経供願文」、正長二年（一四二九）八月四日、伊勢豊受大神宮への宣命、同二十二日、再度草進、永享十年（一四三八）六月十三日、「三万六千神御祭祭文」など、詩文を草したことが確認される程度である。が、この種の文は職務上、ほかにも多く手がけたものと考えられる。わずかに本文が残されているので、一種左に掲示する。

　　為二養徳院贈一品源満詮七回忌一修二追福一願文　代二僧正某一

　夫、曼陀羅者、

　　秘密甚深之真門也。既開二胎金之両部一。

　　凡夫済度之慈船也。鎮浮二生死之亘海一。

　　功徳無レ隈、

　　勝益異レ他者乎。

伏惟、養徳院禅定贈一品左相府尊儀、

　　武略稟レ家、既為二大樹之高胤一。

　　声名被レ世、早昇二黄闥之崇班一。

只抱二履氷之慎一、
普施二愛日之徳一。
加レ之、
三秋月下者、寄二歌什之有趣一、
百花風前者、観二世榮之無常一。
絡避二俗塵之喧一、
自達二仏種之望一。

然間、
答二来者必帰之理一、
告二生者必滅之悲一。
傷嗟尤深。
哭泣難レ忍。
世以慕二其徳一、
君不レ忘二其功一。
或贈二台階之高官一、
或授二開府之顕位一。
嘗匪二生前之栄運一。
猶賁二没後之嘉名一。

以降、青鳥去而不レ來。
白駒走而無レ止。
再観永絶、空滴二千行之泪痕一。
別未レ忘、早迎二七回之忌景一。
泣向二木主之尊体一、
奉レ祈二金人之妙容一。
爰、弟子出二慈愛之家一、
　入二瑜伽之室一。
受二高祖大師之正嫡一矣、
伝二遮那如来之秘訣一焉。
剰蒙二明時之洪慈一、
既忝二極官之徽号一。
惜思二徴躬之佳運一、
皆是　幽霊之遺恩。
躊而有レ余。
報而難レ尽。
方今奉レ図二阿閦如来像一体一、
奉レ造二立宝篋印塔一基并五輪塔婆百基一、

奉㆔手自書㆓写一行三薩般若理趣経一巻㆒、
奉㆑摺㆓写同経一部・宝篋印陀羅尼経㆒。
奉㆑勤㆓行光明真言護摩百座・地蔵供養法百座・舎利講二十一座・理趣三昧七座・曼陀羅供一会。其外、読経念誦
等㆒。
恭口屈㆓前大僧正法印大和尚位㆒、為㆓大阿闍梨㆒耶。
率㆓数口之碩徳㆒、
致㆓両界之讃揚㆒。
感嘆無㆑窮、
弁説如㆑渙。
観夫、
蘆橘帯㆑風、疑㆑散㆓沈香於梵字㆒。
楊華映㆑日、似㆑挑㆓燈火於慧場㆒。
静物自然、
法事潤色。
然則、尊霊、妄雲早暗而弄㆓真如実相之月㆒、
心水忽澄而開㆓本有清浄之蓮㆒。
以㆓斯余薫㆒、
度㆓彼群類㆒。　敬白。

応永卅一年五月　日

次に応永二十九年二月九日の釈奠の詩を挙げる（『康富記』同十日の条）。

仲春釈奠聴講古文孝経　一首　従四位下行大内記菅原朝臣為清

頻講聖経廟宴新
大哉孝道感明神
我君徳教今猶古
愛敬無疆及兆民

かつて東坊城秀長が足利将軍家の信任を得ていたこともあり、秀長以降、東坊城長遠や秀長の弟西坊城言長、あるいは称光天皇の近臣長政の活躍が暫く続くこととなった。中山定親は長政について、次のように述懐している。すなわち、「長政は近臣として朝夕比肩の叡慮の趣」であるとのことである（『薩戒記』応永二十六年一月六日の条）。しかしながら、長政は文章博士でありながら、実質的な公務に未練であったためか、文章草案にはほとんど関せず、見るべきものがない。同三十二年の釈奠に為清が西坊城長政の代理で献題しているのも、そのためであろう。その上、長遠の死もあって、五条為清の存在感が増してきたように思われる。為清が表立ってきたころの菅家の状況について、のちに東坊城和長は次のように評している（『諷誦文故実抄』）。

今年秋、七月十九日、卒逝。回考祖・曽祖両曩之三昧、悲涙難忍。此二君之後、当家暫無文人。祖父亜相益―卿微幼而不当。于時、菅在豊卿・為清卿等、如形為学者。

この年、すなわち応永二十九年（一四二二）七月に長遠が没してから、正長元年（一四二八）まで参議に菅家がいなくなる。この間、将軍名字問題で朝議に支障が生じた。このことを、『建内記』同年三月某日の条で、万里小路時房は次のように記している。

御名字事内々雖注申、猶可被〔尋〕儒林并可然人々哉之由申之。僧正《義円》云、可被尋誰人哉。右大〔弁〕云、儒林無人也。自然之事、草進者当時大内記為清朝臣許也。彼又不可及御尋者歟。可然人ハ若可被尋申右府哉。

これが、当時、長者であった唐橋在直が、永享元年、参議となった主因ではないだろうか。それについては後考を俟つことにして、生前、為清が参議に列せられることはなかったから（嘉吉二年、その死にあたって参議となる）、同時期に活動した唐橋在豊とは対照的に、政治的資質は弱かったと思われる。

このように、参議とはならなかったものの、晩年は朝家にとって重んじられていたことは確かである。称光天皇の追号は為清が勘進した内から選ばれた号であった。その後、後花園天皇の侍読を拝命するが、嘉吉元年（一四四一）、左大弁に任じられたことについては、この侍読の功の大きさが主因であった（『建内記』嘉吉元年八月十九日の条）。

日来、菅三位長郷卿、望申之。以上首之謂、可被任之由申請之。為清卿者、以侍読之謂、可被任之由申之。非侍読於菅家無大弁例云々。而長郷卿不被任者可訴申武家之由、及荒言。子細在之。仍送年之処、終以侍読之臣、被任之。尤、可然。

これは、為清が後花園天皇の信任を得ていたことを示すものだろうと思われる。かつて、永享九年に従三位に叙せられた際、為清の上階にあった西坊城長政・高辻長郷も同時に従三位となったことがある。それは、『看聞日記』によれば「菅家の人々、位次を乱さず」という慣例があったからである。いわば、為清の寵にあずかって、長政・長郷の叙位もあったということである。嘉吉元年の左大弁任官をめぐっては、長郷と為清とが競望した。長郷は為清の上階にあるゆえに自分が左大弁になるのが相応しいと主張したが、これについては「位次を乱さず」という慣例の限りではないことから、侍読である為清が任じられたのである。

4 唐橋在豊

唐橋在豊の経歴については、本章第三節で述べているから、ここでは簡単に触れ、また作品を紹介するだけにしておく。

在豊は明徳二年（一三九一）に在遠の嫡子として誕生。在遠は早世したが、在豊は順調に出世した。応永二十九年（一四二二）一月十一日、三十二歳で正五位下式部権少輔となる。正長二年八月三日の釈奠に参加したときは文章博士であった。のちに大内記となり、嘉吉二年（一四四二）六月十七日には実相院義運准三后宣旨の勅書を草している。同四年正月六日、従三位（元大学頭大内記）となった。時に五十四歳。さらに同月二十九日、参議に任じられる。文安四年（一四四七）、式部権大輔、享徳元年（一四五二）三月十八日、六十二歳で従二位、康正元年（一四五五）十一月十五日、六十五歳で権中納言、そして長禄元年（一四五七）十月、六十七歳のときに北野の長者になる。また、この年、子息在治が従三位に叙された。寛正元年（一四六〇）四月二日、七十歳で権大納言に至ったが、これは唐橋家の初例となった。『経覚私要鈔』の同日の条には次のように記されている。

菅中納言在豊卿任大納言云々。柳原大納言資綱卿ヲ被借召被任之間、一段有祝着之由、申賜了。菅家者共、近来以八座為至極微望。然、昇大納言之間、家内之栄耀、希代之面目也。

すなわち菅原家の人々は近来参議を以て望みを遂げたと判断されるが、その中で、大納言に昇進したのは大いに面目を果たしたとして評価しているのである。形だけでも昇った在豊は、その三日後の五日に権大納言を辞している（『大乗院寺社雑事記』等）。そして四年後の寛正五年（一四六四）七月二十二日、他界した。享年七十四歳であった。

伏見宮との交流が確認されるのは応永二十七年（一四二〇）六月十五日、三十歳のときのことであり、これは九条家の申次として伏見宮近臣に接したときの記録である（『看聞日記』）。時に諸大夫民部大輔で、在豊の動向が知られる中では早いものだが、このころから次第にその動向が散見されるようになる。

釈奠の記録では応永二十九年（一四二二）二月二十九日、講師として参加、同三十年八月九日、講師として参加、正長二年（一四二九）八月三日、題者として参加をしていることが知られる。ほかに学問的な事跡として、九条家の侍読を勤めていることが挙げられる。すなわち『経覚私要鈔』康正二年（一四五六）三月の記事に次のような記事が載る。

菅中納言在豊卿、大納言殿為侍読。昇納言之高位、保懸車之寿考。道服事所望之由、内々申云々。仍、愚老、令用意布道服香色、有着用、可有出仕之由、命之間、殊有拚悦之気色。着用、参了。素麺等・一樽等持参之。面々令会合、賞翫了。

嘉吉四年一月、子息在治が大内記相続を拝任にしたが、その時、万里小路時房は「其の身の事、人これを知らず、父の才学を憑みて推任の者に非ざるか」（『建内記』同月十七日の条）と記している。つまり時房は在豊の才学を要因と看做しているのであるが、在治の才覚はともかくも、在豊は権大納言に昇りきったことから、政治的に有能な人物であったらしく、また学才のほうも型どおりにこなす能力は備わっていたものとみていいだろう。

在豊は公卿として禁中での月次の御会に参仕することがあったが、詩作に関連するもののうち、主要な会としては文安三年（一四四六）秋の詩歌合が挙げられるだろう（群書類従所収）。このとき、在豊は次のような三つの詩を出している。

三番　野外秋望　左　　在豊卿

行盡京塵芳草紅
携レ筇《つゑ》野外立二西風一
山栽二錦綉一江羅帯
万里雲天一目中

この詩について、判者の一条兼良は「唐律の詩はいかにも三四句一意にいひてしかるべきにや。山錦江羅の勝景をすてゝ、忽ち渺茫たる万里の雲、天に目をあそばしむべきことは、いかゞと覚え侍り」と評す。

十九番　仙家見菊　左　　在豊卿

九日賞遊仙子家
菊籬風露十分加
一枝聊挿二満頭一去
可レ作人間不老花

これについて兼良は「一枝を満頭にさしはさむこと、いかゞと覚え侍り。又は花はしぼむ、かるゝとこそ申しならはし侍れ」という。

三十五番　松声入琴　左　　在豊卿

軒下松声軟似レ琴
流泉高張月西沈
天然妙曲緬操レ手

吹　起　秋　風　大　雅　音

これについては兼良は「緇操の操、もし琴操之義に侍らば、側声にてこそ侍らめ」という。

また応永二十九年十月九日の釈奠の時の詩は次の通り（『康富記』）。

仲春釈奠聴講古文孝経　一首　　正五位下行式部権少輔菅原朝臣在豊

孝　之　要　道　今　聞　得
科　斗　遺　文　講　次　声
冠　蓋　如　雲　趨　魯　礼
尼　山　花　色　識　春　情

在豊の草案になる諷誦文としては「為二己心寺法務大僑正某卅三回忌一修二功徳一諷誦文」の本文が残っている（『大乗院寺社雑事記』長禄四年（一四六〇）四月二十一日の条）。これは訓読文になっている点で非常に参考になるものであるから最後に掲げる。同記同月十九日の条には「今度の諷誦文の草案、北野の長者在豊卿の沙汰也。清書、安位寺殿の御沙汰也。ただし、実名の二字は、予これを書き了んぬ」とあり、清書は経覚が担当したことがわかる。おそらく、在豊には若年の頃からの知己である経覚を介して草案の依頼があったのであろう。

敬白。
　請諷誦事。
　　三宝衆僧御布施。
夫、
唯識究寛之《ノ》月輝《ヒカリ》、雲《クモ》霽《ハハシテ》緬《ハルカニ》耀《カヽヤカシ》二法界円明之影《ヲ》、一

曼陀開敷《フ》之花《ノ》色《ハ》、春去而尚有《ナヲリ》二不変常住之薫《ニホイ》、
奥頤《アウイノ》絶妙、其不《レ》レ然乎《ヤ》。

伏惟、後己心寺法務前大僧正尊儀、
分《ワカテ》二摂籙之心的《テキヲ》一、締《ムスベリ》二法相之喉襟《コウキムヲ》一。
真俗崇《スウ》貴之《ノ》門《モン》、立《テ、》レ両楹《エイヲ》兮無《ク》二上于人《カミニ》一、
南北論択之席《ムシロタ、》、扣《ヒテ》レ二扉《ヒヲ》兮無《シ》二宗于《シウニ》敵《テキ》一。
式《トテ》二吾寺一已《ニ》掌二三千之貫長《ヲ》一。接《セツシテ》二公請《ニ》一数《アマタ、ビ》決《セリ》二一座之証義《ヲ》一。
竟《ツイニ》起《ヲコシ》二洪基《コウキヲ》乎禅定院《ニ》一。恰《アタカモ》振《フルヘリ》二法威《ヲ》乎帝王城《セイニ》一。
戯呼《アヽ》、楽尽哀来、誠諦実語《ナリ》。
徂《イムシ》戊申首夏之候《コウ》、誘《サソワレ玉ヘリ》二東岱半夜之嵐《アラシニ》一。
弟子恣《ホシイマ、ニ》蹑《フンデ》二三代遺址《イシ》一、早《ク》遂《トゲリ》二一巡之先途《ヲ》一。
慈父准《ナゾラヘテ》レ三宮《ニ》、賸《アマツサヘ》在《イマス》レ大閤《カウニ》。
家兄《カケイ》輔《タスケテ》レ万機《キヲ》、今為《タリ》レ総已《ソウイ》。
倩案《ズルニ》、
法運其《ソレ》匪レ拙《ツタナキニ》、世冑《チウ》又兼該《カネソナヘリ》。
卑《イヤシクモ》全《マタウシテ》二師資之《ノ》相承《ヲ》一、幸遭《ニアヘリ》二卅三之幽忌《イウキニ》一。
思二彼徳《ノ》一者《ヲ》、負《ヲヘル》レ三嶋《トウヲ》如《シ》レ亀子《キシノ》。励《ハゲマセバ》二斯報《コノホウヲ》一者、掲《クム》レ巨《キヨ》海何《イヅレ》レ嬰児《エイヒニ》。
依レ之、奉勤行曼陀羅供一座、

龍歩《レウホ》刷《ロイ》レ威儀《ヲ》、鸞音吐宏弁《ランイムハケリクワウヲ》。
梵唄散花之調《トヽノフル》レ宮商《シヤウヲ》矣、差《ヤシテ》レ肩囲繞《ヲ》二四《シ》悉壇《シツダンヲ》一、
天衆地祇之飾《カザレル》レ来影、列レ趺《ヤウヲツラネテシウラ》涌出《セリ》二両部界一。
時《ニ》也、
子規啼《シキナイテ》而一声、不レ忘二旧年之雲路《ヲ》一。
老鶯残《アウノコテ》而百囀《ハクテン》、似《タリ》レ慕《シタウニ》二古人之庭園《エンヲ》一。
物感《ノカン》随《テ》レ時《ニ》、泪不レ覚堕《ヲボヘヲツ》。
然則、尊儀、
理趣理智之心水、素湛《モトヨリタウ》自性之本源《ゲンニ》一、
頓証頓覚之気光、乍融《キクワウハタチマチホガラカナラン》二澄照《テウ》之《ノ》玄蓋《ゲンガイニ》一。
乃至、
三擲《テイ》之磬韻答《ハコタヘ》レ三有破闇之聞《ハアンノキヽニ》、万徳之金容済《キンヨウハスクイ玉ヘ》二万霊迷衢之苦《メイクノヲ》一。
仍諷誦所修如件。敬白。
長禄四年四月十八日
前大僧正尋尊敬白

5　東坊城益長

東坊城益長は、応永十四年（一四〇七）、東坊城長遠の長子として誕生した。東坊城亭は正親町万里小路にあった（『康

富記』文安元年三月二十七日の条)。五条亭の北隣である。応永二十七年閏一月十二日、十四歳で従五位上、二年後の二十九年七月十九日、父長遠が他界する。父をはやくに亡くしたものの、順調に出世していく。しかし、二十代前半に将軍義教の勘気を二度も蒙っている。一度目は永享元年(一四二九)九月二十九日、二十三歳のときのことである。去る二十一日、将軍義教春日詣を密かに見物に行くことを思い立った(『看聞日記』同日の条)。そして二十三日、春日社・興福寺を参詣した(同記)。そして二十九日、室町殿、南都から宇治に下向し、伏見に赴いた。この参詣のさなか、伯中将雅兼とともに益長もまた見物のために密かに南都に下向していた。義教はこれを見て両人を追い籠めたのである。翌年十一月九日、今度は義教の直衣始の儀において、益長は指燭の役として参仕したのであるが、その中で義教に対して笑ったのである。何ゆえ笑ったのか不明であるが、これを見た義教は立腹して所領二箇所を召し放った上、籠居を命じたのである(『看聞日記』同日の条)。しかしそのようなことはあったものの、益長は後花園天皇時代、驚くほどの昇進を遂げる。

永享十三年(一四四一)二月の改元は益長としては最も重要な出来事となった。益長はこのとき、「嘉吉」を勘進したのである。時に三十五歳。皮肉なことに、将軍義教はこの年の六月二十四日、赤松満祐に弑殺される。その後、同三年(一四四三)には左大弁に任じられ、同年三月には侍読を拝命する。翌四年には従三位に昇り、また左大弁にも任じられた。これは帝の侍読によるものであると『弁官補任』には記されている。文安三年(一四四六)十二月十二日、四十歳で参議になるが(宝徳二年に辞す)、その翌日、将軍の名字義成を勘進しているので、おそらく、参議任命はこれゆえかと思われる。同六年二月九日には権中納言、七月一日には正三位となるが、同月二十五日に改元が行われており、昇進にはこれが関わっているかとも憶測される。享徳元年(一四五二)閏八月十八日、従二位、そして康正二年(一四五六)、五十歳で権大納言となる。長禄二年(一四五八)六月十二日、権大納言を辞し、寛正六年(一四六五)

十一月二十二日、五十九歳で侍読を拝命する。なお、文明三年（一四七一）十二月三十日、六十五歳のときに息女左衛門局と西坊城顕長息女新内侍とが内裏で座敷論を行っている（『親長卿記』文明四年二月八日の条）。

没したのは文明六年（一四七四）十二月十八日。享年六十八歳であった。益長の訃報を聞いた三条西実隆は日記に次のように書きとどめている（『実隆公記』同月十九日の条）。

今朝、前菅大納言《自昨夕中風所労云々》益長卿逝去。譜代鴻儒、当時之碩才也。可惜々々、可傷々々。

益長は歴代の菅原家の中で初めて権大納言に昇った人物であった。益長のあと、唐橋在豊や高辻継長ら、権大納言になる人物が続出するが、その嚆矢となったのである。単に政治的に如才ないだけでなく、実隆をして「譜代の鴻儒・当時の碩才」と称せしめているように、儒道にも通じていたものと理解していいだろう。

さて、益長は公卿に列せられる以前は、公家衆として朝務をこなすかたわら、将軍家の法会にも参仕する立場にあった。たとえば下記のごとし。

応永三十四年年三月…室町御所での仁王経法勤行の脂燭（『満済准后日記』）
同年八月…室町御所での愛染准大法勤行の脂燭（同記）
正長元年六月…室町御所での五壇法勤行の脂燭（同記）
同年八月…安楽光院での称光院盡七日御仏事の堂童子（同記）
正長二年四月…室町御所での愛染准大法勤行の脂燭（同記）
同年六月十五日…将軍義量、聖護院渡御につき、役送として供奉（同記）
同年八月二十二日…祈年穀奉幣使として大原野に社参（『康富記』）
永享元年十月…将軍の願による醍醐寺での普賢延命法勤修に脂燭として参会（『満済准后日記』）

詩文の草案としては、祭文・宣命・願文などを作成したことは、他の菅家と同じである。管見にはいったものを以下に記す。

永享十一年十月十九日…安楽光院曼荼羅供願文／清書・世尊寺行豊
　初度草進也。非侍読草進有近例。（『建内記』及び『永享十一年曼荼羅供記』）
嘉吉二年十月一日…多武峰告文／清書・中原康富
嘉吉三年三月二十四日…勧修寺経成七年忌曼荼羅供願文／儒草
　六月二十四日…等持寺法華八講願文（東坊城益長カ）
　八月二十九日…慶雲院願文／清書・世尊寺行豊
　八月三十日…日野義勝四十九日忌願文／清書・世尊寺行豊
文安四年七月六日…多武峰妙楽寺勧進帳／清書・世尊寺行豊
　十月二十九日…為僧正某七々忌修法会願文并諷誦文
　六月二十四日…等持寺法華八講願文
文安六年四月十七日…天地災変祭文／清書・世尊寺行豊／祭主・勘解由小路在貞
　去十日以来、毎日連々地震也。御祈禱事、諸寺諸社被仰之。公家御祈、今夜、天地災変、被行之。従三位賀茂在貞卿奉之。於私宅、行之。御祭文、菅相公益長卿草進之。行豊卿清書之。（『康富記』）
宝徳二年八月二十七日…夢窓国師諡号宣旨／清書・後花園天皇
享徳元年八月十七日…尊星王祭文／清書・世尊寺行忠／祭主・聖護院満意
文明六年八月十三日…後大通院御中陰御経供養願文／清書・世尊寺行高

この他にも多くを手がけたであろうことは想像にあまりあるだろう。

命名に関しては、先に挙げた文安三年（一四四六）十二月十三日、室町殿（十二歳）に名字義成（のちの義政）を勘進したこと、同五年三月四日、故女院（庭田幸子）に院号敷政門院を勘進したこと、長禄元年（一四五七）十二月十九日、後花園天皇の第一皇子（後の後土御門天皇）に御名字成仁を勘進したことなどが知られる。

次に益長の学業面について触れておこう。

大外記中原康富は、享徳二年（一四五三）七月二十九日、伏見宮貞常親王の談話として、益長所蔵の『貞観政要』の伝来につき、興味深いことを書き留めている（『康富記』同日の条）。

参文第。先、奉謁。被語仰云、室町殿、貞観政要御本書写事、平有信卿一筆可書進上之由、可申付之由、被仰出云々。先日之比、主殿頭晴富・雅楽頭師益・掃部頭師富・予、并康顕等之間、寄合可被書校之間、各手跡可被御覧之由、被仰之間、面々一枚充書進上之処、有信手跡、叶御意云々。

奉謁給事中、令語給云、貞観政要、可被写之御本、菅中納言益長卿本、可召進之由、被仰之間、局務、向彼第、令申。四五巻先被渡之。非菅家相伝之古本云々。藤原実任卿本相伝之由、申、被相交之云々。被取出、一見申了。又、清家累代之秘本、被取出之間、同拝見申了。故贈三品、被授中業忠真人之奥書、分明也。就之、種々有御雑談。

故長綱卿、感夢想云、明経事、良賢真人相伝殊勝也。可被学之由、聖廟夢中令示給之間、長綱丨秀長丨父子、其時、被来向良賢真人家。此事、宗季外史之記録明鏡也云々。

坊城長綱の夢中に道真が現じ、清原良賢を高く評したことを受け、長綱自ら清家を赴いたということである。その長綱のあとを受けた秀長も良賢を重んじていたことが察せられる点で貴重な逸話である。もっとも清家側の人物の記録であるから、なんらかの意図が働いているかも知れないが、しかしながら、鎌倉末から南北朝期の藤原実任の蔵本が東坊城家に伝来していたということは事実であるらしい。本書がその後どうなったのか、また、現存するか否かは未詳である。菅家にとって、『貞観政要』は侍読に使用するテクストであり、ここにみられる足利義政に貸した益長の蔵本なるものが、かつて秀長が後円融・後小松両天皇の侍読に用いたものかさえも不明である。ちなみに秀長は応永八年（一四〇一）、仮名書きの『貞観政要』を義満に献じている。かつて、菅原為長は北条政子に仮名書本を献じているが、これが義満献呈本といかなる関係にあるかも不明である。ともかく、菅家にとって『貞観政要』とは重要なテクストに相違ないのであるが、その実態を把握することは今後の課題ということになる。なお、正保四年（一六四七）、『仮名貞観政要』が刊行されたが、これは為長蔵本の系統にあるといわれる（徳富蘇峰「貞観政要に就て」）。益長はこの翌月十三日や康正元年（一四五五）の釈奠では上卿を務めており、長者である在直を差し置いて、事実上、益長が指導的立場にあったものと推測される。

侍読を拝命したのは、後花園天皇および後土御門天皇の二代である。すなわち後花園天皇の嘉吉三年（一四四三）三月二日、拝命。三月十日、『史記』「五帝本紀」を奉授。後土御門天皇の寛正六年（一四六五）十一月二十二日、拝命。十二月八日、『史記』「五帝本紀」を奉授。

次に文学的営為についてであるが、主要な事跡に寛正五年十二月五日の仙洞三席御会詩歌の参加が挙げられる。このとき益長は題者を務めている。このとき、次のような詩を献じている。

冬日侍　仙洞同賦八紘帰　聖猷応太上皇製一首　正二位臣菅原朝臣益長上

天心元是愛蒼生

鰥寡独知荷聖情

匪 啻 大 猷 敷 海 外
八 蛮 九 貊 也 文 明

益長の詩の評はほとんど確認されない。その中で、益長の草した諷誦文の文言をめぐるやり取りを中原康富が記録しており（『康富記』嘉吉三年四月五日の条）、貴重である。

相国寺僧入来。次、依招引、詣勧修寺兵衛佐（教秀）・前弁等、対面。有一盞。講釈為政篇了。被語云、去月廿四日、故中納言（勧修寺経成）七回忌也。請建迎院、行曼陀羅供。願文諷誦事、誂菅少納言益長。清書同之。其諷誦内、九寂以降七回早来云句在之。珍歟之由存了。寂者夕之心也。九泉之類歟。万里小路大納言（時房）諷誦被送之。坊城権弁（俊秀）諷誦被送之。其内、雖存蘋蘩之齋如、猶非木瓜之報謝之由、書之。面白之由、被称美之。予、談合歟之由、推量云々。然之由返答了。叔父前弁、又被修諷誦了。被語云、先年、此諷誦之事、談合万里亜相之時、黄門尊霊卜草案書遣之処、尊字如何、可被思案。只、可為幽霊歟之由、被添削云々。父母尊字可在也。仍、兄弟之時、尊字可思惟之意歟。有興了。

6　高辻継長

高辻継長は応永二十一年（一四一四）に高辻長郷の嫡子として誕生。正長二年（一四二九）八月三日、十六歳のときに釈奠に講師として参加したのが公的な活動の初見である。文安五年（一四四八）六月十八日には唐橋在治軽服のため、止雨奉幣宣命草進・清書を代行し、翌月十八日には止雨奉幣宣命草進・清書をした。宝徳三年（一四五一）五月二十五日、従三位に昇進。享徳元年（一四五二）三月、左大弁となり、康正元年（一四五五）六月二日、四十二歳のときに参議となる。この年十二月三日、後花園天皇の侍読の御教書が下され、十四日、参内する。同二年（一四五六）三月二十九日には播磨権守を兼任。同四月、正三位。長禄三年（一四五九）四月十三日、四十六歳のとき、従二位権中納言となる。寛正五年（一四六四）十二月五日、五十一歳のとき、文正元年（一四六六）一月六日、正二位となり、応仁元年（一四六七）三月二十七日、権中納言を辞した。そして、文明二年（一四七〇）十一月七日、五十七歳に至り、侍読の労によって極官である権大納言となった。これは東坊城益長・唐橋在豊につぐものであり、高辻家での初例となるものであった。文明三年（一四七一）正月二日、旧院追号を二つ撰進。同五年（一四七三）五月、六十歳のときに権大納言を辞す。そして同七年（一四七五）七月三日、加賀国において他界。享年六十二歳であった。

継長の事跡には取り立てて注目すべきものはないが、菅家の学問形成の過程に関して興味深い記録をとどめている。それは継長が非儒である中原康富に師事していることである。康富と継長との関係について、『康富記』の記事を整理すると、次のようになる。

まず、嘉吉三年（一四四三）九月九日、継長が少納言で三十歳のとき、詩題の書式について康富から指導を受けている。そして、十二年十五日には明年の甲子勘文について康富と相談する。改元の勘文は翌年二月五日に作成された。同四年一月二十日、三十一歳のとき、康富に学恩を謝している。

自彼朝臣幼稚、就全経授受之事交談及多年者也。

ここから継長は幼年期から康富に五経を学び、壮年期の現在に至って変わることなく交流していることが知られる。文安五年（一四四八）二月十日、三十五歳のとき、釈奠の詩について康富に相談する。同年六月十日には、康富から伊勢奉幣宣命旧草を両三通借りている。そして翌日、伊勢奉幣宣命草について康富に相談した。七月二十八日には来月三日の釈奠の題ならびに序について康富に相談を持ちかけている。八月十四日、康富の勧めで花頂金光院御経供養の諷誦文を草す。同六年七月二十日、三十六歳のとき、年号字勘進のため、康富から『韻鏡』を借りている。高辻家には当時『韻鏡』がなかったらしい。宝徳三年（一四五一）八月三日には再び釈奠の序の草案を添削してもらっている。そして享徳四年（一四五五）七月十三日、四十二歳のとき、再び改元について康富と相談した。そのとき、「抄記等四帖」を借りている。おそらく改元の勘文や次第、難陳、切字などの抄物であろう。この種のものは高辻家にも手控えがあったであろうが、明経道の側の記録が欲しかったのかも知れない。

このように、継長は康富に改元をはじめ、釈奠の詩文や宣命の草案についても意見を聴き、一方、康富は自分に来た依頼を継長に回すなど、両人の公私にわたる親密さが窺われるところである。後年、東坊城和長のもとに高辻章長や五条為学が同様の目的で訪問すること、度々に及んだが、してみると、継長にとっては、在豊や益長よりも康富のほうが親近感を持てる存在だったということだろうか。

さて、継長は康正元年（一四五五）十二月に天皇の侍読を拝命するが、これについても、師たる康富に学恩を謝している（『康富記』康正元年十二月八日の条）。

彼卿、自童体時、予為読書細々罷向了。雖不積書之部、就内外、有教訓之姿。雖不可依之、彼卿、自然有数寄。遂以達大業之名。剰、今及侍読之撰、是併貴殿之芳恩也。不知所謝之由、閑有演説。雖不相応、如此被謝之、豈亦非予之高名乎。歓喜感涙難抑之由、申之。

康富は継長の幼いころから四書五経の類の講読のため、高辻亭を訪れていた。康富が家庭教師として出向いていた公家・武家・寺家は驚くほど多く、継長はその一つに過ぎなかった。継長は生来数寄（読書を好むということか）であったので、ついに学業で名を馳せ、侍読の命を下されるに及んだ。これについて、継長は康富の学恩の賜物であるとし、礼に上がったというのである。二人を師弟の関係にあるものと見て差し支えないであろう。ここからは、一方で、当時の菅原家の文人は独自の学問を持っているわけではなかったのであろうことが察せられるのではないだろうか。

なお、文学的営為についてはほとんど記録が残っていない。『康富記』に先述の釈奠の際の詩文が掲載されているほか、文安五年六年十九日、『菅家金玉抄』（彰考館本奥書）を書写したこと、寛正五年十二月五日、仙洞三席御会詩歌に参加し、序文を著したことが残っている程度である。

7　五条為学

五条為学《ためざね》は、文明五年（一四七三）、五条為親の息子として誕生した。幼名文地丸。文明十三年四月二十三日、九歳で内裏に初出仕したという記録がある（『東山御文庫記録』）。まだ元服を遂げていない時である。その翌月九日、父為親が他界してしまう。時に少納言従四位上、享年三十六歳であった。九歳で文地丸が初出仕したのは、為親が病床に臥し、その代理として参内したということであろう。文明十六年六月二十日、学問料申請の状にも「慈父已に没し、夜鶴の思ひを奏する無し」という文言が見える（『拾芥記』所収）。為親没後、五条家は相続面で多少問題が生じている。すなわち『資益王記』文明十六年（一四八四）の条に次の記録が記されている。


故五条為親死去之後歟。今五條文治丸、高辻長直妻、可為子之由、彼実母申定候而、下向播ー、当年正月死去之由、注進候。彼実母可為高ー妻之子之由、令契約候上者、不可着服候哉、否之由、被尋仰出候。入見参候様御返事可有御申候。

忠富

故五条為親死去之後、今五条文治丸、高辻長直妻可為子之由、彼実母令契約之間、不可着服否事、彼子長直為子、遺跡可相続分候者、不可着服之歟。為親遺跡、相続分候者、猶実母之着服之条、勿論事候哉。

資益

為親の死後、文地丸を高辻長直の妻の子とするよう、文地丸の実母が申し定めて播磨に下向した。しかし三年後の文明十六年正月に死去したという。文地丸を長直の妻の子とする契約がある上は、遺産を受け取るべきかどうか、忠富が資益に質問してきた。文地丸は長直の養子として遺跡相続するのならば、受け取るべきではなく、親の遺跡として相続する分には実母が受け取るべきであると資益は返答する。

ともあれ、為学は為親が死に、実母が播磨に下向した九歳から、長直の子として章長とともに育てられたようである。元服したのは長享元年（一四八七）十一月二十一日、十五歳のときであった。為学元服の由は自身の日記である『拾芥記』のほかに『御湯殿の上の日記』『親長卿記』『後法興院政家記』などにも見え、他家にとって多少とも注目されていたことが窺われる。長享三年二月二十五日、禁中月次御連歌の執筆役であった為学を、甘露寺親長は「菅原為学執筆、年少之者、神妙々々」と相応の評価をしている。実はそれ以前、元服前の文明十七年閏三月四日、まだ十三歳のときに禁裏の月次御和漢で執筆を勤めており、その場にいた三条西実隆は「文地丸執筆、今年十三歳也。執筆□□不可思議、感嘆に堪うる者也」（『実隆公記』）と評している。このように、為学は高辻章長とともに若いころから期待できる人材と見られていたように察せられる。その後、為学は順調に出世する。明応五年（一四九六）一月二十日、二十四歳で少納言となり、同七年閏十月二十九日、嫡子が誕生する。後の為康である。翌八年十二月十七日、大内記に任じられ、文亀元年（一五〇一）三月三十日、文章博士に任じられる。永正元年（一五〇四）十一月二十日には第二子梅松丸が誕生する。永正十年二月二十六日、嫡子為康が元服。翌十一年五月十三日、四十二歳で従三位に昇る。そして同十三年二月六日、参議となる。同年八月二十一日、北向が死去。法名を妙祐といい、千本に葬る。この年の暮の十二月十五日には梅松丸を御室に就けて潅頂する。法名を禅雅という。同十五年三月三日、正三位。

さて、為学は少年期に両親と死別し、高辻家に引き取られたのであるが、今度は章長が他界したことで、為学は高辻家の存続について、三条西実隆に援助を請うている（『実隆公記』大永六年七月二日の条）。章長の嫡子長雅がまだ十二歳で、菅家の中では為学が最も上首にあったからであるし、当然、高辻家に対する恩に報いるための努力もしたことであろう。享禄三年（一五三〇）九月十三日には北野の長者となった。時に五十八歳である。後奈良天皇の侍読を拝命したのは天文五年（一五三六）三月五日、六十四歳のときであった。そして同十年一月十六日、権大納言になる。これは五条家にとって初例となった。翌月十八日にこれを辞し、同十二年六月三十日、他界した。享年七十二歳。

為学の学業はおそらく高辻長直に師事したものと思われる。その点、章長と同じであろう。が、明応五年（一四九六）十二月一日に和長の門弟となった（『和長卿記』『拾芥記』同日の条）。また、文業としては、作例はほとんど残されていないが、先述の学問料申請の文は四六文の体裁をとっており、初期の詩文として看過できないものだろう。左に掲示する（『拾芥記』所収）。

正六位上菅原朝臣為学　誠惶誠恐謹言。
請殊蒙天恩因准先例、給穀倉院学問料、令継儒業状
右、為学謹検案内、受菅氏門風、給穀倉院料者、聖朝之彝範、吾道之恒規也。爰、為学未浴小学之支流、忽就大業之内貫。方今、不賜灯燭者、争継洪儒之芳蹤。不窺転籍者、何因累家之美誉。幸有両闕、望送多年。雖然、慈父已没、無奏夜鶴之思。誰人斯挙、従空夏蛍之労。因以自解、欲預鴻許、望請天恩。因准先例、拝院料者、弥誇淳朴之徳化、将継累葉之功名矣。為学誠惶誠恐謹言。
文明十六年六月廿日

このほか、和歌が数例確認できる。このうち、二例ほど紹介しておこう。すなわち『慶安手鑑』に一例、自筆の短冊をもとにしたものが挙がる。

水郷冬月

さゝなみに夜わたる月のかけさえてみきはやこほるしかの浦風

また、自筆短冊が『筑波書店古書目録』第八一号（六三五番）にも掲載されている。

旅

わか方の夢路もいと、へたてきて野やまの月に夜をかさねつゝ

連歌や和漢聯句の記録は、初見では先述の文明十七年閏三月四日、禁裏での和漢の御会で執筆を勤仕したときのものがあるが（『実隆公記』同日の条）、懐紙で残るものでは、延徳二年（一四九〇）六月二十四日の禁裏での御千句が早い。ここでも為学は、東坊城和長とともに執筆を勤めており、その千句中、一句を付けている。だが、発句の記録はかなり下り、永正六年（一五〇九）九月三日、禁裏での月次の和漢御会での事例である。

てりそふも今夜や月の下紅葉

御会での発句を勤めている以上、それ以前に地下や公家の屋敷などでの発句を一度ならず勤めた経歴があると思われるが、残念ながらそれらは現存しないようである。職務の一環で草した願文については、左に挙げたように、三条西実隆の酷評を受けたことがあり、東坊城和長の後継としては聊か力量に不足があったようである。

願文・諷誦為学卿草進、清書行季卿、草・清書共以散々、言語道断也。末代之躰可悲々々。

これは『実隆公記』大永七年（一五二七）四月七日の条の記事で、為学五十五歳、正三位で参議の要職に就いていたときのものであった。

なお、まとまった著作は残されていない。おそらく他の菅家と同様、作らなかったのであろう。典籍書写の記録としては、永正元年（一五〇四）閏三月一日に和長から借りた『編御記（抜萃）』を書写したことが確認される（国立公文

書館蔵本他)。左に奥書を記す。

従四位上行少納言兼侍従文章博士大内記菅原朝臣為学

これは為学三十二歳のときの記録である。

8 高辻長雅

高辻長雅は、永正十二年(一五一五)八月二十五日、高辻章長の嫡子として誕生した。母は日野町広光の女である。同十八年、七歳で早くも元服し、文章得業生に及第した。享禄五年(一五三二)七月四日、十八歳で大内記となり、翌天文二年七月二十七日、少納言に任じられた。大内記は同五年一月十二日に辞するが、同年三月九日に還った。そして同十六年二月二十四日、三十三歳で従三位に昇り、同時に左大弁に任じられる。翌年三月二十三日、参議。翌十八年八月十四日、正三位。同二十年三月二十七日、大学頭。同二十二年一月十三日、従二位と、順調に出世した。そして同二十四年二月二日、四十一歳のときに参議八年の労を賞され、権中納言に任じられた。同年十月八日、文章博士。永禄二年(一五五九)一月六日、四十五歳の時、正二位に昇る。同年十一月十日、式部大輔に任じられ、文章博士を去った。翌年二月十八日、正親町天皇に進講。同五年十一月一日、権中納言を辞し、翌永禄六年、四十九歳で氏の長者となる。十一月二十二日、先代の長者五条為康が他界したので、長雅が任じられたのはそれから一月以内のはずである。

為康没後、五条家は為経が相続することになった。為経は為康の実子で、天文二十一年に誕生した。その後、高辻家に養子に入り、永禄九年に十五歳で元服、貞長と名乗った。しかしながら、五条家に後継問題が起こり、貞長は本家の五条家に戻り、名を為名に改めた。為名の禁裏初出仕は元亀二年(一五七一)、二十歳のときのことである(『言継卿記』十一月二十七日の条)。後に再び改め為経と名乗った。
長雅は天正八年(一五八〇)一月二十日、六十六歳でついに権大納言に任じられる。しかしその年の九月十日、他界することになる。法名文盛。
さて、長雅は従来の菅家の人々と同様、文書や公的な詩文の草案をはじめ、私的には詩歌や和漢聯句の会に出て文学的活動をしている。禁裏での張行での発句の記録としては、天文十五年九月二十三日、聖天法楽の御会で詠んでいる事例が早いものである。時に大内記であった。長雅はまた自亭で張行することもあった。永禄十一年(一五六八)二月五日に和漢の会を行っており、その様子は『言継卿記』から知られる。

高辻へ罷向。和漢有之。人数、予廿三・亭主廿二・水無瀬十四・内蔵頭十六・日野十六執筆・薄九等也。先一盞有之。次餅入茎立にて又一盞。次又晩飡有之。夜又田楽にて一盞有之。夜半に終、各帰宅了。発句以下如此。
朝風に糸くりみたす柳かな　　高辻
(以下略)

ほかに『慶安手鑑』に次の発句が載る。
玉たれの奥もゆかしきやすらすに
和歌はほとんど管見に入らないが、公卿として晴の場での歌は一通り詠んでいるはずである。「高辻長雅和歌詠草」(史料編纂所複製・小林正直氏所蔵文書の内)がまとまったものであろうか。今は『慶安手鑑』から一首掲示する。
午閑見
さき出てさなから色もふかみ草こゑにもしるしとめるこの殿
また、皇族や将軍家などの命名は、習慣としてではあるが、菅家の領分であった。長雅の場合は、永禄九年(一五六六）十四代将軍足利義栄（一五三八－一五六八）の名を勘進していることが知られる（『言継卿記』永禄九年十二月二十一日の条）。

勧修寺へ罷向。甘露寺同被来。宣下之儀共尋之。同御名字高辻勘進之。大高檀紙一枚書之。礼紙表裏立紙有之。
書様如此。於勧修寺一盞有之。

御名字事

義栄《ひて》　　義順　義文

式部大輔菅原長雅

可為義栄之由有之。勧修寺一品二条殿へ可持参之由有之。自二条殿被伝進之。先例也。

著作は今日残っていない。作ったかどうかも不明。ただし、東坊城和長の著した紀伝道の故実書である『桂藥記』は完本としては伝世していないが、その抜書を長雅が作成しており、それが今伝わっている。左に一部本文を紹介する（国立公文書館内閣文庫所蔵江戸期写本）。

一給学問料事号給料ト云々。彼位署ニハ書学生ト也。菅江両儒ハ必穀倉院学問料ヲ給テ文章院ニ居テ稽古スル也。（中略）当家ニハ二歳ノ時三歳ト号テ申也。

三条西家本『桂藥記』の奥書には次のようにある。

此記一巻幸一覧之次、置馳禿筆訖。紙数三十九枚続加之、遂清書。校考等可加之。
時天文十二年二月十九日、正四位行少納言兼侍従文章博士大内記菅原朝臣長雅。

また、同じ和長の編纂にかかるとおぼしき『贈官宣下記』も書写している。贈官とは官職を授けることで、その宣旨を下す儀式の記録である。本書は足利将軍への宣下を諸書から抜き出してまとめたものである。本奥書に次のようにある。

本云
此一巻不慮披見之次馳禿筆了証本在東坊城矣

于時天文二年九月十一日

柱下郎菅原長雅

このように、天文二年九月十一日に『贈官宣下記』を書写、天文十二年二月十九日に『桂薬記』を編纂したことが知られる。

三　十五世紀中葉の願文制作と儒家

はじめに

まず、『建内記』文安四年（一四四七）閏二月二十七日の条（大日本古記録）の引用からはじめたい。

> 今日良意上人相語云、第二長老遠忌之時、故秀長卿有草。于時三月廿七日牡丹開遍之時節也。願文云、
> 　牡丹開庭兮、再逢慈恩寺之春
> ト書之。感応人々含笑云々。

無量寿院良意上人が万里小路時房に語るところによると、かつて亡き東坊城秀長が願文の中に「牡丹、庭に開けり。再び逢ふ、慈恩寺の春」と書いた。時に三月二十七日。牡丹の花開く時節で、これに感応した人々は微笑んだそうである。

願文は法会という儀礼の中で誦まれる文章であり、寺家や公家の社会では日常的に作成されるものである。いわば、実用的な文章である。その一方で、その表現は麗飾され、詩文としての側面も備えている。右の事例は後者の側面を、かつての名儒家秀長の回想談というかたちで示したものである。

本節では、十五世紀中葉の、儒家による願文制作の状況とその背後に見られる意識とを考えてみたい。なぜこの時

期を中心とするかというと、室町初期、菅原家を中興したと評価できるであろう東坊城秀長の没後、紀伝道が安定した時期と思われるからである。そして、文学史の観点から、願文は法会と公家の文芸活動とを取り結ぶ詩文として捉える価値があると思うからである。

1　東坊城秀長以降

はじめに、東坊城秀長について簡単に説明しておこう。秀長は北朝暦応元年（一三三八）、兵部卿長綱（明徳三年六月十五日没）の男として生まれた。康暦二年（一三八〇）二月、四十三歳の時、侍読となる。康応二年（一三九〇）十二月、参議に任じられ、応永元年（一三九四）、式部大輔、同九年正月、正二位。同十四年三月参議を辞す。没したのは応永十八年八月六日のことである。時に七十四歳、法名宗親。後円融・後小松両天皇の侍読をつとめた。

秀長は将軍義満の信任を強く受けていた。永和四年（一三七八）八月、義満が大将に任じられた時に、その記録を草しており、それに続く義持においても同様に重んじられていた。しかし温度差があったのだろうか。応永三年の将軍義持の読書始の義では、秀長はこれを希望したが叶わず、清原良賢が候じている（『荒暦』応永三年十月十六日の条）。しかし義持のほかにも義嗣・義教の師範にもなっているから（『迎陽記』応永八年正月十六日の条）、足利将軍家との関係は、晩年まで良好であったと見ることができる。

このような秀長であるが、その豊かな著述活動の一端は『迎陽記』によって知られる。その一つに多数の諷誦文を執筆したことがある。いま、その評の一つとして、山科教言のものをここに挙げよう。

常言ハ只寿量ニ諷誦ヲ上之。教興朝臣ハ只諷誦ハカリ也。予文章有別紙写置也。菅相公ニ誂了。就楽道事異他子細載之。難有者也。布施物裹物分百疋ツヽ。（『教言卿記』応永十五年六月二十五日の条・史料纂集）

ほかに、南都で行われる法会の願文も内々に草していたことが確認できる（『大乗院寺社雑事記』長禄四年三月十七日条）。なお、興味深い記録を貞成親王が書きとどめている（『看聞日記』応永三十二年八月十日の条）。親王は、その一宮が即位するであろうことを、夢の中に現れた秀長から予知しているのである。(1)

さて、秀長没後、菅原家はどのように展開するか。おおまかに述べておきたい。

まず北野の長者は、秀長以降、十六世紀初期の東坊城和長まで次のように継承される。

東坊城秀長—唐橋在直—唐橋在綱—唐橋在豊—唐橋在治—高辻長直—東坊城和長

なぜ和長までを取り上げたのかというと、和長は旧来の儒草を編纂し、紀伝儒の職務や学問・文事に新たな段階をもたらした人物として位置づけられると考えられるからである。この点は他節で論じている。(2)

秀長以降、東坊城長遠、同長頼、西坊城長政が活躍する時期がくる。長遠の活動時期は秀長存命中が主である。応永十四〜十五年ころ、大内記の長頼は裏松家や山科家と懇意にしており、恒例の裏松邸の梅の会や山科家の神明講には、長遠以上にたびたび参加している。しかし禁幕の行事には、主に長政が参っていた。この長頼は応永十五年七月七日に没している。つまり、秀長よりはやく死去したのである。それから、長政の活動が目立ってくる。ところがその業績には見るべきものが尠少で、文章についてはみるべきものがない。もっとも、中山定親の次の述懐には注目すべきだろう。すなわち、「長政は近臣として朝夕比肩の叡慮の趣」であるとのことである（『薩戒記』応永二十六年正月六日の条）。

応永期も後半になると、称光天皇の信任厚い長政と東坊城長遠とが中心となる。しかし、願文の草案は長遠がおこない、長政は草さなかったようである。この長遠の死は応永二十九年七月十九日のことである。伏見宮貞成親王は、その死を聞いて「頌道いよいよ零落」と嘆じている。

東坊城和長は『諷誦文故実抄』（永正十年・史料編纂所謄写本）第七条掲載の長遠草、応永二十九年「鹿苑院殿十五回法事願文諷誦」の後に、この時期の状況を次のように評している。

此草等長ー卿也。又今年秋七月十九日卒逝。回考祖曽祖両嚢之三昧悲涙難忍。此二君之後、当家暫無文人。祖父亜相（益ー卿）微幼而不当于時。菅在豊卿・為清卿等、如形為学者。

東坊城家は菅家内にあっても低迷していた。対して唐橋家は十五世紀中葉の菅家を代表する家ということができ、その点は、北野の長者の多くが、この時期、唐橋家の家君であったことからうかがわれる。在豊もその一人である。そして、在豊とほぼ同時期に重要な職務に与っていた人物は五条為清である。この両人が活躍した要因として、第一にいえることは、和長の言からも窺われるように、他の菅家（東坊城・西坊城・高辻）に優れた人材が出なかったということであろう。

2　五条為清と唐橋在豊

長遠の後、願文草案について、実質的に活躍したのは五条為清と唐橋在豊とであった。具体的な様相を見てみると、次のことが言えるのではないか。すなわち応永末期から文安のころの願文草案者の中心は五条為清及び唐橋在豊であった。為清が没した後は、在豊が主に活躍する一方で東坊城益長の出現が見られた。以下、この点を詳述したい。

a　五条為清

東坊城家はもともと鎌倉末に五条家から出た家である。したがって、五条家の方が正統なのであるが、しかし足利将軍家の支持を秀長が得たことで、東坊城長遠や秀長の弟西坊城言長、あるいは称光天皇の近臣長政の活躍が暫く続いた。しかしながら、長政は先述したように、実質的な公務に未練であったためか、文章草案にはほとんど関せず、結果、五条為清が台頭してきたように思われる。

応永二十九年（一四二二）七月に長遠が没してから、正長元年（一四二八）まで参議に菅家がいなくなる。この間、将軍名字問題で朝議に支障が生じた。このことを、『建内記』正長元年（一四二八）三月某日の条（大日本古記録）で、万里小路時房は次のように記している。

右大□（弁カ）云、儒林無人也。自然之事草進者當時大内記為清朝臣許也。彼又不可及御尋者歟。可然人ハ若可被尋申右府哉。

これが、当時、長者であった唐橋在直が参議となった主因ではないだろうか。それについては後考を俟つことにして、生前、為清が参議に列せられることはなかったから（嘉吉二年、その死にあたって参議となる）、後述の在豊とは対照的に、政治的資質は弱かったと思われる。

その為清は、若年の時こそ未熟な面が指摘される時期があったが、(3)努力によって克服したようである。そして同三十二年（一四二五）大内記、永享九年（一四三七）大蔵卿となり、また後花園天皇の侍読も拝命するに至った。

ともあれ、このように、応永後期から永享前期にかけての菅家は唐橋在直や西坊城長政が型どおりの職務を遂行するほかは、全般的に低迷していたといってよいようである。しかしその中で、為清が侍読を拝命したことは、清家の明経道に対して明らかに存在感の薄らいでいた紀伝道の再興の礎を築くものではなかったかと思われる。実際、為清は長遠以来の菅家の侍読であった。その長遠から為清まで、二十四年間の不在期間があったのであるから、菅家における為清の存在の大きさは想像するにあまりある。嘉吉二年（一四二二）正月、正三位に叙され、十月に没した。

b　唐橋在豊

次に、右に述べた五条為清と同時期に活動したのが唐橋在豊である。唐橋家も古くからの菅家であった。しかし室町幕府成立以降、この家には見るべき著作を残した人物は出ていない。その点で、五条家と同じである。ただし、その中にあって、在豊は作物こそ尠少なものの、九条家のもとで積極的に職務に従事していた。ちなみに唐橋家は九条家家僕であったので、在豊の動向の一面は、さいわいにして南都の安位寺経覚の日記『経覚私要抄』から窺われる。なお、正長二年の改元仗議で「永享」を、嘉吉四年（一四四四）の仗議で「文安」を勘進したのも、この在豊である。なお、同じ在直の子息としては、ほかに在教も公務の記録が残るが、在豊の比ではない。

在豊は文安元年（一四四四）、従三位参議に任じられる。五十四歳。元大学頭大内記。この一流が八座になったのは初度のことである（『公卿補任』）。同四年、式部権大輔、享徳元年（一四五二）三月、従二位。康正二年（一四五六）三月、九条家侍読。長禄元年（一四五七）十月、北野の長者。寛正元年（一四六〇）四月、権大納言。七十歳。同五年七月死去。時に七十四歳という高齢であった。なお、著作は今日残っていない。ただ、今日、一応、一般に流布しているといえる作品に「長谷寺造供養」と題する願文がある。これは康正二年（一四五六）四月に草されたものである。

万里小路時房は浄蓮華院上人遠忌願文草案にことつけて、「近来、在豊卿度々草し了んぬ」（『建内記』文安四年閏二月二十七日の条）と述べている。つまり在豊が願文草をしばしば作っているというのである。これは先の五条為清に関する発言とともに注意すべきものであろう。なお、子息在郷の大内記相続拝任について、時房は「其の身の事、人これを知らず、父の才学を憑みて推任の者に非ざるか」（同記嘉吉四年一月十七日の条）と記している。つまり時房は在豊の才学を要因と看做しているのである。

c　為清と在豊

以上、五条為清と唐橋在豊とついてみてきた。次に両者併せて捉えられる事例を見てみたい。すなわち次の永享九年（一四三七）の気比神社への願書草進が示唆的なものとしてあげられる。

中山定親は草案者選定過程で、次のような対応をみせている。

大和守貞連奉仰問予。可被献御願書於越前国気比社、先例如此之事被儒草哉、若又不可及其儀哉者。答云、春日社御願書、鹿苑院御時故参議秀長卿草之。任件例当御代為清朝臣所草進也。然者儒草勿論歟。

（『薩戒記』永享九年八月二十四日の条・大日本古記録）

つまり幕府の奉行人飯尾貞連が、伝奏の定親に対して、願書は儒草であるべきか、その必要はないのかという点を問うたところ、定親は先例（義満時代の秀長の例）を挙げて儒草の由を述べているのである。この二日後の二十六日、世尊寺行豊によって、貞成親王のもとに当該願書の情報がもたらされた。その内容は次のとおりである。

抑聞。越前気比社有怪異。宝殿御戸開。納置鏑矢三筋失云々。社家注進。仍御願書被進。草為清朝臣重服之間、在豊朝臣草進。清書事行豊朝臣可存知之由、伝奏内々申云々。（『看聞日記』同年八月二十六日の条）

ここから、草案者には五条為清か、さなくば唐橋在豊かという二者択一の候補枠が存したということが読み取れるであろう。おそらく為清・在豊による交代制ともいうべき体制が成り立っていたのではないだろうか。[5] 要するに、家として独占するには及んでいなかったものと推測されるのである。ともあれ、世尊寺行豊が、かつて儒道の風を残すのは為清のみと述べたが、当時一般には、もう一人、在豊も同様に見られていたものと解することができるであろう。

五条為清は嘉吉二年（一四四二）、長の患いの末に没した。その後、唐橋在豊が、応永前期の東坊城秀長のごとく中心的に願文草案に関与するようになったと思われる。在豊は、九条家に仕え、当家の侍読をし、また権大納言に至るという栄耀を手にしていた。さらに北野の長者として、菅家の代表にもなったことは、先述の通りである。

だが、為清にしろ、在豊にしろ、文章を第一とする紀伝儒として、あまりに後儒に益する著述が尠少ではあるまいか。これは当時の菅家全般に当てはまることである。清家に講義録や注釈といった学問的業績が多いこととは対照的である。およそ半世紀後に出た優れた儒家である東坊城和長は、『諷誦文故実抄』巻第七－二十五において次のように指弾している。

菅在豊卿・為清卿専如形為草者。雖然文章不多分。仍無補于世者也。文体又故実不足也。無詮要矣。

これは衰微した菅家の再興という和長個人の思い入れが、かえって先儒に対する批判として表れたものと解することもできるため、そのまま受け取ることは賢明ではないが、しかしこれまで見てきたように、寡作であったことは事実である。

為清・在豊の時代の後、頭角を現すようになった人物は侍読の東坊城益長である。先の和長の言のように、当時、東坊城家には人なく、益長は「微幼にして時に当たら」なかったのである。その益長がようやく長じた次第である。益長は将軍義教の側近としても活動していたため、(6) 幕府の信頼が厚く、その推挙によって、康正二年（一四五六）、権大納言になった。しかしながら、益長は決して順調に昇進していったのではない。永享元年（一四二九）九月二十九日の将軍義教春日社参の時、不興を買ったこと（『看聞日記』同日条）などは、義教伝の文脈で取り上げられる事例である。その益長の願文草進の初見は、永享十一年十月に行われた後小松院七回忌の曼荼羅供の時であった。なお、著作については、個別の詩歌の事例は別として、贈官宣下の記録『益長卿記』以外、管見に入っていない。「多武峰妙楽寺勧進帳」を文安四年（一四四七）七月六日に草したことが確認されるが（『建内記』同日条）、存否未詳である。

次に高辻家について補足的に述べておくと、注意すべき人物に前節で取り上げた継長がいる。継長は益長に続く侍読である。為清が秀長以来二十八年ぶりに侍読を拝命してから三代目にあたるから、継長によって、およそ菅家の侍読の再恒例化を認めてよいではないだろうか。ちなみにその侍読となった要因には、将軍の大方殿から内々に申し出があったと、中原康富は伝えている（『康富記』康正元年十二月十四日の条）。

3　中原康富と万里小路時房

さて、前章においては菅家を対象として取り上げてきた。これに関して言及すべきは、明経道の清原家である。しかし、願文制作に限っていうと、清家は同じ儒家であっても、それには携わっていない。時代は下るが、『慶長日件録』慶長十二年（一六〇七）十二月一日の条（史料纂集）で、舟橋秀賢は次のように述べている。

竹門主、被御書下、可致伺候云々。仍参彼院。来十三日北野正遷宮候就候て四ヶ法用有之。願文令草可進之由仰也。予申云、願文ナト当家一切不存知義也。幸菅家衆へ被仰出可然之由、申入處也。内々菅家衆へ雖仰出、無同心ニ候。御事被欠之間、如何様ニモ草進可申之由、被仰之間、先領掌申畢。

このように、本来、願文草は菅家の役割であって、清家の職分ではないのである。しかし文章に巧みな人物は菅家以外にも出ている。実は、かつて業忠も願文を草したことがある。したがって、願文草は菅家に依頼する必要性が必ずしもあるということではない。そこから家意識を前面に出した議論が生じてくる。十五世紀中葉で特筆すべき人物に中原康富がいる。そこで、康富を中心にこの点に関して考察していきたい。

まず確認しておきたいことは、公家社会における願文にあっては、儒草であるべきか否かが常に問題視され、さらに禁仙の場合は侍読であるかどうかも議論されたということである。たとえば『応安三年禁中御八講記』（群書類従）によると、「呪願の文の作者は代々一身に相勤むるか。卿位・侍読、勿論か」が問われた。そして僉議の結果、大蔵卿東坊城長綱が担当することになっている。長綱は後円融及び後小松両天皇の侍読である。一方、『永享十一年曼荼羅供記』（群書類従）によると、この時は侍読にあらざる東坊城益長が草している。これにつき、本記を著した万里小路時房は「初度の草進なり。侍読の草進にあらざるは近例あり」と記している。益長に決めた経緯は不明であるが、時房が侍読／非侍読の是非を意識していたことは、右一文から読み取られよう。ちなみに益長は、その後、後花園及び後土御門両天皇の侍読になっている。それから時代が下り、東坊城和長は「凡そ宸筆御講の如き例は、古来、儒卿を以て撰挙せらるるか」と記している（『和長卿記』明応三年二月九日条）。このように、公家の願文制作は公的な事業の一環としての性格を明確に示すものであった。

a　中原康富

中原康富の活動が顕著になってきたのは五条為清や唐橋在豊の時期である。もともとその学才には優れたものがあったようであるが、(7) 加えて当時、伏見宮貞常親王の侍読となったことで、評価が昂まったことも一因であろうと推測される。この頃には青蓮院宮・仁和寺宮をはじめ公家なら久我・転法輪三条・正親町三条・大炊御門・花山院・勧修寺・坊城・鷹司・万里小路・丹波、武家なら細川・飯尾・布施・加地・大館・小笠原・織田など、そのほか寺僧、たとえば三福寺・円福寺・仁和寺・歓喜寺・南禅寺・相国寺などや更には地下人にも談義を行っていた。(8)

しかし注意しなくてはならないのは、康富は儒家ではないということである。言い換えれば、あくまで〈非儒〉なのである。儒家でない者が、法会に用いる文章を草することは、寺僧は別として、当時の公家社会においては躊躇されることであった。康富の場合、諷誦文や表白はまま草したのであるが、願文にあっては管見に入らない。康富自身、表白・諷誦文の草案についてさえ、次のように述べている。

予非儒流、又非天性、旁以雖固辞、平可書進之由被仰之間、応貴命了。（『康富記』嘉吉二年九月十七日の条・史料大成）

ここで「予、儒流にあらず、又天性にあらず」と述べている点が注目される。「天性にあらず」というのは、謙遜の表現ととることができる。しかし「儒流にあらず」というのは、当人の素質の問題ではなく、家柄の問題であり、つまり中原康富の家が儒家であるかどうかということであるから、謙遜の辞と捉えることはできない。これに関して、万里小路時房が康富を「非儒の者なり」（『建内記』嘉吉三年五月十日の条）と記していることも参考になる。また、康富自身、花山院忠定の三十三回忌の時、諷誦文を作るよう指示された。そこで康富は「儒者の作に非ざれば、後記のために無念たる」ゆえという理由で辞し、かわりに儒家の高辻継長を推挙している（『康富記』文安五年八月十四日の条）。もっとも継長の草について「殊勝に出来し了んぬ」といいながらも、中書・加点は自ら行っいる。それというのも、継長は、いわば康富の弟子にあたる人物だからである。[9]いずれにしても、このような躊躇する意識が見られる所以は、康富の家が博士の中原家とは出自が異なるからだ[10]と理解できる。

b　万里小路時房

この、非儒の意識については、康富以外では、たとえば弁官万里小路時房にも見られる。浄蓮華院での法会の願文について、無量寿院良意からたびたび草案及び清書を求められていたが、終始固辞してきた。その理由は「非儒非才の身、嘲哢の基たるべし」という考えがあったからである（『建内記』文安四年三月四日の条）。それでもなお、良意の懇望があるので、結局時房は唐橋在豊に相談することにした。その内容とは、同記翌々日の条に見られる次のことである。

浄花院願文草事談合之。雖非儒士、如此願文令草事、先例無相違云々。

十一日、再度在豊に「儒草に非ざれば難あるべきや、先例不審の由」を問うた。在豊はこれに対して次のように答えている。

儒草先以本儀也。但或自草、中書王以下有例。或由緒草之。是又常事也。

つまり「非才」は、康富の例と同様、謙遜の辞ととられるが、「非儒」の身とは主観的な素質の評価ではなく、社会的な問題である。すなわち儒家にあらざる身で願文を草案することへの懸念の表明と捉えることができる。それゆえ、唐橋在豊にその是非を問うたのである。結果、在豊は非儒が草しても先例には反しない由を述べた。

c　儒家と非儒

このように、願文など法会で用いられる文章を、公家が草するとき問題となるのが、儒家であるか否かという点であった。もともと願文は法会の場で用いられるものであるから、儒家の手にならなくてもよいものである。その意味で勧進帳と同じである。それゆえ当該期にあっても、勧進帳は、対象の寺社において制作される場合と他に依頼する場合とがあった。しかしこれには厳密な区別はなく、人材の有無による場合が多いと考えられる。であるから、依頼先も公家だけではなく、僧の場合も多かったと考えられる。深大寺の長弁や鶴岡八幡宮の快元僧都の場合がこれに該当する[11]。また『大乗院寺社雑事記』長禄四年（一四六〇）三月十七日の条（続史料大成）には、願文について次のように記されている。

　後宝峰院寺務之時ハ、草案北野長者秀長ニ内々被仰之。清書南戒壇院長専院（房カ）沙汰也。予寺務之時、案清共以申入安位寺殿了。

つまり後宝峰院孝円が寺務を掌っていた時は草案を東坊城秀長に内々依頼し、清書を南戒壇院長専坊が担当したが、大乗院尋尊はそれとは違い、草案・清書ともに安位寺経覚に申し入れているというのである。

このように、本来的にはその時の適任者に依頼するものであり、公家の法会でないのならば、寺内で処理することが通常であった。しかしながら、こと公私の別なく公家社会における法会となると、草案者が問題化されるのである。そしてその場合、「儒家」「儒者」「儒士」「儒卿」「儒官」「儒弁」という概念は、現実に侍読や読書を掌っていることが問題なのではない。個人ではなく、その家が代々儒者の家であるか否かが問題であったと考えられる。それであるから、中原康富のごとく、たとい儒道に通じた人物として社会的に認められていたとしても、非儒なればとて、願文の草案に関しては、懸念が示されるのであると考えられるのではないだろうか。

4 世尊寺行豊と儒家

さて、これまでの項においては、儒家及び儒家の周辺に位置づけられる非儒を取り上げてきた。それはその草案事情を明らかにするためである。本項では願文の清書に関して簡単に述べておきたい。

十五世紀中葉、公務を十分にこなし得る能書は、世尊寺行豊以外にいなかったと思われる。行豊は禁裏・仙洞・幕府の別なく、広く公的な清書活動で重んじられる存在であった。当時、能書として、もう一人、清水谷実秋も著名であったが、行豊に及ぶべくもなかった。父行俊（応永十四年頓死）の事績については残念ながら不明な点が多いが、行豊の活躍は貞成親王がいまだ伏見の里邸にいたころからのことである。これは、室町期の世尊寺家を考える際、重要なことと思われるが、行豊の実父が田向経兼であったこと（『康富記』享徳四年閏四月十五日の条）が大きな要因ではなかったかと思われる。ともかく、能書の家としての世尊寺家が先代から尊重されてきており、行豊も個人的才能以前に、その恩沢を受けていたことは認められよう。応永二十三年（一四一六）十二月、関東討伐のための御旗の文字を書くよう将軍義持から命があったが、これは「代々の佳例」であった（『看聞日記』十二月十一日の条）。翌年一月二十一日の条には「彼の家、能書に就き、代々御旗の文字、これを書く。朝敵退治の時、勧賞ありと云々」ともあり、世尊寺家は行豊の代でも引き続き尊重されていたことがわかる。

願文の依頼は禁仙や幕府から来ることが多い。それら公的機関が主体となって行うからである。禁幕の儀礼としての法華八講を例にみると、清書をする者は世襲的なものではなく、その時々の適任者と見なされた人物に依頼することが慣例化する程度のものであったようである。あるいは摂関清華（『公武御八講部類』など）や上卿が担当した。その場合でも能筆が適任であったことはいうまでもない。たとえば一条経嗣は自身への清書依頼を辞するとき次のように述べている。

兼又御願文清書事、先日以奉行雖被仰下、悪筆更以不可叶。所以何者、安元後法性寺関白・元応後山本左府・応安是心院関白、皆以嗜入木之道歟。不耻張芝之芸、何足比量。況今度御次第進傍傍若無人。且為朝儀不可然歟。（『荒暦』応永十二年四月二十六日の条・大日本史料）

その結果、経嗣のかわりに三条実冬が担当することになった。もっとも大永四年（一五二四）の『宸筆御八講記』（国会図書館蔵）には「凡この清書は入木の右筆墨家の堪能をも求められず摂家清華などにその人たる人に仰らるゝ事にや」とありながらも、後に「能書を賞せられけるにや」と曖昧な見解を提示するのみである。つまり室町期を通して厳密な故実は定まっていなかったと考えられるのである。『応安三年禁中御八講記』にも次のようにある。

一清書事。執柄強不当其仁歟。但治暦以来若見丞相令清書歟。就器用雖敷班、丞相可被仰否、宜存時議矣。

つまり、その時々の適任者という点以外は緩やかなものであったようで、結局、この時は関白二条師良が担当している。

その上で、行豊中心であったことの所以を考えると、恐らく次のように言えるのではないか。すなわち当時、公的な清書の個々の場合において、種々の作法があったのであるが、これを伝書なり口伝なりのかたちで最も把握していたのが行豊であり、それゆえにこれに代わるべき能書がいなかったと想定されるのである。

なお、行豊が康富と交流をもつようになったのは、康富が伏見宮に通うようになってからのことと思われる。つまり、菅原家と世尊寺家という、家と家との関係ではなく、康富と行豊という個人の交流から生じたものと見られるのである。実際、その後の両家の交流に際立ったものはないし、公務上の組合せも窺われない。康富と行豊との接触が記される初見は『師郷記』嘉吉元年（一四四一）五月七日の条で、世尊寺行忠（行豊息）・清原業忠らと共に中原師郷のもとを訪い、食事をする記事である。康富や師郷などの日記には、康富・行豊らが、師郷や清原業忠らと食事をとったり、伏見殿の近臣庭田の邸で連歌をしたり一献交わしていることがしばしば記されており、親昵の間柄になっていたことがうかがわれる。そのような関係であることや、康富の学才に対する信頼もあってか、行豊は「安芸国円満寺修造勧進帳」や「但馬国新田庄某勧進帳」「祇園大鳥居四條橋爪勧進帳」などの草案を依頼している。これは、あるいは菅家とは公務に関わる文章において連携し、康富という個人とは私事の臨時の文章において依頼していたということなのだろう（序論参照）。

おわりに

本節でこれまで述べたことをまとめておこう。まず、室町期の菅原家は、将軍義満の信任を得ていた東坊城秀長が活躍する時期があった。その後、唐橋在直や西坊城長政が型どおりに政務に携わる一方で、秀長の子息長遠が応永末まで文事の中心的役割を担った。その次に五条為清と唐橋在豊とが中心となって活動する時期を迎える。

為清・在豊の二人は応永末期から文安ころにかけて、願文を多く草案した。その状況から、この二人による交代制ともいうべき体制が不完全ながらも成り立っていたように推測される。為清は参議にも列せられず、氏の長者でもないから、必ずしも政治的な力をもっているわけではなかったが、その文人としての活動は当時の菅家の中ではぬきんでていた。秀長以来、二十八年ぶりの侍読の拝命を受けたことも、それを示しているだろう。一方、在豊は文人としての側面のみならず、参議にもなり長者にもなり、政治的側面も充実していた。嘉吉二年の為清没後はこの在豊が中心的に文事面も担い、永享期から願文を草するようになっていた東坊城益長が、文安年間、これに積極的に関わるようになる。しかしながら、その彼らであっても、その著述はあまりに少なく、清原家の文事面の事績とは比較にならない。

彼らの願文制作の一面は非儒である中原康富や万里小路時房との比較からうかがわれる。すなわち、非儒とはたとい儒学に通じ、文章を善くし、講釈を行う能力があっても、儒学を家道としない人物を指すと考えられる。彼らは願文を草する能力を持っているが、しかしながら、願文は儒家が草するものであるという慣例があることによって、不適切な人材と見なされていた。その儒家であっても、清原家が皇族や将軍家の法会の願文を草することは、やはり不適切であった。つまり、願文は菅家の文人の草するものという考えが定着していたのである。

一方、その草案をもっぱら清書する人物は世尊寺行豊であった。行豊は伏見の里邸で貞成親王の近臣として活動をしていたころから願文の清書をおこなっている。これは父行俊がはやくに没したことによるが、能書の家の当主として種々の故実を継承し、重責を全うしていたようである。この行豊が清書をし、草案は為清ないし在豊が作るという体制が不完全ながらも形成されていたのが永享嘉吉年間ではないかと推測する。

その後、十五世紀後半に東坊城和長が出て、室町期菅家中、もっとも目覚しい文筆活動を展開することになるが、それまでの間に、和漢聯句や詩作のほかは際立った著述を残す人物は出ていない。

本節は十五世紀中葉を中心として、儒家による願文草案事情を取り上げた。ここでいう儒家とはもっぱら菅原家のことである。願文の研究は、文学史の観点からは平安期から鎌倉期にかけて、徐々に成果――とくに文体や表現方法をめぐる研究、また影印・翻刻による紹介――が蓄積されてきているが、本節はそれとやや異なる見地から考察している。すなわち、菅原家の文筆活動の実態を明らかにする一環としてである。というのも、室町期において、曲がりなりにも学問・文章の家として存続してきた菅原家の在りようが、清原家に比してあまりに不鮮明だからである。今後、詩壇や歌壇における交流の実態と併せて考察していくことで、室町期における菅原家の学問と文学との関係を解明していくつもりである。

注

（1）今暁夢想故菅宰相秀長卿和歌両三首詠進。其内一首覚悟自餘ハ不覚。

開へき時はきぬそときゝなから

またこの花はつねのこの春

此返歌不案出。夢中ニ思案。近日若宮御事、天下有沙汰。此事被詠也と思て夢覚了。併天神御詠也。吉夢勿論有憑。其後又夢想僧一人来云。一流御運再興御治定ニて候そと申と思て夢覚了。両度夢想不思議也。更不偽之条、祖神天神等任知見者也。源宰相、重有朝臣等語之。瑞夢之由申。（続群書類従）

（2）本書第Ⅱ章第一節「東坊城和長の文筆活動」。

（3）『康富記』によると、応永二十四年（一四一七）八月の釈奠の際、下臈の為清が勤めるべき講師を、「才学無きの間」、上首の高辻家長が行ったとある。

（4）為清との面謁は永享六年（一四三四）三月十六日のことである（『看聞日記』同日の条）。

（5）為清・在豊の草案になる願文を、不完全ではあるが、清書を手がける世尊寺行豊の没年享徳三年までの期間で管見に入ったものを次に掲げておく（小松茂美氏「願文年表」『平家納経の研究』研究編下、講談社、昭和五十一年七月）参照。

応永三十年四月二十九日　等持寺法華八講・為清（清書　世尊寺行豊）『看聞日記』

応永三十一年五月　足利将軍七回忌曼荼羅供　『願文集』
正長元年五月六日　等持寺法華八講・為清（清書　世尊寺行豊）『建内記』
永享元年十二月　崇光院三十三回忌供養・為清（清書　世尊寺行豊）『崇光院三十三回忌仏事記』
永享元年十二月十三日　大光明寺御経供養・為清（清書　世尊寺行豊）『看聞日記』
永享三年十月三十日　足利義教男子出生粉河観音法会・為清（清書　世尊寺行豊）『看聞日記』
永享六年七月二十日　称光院七回忌御経供養・在豊（清書　世尊寺行豊）『看聞日記』
永享七年十月二十四日　後小松院泉涌寺法華八講・在豊（清書　世尊寺行豊）『看聞日記』
永享十一年八月十二日　毘沙門堂曼荼羅供并御経供養・為清（清書　世尊寺行豊）『師郷記』
永享十二年四月十六日　八坂法観寺八講堂供養・為清（清書　世尊寺行豊）『師郷記』
嘉吉元年閏九月五日　足利義教百ヶ日法事・為清（清書　世尊寺行豊）『建内記』
嘉吉三年十月三十日　醍醐寺曼荼羅供・在豊（清書　世尊寺行豊）『看聞日記』
文安四年三月二十日　浄花院七ヶ日如法念仏会・在豊『建内記』
文安五年十一月二十日　某経供養・在豊（清書　世尊寺行豊）『師郷記』
文安六年四月十三日　敷政門院一回忌安楽光院法会・在豊（清書　世尊寺行豊）『康富記』
享徳二年六月二十四日　等持寺法華八講・在豊（清書　世尊寺伊忠）『師郷記』

（6）家永遵嗣氏「室町幕府奉公衆体制と室町殿家司」（『人民の歴史学』第一〇六号、平成二年月）、高田星司氏「室町殿の側近公家衆について―応永・永享期を中心として―」（『国学院雑誌』第九五巻第九号、平成六年九月）など参照。
（7）たとえば一条兼良は康富を「莫大故実之者」と称美している（『康富記』嘉吉四年一月二十九日の条）。

（8）坂本良太郎氏「中原康富の学問」（『文化』第一〇巻第一一号、昭和十八年十一月）。

（9）一、二例挙げる。

『康富記』嘉吉四年（一四四四）正月二十日の条

自彼朝臣幼稚、就全経授受之事交談及多年者也。

『康富記』康正元年（一四五五）十二月八日の条

彼卿自童体時、予為読書細々罷向了。雖不積書之部、就内外有教訓之姿、雖不可依之。彼卿自然有数寄。遂以達大業之名。剰今及侍読之撰、是併貴殿之芳恩也。不知所謝之由、閑有演説。雖不相應、如此被謝之。豈亦非予之高名乎。歓喜感涙難抑之由申之。

のちに侍読をも拝命する菅家の人物が、非儒から全経を授かるということの意義については、後考を俟ちたい。

（10）坂本良太郎氏前掲（7）論文及び橋口裕子氏「中原康富と清原家との関わり」（『国文学攷』第一一九号、昭和六十三年九月）参照。

（11）『長弁私案抄』『快元僧都記』参照。

四　京都大学附属図書館所蔵『泰山府君都状』——翻刻と解題——

【翻刻】

泰山府君都状」（題簽）

」（見返）

」（遊紙）

（1）尊星王祭文（享徳元年八月十七日）

維亨[1]徳元年歳次壬申八月辛酉朔十七日丁丑南
瞻部州大日本國征夷大将軍従二位行権大納言
源朝臣[2]　敬白理智不二清浄法身遍照如来
教令輪身四[3]臂大聖不動明王十方三世一切諸
佛八万法蔵十二部経地前地上諸天菩薩聲聞
縁覺一切賢聖別本尊界會尊星王大士梵王
帝釋四大天王大吉祥大《（天カ）》司命都尉天曹都尉七
曜九執二十八宿十二神王六甲将軍一千七百善神
王閻魔法王泰山府君等諸冥宮《（官カ）》冥道鎮護國家
諸大明神乃至盡虚空遍法界三寶護法諸天」一オ
等而言伏惟居家門之長備服肱之良既傳将
營累代之嘉名竊待幕府極位之榮寵寤寐欲
報皇恩之罔極日夜要救生民之苦窮於焉今
年當三合厄運近日示諸社妖青[5]加之原[6]地大
揺司天密奏讃告非一兢懼且千何以攘彼災
不如修斯大[7]法夫尊星王者總括列宿長乎衆
躔中済度群迷掌於四天下内表佛眼妙用外

施法界利生威光照然答貺卓尓肆點素商
良辰[8]凝丹棘懇忱引廿餘口之浄襟重七ヶ[9]日之
法席廼請前大僧正法印大和尚位為大阿闍梨邪[10]
」一ウ
抑此法者臨證大師歸朝之期受全和尚秘訣之
法尓降寺門傳来兮効験大[11]著國家崇敬兮感
應無雙轉禍為福之謀息災延命之術然則乾
象上覆兮五行正度坤儀下載兮万世固基身
體安全玩蟠桃之花實壽筭長久期霊椿之春
秋橐弓箭矢而天下康寧聲[12]壌鼓腹而民間
愷楽祗敬至原[13]必其尚饗

　阿闍梨聖護院准后満意也清書伊忠卿也
　一本又加點進聖護院了依御所望也

（一行分空白）」二オ
」二ウ

【校異】柳原家所蔵『諸祭文故実抄』（史料編纂所所蔵謄写本）引用本文
1享　2臣の下に「義ー」　3「四臂」から「而言」まで省略　5告　6厚　7「大」なし。衍字か　8日　9箇　10耶　11太　12撃　13厚

（2）尊星王祭文（寛正二年九月十五日）

維寛正二年歳次辛巳九月戊戌朔十五日壬子南瞻
部州大日本國征夷大将軍従一位行左大臣源朝臣
敬白理智不二清浄法身遍照如来教令輪身四
臂大聖不動明王十方三世一切諸佛八万法蔵
十二部経地前地上諸天菩薩聲聞縁覺一切
賢聖別本尊界會尊星王大士梵王帝釋四
大天王大吉祥天司命都尉天曹都尉七曜九執二
十八宿十二神王六甲将軍一千七百善神王閻魔法王泰
山府君等諸冥宮冥道鎮護國家諸大明神乃至
盡虚空遍法界三寶護法諸天等而言夫尊星　」三オ
王者苞含七曜嚢括五星約久住於七百劫中
得冣自在施験威於一四天下利諸有情神仙
之棟梁薩埵之將師伏惟　外鎮撫邦國内輔翼

朝廷忠膽無私欲致君於尭舜冥助歆信冥伴
壽於松喬爰當三合之厄年專致一心之懇禱除
厄之道不若仰星躔延命之謀弗過修秘法因
茲抽精誠之心府賁瑜伽之密壇廼請前大僧正
法印大和尚位為大阿闍梨耶三井碩老一代尊師
率二十餘口之伴徒修一七ヶ日之大法事既嚴重
願盡國成然則攘災孽於未兆盛禍苗於無」三ウ
疆四夷咸休覲覦之心万國共歌愷悌之徳干
戈永戢車書混同早鑒至誠必垂尚饗
（八行分空白）」四オ

（3）泰山府君都状（応永二十六年十二月二十五日）

a　関連書状

来廿五日於室町殿可
被行如法泰山府君祭候
可都状令草進給之由
被仰下候也恐々謹言
十二月廿三日　兼賢
菅宰相殿」四ウ

b　本文

謹上　泰山府君都状
南浮州日本國征夷大將軍従一位源朝臣年
本命
行年
献上
金幣
銀幣
銀銭
白絹
鞍馬
勇奴」五オ
右　謹啓泰山府君冥道諸神等　言夫旅泰
山之礼年々匪懈致冥道之奠時々不休方今

擇吉曜而懇禱勵潔齊而精禋群霊降臨
稟無貳如法之嚴礼衆星擁護授息災延命之
昌榮庭前備累代之器物机上供當時之菓肴
府君感通嶽祇照視然則壽考与山嶽固徳
光倶日月萬民歌安全之化九族楽長生之心謹啓
　日本國應永廿六年十二月廿五日征夷大將軍従一位
源朝臣謹敬
（一行分空白）　」五ウ

(4) 泰山府君都状草関連書状（応永二十七年九月十二日）

泰山府君御都状草
可被載御都状條々
神道崇邪気
御風冷此等候
應永廿七年九月十六日
室町殿依御不例被祈之

有富調之云々　」六オ

(5) 泰山府君都状（応永二十七年十月二十三日）

謹上　泰山府君都状
　南浮州日本國征夷大將軍従一位源朝臣　年
　　本命
　　行年
献上　冥道諸神一十二座
　金幣
　銀幣
　銀銭
　白絹
　鞍馬　」六ウ
　勇奴
右　謹啓泰山府君冥道諸神等言夫旅祭泰
山府君号兩度祈謝祖神霊仙再征啓巍然之
霊致禱爾之懇誠惟切感應速成伏惟於一

人兮不存私征於四夷兮無不眠爰不例之氣
未快本復之體何遅然則擇定良辰恭備嚴礼
内者修七佛薬師之秘法外者伸七夜府君之祭
場授与嘉祥保万年之剛健擁護庸昧耀
億載之光榮謹啓
」七オ
日本國應永廿七年十月廿三日征夷大將軍従一位源
朝臣謹敬
右有富沙汰之廿三日草進了
（三行分空白）

（6）泰山府君都状（応永二十七年十二月二十四日）

謹上　泰山府君都状
南浮州日本國征夷大將軍従一位源朝臣　年
本命
行年
獻上　冥道諸神一十二座　」七ウ
金幣
銀幣
銀銭
白絹
鞍馬
勇奴
右　謹啓泰山府君冥道諸神等言夫旅五嶽
兮盡信於物啓群神兮致敬於心因茲擇玄冬
之良辰用臘月之吉曜如在之礼奠不怠如法
之精禋存誠懇禱累年瞻仰送日府君感通　」八オ
而身上息災冥道加護而天下安全棚者備金
銀壇者捧幣帛禱之擣仰之降祥家保無
疆之栄咸頼積善之慶謹啓
日本國應永廿七年十二月廿四日征夷大將軍従一位
源朝臣謹啓
勧修寺　廿三日草進了　被下御馬月毛
有富沙汰之

（三行分空白）　」八ウ

（7）天文勘文

有世卿注進

今月六日戌時彗星見乾方光芒五見許

天文録云彗学《孛カ》者除舊布新象也

河圖云彗星者天地之旗也

割州占云彗星者君臣失政濁乱三光五星錯逆

變氣之所生也

又云彗星有反者兵大起其國乱

又云彗星見必人主悪

又云彗学《孛カ》星悪氣所生也内不有大乱外有大兵

洛書云凡彗学《孛カ》見破軍流血死人如乱麻哭聲　」九オ

遍野臣殺君子殺父妻害夫小陵大百姓不安

干戈並興四夷来侵

（八行分空白）　」九ウ

」（遊紙）

〔解題〕

本書は京都大学附属図書館平松文庫に所蔵される祭文集である。本文としては五通収められているだけだから、さしたるものとは思われないかも知れないが、しかし十五世紀、応仁・文明の大乱以前の将軍家の祈祷・修法に用いられた祭文の本文であり、またその作成過程を知り得る点で魅力的な小品集といえる。

写一冊。請求記号〔一〇-タ-一〕。縦二十八・四センチ、横二十・五センチ。原装。波形刷毛目の紙表紙。五ミリほど内側に押八双がある。外題は左肩にペン書きの後補題簽で「泰山府君都状」とあり、上部五ミリほどを糊付けして貼り付けてある。縦六・二センチ、横一・五センチ。便宜的なものとみられる。料紙は本文、見返しともに同質の楮紙。墨付九丁、前後に一丁ずつ遊紙がある（翻刻では丁数に加えていない）。祭文詞章は毎半葉十行書き、毎行約二十字。「京都帝國大學圖書之印」（朱正方印・陽刻・単郭）が本文一丁オモテの右上に捺してある。またその左に平成三年十一月五日付の「146816」というスタンプが捺してある。奥書・勘物・付箋の類はない。

翻刻に際しては原文に近い表記を心がけた。本文中の（1）～（7）のタイトルは私に加えたものであり、またその前後に一行空白を設けた。

さて、本書には次の五通の祭文と一通の天文勘文とが収録されている。

（1）尊星王祭文（享徳元年八月十七日）
（2）尊星王祭文（寛正二年九月十五日）
（3）泰山府君都状（応永二十六年十二月二十五日）
（4）泰山府君都状草関連書状（応永二十七年九月十六日）
（5）泰山府君都状（応永二十七年十月二十三日）
（6）泰山府君都状（応永二十七年十二月二十五日）
（7）天文勘文（某年）

右に示した五通の祭文・都状はいずれも近い時期のものであることがわかる。さらに（3）には作成過程を示す書状が併載されている。また本文末尾に願主や草清担当者の記録が見られるものもある。このような点から、ある程度、本書編集の目的が推測できるのではないかと思われる。本節は翻刻が目的なので、解説はごく簡単に済ませておきたい。

なお、（7）天文勘文については未勘。安倍有世は室町初期の陰陽師で、室町期の陰陽道隆盛の礎を築いた人物といえるだろう[1]。応永前期、有世は私館でたびたび祭儀を行っており、その中の一つではないかと想像する。

（1）尊星王祭文（享徳元年〈一四五二〉八月十七日）

尊星王法は妙見菩薩を本尊とする修法で、本文中に記されているように、寺門に伝来したものであるから、本山派の聖護院准后がこれを行っている。この祭文の基本的な構成は次のように示される（段名は便宜上のもの）。

1　端の段…日付・位署
2　勧請の段…「理智不二」以下、神々の降臨を請う段
3　施主の段…「伏惟云々」以下、動機を述べる段
4　修法の段…「夫尊星王者」以下、修法のあり方を述べる段
5　願成就の段…「然則」以下、成就を願う段
6　書き止めの句…「祇敬至厚　必其尚饗」、結句

このうち、3施主の段と4修法の段とは入れ替え可能で、事実、（2）の本文では4修法→3施主の順になっている。東坊城和長はこれについて『諸祭文故実抄』で「何れも子細無きなり」と説明している。

このときの施主は誰であったか。本文中に「大日本国征夷大将軍従二位行権大納言源朝臣」とあることから、将軍足利義成（後の義政）であることが知られる。義成がこれを行った動機もまた本文中に、三合の厄運（大歳・害気・大陰の合する年で、天下に災いがある）に当たること、諸社で怪異が示されることが明記されている。

この法会を勤めたのは聖護院満意である。『師郷記』享徳元年八月十七日の条には次のように記されている（『迎陽記』にも関連記事あり）。

於室町殿、聖護院准后令行尊星王法給。

また清書は本文末尾にあるように世尊寺伊忠である。武家御願の修法のときは世尊寺家がこれを清書することが通例であった。ここには誰の草進か記されていない。しかし幸いなことに『故実抄』にも本作が部分引用されており、それには「作者　麟御草」と明記してある。「麟」とは「宗麟」のことで、すなわち和長の祖父益長の作であることが知られるのである。益長は応永十四年（一四〇七）東坊城長遠の長子として誕生。かつて将軍義教から二度も勘気を蒙って追い籠められたり、所領を召し上げられたりしたが（永享元、二年）、義成との関係は悪いものではなかったようである。文安四年（一四四四）、「義成」という諱を勘進したのもこの益長だった。本祭儀のあった一月後、すなわち閏八月十八日、益長は従二位に昇っているが、あるいはこの法会の功が評価に大きく関わっているのではないだろうか。なお、益長作の祭文草には文安六年（一四四六）四月十七日の「天地災変祭文」（清書・世尊寺行豊／祭主・勘解由小路在貞）が知られるが（『康富記』）、本文は残っていないようである。

東坊城和長は、『故実抄』において、自家に保管されている益長自筆の旧草を用いている。それと比較したところ、本文に若干の異同があったので、本文末尾に【校異】として示しておいた。いずれも実際に用いた清書なり、草案そのものではなく、草案の写しだから、それぞれに誤字があるものと思われるが、本祭文集所収の本文のほうに、明らかな誤字や対句になっていない句が目に付く。

（2）尊星王祭文（寛正二年〈一四六一〉九月十五日）

次の尊星王祭文は、寛正二年九月十五日に行われた法会で使われたものである。施主は将軍足利義政で、阿闍梨は聖護院。柳原紀光は『続史愚抄』で前大僧正満意もしくは道興かと考えている。しかし、満意は寛正六年まで聖護院門跡であるから、満意が行ったものとみて差し支えないと思われる。この点、検証を要するだろう。このときの修法の動機も（1）と同様、「三合の厄年に当たる」ためというものだった。

（3）泰山府君都状（応永二十六年〈一四一九〉十二月二十五日）

泰山府君祭に用いられる祭文を都状と呼ぶことになっている。泰山府君は陰陽道の主神であるから、朝幕を問わずに重んじられ、祭儀がしばしば行われた。この都状は、その祭の中で読み上げられたわけではない。若杉本『文肝抄』には「都状の事、御棚に置き、之を読まざる者なり」と記されている（『陰陽道基礎史料集成』所収）。この時期の作成過程については拙稿を参照されたい(2)。

構成は簡単である。まず「謹上　泰山府君都状」と書き、ついで位署を記す。改行して「本命」「行年」の二文字を横に並べる。次に献上品の目録を記し、文章を綴る。結句は「謹啓」とか「謹上」とか一語で済ませ、最後に日付と位署とを記す。草案段階では「本命」「行年」の下は空白にしておき、清書時に祭主たる陰陽師が書き加えることになっている。同様に献上の段もやはり品目だけ記しておく。その下に陰陽師が、清書の時、員数を書き加えることになっている。文章の段には特に規則はないから、その時々に応じて長短が生じる。ただし文頭に「右」の字を置き、その下に願主の諱が記される点はかわらない。この諱も草案時に記すものではない。そういうわけで、この本文は清書の写しではなく、草案のそれであるとみて間違いないだろう。

さて、本都状本文の前に書状の写しが掲載されている。来る二十五日に室町殿で泰山府君祭が行われるから、都状を草進するようにと、菅宰相に宛てたものである。差出人の兼賢については未勘。このときの菅宰相は東坊城長遠であろう。長遠は、貞治四年（一三六五）、東坊城秀長の長子として誕生。応永十八年（一四一一）、従三位。同二十四年、従二位。同年十二月一日、義持の子息首服につき、名字義量を勘進する。本祭文の作られた同二十六年には参議になっている（三月十日）。まとまった著作は残していない。

願主は将軍足利義持、祭主は明記されていない。当該期のこの種の基礎情報について、柳原敏昭氏が「室町時代の陰陽道祭」として一覧表を作成されている(3)。それに本祭儀も記載されているが、本資料によって草案が菅家の儒者（長遠か）の手になるものであることが知られる。

（4）泰山府君都状草関連書状（応永二十七年九月十六日）

誰の指示なのか不明。この時の都状本文は未確認。ここに示される文言から、平癒祈願が趣旨であったことが知られる。本書の配列からこれもまた将軍義持のためのものだろう。この頃、義持は病んでおり、そのことを示す記録が散見される。応永二十六、二十七年の頃は将軍義持の長患いの平癒祈願がいろいろ行われており、医師が狐を使った呪詛を行ったとして禁獄・流刑に処される事件も起こった。

本書状と近い時期の記録としては、たとえば『康富記』応永二十七年九月十一日の条がある。これによると、この日、室町殿の祈祷として泰山府君祭が行われている。また『師郷記』の同月十五日の条には次のようにある（『康富記』などにも関連記事あり）。

八幡一社奉幣也。為室町殿御違例、御祈祷被行之。委細在記録出奉幣文書。

さらに本書状の翌日の記録としては『兼宣公記』同月月十七日の条がある。

自室町殿被召下医師三位房、中風所為云々。良薬両種与之。可慎云々。

これらの記事から、九月十六日前後、義持の平癒祈願が随所で行われていたことが推測されよう。本書状に示される泰山府君祭が具体的にいつ行われたものであるかは不明である。同月二十日には回復の兆しが見え（『看聞日記』）、二十三日には義持は本復したとのことだから（『康富記』）、あるいは中止されたものかも知れない。柳原氏「室町時代の陰陽道祭」には記載がない。なお、実際には本復したわけではなく、食事も進まなかったという（『看聞日記』同日の条）。そしてそのまま翌月のさまざまな祈祷に至ることになる。次の（5）の泰山府君祭はそういった流れの中で行われたものであった。

（5）泰山府君都状（応永二十七年〈一四二〇〉十月二十三日）

このときの祭も（3）（4）と同じ動機が読み取られる。柳原氏「室町時代の陰陽道祭」に記載されているが、願主（主宰）が将軍足利義持であること、祭主（司祭者）が安倍有富であることは本資料によって確認されることである。草についてみると、「廿三日草進了」とあるばかりで、誰の手になるかは明記されていない。泰山府君祭のほかにも祈祷が行われており、『康富記』同年十月二十三日の条などには道興が室町殿で七仏薬師法を始行すると見える。『看聞日記』にも京から戻った田向長資が、室町殿の病気の祈祷として「七仏薬師法・泰山府君等行は」れたことを話したと記されている。本文中にも「内には七仏薬師の秘法を修し、外には七夜府君の祭を伸ばす」とあり、この二つの祈祷は連携して行われたものであったことが察せられる。[4]

なお、この都状の結句に「謹敬」とある。菅原家の故実をまとめた『諸祭文故実抄』では「謹啓」あるいはまた「謹状」の両方があると説いている。つまり菅原家の儒者が都状を草進するときは、（3）に見られるように、このどちらかを使っていたのであろう。そうすると、「謹敬」は和長が取り上げなかった他家の作の可能性が高いだろう。

（6）泰山府君都状〈応永二十七年（一四二〇）十二月二十四日〉

この泰山府君都状もまた将軍足利義持の願による。祭主は安倍有富で、草進については「勧修寺　廿三日草進了」とあり、報酬として月毛の馬を下賜されたことも記している。

柳原氏「室町時代の陰陽道祭」に記載あり。ただし祭主は不詳。本資料により、祭主が安倍有富であったこと、目的が義持の病気平癒祈願であったことが確認できる。

以上、簡単に各祭文について述べてきた。五通の祭文は応永二十六年（一四一九）から寛正二年（一四六一）までに用いられたものである。いずれも将軍家主宰のものと判断される。中には菅宰相に祭文草進の下命を伝える書状も含まれている。またそれぞれの祭文の末尾には修法を勤める聖護院准后に加点した祭文を進上したり、本文に入れるべき文言の指示をしたり、つまり武家方の国家的な祈祷・修法の伝達役としての性格を見て取ることができないだろうか。言い換えれば、武家伝奏の役である。また、有富について、「朝臣」を付けていないことは官位が有言よりも上位であることが窺われるだろう。いずれにしろ、今後、本格的に考証を進める必要があるだろう。今は翻刻紹介を主とし、簡単な解題を提示するにとどめておきたい。

注

（1）柳原敏昭氏「室町政権と陰陽道」、村山修一氏他編『陰陽道叢書』2（名著出版、平成五年六月）所収。

（2）本書第Ⅱ章第三節「室町後期紀伝儒の祭文故実について」。
（3）柳原氏前掲（1）論文。
（4）義持の時期の祈祷については富田正弘氏「室町時代における祈祷と公武統一政権」（『陰陽道叢書』2所収）に詳しい。

五　戦国初期の儒者——高辻章長伝——

はじめに

応仁・文明の大乱によって朝儀は退転・衰微し、担い手たる公家衆には在国を余儀なくされる人々も増えてきた(1)。故実の断絶が危惧され、また文書等の紛失、資金の不足によって正しい朝儀の実施がままならない時節が到来したのである。

公家衆のなかには武家の力を借り、また接近することで己の栄達を企てるものもあれば、五山の新義を思想に取り込み、時流に乗じようとする者も現れた。

こうしたなか、古くからの朝廷の伝統を頑なに守り通そうという立場にある公家衆もあったことは想像にかたくない。とりわけ菅原家の面々は全体としてこの立場を堅守していた。足利将軍義稙が京を追われ、政情が一層混迷していた頃、保守の立場に徹した彼らであった。なかでも東坊城和長は故実書を編むことで伝統の断絶を抑え、且つ新義・誤解の入り込む余地を減らそうと図ったようである。その和長を助けながら、戦国初期の菅原家の中枢として成長していった儒者がすなわち高辻章長であった。

十五世紀後半の菅原家は唐橋・五条・高辻・東坊城の四家が揃って公卿を出して盛りたて、西坊城家が東坊城家の庶流として補佐的な家系を保っていた。このうち、北野の長者は左に示したように、主として二流ある唐橋家から出ていた。

在公…（中略）…在敏（早世）—在直[1]—在綱[3]—在永—真照（観智院権僧正）
公氏…（中略）…在遠（早世）—在豊[2]—在治[4]—在数（横死）—在名…（下略）

このように、この時期、唐橋家二流から交互に長者が選出されていることが知られる。十五世紀末、長者を務めた唐橋在治は延徳元年（一四八九）、七十六歳の長寿を全うして他界した。しかし、後継の在数はまだ若く、庶流も絶え、五条家や東坊城家に時に合う人がなく、高辻家の長直が長者となった。この間、明応五年（一四九六）正月七日のことであるが、在数が九条亭で殺されてしまう。この事件は多くの長者を出していた菅家の本流ともいうべき唐橋家の零落のきっかけとなった。家自体はこの後も存続するが、もはや長者も侍読も出なくなってしまう。この事件について、高辻長直・東坊城和長・高辻章長・五条為学の四人の連署で朝廷に九条関白家に対する厳正な処置を申請した。長直は長者で以下はそれぞれの家の代表ということだろう。西坊城家からも顕長が会議に加わったが、すでに出家の身であるから、申状には署名していない。それ以降、菅原家はこの三家によって展開していくことになる。

1　高辻章長の伝記的考察

そもそも高辻家は鎌倉期菅原家中興である為長の子息長成を祖とする。長成は元久二年（一二〇八）に誕生。その兄には唐橋在輔の養子となって跡を継いだ公良がいる。公良は北野の長者で後深草・亀山両天皇の侍読となり、文応元年（一二六〇）に没した。長成もまた両天皇の侍読となり、のちに北野の長者になっている。弘安四年（一二八一）十二月十五日死去。享年七十七歳。著作には、後世、改元時の年号選定にあたって広く参照された『元秘抄』がある。

ついで家を継いだのは子息清長である。その後、侍読や長者を出しながら室町期に至る。十五世紀半ばに出た継長は侍読の労によって文明二年（一四七〇）、権大納言となる。これは高辻家にとって初めてのことであった。ついでその子長直が継ぎ、本節で取り上げる章長が当家を継ぐ。

左に織豊期までの高辻家の略系図を次に挙げておく。「長」は長者、「侍」は侍読を表す。

長成《長・侍》（弘安四《一二八一》没）―清長（嘉元一《一三〇三》没）―長宣（正中二《一三二五》没）―国長《長》（応安三《一三七〇》没）―長衡《侍》（康応元《一三六一》没）―久長（応永二十一《一四一四》没）―長広（享徳四《一四五五》没）―継長《侍》（文明七《一四七五》没）―長直《長・侍》（大永二《一五二二》没）―章長《侍》（大永五《一五二五》没）―長雅《長・侍》（天正八《一五八〇》没）

ａ　高辻章長の略歴と為人

高辻章長は、文明元年（一四六九）、高辻長直の嫡子として誕生した。延徳二年（一四九〇）一月二十八日、二十二歳で少納言となり、明応二年（一四九三）三月二十五日、式部少輔、翌三年八月、文章博士となる。明応五年（一四九六）二月五日、先述した唐橋在数殺害の件につき、高辻長直・東坊城和長・五条為学と連署で朝廷に訴訟する。申状は章長の草清になる。そして文亀三年（一五〇三）十二月二十九日、正四位下に叙す。この頃から順調な出世の様子が諸記録に散見されるようになる。この時のことについては翌四年二月、三条西実隆が日記に次のように記している。

抑章長朝臣正下四位事、去年雖所望申、三ヶ年加級事過分歟間抑留。近日勅許処、猶可為去年宣下之由頻申之由被仰之。近年人々昇進早速之間、諸人有鷹揚之志歟。為之如何。

まず章長は明応十年（一五〇一）、従四位上に昇った。ただし三ヶ年で加級することは過分であるということで、抑留することになった。そこで翌年加級することになったのである。これに対して章長は実質的には文亀四年に昇進したのであるが、形式上は文亀三年の宣下ということにしてもらいたいと頻りに所望したとのことである。結果、前年の十二月二十九日として勅許がおりることになった。おそらく、章長はかたちだけでも前年度の昇進ということにしておけば、次の昇進の時期も早まると考えたのであろう。三年十二月と四年二月とでは二ヶ月の間隔しかないが、形式的には一年もの差ができるのである。右の記述からすると、実隆自身はこれを好ましいものとは考えていなかったようであるが、時勢として容認していたものとみられる。自身の子息公条が文亀三年二月十四日、正四位下の宣旨が下ったときには「去々年三月、従上に叙す。三箇年、強ち過分に非ず。予、連年、加級せしめ了んぬ」と述べているのである（『実隆公記』同日の条）。

この例からも知られることだが、章長は実隆を口添えとして頼みにすることが多く、出世に対する意欲はほかにも『実隆公記』に窺われる。永正四年（一五〇八）四月の従三位所望、同年十一月の大弁所望、同五年七月の参議所望（翌年十月実現）などである。

ところで永正三年（一五〇六）の後柏原天皇の侍読所望は実隆息公条の申沙汰によるものだが、実質的には実隆の斡旋だったことが長直の実隆に宛てた書状の文言から知られる（『実隆公記』永正三年十二月紙背）。

抑章長侍読事、不顧未練懇望之処、依御申沙汰　勅許。眉目云洪恩云、旁以不堪抃悦至候。

さてこのとき、東坊城和長も同時に侍読を拝命している。すなわち五条為学は日記『拾芥記』に次のように記している。

章長朝臣望申侍読之処、今日　勅許也。菅宰相和長卿為上首之間、同候侍読。頭中将公条朝臣申沙汰也。

つまり章長を侍読に任じるにあたって、和長も同じく任じられた理由は上首であるからということであった。『看聞日記』永享九年（一四三一）八月二十九日の条にはこれに関連する興味深い記述がある。

抑為清朝臣上階宣下。上首長政朝臣・長郷朝臣、同上階。菅家人々、不乱位次云々。為清朝臣、就詩事、上階云々。

五条為清に従三位の宣下があったとき、西坊城長政と高辻長郷とは共に為清の上階にあった。菅原家は位次を乱さないという例に任せ、功績のあった為清の昇進にあわせて、同日、この二人もまた従三位となったのである。ちなみに高辻家庶流の家長も上階だったので、この日、同じく従三位に昇っている。和長が、永正三年、侍読の自薦なり他薦なりをして所望していたかは分からないが、結果的にはこの家例が和長にも利することとなったといえる。為清が侍読を拝命したとき、同日昇進した面々は侍読を命じられたわけではないから、和長が章長と同じく侍読に候じることになったのは、儒者としての実績や章長に対する指導的立場が斟酌されたものと想像される。

ともあれ、章長はこのように人並みに朝廷社会での上昇志向をもつ公家であり、その際、三条西実隆を頼みにしていたことが知られる。それは家の繁栄にもつながるものであるから当然のことであろうが、しかし章長の場合、その人柄が窺えるのは父長直の昇進についての働きである。すなわち『実隆公記』永正三年八月九日の条には次のような記述が見られる。

章長朝臣来。父卿所労難治之躰也。昇進事、数年懇望、只此事也。可為如何哉之由、被相談。

父長直が病床に臥し、数年懇望していた昇進もいまだ果たしていない。そのことで実隆に頼みにいったのである。恐らく実隆の口添えの結果であろう、翌日、長直は昇進した。

抑長直卿昇進事、章長・為学奉公事、懃学之儀、悉皆扶持之間、別而朝奨異于他之趣也。女房奉書等、別調置之。

長直自身の努力の賜物ではない。章長と為学とが朝廷に奉公し、勉学に勤しんでいる様子が他に比して際立っているので、父長直の昇進を許したのである。要するに親孝行の徳ということである。ここで為学が並んで出てくるのは、為学もまた高辻家で章長とともに成長した人物だからである。これについては後述しよう。ちなみに長直はその後病気も癒えて長命し、大永二年（一五二二）に八十二歳で他界した。

さて、章長が参議になったのは永正六年（一五一〇）十月十一日であった。菅原家としては参議に昇れば一応所期の目的を達したものと考えられていたのだろうか。江戸中期の『故実拾要』巻第十一「紀伝道」には、菅家は「二三位大納言に至りて先途と為す」と見える。二位は古くからの先途であるが、実は権大納言は康正二年（一四五六）の東坊城益長が初例なのである。永正六年の段階ではほかにまだ長禄二年（一四六〇）の唐橋在豊、文明二年（一四七〇）の祖父高辻継長の計三例しかなかった。つまり江戸中期とは違っていまだ恒例として認識されていたとはいいがたいのである。納言にならず参議になって終わる者も多かった。昨年の永正五年、従三位になったのち、章長は参議を申請していた。しかしその時は勅許がおりなかった。実隆はこれについて「四位参木と散三位と、其の路、格別也。瑕瑾に非ず」と慰めているが（『実隆公記』永正五年七月十九日の条）、章長にとって三位にして参議となることは高い望みであったことがうかがわれる。ともあれ章長は参議になってから、昇進についての際立った働きかけを見せなくなる。

その後、越州（越前）に下向することがあり、帰洛したのは同十一年五月二十七日であった（『公卿補任』）。ついで同十三年（一五一六）十二月二十三日には再び越前に下向（『公卿補任』）。同十五年正月六日、越前在国のまま、従二位となり、その年の十二月七日、帰洛する。時に五十歳であった（『公卿補任』）。そして大永元年（一五二一）五月二十三日、再度一乗谷（朝倉孝景の代）に下向する。そして同五年一月四日、かの地で客死する。なお、かの地でどのような生活を送っていたのか全く不明であるが、米原正義氏の推測されるように漢籍の講説をしていたのであろうと思う(2)。享年五十七歳であった。法名慶学。

章長没後、五条為学は三条西実隆に宛てた書状のなかで章長死去を報せ、且つ高辻家存続の援助を請うている（『実隆公記』大永六年七月紙背）。

抑李部事、御懇仰、畏存候。上洛を相待候処、如此儀、失力候。過賢察候。長雅、一向東西不弁事候。雖然、広橋内縁と申、自越州不相違可申付之様、承及候。如何様にも一跡遺置候様、御入魂奉憑候。委曲旁可参申入候。

此由可被申入候。恐々謹言。

生前、章長は権中納言で終えたが、これは菅家としては相応の位である。が、先述のように十五世紀後半から権大納言に昇る人物が現れてきた。その流れも手伝って、弘治二年（一五五六）十一月二十九日、権大納言を追贈されている。

高辻章長という人物は青年期こそ人並みに昇進に対して意欲的な動きを見せていたようであるが、四十代に至り、次第にこの種の望みを実隆などに取り沙汰してもらうこともなくなったかに見える。後年はもっぱら越前の朝倉家を頼り寄寓することになった。

章長がどのような思想を抱き、社会をどのように見ていたのかは、正確なところは把握できない。しかしながら、幾つかの断片的な資料からその一端を知ることは出来るものと思う。

もともと章長は十代の頃から逸材と見られていたようである。文明十六年（一四八四）一月二十一日、十六歳のときに近衛家の月次和漢会の執筆を勤めたが、そのとき、近衛政家は日記『後法興院記』に「器用の者也。菅儒再興か」と記している。このように、十代のころから一目置かれる人材であった。そのまま長じたのであろうか。のちに勤勉な人物として受け取られていたもののようで、『天文雑説』（古典文庫所収）には「菅原の黄門あき長は、近代の儒才にて、天性うるはしき人なり」と記されている。[3]また訃報を聞いた鷲尾隆康は日記『二水記』大永五年一月十四日の条に次のように書きとどめている。

勤学雖有其誉、堪忍依不事行、数年寓彼国。不幸短命可惜可哀。

章長の勤勉さは世に知られるところであるが、「堪忍、事行かざる」ことがあって越前朝倉家に寄宿していたとある。つまり京での生活はなりがたいということで、家計が逼迫していたことが知られる。これは何も高辻家に限ったことではない。三条西家が困窮していたことは周知のことであるが[4]、西坊城顕長[5]や同時期の世尊寺行季は堪忍なりがたく出奔を志し（『実隆公記』永正二年三月四日の条）、東坊城和長もまた窮乏していた。

このような慢性的な困窮状態にあって勉学や朝務に勤しんでいたわけである。章長は昇進のためにしばしば三条西実隆を頼っていたが、父長直の昇進についてもまた、実隆に口添えしてしてもらうことがあった。その時の昇進理由は、先述したように「章長・為学奉公の事、懃学の儀、悉皆扶持の間、別して朝奨他に異なるの趣也」というものであったことからも章長の人柄はうかがわれる。

なお、章長の居所であるが、高辻家が具体的にどこにあったのか、判然としない。明応四年（一四九五）七月四日、焼失している（『晴富宿禰記』）。また『拾芥記』永正元年（一五〇四）十二月八日の条には次のような記事が見える。

盗賊入高辻亭。就鄰、雖窺予処、追出之。

すなわち自宅に盗賊が乱入することがあったが、怪我人は出なかったようである。とりあえず、高辻亭が五条亭に隣接していたことは知られる（『実隆公記』『宣胤卿記』にも関連記事あり）。

b　周辺の血縁者

次に章長を取り巻く血縁者にどのような人物がいたか、見ておきたい。

父は高辻長直。長直は嘉吉元年（一四四一）、継長の子息として誕生。文明十七年（一四八五）、四十五歳で従三位となっている。その後、参議、式部大輔を経て永正八年（一五一一）、七十一歳で正二位に昇り、その十一年後の大永二年（一五二二）他界。享年八十二歳という長命であった。まとまった著述は残されていない。さしたる功績も見受けられない。東坊城和長は長直が権中納言になったとき、「無芸無才と雖も黄闥の班を澄し、長者の職に居す、誰人か快を感ぜざらんや」と記している（『和長卿記』延徳四年九月二十一日の条）。章長との父子間の関係は晩年まで良好で、三条西実隆亭を連れだって訪っては談話や聯句を行っている。

母については実母か定かでないが、大中臣（藤波）伊忠の姉が確認される。すなわち『実隆公記』文亀三年六月十二日の条に次のように記録される。

抑式部大輔室祭主姉一昨日逝去。章長朝臣女二才同逝去云々。不便々々。

この時の式部大輔は長直である。室とは伊勢神宮の祭主第八十六代の藤波伊忠の姉をさすだろう。

章長室は権大納言日野町広光（永正元年没）の女である。子息に高辻長雅・日野町資将等がいる。

次に子供についてみておこう。管見では五人確認できた。

①某女

まず章長の子としての初見は女子である。すなわち前掲の『実隆公記』文亀三年六月十二日の条に「章長朝臣女二才、同じく逝去」と見える。文亀二年（一五〇二）に誕生。時に章長三十四歳であった。章長の母と子とが同日に亡くなっているのは同じ病気によるものだろうか。

②長雅

それから随分経ち、永正十二年（一五一五）八月二十五日、一男をもうけるが、その母は日野町広光の女であった。章長、時に四十七歳。この子が長じて高辻家を継ぐことになる長雅である。

高辻長雅は、永正十八年（一五二一）、七歳で早くも元服し、文章得業生に及第する。この幼齢での元服は、章長の在国によるものか、章長が既に高齢であることによるものか定かではない。享禄五年（一五三二）七月四日、十八歳で大内記となり、翌天文二年七月二十七日、少納言に任じる。大内記は同五年一月十二日に辞するが、同年三月九日に還った。そして同十六年二月二十四日、三十三歳で従三位に昇り、同時に左大弁に任じる。翌年三月二十三日、参議。翌十八年八月十四日、正三位。同二十年三月二十七日、大学頭。同二十二年一月十三日、従二位と、順調に出世をしている。これは父章長を凌ぐものだろう。そして同二十四年二月二日、四十一歳のときに参議八年の労を賞され、権中納言に任じられた。同年十月八日、文章博士。永禄二年（一五五九）一月六日、四十五歳の時、正二位に昇る。同年十一月十日、式部大輔に任じ、文章博士を去った。翌年二月十八日、正親町天皇に進講。同五年十一月一日、権中納言を辞し、翌永禄六年、四十九歳で氏の長者となる。父章長は長者になる資格があったが、その前に他界してしまったので、高辻家としては祖父長直以来であった。この時の長者就任は、先代の長者五条為康が十一月二十二日に他界したことをうけたものであるから、長雅が任じられたのはそれから間もなくのことであろう。

③資将

次男は永正十五年（一五一八）三月九日に誕生した。資雄と名づく。章長、時に五十歳であった。母は長雅と同じく広光の息女である。この子は高辻家代々の「長」の字が付いていないから、早くから日野家庶流の町家に養子として迎えられたものと思われる。資将は記録の上ではその祖父広光の子となって町家を継ぐことになる。天文十一年（一五四二）閏三月十三日、二十五歳で正四位になり、同十三年、参議となる。同年三月十九日、従三位に昇る。この年十一月二日には豊前に下向し、翌年まで在国することになる（『言継卿記』『公卿補任』）。同十五年正月には正三位に叙し、三月には権中納言に任じるが、同十八年四月、どういうわけか逐電する（『公卿補任』）。そして弘治元年（一五五五）十月二十四日、伯耆国で客死している（『公卿補任』）。章長との交流の実態は不明である。

④長助

勧修寺聖光院の権少僧都である長助は章長の猶子である（『言継卿記』天文三年三月二十日の条）。しかし実父が誰であるかは不明。

⑤御阿子局

同様に後奈良天皇朝の内裏女房である御阿子局も章長の猶子である。山科言継はこの女房を長雅の妹と記しているから（『言継卿記』天文十五年一月二日の条）、章長が四十七歳以降に迎え入れたものだろう。

章長の子供として管見に入った人物は以上であるが、このうち重要な人物は長雅と資将とであろう。すなわち高辻家は長雅が継ぎ、二男の資将は町家を継いだのである。

c　周辺の重要人物

次に東坊城和長と五条為学とについて簡単に触れておこう。

東坊城和長は後土御門・後柏原両朝期に活動した儒家で、精力的な文筆活動は歴代菅家屈指といえる(6)。父東坊城長清は和長元服前の文明三年（一四七一）に伊勢で客死する。文明十九年に文章博士、明応五年に大内記、そして同十年に従三位となった。永正三年には後柏原天皇の侍読となる。参議・大蔵卿を経て正二位権大納言に至ったのが永正十七年、時に六十一歳のときであった。翌々年の大永二年（一五二二）には氏の長者となり、享禄二年（一五二九）に他界。享年六十九歳であった。日記『和長卿記』を残す。章長から見れば上司に当たるから、章長は和長に文書作成を命じられて草したり、祭文や多武峰告文などを草しては和長に添削を請うたりしている。職掌の面では、和長の補佐役として活動する(7)。為学が和長の門下になった時（明応五年十二月一日）、高辻長直・章長も同伴する。これは一つには為学が高辻家で養育されたこと、もう一つには父長直につくのは立て前で、実質は為学とともに和長の指導を受けるつもりだったことによるのだろう。

五条為学は五条為親の子として誕生。しかし早くに亡くなったために、為学は高辻家で成長することになる。つまり章長とともに長じたのである。長直は大永二年（一五二二）九月六日に他界するが、その一月後の月忌に実隆から一荷両種が遣わされた。その礼状をしたためたのは為学である（『実隆公記』大永二年三月、閏三月紙背）。章長不在中、長雅の後見として高辻家を守っていたことが窺われるだろう。また、章長没後には高辻家の支援を行い、三条西実隆に助力を仰ぐことになるが、これもまた当家への恩に報いた行いであったといえるだろう。明応八年に大内記、文亀元年に文章博士、永正十一年に従三位になり、以降、大永元年に大学頭なども兼ね、天文十二年（一五四三）、従二位権大納言のときに他界。享年七十二歳であった。和長没後の享禄二年に氏の長者となり、後奈良天皇の侍読を天文五年に拝命している。日記に『拾芥記』がある。分量的には僅かだが、職務に関する記述が詳細で、紀伝儒の実態把握の上では貴重である。章長とは幼年期からの経緯もあり、昵懇であり、章長不在時の高辻家にとって重要な存在として章長に頼られていたと考えてよいだろうと思われる。

次に菅原家ではないが、章長の近くにいて親しく接していた三条西実隆・公条に少し触れておこう。

三条西実隆は当時最大の学者で、その知識は和漢の枠を越えていた。至って筆まめな人物でその日記は多年に亘り詳細である。また和歌の記録も膨大で、当時随一といえるだろう。文章に長け、また詳しい人物であるだけに、東坊城和長や中原師富といった儒家や月舟和尚・佐首座ら禅僧との文談を楽しみ、一方で諷誦文・願文などの批評は手厳しい。章長は実隆に添削を請うこともあった。章長が平生実隆を頼みにしていたことは先述したが、その他にもしばしば三条西亭を訪い談話や聯句に興じている。また高辻亭の屋根葺きに合力することもあった（『実隆公記』永正六年閏八月十四日の条）。

三条西公条は実隆の子息である。章長は実隆の依頼で長年、公条に読書をしていた。対象作品は『蒙求』『文選』である。勿論、公条は章長のみから学んでいたわけではない。清原宣賢からは『春秋左氏伝』（永正五年）を授かっているし、『文選』は章長の後、佐首座からも授かっている（永正五年）。

実隆は章長の文章の添削なども行っているので、一面、学問の師ともいえるだろう。その点では父長直や和長もまた同様の顔をもっている。ただ、四書五経の類を誰から学んだか、今のところ、確証が得られない。『論語』の文字読みについては、章長は為学とともに中原師富から受けている。和長の嫡子長標もまた八歳の時に師富から『孝経』を学んでいる（『和長卿記』明応六年六月十日の条）。師富は故実に通じた明経家としてだけでなく、菅家の教育面でも重んじられていたことを考慮すると、あるいは章長も幼少期から師富に読書の指南を受けたかとも想像される。

2　章長の学芸

a　高辻章長と漢籍

章長は、平生、詔勅等の草案や漢籍の講説を職としていた。前者は通常の職務であるから例を挙げるまでもないが多武峰告文（『和長卿記』明応六年二月二十五日の条）、春日祭祭文（『実隆公記』永正四年三月十六日の条）などが記録に見られる。

漢籍の講説としては諸家の家庭教師としての働きが目立つ。章長は確認されるだけでも鷹司家・近衛家・三条西家・伏見宮家にはじまり、後柏原天皇の侍読を勤めている。簡単に整理しておきたい（日付は開始日）。

明応四年（一四九五）十一月二日・鷹司亭・『孝経』（『後法興院記』）

章長二十七歳のときのことである。これには関白近衛尚通も聴聞に来ていた。十一月二日に開始して同月二十八日に結願。全五席だったようである。

文亀二年（一五〇二）四月二十三日・伏見殿・『孝経』（『実隆公記』同月二十七日の条）

四月二十七日に聴聞した実隆は「聴聞、尤も感有り」と感想を述べている。

文亀三年（一五〇三）二月十五日・伏見殿・『貞観政要』（『実隆公記』）

これには実隆や公条がたびたび聴聞に参っている。同年八月十九日まで記録が残るが、これが最終日ではなく、まだ暫くは続いたようである。四月十日に第一巻が終功。第一巻は二編から成るが、これに七回費やしている。全四十編ならば八月に終わるはずがないが、邦高親王の近臣実隆の日記に記録が見られなくなったということは、全編ではなく部分的に取り上げていたということであろう。

永正元年（一五〇四）三月二十日・近衛亭・『毛詩』（『後法興院記』）

三月二十日が初見であるが、二十八日、すでに第五巻を終えているから、開始はそれ以前であろう。各巻二箇月くらいかかっているから、前年末に開始したのではないかと想像されるが、やはり全巻を対象としたものでないから、全回数は判然としない。同年六月十九日が最終記録である。

永正元年閏三月二十日・三条西亭・『蒙求』（『実隆公記』）

公条の発起で開始する。「補注を以て之を講ず」とあるから、テクストは『標題徐状元補注蒙求』三巻であったことが知られる。聴聞した実隆は「其の所作、神妙也」と評する。この日は吉日ということで公条は『文選表』の文字読みも受けている（次項）。この講釈には甘露寺元長・姉小路基綱・三条実望・下冷泉政為・園基富・松田頼亮ら多くの人が聴聞しに来た。実隆は、五月三日、公条に『補注蒙求』の書写を課している。月に五回ほど開き、二・十二・十七・二十二・二十七日が定例日であった。上巻の終功は七月二日。九月に中断し、十月十七日に再興。十二月十九日に中巻終功、引き続き下巻を開始。これがこの年最後の講釈で、翌二年二月二日に再興。四月二十七日が最終日であった。

永正二年（一五〇五）五月二日・三条西亭・『文選』（『実隆公記』）

永正元年閏三月二十日、『蒙求』講釈と併せて公条のために『文選表』文字読みが行われた。実隆はさらに翌年二月五日、公条に『文選』付訓を日課として命じ、そのために章長から『文選』を借りている。そして、五月二日に読書を開始。定例日はおおよそ『蒙求』と同じであるから、『蒙求』講釈の続きとして位置付けていたものだろう。十月十二日、巻第六が終功したが、『実隆公記』には「六臣注」と注記してある。すなわち六臣注六十巻を用いていたことが知られる。公条以外にも聴聞衆は少々あった。同五年三月十六日に終功。なお、公条は、後年、三宝院義堯に文字読みを授けることになる（『実隆公記』享禄四年七月）。

永正三年（一五〇六）十二月五日・後柏原天皇の侍読となる。

永正四年（一五〇七）三月二十六日・禁裏・『史記』「五帝本紀」（諸書）

永正六年（一五〇九）一月十七日・伏見殿・『毛詩』（『実隆公記』）

初見は一月十七日であるが、この日取り上げたのは第十一「鴻鴈篇」であった。五月十三日、閏八月三日の記録が見える程度で、詳細は不明である。

永正八年（一五一一）十二月十三日・後柏原天皇・『漢書』「高祖本紀」（諸書）

永正九年（一五一二）閏四月十四日・禁裏・『東坡詩集』（『実隆公記』同月十六日の条）

永正十六年（一五一九）四月十五日・禁裏・『東坡詩集』（『実隆公記』）

以上が講義の記録である。この中で、晩年に侍読としてではないが、御前で読書していたものが『東坡詩集』であった。章長自身、東坡という人物に対する興味は深かったようである。それは半井保房亭で曝涼をしている時に語った事柄から察せられる。これは章長の人柄が窺われる貴重な記録なので、長文であるが煩を厭わず掲載しよう。

『聾盲記』永正十七年（一五二〇）四月二十九日の条

①高辻殿、於㆓此亭㆒書籍《ノ》虫払《ヒ》サセ給也。種々雑話ス。

②今ノ天下ノ躰ヲ見ニ、アサマシキ躰也。就㆑其、当時ノ武家ノ公事ノ躰、一向道理ト云物ハタ、ヌ也。勝事也。

③昔、子路ト云物ハ果敢決断ニシテ片々ノ言ヲ聞テハ聽テ理ヲ弁スル也。両方ヲ聞ニ不及也。孔子ハ猶其上ガアル也。其謂ハ、必令《スン》㆑無《ラ》㆑訟乎《ヘカ》ト云テ両方ノ道理ヲ弁ルニ不及也。其謂ハ尭ノ民ハ譲《ユツル》㆑坪《クルヲ》ト云テ、仮令為中ヨリ百姓カ公事ヲ申シニ都《ミ》ヘ上リタル処ニ、都《ミヤコ》ノ者ノ正直正論ナルヲ見テ、此民サヘ、如㆑此、正直ナル程ニ尭ノ御事ハ不㆑及㆑申。然間、我等二人無用ノ事ヲ申テ無㆓曲事㆒也ト云テ、両方和睦スル也。此賤キ民サヘ、如㆑此、正直ナル間、上ノ御成敗ハ推量申タルト云也。如㆑其、孔子モウタヘ迄ニ及マシキト有㆑仰也。聖人ノ一般ノ上ノ事也。

④又云、柳文四十五巻・韓文四十巻ハ文章ノ父母ト同シ。喩《タ》ハ東坡・山谷ノ如也。柳子厚与㆓韓退之㆒ト知音也。柳子厚ハ劉禹錫ト事外知音スル也。韓退之ハ張籍ト知音スル也。又宋朝ニテ東坡、山谷知音也。山谷ハ東坡ヲ師トシテ詩ヲ作也。東坡ハ欧陽・頴叔ヲ師匠トスル也。杜子美ヲ本トスル也。

⑤東坡ハ九ヶ国へ被㆑流也。五十余ニテ翰林学士ニ成タルカ第一也。王荊公ト云者ト中カワルキ也。依㆑其度々流ル、也。此王荊公ト両人シテ成敗ヲシタル処ニ荊公ハ利欲ノ成敗ヲ本トスル也。東坡ハ無用ナリト云程ニ荊公カ方ヲスル者モアリ、東坡カ方ヲスル者モアリ。二ツニナル也。乍㆑去、利欲ノ方へハ人カツク者ナル間、東坡カ方ハ少ナキ也。此荊公モ作者也。東坡カ詩ヲモ美ルト云々。東坡ト子由トハ兄弟也。乍㆑去、東坡ト子由ト程中ノヨキ兄弟ハ無ト云々。子由モ又文章者也。コレモ雷州ナト云テ一二ヶ国へ被㆑流也。東坡ハ当君ノ御事ヲアナタコナタニテ散々ニワロク言シタル間、其ヲ人カ上へ告申也。然ル間、度々被㆓流罪㆒也。東坡カ父モ東坡程コソナケレ、文章者也。東坡カ五百言ノ詩ハ道ヲ行キ〳〵作ル詩也。一対〳〵作リタルヲ取聚メテ後ニ記スル也。妙也。

⑥又、孔子、聖人ト云テ一向ニ人ヲ殺スマシキニモ非ス。孔子モ小正卯《ホウ》ト云者ヲ被　レ殺ト云々。一人ヲ殺シテ万

人ヲ救フ程也。聖徳太子モ又守屋ヲ被レ殺。尭・舜モ四凶賊ヲハ成敗セラル、也。

⑦又、日本ノ源氏ト云草子ハ喩ハ荘列ノ書ノ如キ也。無キ事ヲ有〳〵ト。

①は保房による地の文。永正十七年（一五二〇）は天皇に『東坡詩集』を講説した翌年である。

②では現在の武家政治を批判する態度が示されている。時の将軍は義稙である。この章長の談話の二ヶ月前には徳政令を出しており、また義稙は翌年には管領細川高国と対立して将軍職を追われることになる。すなわち政治が極めて不安定な時期であった。ここでいう「公事」とは③の談話から武家の訴訟の処理の在り方を指すものとみられ、これを公然と難じているのである。その根拠に③の孔子の例を挙げている。「譲垪」の故事は『史記』「五帝本紀」に見える。聖君の感化で農耕する民が互いに畔（垪）を譲り合ったというもの。

④では柳文（柳宗元・柳子厚）、韓文（韓愈・韓退之）を文章の父母とし、蘇東坡（蘇軾）・山谷（黄庭堅）もこの両者の関係と同じだと説く。

⑤では東坡と王荊公との関係、両者の公事に対する態度の相違、東坡の人柄、東坡の詩作の在り方を説く。すなわち荊公は東坡の詩の才能を認めながらも仲が悪いので東坡は度々流刑に処された。荊公が「利欲ノ成敗ヲ本トスル」のに対して、東坡はこれを無用とする。東坡は当代の帝の批判を所々でしたために幾度も流刑に処されたが、その道々で詩作した。後にこれを「取リ聚メテ」詩集にまとめた。章長はその詩を「妙也」という。

⑥では聖人である孔子や聖徳太子、尭・舜もまた必要とあれば罪人を殺した。「一向ニ人ヲ殺スマジキニモ非ズ」と説き、死刑を必ずしも否定していない。

⑦は話題が転じている。すなわち『源氏物語』は『荘子』『列子』のような本で、ないことをあるように書いているという。章長は若いころから連歌会に参加し、禁裏での月次和漢聯句の御会では執筆をたびたび担当し、また歌も作っ

ているから、ある程度、漢学だけでなく、和学にも理解があったと見ていいものと思われる。教え子である公条も「先づ此の物語の大綱、荘子が寓言にもとづけり」と説いている（『源氏物語細流抄』巻一「大意」）。

右の談話記録では、章長が当世の武家の政治、とくに訴訟事が誠実に行われていないと見ており、また刑罰についての私見を歴代の聖人の例を挙げて述べている。東坡について理想視しているとは思わないが、「利欲ノ成敗ヲ本トスル」在り方は採らなかった点に共感し、併せて詩人として思い入れを持っているようである。両者の優劣については当時王荊公を支持する考えもあった。雲頂院茂叔は唐人の談として「東坡ヲ王荊公ガゴトク用ラレバ、王荊公ヨリモ猶政アシカルベシ」という見解を示している（『実隆公記』永正十二年一月八日の条）。章長自身は実質的に所領問題や京の行政に携わっていた武家のため、事行かざる事情によって下向を余儀なくされていたことに思うところがあったのであろうか。現に翌年にはまた越前に下ることになる。その寄宿先は朝倉家であり、武家を頼らざるを得ないということを皮肉に思っていたのかも知れない。

東坡の話題は単に伝記を述べたのではなく、その流刑の不遇と章長自身の境遇とを重ねてみていたかと想像されるのである。在国に対する考えとして『晴富宿禰記』文明十一年（一四七九）八月二十三日の条が参考になろう。

諸家零落之姿、或憑朝倉下越州、或憑持是院下向濃州。依一旦之潤沢招末代之恥辱、歎存之処、今摂家之大老兼備才識之誉而公武皆尊敬之処、如此御進退以外之次第歟。莫言々々。

すなわち朝倉氏景や持是院斎藤妙椿など有力な武家を頼みとして在国することを「末代の恥辱」であり、「歎き存ずる」ものだと考えている。章長もまた同様の思いではなかったかと想像される。

b　高辻章長の著述

次に、著述にはどういったものが確認できるだろうか。公務としての祭文や願文、宣命などの文章作成は別として、章長の創作としては、若いころのものに延徳三年（一四九一）十月、二十三歳のときの「丹波国某諷誦文」草案が挙げられる。ほかに文亀二年（一五〇二）四月の「嵯峨尺迦縁起」、文亀四年六月二十三日の「東大寺講堂勧進帳」の草案、永正五年（一五〇八）五月の「東大寺講堂勧進帳」の草案（記録のみ）、永正七年（一五一〇）八月の「上醍醐寺観音堂修造勧進帳」、同年十月十三日の「多武峰告文」草案・清書などがある。明応五年（一四九六）の「醍醐寺勧進帳」も章長作の可能性が残るが、東坊城和長の作かとも思われる。(8)

まとまった著作は現在確認できないが、永正七年十月十一日に『叙位入眼略次第』を書写している（史料編纂所徳大寺家本、本奥書）。ほかに、文亀改元の次第書など、故実書の類を編むが、文学的なものは残っていない。自筆資料に『高辻章長年号勘文案』（史料編纂所酒井宇吉氏所蔵文書）、『明応三年和漢聯句懐紙』（尊経閣文庫蔵）などがあり、和長の『異朝号於本朝打返被用例』（国立公文書館蔵）も自筆本だろうと思われる。これは章長が文亀度の改元に臨んで和長に借りて書写したものである。わたしも伝章長筆の朗詠切一葉をもっているが、真蹟か確証がない。

このほか、短冊・古筆切などが散見される。たとえば、和歌短冊としては『慶安手鑑』に次の歌が収録される。

霜をまつまかきの菊のよひのまに
　をきまよふ色は山の端の月

これには「侍従殿」と極書が付されている。章長が侍従であった時期は長享三年（一四八九）、二十一歳のときであるから、真蹟に拠るのであれば、初期の作として貴重である。一方、鉄心斎文庫蔵の「月　たくひなき月のけしきと詠れば猶みしかよのさらしなの里」という短冊には「慶学」と記してある。(9)この法号をいつから使いだしたのかは不明であるが、晩年の作であることに間違いはないだろう。詩作もいくつか現存する。(10)

ほかに章長自筆の巻子本が後水尾院の御所にあったことが、『隔蓂記』寛文六年（一六六六）五月十六日の条から知られるが、存否未詳である。(11)なお、『高山寺文書目録』（寛永十年・史料編纂所所蔵影写本）に「菅原章長」とあるが、いかなるものか不明。

平生、宮中の文学活動の中で章長は月次の和漢聯句の御会に参加していた。この御会では後年まで執筆を担当することになる。初度は長享三年（一四八九）八月七日である。以前は東坊城和長・唐橋在数・卜部兼致らがもっぱら執筆をしていたが、これ以降、章長も執筆役をするようになり、ついで為学が加わり、和長・章長・為学の三人、そして明応四年（一四九五）頃から章長・為学の二人が主に執筆をするようになる。この体制は永正の頃まで続く。

発句の初見は延徳元年（一四八九）九月五日の禁裏月次和漢御会である。実はこの日の発句は和長が出すことになっていたのだが、所労で欠席。そこで天皇は章長に命じて俄かに発句を出すことになったのである。「紅葉々はおらまくほしき桂哉」というもの（『実隆公記』）。入韻は為学であった。

宮廷以外での文学活動としては文明十六年（一四八四）一月二十一日の近衛亭月次和漢での執筆のときのものが初見である。句作の実例としては翌十七年十月二十日、中院家での和漢の懐紙が初見である。(12)肖柏や東坊城和長も参加したこの会で、章長は九句付けている。ほかにも三条西亭を訪い、父長直や五条為学や禅僧らと聯句をしばしばしていたようである。

c　高辻章長の著作観

ところで右におおよそ章長の文芸的作物について触れてきたが、このようにまとまった著作がないことは、何も遅筆や怠慢が原因だからということではないようである。章長の勤勉さは世に評されるところであった。この点については『天文雑説』巻第五第三十九話「黄門章長物語事」が参考になるものと思われる。長文だが、煩をいとわず掲げたい。

①菅原の黄門あき長ハ、近代の儒才にて、天性うるハしき人なり、ある人のもとにて語られしハ、
②およそ諸道の書に注する事、心えあるへし、世間のため大切の書ともは、古賢かひ〳〵しく注し来れハ、末世の人、其器のほと〳〵にしたかいて、見解浅深あるへし、されハ一解したるうへに、ます〳〵師伝をうけて、文義を味ふへし、そのほかこゝらの益なき文ともに、いミしく注尺して、をのか実名をあらハし、世にひろむる事、名利ふかき人にかならすある事也、注にて其人の才智もはかられ侍るものなれは、なましゐ成解をくわへんより、せさるかましなるへし、
③ちかきころ、ある人、和国の草子に注するをミるに、おほく大国のかたき文句を引きたり、此草子ハさあるいはれもなし、唯我朝の詞にて、やさしきむかしをいさゝか作するまてなり、しからハあしもとの哥書をハ引すして、はる〳〵ともろこしの文義をとりいたして、ひろく注する事、さるへ（く脱カ）もあらす、勿論愚なる人のためにハ、たすけとも見えはへれと、引竟ハ、我才をひろく人々に見せはへらむ支度とのミおもはれて、いとあちきなし、またやわらかなる文を引かさる事ハ、哥道無下の人とも、はやくさとられぬへし、そのうへ事ハつきなきもの也、たとへハ座禅の僧といふ本文に注して、古人彷彿の語を引出さハ、百万巻注冊をあらはすといふとも、猶つきかたかるへし、いたつらに紙のミついやして、落着すまし、彼草子の注をミ侍るに、此たくひのついゐ莫太にして、益すくなし、唯せぬにしくハなし、とミへたり、ことに先人に注したるにおくれて、又いまめかしく其書に注し、等類のこと葉をかへて、うかちたる説々をましへ、我ものかほに称する事、さなから人のはきたるつはきをなむるにひとし、なといひて、いきとほられけるとかや、誠におもしろき一談なり、
④（省略）

章長によると、益なき書などに注釈を施すことは名利深い人の所業であり（②）、日本の歌草子の類の注釈に漢籍

を取り入れることは、学才をひけらかすようであり、また和文を引かないことは歌道に未熟であることが察せられる（③）という。実名を顕そうという欲や古賢の注を言い換えて自説のごとくみせる不誠実さに不満を示したものといえよう。「なまじゐ成解をくわへんより、せざるがましなるべし」という発言は章長が書を編まなかった最大の理由ではあるまいか。そもそも章長をはじめとする菅家の儒者は、職掌に関する故実書を編纂することはあっても、伝統的に注釈書・講義録（抄物）を編まずにきた。その心理的要因がこれではなかったか。考えてみれば、中世の菅原家で著作を残したものは少ない。『編御記』の著者として知られる高辻・五条両家の祖為長、(13)その嫡子で高辻家の祖長成（『元秘抄』を著す）、東坊城家の祖秀長（『迎陽記』などを著す）くらいである。室町初期の秀長や章長と同時期の和長が突出して多作であるほかは、至って少ないのである。同時期では和長がたしかに多くの著作を編んだ。しかしそれは応仁文明の大乱後、紀伝儒の故実を維持すべく職務上の必要性から作ったものであった。章長が著作を残さなかったことは学者としての怠慢ではなく、これら先賢の編著によって事足りていたからであろう。学業についても講説では読書の場で旧説を示し、注釈は古賢の注を守り、訓読もまた伝来のテクストを踏襲することが肝要と考えていたのだろうと思われる。

ところで③での批判はいかにも具体的な人物を念頭に置いているかのように読めるが、いかがであろう。「哥道無下の人」とあるから、歌道を家職とする人でも、得意として知られる人物でもないだろう。専門外の歌道の書を、専門の漢学に引きよせて注釈している人物である。ここで想起されるのは清原宣賢である。宣賢は明経道の儒者でありながら、『伊勢物語惟清抄』『詞源要略』などの注釈書や歌書を作っている。章長と近い立場であるが、職掌以外の分野を手広く扱って名声を得ていたことの不満もあったか。宣賢については他の儒家から疎まれるところがあったらしい。中原師富や東坊城和長は、宣賢が武家方の力を利用して外記を経ずに少納言になったことについて「武命を以て朝儀を軽んずる造意、第一の狼藉也」と批判している（『和長卿記』文亀元年閏六月二十八日の条）。

おわりに

本節は戦国期初頭、紀伝儒として活動した高辻章長について、主として伝記面と学芸面とを明らかにしようとしたものである。

当該期、紀伝道を家職とする菅原家は、他家と同様、経済的に逼迫しており、章長もまた在京・在国の二重生活を余儀なくされていた。壮年期までは一般の公家のごとく官位昇進を心がけていたが、晩年は自身を時に合わぬ者と捉えていたか、取り立てて働きかけを示さなくなったと思われる。経済的事情から武家の朝倉家を頼って越前在国を余儀なくしていた境遇については半井保房に語った蘇東坡の不遇を自身に重ねてみていた様子が察せられる。章長在国時は共に成長した五条為学に嫡子長雅の後見を頼んでいたものとみられる。

越前在住時の活動は不明であるが、在京時は朝務をこなし、東坊城和長の補佐をするかたわら、伏見宮家・近衛家・三条西家・鷹司家などで漢籍の講説をした。記録では明応四年、二十七歳のときの鷹司亭での『孝経』講義が初見である。また禁裏での月次御和漢などの和漢聯句や聯句の会においてたびたび執筆を担当していた。

章長は勤勉な人物として世に認められていたようである。しかしながら、職掌に関する記録（次第書の類）を冊子に作成することはあったものの、私的な詩文を編集することはしていない。また学問的著述も残さなかった。これは先賢の説を踏襲し、新義を加えないという学問的態度をとっていたからだと思われる。

明応五年、唐橋家が在数横死によって一時零落した後、高辻章長は実質的な菅原家の筆頭となった東坊城和長を支え、五条為学とともに三家による新たな体制を築いていったとみることができよう。そして章長が没し、北野の長者である和長もまた没してからは、為学が菅原家の中核として存在感を示すことになる。次の世代に及んで高辻家や東坊城家には五条家から養子が迎えられ、この三家が強い結束のもと展開していくことになる。

注

（1）富田正弘氏「戦国期の公家衆」（『立命館文学』第五〇九号、昭和六十三年十二月）、伊東正子氏「戦国時代における公家衆の「在国」」（『日本歴史』第五一七号、平成三年六月）参照。

（2）米原正義氏『戦国武士と文芸の研究』（桜楓社、昭和五十一年十月）。

（3）本書は天文二十二年（一九五三）の本奥書をもつもので、藤入道なる人物の成したものであるが、まだ作者は特定されていない。足利将軍家に近い武家で、元服前から公家衆と交流のある家柄に育ち、晩年、京近辺に隠遁し、浄土宗に帰依した人物であるらしい。

（4）芳賀幸四郎氏『三条西実隆』（吉川弘文館、昭和三十五年四月）。

（5）『大乗院寺社雑事記』文明元年（一四六九）十月二十二日の条。
西坊城菅家、廿日参中安位寺殿、在京迷惑、半ハ逐電儀歟。

『晴富宿禰記』文明十年（一四七八）十二月十七日の条。

大蔵卿菅宰相顕長卿依究困遁世之間、被召返之。但無被扶置之儀。只被召返之計之事者、其詮歟云々。当時之式不可限此卿一人、諸人皆難堪忍哉。

（6）本書第Ⅱ章第一節「東坊城和長の文筆活動」。

（7）本書第Ⅱ章第二節「戦国初期の紀伝道と口伝・故実」。

（8）本書第Ⅱ章第四節「室町期における勧進帳の本文構成―明応五年醍醐寺勧進帳をめぐって―」。
（9）『鉄心斎文庫所蔵芹澤新二コレクションより　短冊』（鉄心斎文庫伊勢物語文華館、平成十四年十一月）所収。
（10）伏見宮家旧蔵『短冊手鑑』所収の「夏鶯囀杜鵑枝」、『慶安手鑑』所収の「鶴有四皓鬚」、『藤園堂書目』平成十五年十月号所収の「江月不去人」など。
（11）『隔蓂記』寛文六年（一六六六）五月十六日の条。
於御庭之御茶屋、而御膳上也。予・芝山中納言・梅小路三位三人御相伴也。御茶済、被乗　御舟、而池上数回棹舟也。北條左京筆之絵今日於常御所、而備　叡覧也。御褒美也。妙法院宮・聖護院宮亦御覧被成也。初更時分令退出也。今日御茶屋之床内、後土御門之御懐紙宸翰被掛之也。巻物三巻菅神御筆経・逍遥院之筆・章長之筆也。高辻先祖之章長卿也。
（12）佐藤恒雄氏「多和文庫蔵『叙位除目清書抄』紙背文明期聯句和漢聯句懐紙―解題と翻刻―」（『香川大学教育学部研究報告第一部』第八三号・平成三年九月）。
（13）山崎誠氏「菅原為長小伝」（『中世学問史の基底と展開』（和泉書院、平成五年二月）。

Ⅱ　東坊城和長の文事

朝廷は応仁・文明の大乱を経て経営が悪化するばかりでなく、人材の欠乏も副次的問題として深刻化した。それによって、恒例の行事として行われるべきものが次々と廃されていった。それがもたらしたのは、当時、知識の伝達上、重要であった口伝の断絶という危機的状態であった。この事態を打開すべく動いた人物として中御門宣胤や三条西実隆がおり、これらの人物についての考証は以前から行われている。そのうち、看過されてきた人物が東坊城和長であった。

本章ではなぜ和長の文筆活動が重要であるか、その意義を詳細に論じている。それはすなわち、散逸文献の収集と再編集、後世への伝達ということであった。まず和長の伝記とこれまで整理されてこず、また不明であった和長の著作を明らかにした。これによってその活動の大概を把握することができる。ついでそれがどのような背景で作成され、どのように利用されていったのかを、改元勘文・祭文・勧進帳を具体的に検証して論じている。

まず第一節では東坊城和長の伝記と文事を考察している。和長の数々の著作は新しい思想や解釈を提示していくという、当時でいえば、五山や清原家のような華々しい活躍とは対照的である。地味で丹念に旧例を検し、書きとどめてまとめていく作業であったといえるだろう。その数の多さはそのまま紀伝道への、ひいては朝儀の維持再興への執念のあらわれではなかったかと思われる。本章では、まず、そうした和長の活動の全般を把握しようと試みた。

第二節は和長の朝務実態を通して紀伝儒の故実とは何かを考察している。そもそも和長がこだわったであろう紀伝道の故実とはどんなものであったのか。各分野において多用される「故実」という用語の中でも、紀伝道に関連する範囲で検証して意味を捉えてみると、それは一言でいうならば、経験的な知識であったと考えられる。

第三節はそれをさらに祭文に限定して考察を深めていったものである。その考察の過程で、当時、和長をはじめ、高辻章長や五条為学らがどのような手順で陰陽博士と図って祭文を作成していったのか、その実態を具体的に想定する試みも示してみた。

第四節では、その一方で、朝廷とは直接に関わらない勧進帳の作成の場合はどうであったのかを考察することにした。勧進帳にも確かに故実が存在するのであるが、朝儀とは関係がないということが最大の理由であろう、比較的自由な裁量で草案執筆ができた。執筆依頼をめぐる人間関係については序論や次章で取り上げることとして、本章第四節ではともかく本文の表現に集中して考察を進めていった。そうした中で、文章をよくする家々（菅原家や中原家、三条西家など）では勧進帳草が行き交っていた状況を推測してもよいのではないかと思うようになった。具体的な考証は今後の課題であるが、とりあえず、問題を提示するだけの根拠は示せたかと思う。

以上のように、本章では前章の菅原家の研究を更に深化させて、東坊城和長を対象に論じたものである。

一　東坊城和長の文筆活動

はじめに

東坊城和長（一四六〇－一五二九）は室町後期を代表する儒者である。和長は家業に関わる分野については極めて精力的に研究活動に勤しみ、編纂資料を編み、後儒の便を企図した。残念ながら、その著作が紀伝道もしくは文章道を中心としているため、言い換えるならば、その範囲の特殊性のため、文学史や儒学史・漢学史の記述から除外されがちである。

本節では、東坊城和長の文筆活動の一端を提示したい。これは室町期紀伝儒の存在意義を考えることにもなる。また、その著作は散佚典籍をはじめとする様々な問題を孕んでおり、本論に付して一、二点、指摘しておきたい。

そもそも東坊城家は、鎌倉後期、菅原家の五条長経の次男茂長を祖とみなすことが定説である。ただし、誰を祖とするかは、わずかではあるが、系図によっては異なる説をとるものもある。つまりその子長綱、さらにはその子秀長とするものもあるのである。

ところで、その秀長とその弟言長との二人はそれぞれ一家をなした。そこで両者を区別するために家名を東西に分かち、東坊城・西坊城と号した次第である。ただし、東坊城・西坊城という家名は、和長の頃、つまり十六世紀初頭においても明確に区別されていたものではなく、坊城と旧来の家名を用いる場合も多い。これは西坊城家断絶後（ただし長淳没後、西坊城家の盛長がこの家を継ぐ）の近世の東坊城家においても変わらない。

秀長について一言しておくと、この人物は室町期の儒者として最も特筆すべき人物であると考える。足利将軍家の信任厚く、三代義満、四代義持に重用された。秀長は『迎陽記』という、前半が日記、後半が諷誦文集という構成の著作を残している。後半だけ、『迎陽文集』ともいう。ちなみに秀長の女は一条家の経嗣に嫁ぎ、生まれた子が一条兼良である。東坊城家と一条家との交流がこれによって密になったことは想像に難くない。

この後、長遠が家君となる。しかし応永二十九年（一四二二）に没し、まだ若い益長が家を継ぐ。益長は、二十代前半のころ、将軍義教との関係が必ずしも穏便であったとはいいがたいが、十五世紀末まで菅家の中心となって活動する。それは長清、すなわち和長の父が若くして死んでしまった上、その遺児和長がまだ若すぎたからである。益長にはまとまった著作がない。日記も現存するものは贈官宣下の別記『益長卿記』だけである。これとても、当初より別記として記したものにすぎないと考えられ、日乗をしたためるという営みを日々していたかどうか分からない。長清についても同様で、自筆の短冊以外、まとまった著作は確認されない。

1　和長略伝

さて、和長が誕生したのは、寛正元年（一四六〇）のことである。父長清、二十一歳のときのことである。幼年の和長にとって最大の不幸は、おそらく長清の死であろう。和長十二歳のとき、長清は伊勢国六車荘で他界する（『大乗院寺社雑事記』文明三年二月十三日条）。その後は、祖父益長が和長の養育に力を注いだものと想像される。ところが、その益長も、三年後の文明六年（一四七四）十二月十八日に没する（『公卿補任』）。その後、ようやく元服を果たしたばかりの和長がどのような境遇におかれたか、その点を明確に示す記録はない。ただ、学業も家業も未練であったとおもわれる十代半ばの和長が、室町期の菅原家随一と称することができるほどの著作を残し得たことは、天性の素質の如何はともかくとして、この特殊な境遇における教養形成に手がかりがあるのではないだろうか。

もう一点、大きな不幸を挙げるとすれば、文明八年（一四七六）十一月十三日、洛中大火のため、東坊城邸も被害を受けたことである（『親長卿記』）。ただ幸いなことに、和長の著作を閲するに、当家伝来の文書・典籍の焼失はまぬがれたと思われる。

ともあれ、幼年期から二十代を迎えるまでの和長には、父の不在、家宅の焼失などの不幸はあったものの、おそらく西坊城顕長などの庇護を受けながら、学問や家業の伝授を受けたものと想像される。ただし、この時期の著作は残されていない。

その和長が文章得業生になったのは、二十歳のときである。当時の菅家は、のちに回想するところでは（永正十二年）、次のような状態であったようである（『桂林遺芳抄』本奥書。便宜、国立公文書館蔵昌平黌本による。）。

儒門継塵事、昔日、文明年中、予遂二大業一之時、纔摭二得家珍之文籍一、成二立門業之再興一以来、当氏儒流、于レ今存在者二三家也。偏似二有名無実一頃、既及二暮歯一、愈抱二愁嘆一。於二此道之謂一最在二于児孫之后世陵遅一也。

ここにいう二・三家とは、東坊城家・五条家・高辻家の諸家をさすと思われる。唐橋家は、在数の代に九条関白家の刃傷沙汰の犠牲となり、しばらく零落する。このような状況は、和長個人としては、必ずしも不運とはならなかったようである。というのも、文明十九年（一四八七）、和長が文章博士となった事情に対しては、次のような説があるからである。

五位博士近代邂逅。依二改元事一被二推任一。（『公卿補任』）

改元仗議はこの年の七月下旬におこなわれることになっていた。しかしながら、菅家にはしかるべき文章博士がおらず、官位相当ではないものの、五位の和長が急遽推任されたというのである。その後の改元仗議には、当然のことながら、参加しつづけることになる。明応十年（一五〇〇）二月二十九日の改元仗議の折に採用された「文亀」は和長の勘進によるものである。そして、このように改元などの職務を担うことが、和長の著作活動と密接にかかわることであることは、以下にみることになる。なお、文亀改元の直前の十七日、従三位になり、さらに翌三月、参議に任じられている。

さて、命名という点で元号と共通する人名は、菅家にかぎったことではないが、菅家の場合、将軍家の多くの名を担っていた。この点、皇族の諱なども同様である。主なものをいくつか挙げるならば、明応二年（一四九三）七月五日、足利義遐に義澄を撰進している（『晴富宿禰記』）。また同七年（一四九八）八月十九日、足利義材の求めに応じ、義尹の名を勘進する（『実隆公記』）。さらに永正十年（一五一三）十一月九日、将軍義尹改名につき、義稙を撰進した（『拾芥記』）。永正十八年（一五二一）七月二十八日には将軍義晴の名字を勘進（『和長卿記』など）。大永七年（一五二七）七月十三日、足利義維の名字を勘進（『実隆公記』など）。ちなみに、和長の息女和子が掌侍になった文亀元年、前年同様、内裏女房に名字を勘進している（『和長卿記』など）。

ところで和長の日々の暮らしは、当該期の公家の大多数と同様、困窮していた。それを示す好例が次の『和長卿記』明応七年（一四九八）十二月十八日の条である。

　今日、為二足甫廿五回御忌供一一飯念誦。北小路藤中入道室家中御局等修二小施餓鬼一云々。予為二焼香一雖二招請一、依二不具故障一不二罷向一尤無念。於二予困窮一者尊霊之冥鑒不レ言而可レ知者歟。

つまり、困窮のために祖父益長の法事に参ることが出来ず、無念の思いをしているのである。このことを益長の霊は理解してくれるであろうと考えることで、和長は自身を慰めていることがわかる。

和長の健康状態を知るのはむつかしいが、恐らく健全とはいえなかったようである。すわなち、文亀三年（一五〇三）三月三日、山科言国の死を伝え聞いた際、日記に次のように書きとどめている。

予平生病事身也。於レ今心細者乎。依二此卿事一、結レ改歟。

和長の公的な生活で、特筆すべき事柄が記録の上に初めてみえるのは、文明十二年（一四八〇）正月十日の将軍義政邸への参賀である。時に二十一歳、典薬頭であった（『宣胤卿記』）。それから、文学的営為の記録としては、その十日後、二十日の内裏での和漢聯句で執筆を担当したことである（『長興宿禰記』）。ちなみに翌日一条兼良邸での月次和漢聯句に参加しているが、これが兼良との接触の初見である。兼良の母は東坊城秀長の息女であるから、この二人はまったくの他人という間柄ではなかった。この会には西坊城顕長らも参加しており、おそらく顕長の仲介があったのではないかと想像される。ちなみに、永正十四年（一五一七）四月三十日、冬良の子息元服につき、房通の名字を勘進している（『宣胤卿記』）。

和長の文才を示す出来事の一つに次のことがある（『和長卿記』明応五年六月十五日の条）。

今朝於二前権中納言公兼卿亭一有二作善事一〈故一品廿五年也〉。而人々結縁点心之後、既及二半斉一時節、所二望例諷誦一。予当座馳二筆新作一畢。亭主并大外記師富朝臣等、例褒二美之一。頓作段、雖レ不二金声一、先以作二出之一故、為二多幸一者也。

当座に諷誦文を請われ、書き上げたことに対して大外記中原師富らの賞讃を受けたのである。自著『諷誦文故実抄』においては自作のみ、しかも良からぬ例として掲げるという、極めて謙虚な姿勢をとっているが、実際の能力は高く評価されていたことが窺われよう。

自身を悪い例として挙げることは他書にも見られる。すなわち『桂林遺芳抄』に、文明十一年（一四七九）、学問料を所望する款状についてのことである。このとき、父長清・祖父益長ともに死亡していたために、西坊城顕長の計らいで、和長自身、内挙したのである。しかし、「自解の例、旧草に見及ばず。又、大蔵卿入道（顕長）は家伝未練なり。時に於いて了見の義か。不審なり」として、結局、「此の旧例は予一代の誤り、後の例となすべからざるなり」と、後儒に示しているのである。この文は『桂藥記』の該当部分を補足的に記した箇所である。ともあれ、この例と云い、かの例といい、和長が後儒のために自身の著述や経験をも冷静に批判している様子が察せられよう。

当時、菅家が独占的に担当していた文章に願文の草案がある。[1]和長が願文草を初めて要請されたのは、嘉楽門院の宸筆御八講でのことで、時に明応三年（一四九四）九月九日のことであった。日記に次のように記している。

今度之草進、於㆓短才之質㆒者尤不㆓固辞㆒哉。雖㆑然、当時紀伝儒無㆓其人之条㆒、為㆓一身之栄耀㆒歟。仍令㆓領状㆒畢。

ここで自らが選ばれたことに対し、紀伝儒すなわち菅家にしかるべき人材が不在であることからであると述べている。

ところで和長が菅家の再興ということを強く願っていたことは、後述するように、後儒に対する啓蒙的言説から窺知できる。これは他方から見ると、先儒に対する批判となって示される。つまり、菅家を今日のように零落せしめたのは、先儒の怠慢によるというのである。そのような人物の一人として、具体的には高辻長直に批判の矢を向けている。北野の長者長直が黄門に任じられたのは、延徳四年（一四九二）九月二十一日のことであるが、和長はこれに関して日記に次のような感想を記している。

長者今日拝㆓任黄門㆒云々。尤所㆓感悦㆒也。一家之繁栄、当流之眉目也。彼卿之冥加、近代之事歟。雖㆑然、芸無才、登㆓黄門之班㆒居㆓長者之職㆒、誰人不㆓感快㆒哉。

つまり、菅家一流としては長直の黄門拝任は悦ばしき出来事に違いないが、当の長直は「芸無才」であり、それでいながら長者として在ることの不満を漏らしているのである。言い換えれば、菅家の「芸」つまり、学才を長直に見出していないのである。

そのように自らに対しても他の菅家に対しても鋭い見解をもっていた和長が、高辻章長とともに文章博士として最大の栄耀である侍読を拝命したのは、永正三年（一五〇六）十二月五日、四十七歳のときのことであった。彼は翌年三月二十六日から後柏原院に『五帝本紀』を奉授している（『実隆公記』など）。そして、晩年の大永二年（一五二二）六月九日、北野の長者となる（『二水記』など）。没したのは享禄二年（一五二九）十二月二十日のことである（『実隆公記』など）。法名宗鳳。時に七十歳であった。

2　著作の概要

次に、和長の著作をみていきたい。その前にまず、東坊城家の蔵書目録を確認しておく。

故杉浦丘園氏の『雲泉荘山誌』（雲泉荘、昭和四年十月）によると、その文庫内に『東坊城家迎陽館和書目』および『東坊城家迎陽館漢書目』があったのであるが、両書とも、現在、存否未詳である。ただし『和書目録（東坊城家）』（明治期写、一冊）が京都府立総合資料館に所蔵されているから（その転写本が京都大学にある）、ある程度は当家の蔵書内容は知られる。もっとも、この目録は明治維新期のものであるため、中世の当家を知るうえでは副次的資料にしかなりえない。しかしそうであっても、いくつか示唆的な情報を含んでいるので、価値の高いものであると評することができる。

また、著作の伝来に大きな役割を果たした家は、東坊城家は勿論であるが、高辻家・五条家があげられる。それから万里小路家も付け加えておきたい。とくに高辻・五条両家のうち、和長と生前交流のあった高辻章長及び五条為学は、生涯に互って和長にとって重要な存在であった。

和長と章長及び為学との関係を明確に示している資料に次の『和長卿記』明応五年（一四九六）十二月一日の条がある。

長者并両給事中章長為学入来。新少、殊百疋一腰金持来。不レ得二其意一之処、自二今日一為二門下生一分、可レ訪二商量一云々。予依二廃学一、尤雖レ存二斟酌一、各懇望之間、無二辞之詞一者也。仍領状。則沙二汰請文一条云。（文、省略）

すなわち、北野の長者高辻長直が、嫡子章長と五条為学とを同伴して和長の許に訪れた。そして和長に為学を門下生にするよう要請しているのである。その後、為学は和長を訪い、願文草などの文章の添削を依頼するなどしている。

以下に、その著作を内容的に分類して見ていきたい。その際、便宜上、a文章論、b次第書、c勘文参考書、d詩文集その他と整理することにする。

a　文章論

これには、まず（1）『内局柱礎抄』が挙げられる。『内局柱礎抄』はもっとも流布した著作である。その書名には『柱下抄』が関係しているように思われる。上下両巻から成る。執筆の動機は上巻奥書から知られる。

這抄、今度不レ慮補二當局一、偏為レ助二愚蒙一抄二一札一耳。連々可レ加二刊削一者也。

すなわち、この年、明応五年（一四九六）一月、大内記に補せられたことで、自らの職務遂行の便を図って本書を編んだのである。明応七年に成った下巻奥書にも、

此抄、為レ啓二一身之蒙一所三書二抄之一也。

とある。

本書上巻は明応五年に成ったと考えられる。下巻はそれから二年後の七年の成立である。内容を見ると、上巻は位記の書き方について、下巻は叙位の作法について述べたものであるから、上下に巻が分かたれる理由はある。推測するに、上巻を明応五年に書き上げ、同七年に及んで下巻を執筆し、両巻合して『内局柱礎抄』という一書に編んだのではないかと思われる。

『内局柱礎抄』の一系統の祖本は五条為学が文亀元年（一五〇一）四月七日に和長から借りて転写した本である。[2]為学は高辻章長同様、和長よりやや年の若い後輩で、章長とともに門下生となっている（前掲『和長卿記』明応五年十二月一日の条）。為学には幸い日記『拾芥記』があるので、両者の交流は、それらの資料から、わずかながらも窺知できる。為学元服の儀に和長が理髪を担当している。また、和長は為学に対して家蔵『編御記』の借与や原『元号字抄』の寄贈、位記の読み様の教授などをしていることなどが知られるのである。なお、和長の父長清の弟に恵命院禅輝がいるが、為学の子息梅松丸はその弟子となっている。梅松丸は永正十三年（一五一六）十二月十二日、得度して禅雅と名乗ることになった（『拾芥記』同日の条）。

それから、もう一系統は万里小路惟房の手になるものである。万里小路家は弁官の家として代々菅家との職務上の関係が強い。それがために、菅家の蔵書を借り受ける機会は多かったようである。その中に和長の著作も含まれていたわけである。その一例が本書である。惟房の場合は、和長から直接貸借したのではなく、和長没後、東坊城家の家君となった嫡子長淳から借りて転写本を誂えているのである。[3]このほか惟房は『桂蘂記』なども書写している（（6）『桂蘂記』参照）。

次に、文章に関する著作として、故実抄と題する姉妹作（2）『諷誦文故実抄』（3）『諸祭文故実抄』がある。

（2）『諷誦文故実抄』は諷誦文に関する故実を十五箇条に分けて説いたものである。項目は勅願様・洞中儀・女院御願・皇后・親王家（付法親王）・摂家儀・武家儀・大臣家（清華在中）・卿相儀・雲客例・家僕例・依人例（摂家、大臣家、卿相、法中、地下、女院）・連署例・作善目録事（付願文）・雑例から成る。そして追補として嘉元二年の古草を四例挙げる。伝本は柳原家蔵本及びその謄写本である史料編纂所蔵本、宮内庁書陵部蔵本の三種が確認される。奥書によると、これを記したのは「永正十暦（一五一三）五月初五日」のことである。

本書に例示される諷誦文はいかなるものか。全文掲示・部分掲示ともにあるが、これらはおおむね東坊城家伝来の草と見られる。東坊城長綱・秀長・長遠・益長のものを主とするからである。とりわけ秀長の草はぬきんでて多い。その理由は、秀長の諷誦文が『迎陽記』に収録されていることが一つにあると思われるものの、はたして秀長の草がすべてこれによっているかといえば、否である。配列も異なる。また、『迎陽記』未収録の草も使用している。

そもそも諷誦文の在り方については、法事のたびに先例を検索し、故実に沿って正しいかたちを決めなくてはならない。和長自身、たびたび弁官らと問答を繰り返し、意見の相違に苦慮している（たとえば『和長卿記』明応五年十二月十七日の条・同九年十二月二十一日の条など）。『諷誦文故実抄』はまさにこれを簡便に処理するに有益な書となったと思われる。

（3）『諸祭文故実抄』は祭文に関する故実を十六箇条に分けて説いたものである。体裁は『諷誦文故実抄』に同じ。内容は尊星王・天曹地府・東方清流・泰山府君・三万六千神・天地災変・北斗本拝供・北斗法・大属星・南方高山・熾盛光・閻魔天供・鎮宅法（付安鎮法）・玄宮北極・妙見法・本命天法から成っている。

本書の成立は草案と清書とに大きな隔たりがある。それは、次に掲示する跋文から知られる。

茲諸祭文述作之故實并儒草等、先年明応第八如レ形雖三染二翰之一。至二于清書一久不レ起二筆力一。思而歴年之志遂而為二終之一。（中略）於二此祭文一者、後儒不レ可二連続一之際、可レ難レ得二分別一之条、注二子細於巨細一、加二儒草於旧草一畢。（下

略）

永正十五年六月十八日大蔵卿菅和長誌。

同月廿一日、加二朱点一之次、書二落字等一畢。老眼塞力之所レ致、落字多端。尤有レ恥畢。（この文、朱筆）

ここから分かることは、まず明応八年（一四九九）に草案が完成したこと、次に永正十五年（一五一八）六月十八日にそれを増補して清書が完成したこと、そして三日後の六月二十一日に清書本に加点して修正を加えて最終稿を成したということである。したがって、その原形は『諷誦文故実抄』より先行していたことになる。それゆえ『諷誦文故実抄』は『諸祭文故実抄』の構成に倣ったものと見られる。その『諸祭文故実抄』は、惟うに『迎陽御記』（後述）に拠るところが大きく、原形はここに帰着するのではないかと想像される。伝本は柳原家蔵本及びその謄写本である史料編纂所蔵本が確認される。

用いられる例文や記述は口伝や旧草に拠っている。とりわけ概論的記述部分には『迎陽御記』や家記（口伝抄とも。存否未詳）が引用されており、和長が東坊城家に伝わる故実や秀長の所見を重視していたことが窺われる。また古いものでは菅原為長の草も用いている。それは秀長自筆のものであった（「天地災変祭」の項）。

次に、（4）『座主宣命』は大永二年（一五二二）四月下旬の成立である。もっとも、これは右故実抄とは異なり、抜書本であると思われる。ただし随所に和長自身の注記が施されており、和長の文章論の一端が知られる点でも貴重である。何の抜書かというと、天台座主尭胤法親王の『天台座主記』からである。残念ながら、それとおぼしき座主記は未だ見出されない。伝本は尊経閣文庫蔵前田綱紀奥書本及びその謄写本である史料編纂所本がある。

本書に関連して注意されるのは『法中補任』（続群書類従所収）である。これの天台座主次第の部には『天台座主記』からの抄出が見られる。この補任記は和長が永正十一年（一五一四）に書写した本を大永二年に転写したものである。

右に述べたように、和長の許には『座主宣命』があった。『法中補任』は、奥書に記されているように、和長自身による取捨選択がなされたものである。その後、和長は『座主宣命』から補うこともあったのではないかと考えられる。

最後に、散逸したとおぼしき(5)『四六作抄』を掲げておきたい。本書の存在は次の記述からうかがわれる。すなわち(18)『御注文選表解』の本文中の一文である。

　吾朝之文章・儒家之作法、據レ之。故具ニ注レ之。(中略)此等之委旨、往事、四六作鈔一冊、令二新編一。見二彼鈔一矣。(二十三オ)

　嫌テ不レ用也。其義ハ五言ノ詩ニ似カ故不レ用也。是吾家ノ文法也。(中略)委旨尚見二四六作抄一。(二十六オ)

『御注文選表解』は大永四年(一五二四)五月の講義に基づくものであるから、『四六作鈔(抄)』の成立はそれ以前であることはほぼ明らかだろう。さらに本書について言及したものと推測される記事が『諷誦文故実抄』奥書にも見られる。

　願文著作之故実、為二紀儒之軌範一作二四六抄一冊一具録レ之矣。次其後而欲レ明二諷誦文骨法事一。以二多端一個別設二他帖一之旨、所レ言二于先一之説、今則併二記旃一矣。

つまり、願文の執筆上の故実は、紀伝儒の軌範であるから、『四六抄』一冊を作り、つぶさにこれに記したというのである。正式な書名は『四六作鈔』か『四六抄』かさだかではないし、また、『四六抄』が原型で、それを新たに編みなおして『四六作鈔』としたという解釈も、現段階では成り立つ。ともあれ、一応、『諷誦文故実抄』を書き上げた永正十年(一五一三)以前に原型ができていたことと考えられるであろう。

なお、『和長卿記』明応九年(一五〇〇)十月二十一日の条に次のような記述がみえる。

　又御葬礼当日疏事、雲竜院住持所望之間、草二進之一。強紙一枚書載之程也。草在二著作集一。

後土御門院大葬に当たって草した疏が「著作集」にあるというのである。これについての手がかりはいまだ見出されずにいる。

b　次第書

（6）『桂藥記』は、和長が文明十四年（一四八二）に著したものである。ただし現存本は高辻章長の嫡子長雅が天文十二年（一五四三）に補足して成った。それゆえ、長雅の著作として伝世したようである。諸本はいずれも「儒業事」とも「桂藥記抜書」とも称される。つまり完本は現在のところ確認されていないのである。『東坊城家和書目録』にも「儒業事　桂藥記抜書　写一冊」と記載されてある。本奥書は次の通りである（国立公文書館蔵甘露寺家旧蔵本による）。

此抜書者桂藥記長雅卿記也之内也。於高辻亜相豊長卿亭令懇望一覧之時、職事方用、処々聊書抜之。献策一会之義、尤巨細之記也。依家記後、被秘。予常入魂之間、令抜萃畢。

藤ｌ

「藤ｌ」とは万里小路惟房のことである。したがって、高辻家蔵『桂藥記』が惟房によって抄出され、それがその後の諸本の親本として流布したものと考えられる。ともあれ、本書の内容は献策の次第について詳述した実用的なものであり、近世に至っても利用される書であった。

（7）『策文古今旧草』（8）『策文作法』の二種の文献は、（9）『桂林遺芳抄』の素材集というべきものである。ともに現存が確認されないものの、『桂林遺芳抄』の奥書に次のようにあることから、かつて存在したことが確認できる。

自茲歳三春之正月至九夏之五月所成抄出及多帖矣策文古今舊草二冊。同文作法上下二冊

「茲歳」とは永正十二年（一五一五）のことである。その年の正月から五月にかけて何らかの文献から抄出して編ん

だ冊子が多くでき、これを『策文古今旧草』、同じく『作法』と称したというのである。前者は「旧草」とあるから、策文の纂集であり、後者は「作法」とあるから、次第書の一種とみられるだろう。それゆえ、両者あわせて、ここ次第書の項で取り上げた。

（9）『桂林遺芳抄』は、和長初期の著書（6）『桂蘂記』を大幅に改め、かつ（7）『策文古今旧草』、（8）『策文作法』を参照して永正十二年（一五一五）に作られたものである。このことは、奥書に右三書を挙げ、次のように記していることからも知られる。

既一巻裡以㆓用捨増刊㆒重編㆓此一冊㆒已一百餘丁也。捴并為㆓五冊㆒也。

書名は「書厨の一笥を出づること莫」き、いわば「嚢底の千金」をまとめたものであるからという。したがって『策文古今旧草』や『策文作法』は、おそらく東坊城家の文庫に蔵される文書の類が主な資料になったと推測される。内題「儒門継塵事」。

なお、この三つの著作の関係を示唆するものではないかと想像される記録が『桂林遺芳抄』奥書以外にも存在する。すなわち松下見林の書写になる国立公文書館蔵『桂林遺芳抄』には、前遊紙オモテに「家記」として次のような見林自筆の書入がみられるのである。

一対策文儒四六指南　盛長卿之写
一桂林遺芳鈔　為経書写在㆑之
一対策文部類鈔　盛長卿之写

まず二番目の『桂林遺芳鈔』は問題あるまい。三番目の『対策文部類鈔』は「部類鈔」とあることから、旧草を編纂した部類記と解される。したがって、（7）『策文古今旧草』である可能性が想定できよう。次に一番目の『対策文儒四六指南』は、「四六指南」とある点から、四六の文法を解説した書とみることができる。したがって、(8)『策文作法』を示すのではないだろうか。盛長は和長―長淳に続く東坊城家当主である。家蔵の和長手稿本を自由に書写する環境にあった。しかも『桂林遺芳抄』と併せて伝世していることから、『策文古今旧草』と『策文作法』とが、少なくとも元禄期の頃までは存在していた可能性を示す手がかりになるのではないかと想像される。

次に(10)『贈官宣下記』は、題の示すとおり、贈官宣下に関する別記である。高辻長雅が天文二年(一五三三)九月十一日に東坊城家蔵本を転写したものが知られる。日記『和長卿記』の一部として、『菅原和長卿記』などの書名としても伝世する。このとき長雅が書写したものは和長の記録だけではない。『忠嗣卿記』『薩戒記』『益長卿記』『宗賢卿記』をも併せて抄録している。恐らく和長が長享二年度の贈官宣下の記録を記した際、手許の右四部と合して一書に編んでいたものと思われる。

(11)諸別記。日記『和長卿記』は『菅別記』と題される伝本が多数ある。以下の諸篇は『和長卿記』から抄出されたものもあるが、そうでないものもある。たとえば後柏原院崩御の記は『和長卿記』の抄録ではない。『和長卿記』大永六年五月三日の条の末に次のように記されている。

已上今度若凶之儀并至迄百ヶ日御法事、巨細一巻成別記畢。明旧度愚記相流置者也。不及委細也。

つまり、日記とは別に巨細を記した「別記」一巻を編んでいるのである。当初から別記として著されたものであることは明らかである。が、日記の本文と重複する文言が散見されるので、便宜、抄出本の一種とみておきたい。『和長卿記』自体の伝本についての詳細は、第五節に譲ることにして、ここでは抄出本を掲げるにとどめたい。

・『後土御門天皇凶事記』(明応九年)。九月二十八日崩御。諒闇の記録。伝本多数。

・『践祚記』(明応九年)。後柏原院践祚の記録。成簣堂東坊城文書。

・『明応九年五辻諸仲蔵人拝賀記』。延享二年写（柳原家蔵本転写）。大和文華館蔵。

・『永正九年若宮御元服記』。本書は、永正九年（一五〇七）四月二十六日に行われた後柏原天皇第一皇子知仁親王元服の記録である。和長は執筆後、一条冬良に見せ、冬良は「御元服次第」を添えている。伝本としては、持明院基春が中原師象に書写させた「御元服次第」までが伝わる（『群書解題』参照）。

・『後柏原院凶事記』。四月七日の崩御以降の記録。大永六年（一五二六）作。

・『文亀度改元記』。元禄元年葉室頼重写本（書陵部蔵）ほか。

・『享禄改元記』。勧修寺家旧蔵（京都大学文学部蔵）。

・『菅大府記改元部』。改元記事抄録。

なお、『贈官宣下記』に載る長享二年度の事例は『菅原和長卿記』ともいう。これは日記のことであろうか。とするならば、今日、明応元年以降の日記しか伝世しないが、それ以前から記されていた可能性があることになる。しかし『益長卿記』の例と同様、もともと継続的に書き記すものではなく、一つの行事の記録として記したものに過ぎないと考えるほうが賢明かも知れない。

c　勘文参考書

元号を決めることは、その時代を運命づける重要な作業である。個々の漢字の歴史を知ることはそれが用いられた時期の歴史を知ることである。和長は最晩年まで元号を調べていた。その第一作は、恐らく(12)『改元号事』であろう。奥書に次のようにある。

文明十九年五月廿九日、依レ有二改元之沙汰一抄レ之訖矣。

文明十九年（一四八八）の作である。内容は簡略であるが、和長にとって元号研究の出発点となった著作であり、また、執筆動機として長享の改元の準備ということが考えられる点で注目すべきであろう。和長が去る四月に文章博士になり、その推任の理由が改元仗議に列なることであったと考えられることは先述した。ちなみに和長が同じ五月に『元秘抄』を書写していることは、本書の素材を知る上で貴重である。この自筆本は国立歴史民俗博物館に所蔵される。

（13）『異朝号於本朝打反被用例』は『改元号事』の直後に成立した。本書は次の五項目から成る。

一異朝号於㆓本朝㆒打反被㆑用例
一雖㆑為㆓同音㆒依㆓清濁㆒被㆑用例
一同音号字替打反被㆑用例
一同訓号一字替被㆑用例
一未㆑用元号同字類聚抄

本書名はその第一項の名を外題として仮に採ったにすぎないことは明らかであろう。伝本は一点のみ確認できた（国立公文書館内閣文庫蔵）。高辻章長書写の奥書がある、古色を帯びたものである。本奥書には、

文明十九年六月八日書㆑之。

とある。（12）（13）は、このように、一種の連作とみなすことができる。そして、和長は翌月の改元仗議に挑んだのである。

（14）『上巳問答（上巳問答抄）』は存否未詳。内容は判然としない。『和長卿記』から関連記事を抜き出してみる。まず命名の動機が述べられている明応九年（一五〇〇）三月三日の条。

八瀬能丸持来野老。佳例也。即以レ之為レ肴傾二桃花盃一畢。今日称二酒中之狂誕一有二作辛酉之一抄一。雖レ未二口伝一披二閲諸道勘文一而有二得不得之伝一。彼朱公之易賛云、上無レ伝下無レ授云々。有二此儀一歟。雖レ然、天道之一書尤有二恐怖一歟。但不レ違二古賢之道一者又何恐レ之哉。銘々為二上巳問答一也。

「辛酉」とあり、また「諸道勘文」ともあるから、辛酉革命に関する書であることは明らかである。「天道之一書」という点や和長の職掌と辛酉革命との関係など考慮すると、翌年明応十年に行うべき改元に関する文献であると考えられる。「上巳」としたのは八瀬の能丸が恒例の野老を持参し、これを肴に節句の祝の酒を飲み、その間に成した一書であるからであるとする。では、なぜ「問答」なのかというと、革命勘文について、高辻章長から訊ねられていたからである。すなわち二月二日の条に次のようにある。

高辻少納言《章長》来。談云、来年辛酉勘文事、可二如レ之何一哉由也。
予答云、日比、予所レ令レ申也。於二諸道一者不レ知レ之、於二翰林勘文一者可レ被レ闕事也。其謂者未二口伝一之上、文書一乱紛失、更不レ得二斗方一。
彼又云、於二文書一者東山左府部類記、侍従亜相被二感得一。予両人申二借請之由一、持来云々。則紀伝道并明経陰陽等勘文也。
予答二相宜之由一。則紀伝勘文一巻授二于予一、早可二書写一之由、相同畢残二巻與二五条一共可二書写一云々。答二可レ然之由一。予雖三勘文披二聞之一、故実之段更不二分明一如レ之何哉。

辛酉勘文について、どうすべきかと章長が和長の許を訪れ、訊ねたのである。和長は、諸道はともかく、紀伝の勘文については口伝を授かっていない上、戦乱の中で文書が紛失してしまったので、奏上できないのだという。章長は五条為学と三条西実隆に『東山左府部類記』を借りたので、持ってきたという。そこで三人でそれらを書写することになった。勘文は手に入れても、それにまつわる故実が分からずに問題となっていた。そこで、おそらくこの部類記を基に疑義を明らかにしようと一ヶ月かけて調べ、三月三日にまとめたものが、すなわち『上巳問答抄』ではなかったかと推測される。その後、三月三十日の条にも本書について言及している。

凡吾朝者以二神武蔀首一立レ之。三経説勘レ之、異朝者以二黄帝十九年之蔀首一、又立二三説一。但於二黄帝蔀首説一者異説分以レ朱書加也。不レ出レ巻而知二三説一者便宜相叶歟。依レ之図レ之。又上巳問答抄者予管見之至極也。或可レ有二秘説一、或可レ有二疑難一、輙不レ可レ許二外見一之抄也。

この抄物は翌年の改元に際して実際に利用されていたことは次の明応十年二月十六日の記事から知られる。

今度辛酉紀伝勘文事、就下臈、翰林高辻少納言《章長》可レ書レ之也。雖レ然難二計会一之由、懇望之上、四六・二六勘様等一向不二覚悟一云々。於二此事一者予同未二口伝一之間、雖レ為二同意一、於レ予聊有二存旨一之間、所二料簡一之由、令二領状一。

仍今度上巳問答并三術一覧図等之抄物新作、委旨見二彼両抄一歟。

今度の辛酉革命の勘文は紀伝では上位にある和長ではなく、本来は下位の章長が書くものであるが、書き方を知らないので、和長が書くことになった。それについて『上巳問答』と『三術一覧図』が参考になるだろうと記している。このように、『上巳問答抄』は現存しないものの、文亀改元に大いに役に立ったものであると思われる。それはおそらくこれに続く改元関連の文献にも継承されているであろうと想像される。

(15)『三術一覧図』もやはり辛酉革命勘文の準備のために作られたもので、右に挙げた記事にしか出てこないから、もはや現存しないものだろうと思う。『和長卿記』明応十年二月十八日の条に、「三経説」として「易・詩・歴記経」を記す。十三経のうち『易経』『詩経』『書経』を三経と称する説もあるが（李重華『三経附義』）、ここでは『易経』の説、『詩経』の説、その他歴代の経の諸説が対照化されているようである。

（16）『元号字抄』は和長の元号関係書の中で最もまとまった著作であり、和長の代表作といっても過言ではないだろう。全十六項目から構成されている。『改号新鈔（抄）』または『西儒抄』とする伝本が多数あり、東坊城家に伝来した一本もまた後者の書名を持つ。ただし宝永頃に焼失したために、六条有藤蔵本を転写したものが伝わっている（現在、京都府立総合資料館所蔵）、それ以前の当家蔵本の書名は不明である。『元号字抄』とする伝本は、管見では書陵部本とそれを親本とする群書類従本とだけである。

岩橋小彌太氏は、本書の前半が永正十八年（一五二一）に原形を成し、その後、享禄改元にあたって今日の形に成ったと推測されている（『群書解題』）。従うべきご見解である。成立に関して注意されるのは、次に挙げる（17）『改元勘文読進事』（国立公文書館内閣文庫蔵・元禄八年本の明治十五年謄写本）である。内閣本はこれと合冊されている。その奥書に次のようにある。

大永元年八月　日

上下鈔注畢

「上下」の「上」は『改元新鈔』すなわち『元号字抄』であり、「下」は『改元勘文読進事』である。しかも奥書は『元号字抄』にはなく、『改元勘文読進事』に上下を兼ねたもののみが記されている。したがって、本書は大永元年（一五二一）八月には完成したものと考えられるだろう。

（17）『改元勘文読進事』は、右に述べたように、（16）『元号字抄』（国立公文書館蔵『改号新鈔』）の付録として扱われている。明治期の近写本であるが、親本は元禄八年（一六九五）に大串雪蘭（元善）が京の山本文右衛門の蔵本を転写したものである。水戸藩主徳川昭武の蔵書であった。雪蘭は元禄七年から没する九年まで京にあって図書の借覧・書写の作業に従事していたので、[4]その間の写本ということになる。

成立時期からみて、大永度の改元仗議に関わる著作であることは明らかである。本文の中にも次のような部分がある。

今度改元、就二本書之名目一以二建仁月舟之説一杜氏カ通《ツ》典ト可レ読之由、有二申人一。如何之由、有。右大丞、就二仗議参陣一為二商量一被二来談一畢。

ここからも、本書成立が大永改元を契機とするものであったことがわかるであろう。伝本は今のところ一点確認されるのみだが、室町期の菅家の学問の一面を知る貴重な資料である。

(18)『本朝女后名字抄』は命名に関する文献。名字選進も元号と同じく紀伝儒にとって重要な職務である。和長は足利将軍をはじめ、要人の名を勘進している。このことは先に述べた。その産物の一つが、本書である。本書は伊勢の斎宮・賀茂の斎院・后宮・女院の年代記である。明応七年（一四九八）十一月九日に旧記類から抄出したが、女院の項は後の加筆である。国立公文書館所蔵。

ちなみに、『元号字抄』にも「年号人名例事」という項を挙げ、名字について言及している。

d　詩集その他

和長の詩集として、(19)『菅和長詩集』がある。橘以緒（実父は唐橋在数）・五条為適の詩集等と合綴。彰考館蔵。二種あるが、長期閉鎖中で閲覧不可のため、未見。

このほか、詩歌は短冊等単独で存するもの、または歌会などの記録や『本朝文集』など後代の編纂資料から見出されるものがある。

(20)『御注文選表解』は『文選』本文に加注したものである。本書については山崎誠氏の考察があるので省略する。(5)

奥書によると、子息長淳の発起によっておこなった講義に基づくものである。なお、本書中にはゾ体表記の記述が散見され、当該期における菅家唯一の抄物資料と考えられる。また、引用文献から、当該期の東坊城家の漢籍がある程度復元できるのではないかと思われる。その意味でも高い価値を持つものと考える。

和長はこのほかに香道書も残している。永正三年（一五〇六）の（21）『香名録』がそれである。自筆本の転写本が彰考館にあるが、閉鎖中のため未見。また、『東坊城家和書目録』には、

香之記　写本　一冊

香之記香名　写本　一冊

という記載がある。前者はともかくとして、後者は『香名録』を指すものと見られる。これが和長自筆本か現彰考館蔵本かその他の伝本かは、明らかでない。

（22）『公武相交記和長記』も彰考館蔵本のため、未見。あるいは『和長卿記』の一本か。

文書の（23）「松宮用途可被救済否哉事」は自筆本が書陵部にある。

（24）「清和院地蔵堂勧進帳」は明応七年（一四九八）の作（大日本仏教全書所収）。和長作の勧進帳としては、このほか明応四年の長谷寺勧進帳草が注目される。すなわち一条冬良からの依頼なのである。その冬良は大乗院尋尊から頼まれている。冬良は草案を和長が、清書を自身が担当することに決めた。この経緯については森末義彰氏が詳しく説かれている。[6] また、この時の長谷寺勧進帳草案は三条西実隆にも見せている（『実隆公記』明応四年十二月二日の条）。

抑和長朝臣勧進帳両三近日所草之案令見之。尤殊勝。文体事雑談有興。

過句　跨句　寡句　此三字之躰、句法之様談之。尤有興之事也。

このとき、勧進帳の文体をめぐって談話に興じている。『実隆公記』に見られる人間関係をみると、実隆が漢詩文

の表現について議論する相手は和長であったようである。

以上が管見に入った和長の著作である。

付・菅原為長・秀長の散逸文献

次に和長の著作の中に引用される注意すべき文献として、菅原為長及び秀長の散逸文献とおぼしきものを指摘しておきたい。

まず、菅原為長の著作について。為長は後鳥羽・土御門・順徳・後堀川・四条の五代に亙って侍読を勤めており、鎌倉期の菅家としてもっとも重要な人物である(7)。為長の著作のうち、『編御記』は為長が仗議に加わった改元の記録書であり、いわば部類記というべきものである。

ところで『諸祭文故実抄』第一―一「尊星王祭文」に次のような文言が見られる。

大蔵卿為長卿記号二編御記一。仍又於二文章一号二編御草一。

『為長卿記』を『編御記』と号することは、宮内庁書陵部に「五条宰相菅原為長卿記」とするものがあり、また国立公文書館や京都府立総合資料館に「編記為長卿記改元」(8)とするものがあることからも理解できよう。そして、和長の手許にあった『編御記』が後者の系統の祖本であることを考えると、引用文の後半「仍て又、文章に於いては編御草と号す」が問題となる。

『編御草』と号するものからの引用として明記する祭文には、『諸祭文故実抄』第一の「尊星王祭文」（建保五年三月十六日）のほか、第六「天地災変祭」の七通の祭文がある。後者はいずれも東坊城秀長自筆本に拠っている由であるから、東坊城家に伝世したものであろう。『編御記』は先に述べたように改元部類記である。そして、和長蔵本も同様であった。したがって、『編御草』とは別種の著作とみなされる。では、そもそも『編御草』という書物が当家に伝来していたのであろうか。右の引用文を見るに、『為長卿記』を『編御記』と号す。よって、また為長の文章においては『編御草』と号すとあるところからすると、あるいは和長が手ずから為長の祭文草をまとめ、新たに『編御草』なる書を編んだのではないだろうか。この点、後考を俟ちたいが、ともあれ、和長の手許に為長の祭文草があったものとみることはできるであろう。

次に、東坊城秀長の著作について。秀長の著作は為長と並んで比較的多い。和長が重用していたと思われるものは『迎陽記』である。たとえば、『改元勘文読進事』において菅家の説として、本書を『編御記』とともに代表せしめていることからも察せられる。また日記中にもときどき引用されている。ただし、『迎陽記』の後半を構成する『迎陽文集』と『諷誦文故実抄』第十二の鹿苑院の法会にもちいた諸編との配列をみると、管見の限りでは現存本『文集』と異なっている。それゆえ、『文集』に収録されているものであっても、部分的に家蔵旧草を取り上げた可能性が想定できる。あるいは、和長が『文集』の原資料である秀長自筆の草案を直接引用できる環境にあったことを考えると、むしろ自筆草案それ自体を『故実抄』の資料とした可能性のほうが強いともいえる。この点、『迎陽記』諸本系統論と密接に関わる問題なので、検討を要するであろう。

さて、現存『迎陽記』とは異なる内容をもつ文献が『諸祭文故実抄』に引用されている。書名からみて、秀長の著作とみて支障ないものと考える。『故実抄』には各祭儀に応じた祭文の解説文が引用されているから、おそらく、祭文の便覧的性格の書であったことが推測される。そもそも祭文についての便覧というべきものに古い文献は現存せず、もし『迎陽御記』がその種の文献であったとすれば、祭文関係文献としても歴史的に極めて重要な意義があるといわねばならない。さらに和長に即していうと、『諸祭文故実抄』の草本は和長の著作としてははやい時期（明応八年）に成っている。これに関して、紀伝儒としての必要性がまずはあったとみられる。しかし一方で、和長の手許に手本となる『迎陽御記』があったことが、その要因の一つになったのかも知れない。

おわりに

東坊城和長は二十代前半から紀伝道に関わる文筆活動を始めていた（二十三歳の時の『桂蘂記』執筆）。その旺盛な性質は晩年まで変わらない（六十九歳の時の『元号字抄』加筆修正）。前田綱紀は、貞享元年（一六八四）、このような和長に対して、次のように評している（尊経閣文庫蔵『座主宣命』奥書）。

　亜相、諱和長、参議長清之嗣子而東坊城之正嫡也。少有二才名一、累擢二大学頭一。暮齢既及二知命一而有二此作一。則知二蛍雪之勤、終無レ倦焉。

その和長の文業の特色は那辺になるのだろうか。それはおそらく先例研究を主とするという点にあるだろう。その著作をみるに、和長は旧記・旧草や口伝を整理・分類し、さらに統合化するという傾向があったように思われる。そして、それらを後世に伝えようとしているのである。この点は奥書等にしばしば後儒のためという動機を明記していることから知られる。しかし、その内容から独自性は見られるかというと、むしろ先例の墨守という性格が強いという印象を受ける。とくに五山の解釈（新義）を取り入れるようなことには否定的であったようである。たとえば『改元勘文読進事』には、日野・勧修寺・菅原諸家の説が旧記によって紹介されて、その次に「書名称二外題一之時、不レ謂二送仮名一事」として次の文章がみられる。

　此外題読様、亦、以二江湖所レ用之説一朝廷之義、可二混合一之覚悟、毎人被レ用二証例言一、便触レ耳之時、遺恨且千也。古儒之口伝不レ亘二于道理一不レ及二于是非一用来者朝義之政要也。恣可レ改之事、雖三如レ形受二道理一、於二儒家一者難二同意一歟。聊趨二僧廊一問二文字之端一輩、俄聞得二一端一則於二朝家一可レ吐二利口一事、深可レ存二斟酌一事歟。

ここでは、朝廷の古法としての儒家の口伝の重要性と、それを重んじないことへの批判が一般論として述べられている。古来からの学統を墨守しようとする態度が読み取られよう。つまり、新たな解釈より、古く正しい故実を受け継ぎ、継承することが重要なのである。いいかえれば、そのための先例の調査・研究だったと評されよう。

本節では、室町後期に現れた、当該期を代表する菅原家の儒者東坊城和長の文業の大要を取り上げた。各論としては随所に問題を残したが、それらは今後の課題である。たとえば、『諷誦文故実抄』『諸祭文故実抄』『座主宣命』は文章道を主とする和長にとっては取り分け重要な意味をもつ著作といえる。和長は三条西実隆などと文章について談義することがあったが、その内容はこれらの著作と相通ずるものがあったであろう。またそれらの素材についても、付論としてとりあげた『編御草』『迎陽御記』をはじめとして調査を要する資料がある。

和長の存在は、応仁・文明の大乱以後の公家文化を継承・再生することに尽力した一人として看過できない。とりわけ三条西実隆や中御門宣胤、一条冬良、山科言綱らとの交流は、文学史的にも興味を惹くところであって、今回省略した詩や和漢聯句などの文学的営為は、歌壇の動向と併せて捉えていくべき課題となすべきものだろう。

注

（1）第Ⅰ章第三節「十五世紀中葉の願文と儒家」参照。

（2）その奥書に次のようにある。

明応第十暦二月十七日被補大内記之条備用此一札矣文亀元年三月十六日終写功

云

従四位下少納言兼従大内記菅原為一

なお、東坊城綱忠による写本が、現在、東北大学附属図書館狩野文庫に所蔵されている。

（3）東北大学附属図書館狩野文庫蔵高辻豊長写本の奥書に次のようにある。

此上下二冊故菅大納言和長卿為柱下之時新作云々

旧冬菅宰相長淳卿免一覧之間命他筆遂書写訖

天文九年二月晦日

参議従三位行右大弁藤原朝臣（判形如此花押）

（4）沼田早苗氏「雪蘭　大串元善」（名越時正氏監修『水戸史学先賢傳』錦正社、昭和五十九年七月）参照。

（5）山崎誠氏『中世学問史の基底と展開』（和泉書院、平成五年二月）。

（6）森末義彰氏『中世の社寺と芸術』（畝傍書房、昭和十六年十一月）。

（7）菅原為長の詳細については山崎誠氏「菅原為長小伝」（前掲（5）書所収）に詳しい。

（8）奥書に次のようにある（便宜、国立公文書館蔵本による）。

此一帖永正度初進年号勘文之間　菅宰相深令秘蔵借渡之写之

【付記】引用本文の原文は一部を除いて白文であるが、本稿では、便宜上、私に訓点を加えて掲示してある。

〈東坊城和長年譜〉

年月日	年齢	事歴	身分	家族	一般事項	参考文献	備考
寛正一	一	東坊城長清（二一歳）の子として誕生					
寛正二・七・一七	二			長清、従四位上となる	京中、大飢饉	公卿補任	
寛正三	三				この頃、土一揆頻繁に起こる		
寛正四・九・二八	四				京中、徳政一揆		
寛正五・六・二五	五				一条兼良出家		
寛正六	六				足利義尚誕生		
文正一	七				足利義政、義視と不和になる		
応仁一・一〇・一九	八			長清、従三位となる	この年、応仁の乱始まる	公山	
応仁二・四・一〇	九			長清、大蔵卿となる	一条兼良、奈良へ下向	山科家礼記	
文明一	一〇				高辻章長誕生		
文明二	一一				一条教房、土佐へ下向		

文明三・一・四	一二			長清、伊勢にて死去	この年、京中、疫病蔓延	公大	
文明四	一三				大飢饉		
文明五	一四				五条為学誕生。義尚、将軍に就く		
文明六・一二・一八	一五			祖父益長死去	二・一六一休宗純、大徳寺住持となる	公卿補任	
文明七	一六				清原宣賢誕生		
文明八・二・一三	一七	穀倉院学問料を賜る				公卿補任	
文明八・一一・一三		洛中大火で東坊城邸焼失			室町第焼失。西坊城邸も焼失する	親長卿記	
文明九	一八				応仁の乱、終結。兼良帰京		
文明一〇・一二・一七	一九				西坊城顕長出家	晴富宿禰記	
文明一一・四・二二	二〇		文章得業生		この年、山科本願寺建立	桂藥記／公	
文明一一・七・一		近衛政家邸に行く				後法興院記	
文明一二・一・一〇	二一	将軍義政邸に参賀	典薬頭			宣胤卿記	
文明一二・一・二三		内裏和漢聯句御会に参加。執筆担当				長興宿祢記	

文明一二・二・二三		一条兼良邸での月次和漢聯句会に参加、記録初見				宣胤卿記	
文明一二・九・二		内裏にて宣胤・為広・忠顕らとともに『唐鏡』を校合する			九・一一　京中、土一揆	宣胤卿記	・・二三条校合つづき
文明一二・一〇・六				母死去		宣胤卿記	
文明一三・九・二七	二二	東坊城和長の奏請により文章博士高辻長直を課試の問頭とする			一一・二一　一休死去	遺芳抄／公	
文明一四・二・九	二三	近衛家嫡子の名字尚通を勘進				後法興院記	同・・一二
文明一四・六		後土御門院・足利義政ら参加の和漢聯句に加わる			二・四　足利義政、東山山荘を営む	新撰菟玖波集	
文明一四・九・一九		課試宣旨を賜る				遺芳抄／公	
文明一四・九・二七		問題宣旨を賜る				公卿補任	
文明一四・九・二八		内裏詩歌合に参加	（散位）			詩歌合／実	群書類従等に翻刻
文明一四・一〇・二		対策及第				公親	
文明一四		『桂蘂記』執筆					

文明一五・一・一三	二四	柳営詩歌合に詩方として参加。講師を務める	秀才			詩歌合／実親	群書類従等に翻刻
文明一五・三・六		叙爵				公卿補任	実隆公記三・一三
文明一五・三・一〇			侍従			公卿補任	
文明一五・三・一三		内裏での月次和漢聯句御会、記録初見			六・二七 義政、山荘（銀閣）に移住	実隆公記	
文明一五・四・二六		「誓願寺供養願文」を草す				願文集	続群書類従二八上
文明一六	二五				一一・三 京中、土一揆		
文明一七・四・六	二六	「加賀国小原郡薬師寺勧進帳」草案を三条西実隆の一見に入れる				実隆公記	
文明一七・四・九		内裏和漢聯句御会に参加			一〇月、山城国一揆	書陵部蔵本	書陵部蔵
文明一八・二・九	二七	夜、自邸に盗人が入る				実隆公記	

文明一八・六・一六			少納言		八・二四　京中、徳政一揆	公卿補任	
文明一八・一一・一五			従五位上			公卿補任	
文明一九・四・六	二八	宿所に盗賊が乱入する				実宣	
文明一九・四・二八		補任「五位博士近代邂逅。依改元事被推任。」	文章博士			公卿補任	
文明一九・五		『元秘抄』を書写				本記奥書	歴博田中本
文明一九・五・二九		『改元号事』を執筆				本記奥書	
文明一九・六・八		『異朝号於本朝打反被用例』を執筆				本記奥書	
文明一九・七・九		改元につき瑞応・寛安を勘進				後法興院記	
長享一・七・二〇		改元仗議に加わる			在数、長享を勘進	親長	
長享一・一一・二一		五条為学元服の儀に理髪担当				拾芥記	
永享一・一一・二五		竹内僧正句題歌に参加				本記	続群書類従に翻刻

長享一				息女和子誕生	この年、宗祇、実隆に古今伝授		
長享二・三・二八	二九	一条御拝賀、殿上前駆	左少弁			大	
長享二・七		醍醐寺閻魔堂勧進帳を草案する				実隆公記	仲介は冷泉為広か
長享二・八・二八					一条冬良、関白に任ずる		
長享三・二・一六	三〇	五条為学の奏請により、課試の問頭となる			為学、献策。三・二六 足利義尚死去	拾芥記	
長享三・四・二〇		贈太政大臣宣命の使となる				大	
長享三・四・二七		贈官宣下に参仕。『贈官宣下記』を執筆			足利義熙、贈太政大臣宣下	和実大	大 三・五・七
長享三・七・二九			正五位下			公卿補任	
長享三・八・七		内裏での月次和漢御会で章長と隔月で執筆することになる				親長卿記	
長享三・八・二一		改元仗議に加わる				親長卿記	実隆公記 三・八・一〇

延徳一・九・三					北野長者唐橋在治死去	親長卿記	
延徳一・一一・一五					高辻長直、長者拝堂	北拾	
延徳二・三・二一	三一				土一揆により、北野社炎上	拾芥記	
延徳三・七・一一	三二	将軍義材の母故妙雲院の贈官位にあたり、名字を良子と撰進			この年、堺商人、真珠庵を建立	拾芥記	実隆公記三・七・九
延徳四・一・一	三三	『和長卿記』これ以降現存				和長卿記	
延徳四・一・六		従四位下に叙す	従四位下			和公	
延徳四・三・三		「天地災変祭文」執筆				和長卿記	
明応一・七・一九		改元仗議に加わる			唐橋在数、明応を勘進	北拾親	
明応一		「清和院地蔵堂勧進帳」執筆					大日本仏教全書に翻刻
明応二・二・三	三四		越中権介			公卿補任	
明応二・四・二八		足利義遐叙爵につき、名字を撰進				拾後晴	

明応二・七・五		足利義遐の名字を撰進。義澄			一一・一五 近江にて徳政一揆	晴富宿禰記	
明応三	三五	幕府、東坊城和長に塩課役の事を安堵			七月、下京焼失	大日本史料	
明応四・一・五	三六	従四位上に叙す	従四位上			公実後	後法興院記・・六
明応四・七・四					長直邸焼失	晴富宿禰記	
明応四・一二		「長谷寺再興勧進帳」草す				和大	本文…大明応五別記
明応五・一・七	三七				在数、九条関白父子に殺される	実拾他	
明応五・一・一一			大内記			公実	実一月一六日条
明応五・一・一八		「長谷寺再興勧進帳」大乗院に届く				大	報酬二〇〇疋
明応五・一・二〇		長男（長標・七歳）の名字につき、実隆に相談				実隆公記	
明応五・一・二一		菅氏諸家、勅に応じて在数殺害に関する申状を作成。和長草案				拾芥記	

明応五・一・二五		男子出生				和長卿記	
明応五・二・五		在数殺害につき、長直・章長・為学と連署で訴訟する	少納言			後法興院記	
明応五・二・六		和長の請により、長標、学問料を賜る			五・二〇　日野富子死去	実隆公記	
明応五・一二・一		五条為学、和長の門下生となる				和拾	
明応五		『内局柱礎抄』上巻執筆				同記奥書	
明応六・六・一〇	三八	長標（八歳）読書始。中原師富を師範とする			一〇・二三　一条冬良、関白に任ずる	和長卿記	
明応七・二・二四	三九	道号棲竹宗鳳を岐翁紹偵から授かる				和長卿記	
明応七・三・一〇		男子出生				和長卿記	
明応七・三		『内局柱礎抄』下巻執筆				同記奥書	
明応七・七・一		日野広光から『書札礼』を借りて書写				同記奥書	群書類従に翻刻

明応七・八・一九		足利義材の求めに応じ、義尹の名を勘進				実隆公記	
明応七・八・二六		正四位下の位記を自ら作る	正四位下		八・二五　東海地域大地震	公卿補任	
明応七・一一・九		『本朝女后名字抄』執筆				同記本文	
明応八・八・二六	四〇	大学頭となる。諸官皆兼任	大学頭			公卿補任	
明応八		『諸祭文故実抄』草案執筆			この年、全国的に大飢饉	同記奥書	
明応九・一・二五	四一	万里小路宣房『万一記』抄出				史纂謄写他	
明応九・三・二三		女子誕生				和長卿記	
明応九・九・二八		これ以降、『明応九年凶事記』執筆			後土御門天皇崩御	諸書	
明応九・一〇・二一		内裏女房名字撰進				和長卿記	
明応九・一〇・二五					後柏原天皇践祚	和実二他	
明応一〇・二・一七	四二		従三位		為学、大内記となる	公拾	
明応一〇		高辻章長、『異朝号於本朝打反被用例』を書写			月次和漢御会、当代初度か	同記奥/二一	

文亀一・二・二九		改元仗議に加わる。和長、文亀を勘進				拾芥記	
文亀一・三・一三		久我通言（「右中将源氏」）、『改元号事』を書写				同記奥書	
文亀一・三・一六		五条為学、和長蔵『内局柱礎抄』を書写				同記奥書	
文亀一・三・一八			参議			公卿補任	
文亀一・四・七		為学、『内局柱礎抄』書写終功				同記奥書	
文亀一・四・一五		為学に位記の読み様を教授				拾芥記	
文亀一・五・二七		万里小路賢房、和長写『万一記』を書写				大和文華本	
文亀一・六・二六					宣賢、外記を経ず少納言になる	公実和他	
文亀一・一〇・九		内裏女房名字撰進		和子、掌侍となる	姉小路基綱女斎子、掌侍となる	和実	
文亀二・五・一〇	四三	禁裏和漢御会に参加				実隆公記	
文亀二・九・一		二条良基『雲井の御のり』に跋文を付す			この月、乱後初の祇園会	扶桑拾葉集	

文亀三・三・三	四四	山科言国死去。「予平生病事身也於今心細者乎依此卿事結改歟」				和長卿記	
文亀三・七・一九		実隆邸に『新撰万葉集』の古本を持参する				実隆公記	
文亀三・一二・一四		幕府、山城船岡の地を還付				大日本史料	
文亀四・二・二九	四五	改元につき宝暦・康徳・久保を勘進する				後法興院記	
永正一・二・三〇		改元仗議に加わる。			高辻長直、永正を勘進	拾芥記	
永正一・閏二・一		これ以前、為学に『編御記（抜萃）』を借与				同記奥書	国立公文書館蔵本
永正一・三・二		実隆から『改元勘文部類抄』を借りる			四・二三　姉小路基綱死去	実隆公記	
永正二	四六				七月、盆踊り流行		
永正三・八・一〇	四七				高辻長直、権大納言となる	公実拾他	拾「可謂家面目者乎」

永正三・一〇・九		三条西実隆から『伊勢物語』を贈られる				実隆公記	
永正三・一〇・一三			正三位			公卿補任	
永正三・一二・五		和長・章長、侍読となる				実拾	
永正三		『香名録』執筆		次男長淳誕生		同記奥／公	
永正四・三・一九	四八			長男長標、元服		実隆公記	
永正四・三・二六		和長・章長、侍読として『五帝本紀』を奉授			四・二六　山科言継誕生	実拾	
永正四・八・二二		和長、塩課役等を管す				大日本史料	詳細表示
永正五・一・五	四九	章長に大弁辞退を勧める			六・八　足利義尹、入京	実隆公記	七日の条に詳細あり
永正六・二・二七	五〇		大蔵卿		この月、山城・大和両国で土一揆	公卿補任	
永正六・六・二二		実隆に『文選表聖廟御注』を書き与える				実隆公記	
永正七	五一	妻死去			六・六　猪苗代兼載死去	公卿補任	

永正八・七・一七	五二	雅業王子息の名字を孝顕と勘進				実隆公記	
永正八・八・一		実隆から依頼を受けていた『史記』の銘ができる			八・一四　前将軍義澄死去	実隆公記	
永正九・四・二六	五三	これ以降『永正九年若宮御元服記』を執筆			知仁親王元服	同記他	
永正九・閏四・一二		冬良から『永正九年若宮御元服記』の返却され、不審の点を示される				同記附記	
永正一〇・五・二	五四	『諷誦文故実抄』を執筆				同記奥書	
永正一〇・一一・九		将軍義尹改名につき、義稙を撰進			一〇・七　近衛尚通、関白に任じる	拾芥記	
永正一〇・一二・二六		為学息為康の元服につき、和長の青侍三上兼昭、理髪担当				拾芥記	将軍家随身三上氏縁者か
永正一一・一・九	五五				五条為康、文章得業生となる	拾芥記	
永正一一・三・二七					一条冬良死去	公宣他	

永正一一・四・一六		真光院尊海蔵『僧中補任』を書写する			本記奥書	
永正一二・五	五六	一月以降、『策文古今旧草』『策文作法』執筆。五月完成			桂林遺芳抄	
永正一二・五・一二		『桂林遺芳抄』執筆			同記奥書	
永正一二・八・一〇		権中納言を辞す			公卿補任	
永正一二・八・一五				高辻長雅誕生	公卿補任	
永正一二・八・二五			従二位		公卿補任	
永正一三・四・一三	五七			三条西実隆出家	実拾他	
永正一四・四・三〇	五八	一条冬良息元服につき、名字を房通と勘進		一月　小朝拝・白馬節会復興	宣胤卿記	
永正一五・六・一八	五九	『諸祭文故実抄』を執筆			同記奥書	
永正一五・六・二一		『諸祭文故実抄』に朱点を加え、校正する			同記奥書	
永正一五・七・下旬		『禁裏方名目抄』書写			同記奥書	故実叢書

永正一五・一一・一九		万里小路秀房、『万一記』を再度和長に借り、虫損部分を補写				大和文華本	
永正一五・一二・一〇			正二位			公卿補任	
永正一五		三条実熙筆『名目鈔』に朱点を加える			三・三〇　二条尹房、関白に任じる	尊経閣蔵本	
永正一六	六〇				今川義元誕生		
永正一七・一・二〇	六一		権大納言		六・一〇　細川澄元死去	公実	
永正一八・三・二七	六二			長淳元服	三・二二　後柏原天皇即位の儀	拾芥記	
永正一八・四・二				長淳叙爵		拾芥記	
永正一八・七・二八		足利義晴の名字を勘進する			足利義晴陣宣下、叙爵。	和二	
永正一八・八・八		これ以降、為学・為和・万里小路秀房のために原『元号字抄』執筆				元号字抄	
大永一・八・二三		改元仗議に加わる。その後、天皇より原『元号字抄』返却			為学、大永を勘進	元号字抄／拾	

大永一・八		『改号新鈔』『改元勘文続進事』『改元考大永』執筆				同記奥書	
大永二・四	六三	『座主宣命』執筆			この年実隆『伊勢物語惟清抄』著	同記奥書	
大永二・六・九		菅原氏長者となる				公二他	
大永二・一一・二二		長者拝堂				二水記	
大永二・一二・九		権大納言を辞す				公卿補任	
大永二・一二・一九		本座宣を賜わる				大日本史料	
大永三・二・六	六四			叔母松子、典侍となる		実隆公記	
大永三・四・二					清原宣賢、従三位となる	公卿補任	
大永四・四・下旬	六五	『御注文選表』を講義のために書写する				本記奥書	
大永四・五・一一		同一二日、一四日と併せて三日間、長淳の発起で『文選表』の講釈する				本記奥書	
大永四・七・一一				松子落髪。八三歳		実隆公記	
大永四・秋		禅慶、和長蔵『僧中補任』を書写する			八月、『真如堂縁起絵巻』成立	本記奥書	

大永五・一一・一七	六六				中御門宣胤死去	公二他	
大永六・三・一七	六七	実隆から易本を借りる。翌日返却				実隆公記	
大永六・三		『御注文選表解』を書写する				本記奥書	
大永六・四・二		故広橋守光の称号を是称院と勘進する				実隆公記	
大永六・四・七		これ以降『後柏原院凶事記』執筆			後柏原天皇崩御	諸書	
大永六・一一・二三					月次和漢御会、当代初度	二水記	
大永七・四・六	六八	上乗院新宮の命により「大永神書」の中書・校合をする				本記奥書	
大永七・四・一五		『韻書字注』執筆				東寺観智院	馬淵和夫氏『国語史叢考』
大永七・七・一三		足利義維、叙爵。義維の名字を撰進する			八月、甘露寺元長死去	実二	
享禄一・八・二七	六九	『元号字抄』中、切字の項に修正を加える。本書これ以前に執筆			この年、実隆、天皇に古今伝授	元号字抄	

享禄二・二・二一	七〇				清原宣賢、出家	公卿補任	
享禄二・六		「醍醐寺准胝堂勧進帳」草案				本朝文集	
享禄二・九・五		鷹司忠冬元服。忠冬の名字を勘進する				実隆公記	
享禄二・一二・二〇		死去。法名宗鳳				公実二他	
享禄三・一二・二〇		一周忌				二水記	

「参考文献」の項に挙げた書店は一部に次の略称を用いている。

和長卿記……和　北野社家日記…………北　桂林遺芳抄…………遺芳抄　公卿補任…公
実隆公記……実　拾芥記（五条為学）…拾　大乗院寺社雑事記…大　親長卿記…親
長興宿祢記…長　二水記（鷲尾隆康）…二　後法興院記…………後　宣胤卿記…宣
晴富宿禰記…晴　山科家礼記……………山

二　戦国初期の紀伝道と口伝・故実

1　故実

故実とは何かという問いに正しく答えることは容易ではない[1]。その含まれる分野は神事・仏事・公事や諸道、すなわち明経・暦・算道や装束・詩歌・管絃・入木・刑罰・武術など広範囲に及ぶ。故実とはこれらに含まれる、いわば知識に裏打ちされた行いとでもいうべきものである。そこから派生して室町期には博識の人を〈故実の者〉〈故実の仁〉などとも称するようになる。一条兼良が学識豊かな外記である中原康富を指して「莫大故実の者」と讃じたが（『康富記』嘉吉四年一月二十四日の条）、文事を以て朝廷に仕える貴族からすれば、これは最上級の評価というべきだろう。

2　紀伝道の故実とその方向性

さて、本節では抽象的な概論ではなく、具体的に論じるために、筆者が目下調べているところの室町後期の文章道、すなわち紀伝道の担い手である東坊城和長の著述を主要資料としてこの問題を考えてみたい。

紀伝道とは何かというと、朝廷に仕え、明経道とともに式部省のうち大学寮に属すものが掌る諸道の一つである。『史記』『漢書』等の史書や『文選』『東坡詩集』等の詩文の講説を専らとする。また文章をよくするところから、内記局に属して詔勅・宣命等を草案する人材も輩出する。朝儀としての法会や祭儀で用いられる詩文の草案（ときには清書として併用）もまた、彼ら紀伝儒のなすところであった。(2) この時期になると、その要職は菅原家によって世襲されていた。そのため、故実は家伝として口伝なり記録なりで伝承される比率も高まっていたものと推測される。

東坊城和長（一四六〇－一五二九）は祭文や法会で用いる諷誦文の作成にあたり、故実をまとめている。すなわち『諸祭文故実抄』『諷誦文故実抄』と題された抄物である。このほか、願文に関しても一書を成したらしいが、散逸して存否未詳である。

では祭文や諷誦文の故実として、どういったものが挙げられているのだろうか。まず祭文については次のように序文に述べている（原漢文）。

祭文に諸法有り。法に三家有り。三家とは一に内典、二に外典、三に宿曜師也。此の流を分別するの儀、先づ大道也。祭文は必ず紀伝儒士の口伝也。容易に其意を得る事、口伝無くんば則ち尤も不審也。文段、則ち一々に祭文を挙げ、其の説を記す者也。文は四六也。分段する所、所々一様ならざるの間、爰に委旨を注し難し。勧請の段は多分に三段・四段也。文章の段、又之に随ふ也。施主の句・修法の儀等、是を文章の段と云ふ也。

つまり故実とは祭文作成にあたっての方法ということになるだろう。祭文は三種に大別されること、文段すなわち構成は個々の祭文（尊星王や天曹地府など）によって異なり、分け方も異なること、文章は四六文であること、段には勧請の段・文章の段があることなどである。なお、右の本文中で口伝の重要性が説かれているが、これは勘文作成の際にも問題となったことであることは後述する。

次に諷誦文の故実について挙げる。

先づ三説の体有り。一は願文諷誦、二は小諷誦、三は例諷誦也。之を三説と謂ふ。是則ち文段胥替はるの故也。

文章則ち四六也。此の外、事に依りて或は院宮、或は大臣家等書き上ぐるの様は更に以て一様為るべからず。諸々の趣細、輯録する所也。一々に之を挙げて要と為す者也。

これもやはり文章の書き方についてである。諷誦文には構成によって三種に分けられること、併せて三説ということ、文章は四六文であること、施主の家格によって書き上げ方が違うことが故実なのである。委細を見ると、各段や句の設け方、各行の配し方、略式の文の書き方などが解説されている。

このように、きわめて具体的な書き方のマニュアルとなっていることが知られる。その個々の解決方法がすなわち文章道の故実なのである。そして同じことはその他の諸道についても推し量ることができよう。

これらの故実の含まれる分野は宮廷生活の上でどのような意味をもつものか。恒例・臨時の行事、職務、社会生活（私的な歌会、連歌会なども含め）など、ほぼ全般にわたって故実は存在するわけであるが、それらに共通することは、対象となる行為を正しく完遂させるためのものであるということだろう。

諷誦文の例でいえば、故実に則って正しく文句を繫げ、各行を紙面に正しく配することで正しい諷誦文を草する。このことは正しい法会を達成させるための紀伝儒としての職掌からの支えとなるものである。そして正しい法会の完遂は正しい朝儀が維持されていることの証となった。だから、反対にそうならないと、朝儀の退廃が慨嘆されるのである。大永七年（一五二七）四月七日、後柏原院聖忌曼荼羅供に参会した三条西実隆が、

願文・諷誦、為学卿、草進す。清書、行季卿。草・清書共に以て散々たり。言語道断也。末代の体、悲しむべし、悲しむべし。

と酷評しているが、同様の例には枚挙に遑がない。他方、良くこなした場合、故実ある趣であるといった評価がされる。文安六年（一四四九）一月十六日の小除目での権少外記中原康継の様子について、上卿中御門宗継が「少年の進

退作法、神妙也。故実有るの様也」と褒めているが（『康富記』同日条）、これは所作次第にしかるべき故実があるか否かはともかく、正しく模範的に対処したことを示すものと解される。つまり故実を意識した評価なのである。

故実とは恐らく公私のあらゆる分野にあって、貴族の行動や価値を規定するものであったと思われる。だから、それに則って生活をする分には問題ないのだが、それとは異なる行為をした場合、故実を知らざる者として難じられることになるわけである。殊に専門分野に長けた者や博識の者の中には、事あるごとに日記に記し、後人の参考に供している。

東坊城和長もまた朝儀や制度の変化への反撥を随所で抱いていた。たとえば大永度の改元にあたって作成した『改元勘文読進事』（国立公文書館所蔵）では朝廷で使われてきた「古儒の口伝」を軽んじ、「聊か僧廊に趨り、文字の端を問ふの輩、俄かに一端を聞得するときんば則ち朝家に於いて利口を吐くべき事」が見られる現状について、「深く斟酌に存ずべき事か」と不満を漏らしている。文亀元年（一五〇一）閏六月、清原宣賢が外記を経ずに武家の推挙で少納言に任じたことは先例にしかるべきものがなく、不当なことであるとして、大外記中原師富とともに和長も朝廷を軽んじる狼藉であると難じている（『和長卿記』文亀元年閏六月二十八日の条）。

いずれにしても故実をめぐる批判の動機は、多く、朝儀の中の個々の正しくない所作に対するものであった。言い換えれば、正しい朝儀を完遂させるために故実が在るといっていいだろう。

3　故実の伝承形態

では故実とはどのように伝えられていたか。伝承形態としては記録と口伝[3]とがある。両者それぞれの実態をみてみよう。

記録としては主として次第書・日記・別記のかたちを採る。おおむね旧記の抄録や口伝の筆記、つまり聞書の類である。『改元勘文読進事』では日野・勧修寺・菅原それぞれの家説を挙げている。それら諸家の説は純粋に記録によっている。すなわち日野家説は『兼仲卿記』『忠光卿記』、勧修寺家説は吉田経長の『吉続記』、菅家説は菅原為長の『編御記』、東坊城秀長の『迎陽記』である。

別記とは特定の儀式の記録であり、また日記から摘録したものがある。和長の日記『和長卿記』は多くの伝本が残るが、別記として再編されたものも同様に数多くある。和長は改元には必ず関わっていたから、日記中にはそれに関する記録は詳しい。それゆえに文亀・享禄の改元の記事を抄出して改元記が編まれた。また御土御門院や後柏原院の諒闇の別記、後柏原院践祚の別記も作られたが、日記の記事と密着しながらも、日記とは別に作成されたものもあり、その場合は独自本文が多い。

一方、口伝としての故実には、広く一般に使われるものもあれば、他家との違いを承知の上で、自家の故実として使うものもある。これを普通、家説というが、これはその家のみに伝わるものではなく、他家に授けることも少なくない。中原康富は多武峰告文の清書の書き方を、世尊寺行賢から家説として授かり（『康富記』嘉吉二年十月九日の条）、東坊城和長は後土御門院御臨終のために参内したとき、巻纓にしたが、これは中山家の説を授かったことによる（『和長卿記』明応九年九月二十八日の条）。

口伝の中には秘説と称して他門に伝授を許さぬものもある。この種の秘すべき故実があるから、口伝も重要であった。鎌倉期、高倉永綱の『連阿不足口伝抄』に「笄ノ取リヤウ、書キ付クニ及バズ。口伝有ルベキ也」とあるのがその一例である。

とはいえ、記録する動機は、職務上の必要性や後人のためなどさまざまだが、もちろん秘すべきものではなく、口頭で伝授すれば済む故実は記録する必要もなかった。甘露寺親長は、内侍所行幸で御裾を取り持つ役となった子息元長に「持ち様、兼日口伝せしめ」ていた。見物の結果、「吉き持ち分なり」と褒めている（『親長卿記』文明十四年十月十四日の条）、これも些細な所作であるはあるが、一つの故実の伝授であった。この種の故実は相当にあったのではないかと想像される。

広く貴族社会全体を見渡すと、最も緩やかな伝授として、雑談の場でのやりとりがある。たとえば次のような事例がある。嘉吉二年（一四四二）九月十八日、中原康富は日ごろから親昵な間柄である飯尾為数の亭で開催される歌会に招かれた。それに先だって、康富は下冷泉持和の許を訪れている（『康富記』同日の条）。

一盞分けて之を携へ、雑談に及ぶ。和歌懐紙の書き様、又会座に懐紙を置くの様、講師已下条々の作法、具に之を口伝せらる。記録に遑あらざる者也。提撕在るのみ。今夜、飯新の許の会に出だすべきの三首、内々指南を受け了んぬ。

冷泉亭で雑談に及び、そこで和歌の懐紙の書き様、懐紙の置き様、講師已下の種々の作法などの口伝をつぶさに授かっているのである。

また、嘉吉四年（一四四四）正月二十四日、甲子改元の勘文について、紀伝儒の高辻継長が康富と談話した。その際、菅家の勘文の書き様について、継長は「口伝の分」を康富に語っている。康富は外記にして明経道の儒家であるが、継長からすれば、師でもある。それで年号の字や紀伝の勘文のことなどは前年から準備して康富の助言を得、以降も毎時相談にのってもらっていたのである。つまりこの種の書き方や読み方に関する故実には紀伝や明経の区別はなく、雑談の場など、日常的な交流を通して往き来があったということだろう。大外記中原師富が和長に対して『孝経』序文の読み方について明経道の訓みと解釈とを説いているが（明応六年七月十五日の条）、師富は和長の子息長標の家庭教師もしており、この点からもまた、両道の故実が公私にわたって行き交っていたことが知られるだろう。

さて、この故実には、先例としての記録に基づくものが多い。和長の『諸祭文故実抄』『諷誦文故実抄』に見られる故実とは、それらの文章を作成するにあたり守るべき約束事であったことは先述した。たとえば祭文作成における故実とは、泰山府君祭、尊星王祭など、個々の祭儀のための祭文の本文構成であり、それから各段における個別の表現方法である。全体を何段で綴るか、四六文をどう作るか、発句・結句をどうするか、例文・新作の文をどう用いるかといった点について、故実は存在したのである。その根拠は多くが家伝を記した記録であった。『諸祭文故実抄』第一「尊星王」に「家記《口伝抄》に云はく、祭文は神道至極に之を書く。必ず御諱有るべしと云々」という一文がみえる。この家伝とは東坊城家に伝えられたものであるが、脇に細字で「口伝抄」とあるところから、本来、書記されていたものではなかったことが窺われる。本書は現存が確認できないが、『迎陽御記』とあることから、これをまとめたのが室町初期の東坊城秀長であることが知られる。そして祭文作成における口伝の重要性は冒頭に掲げた『諸祭文故実抄』引用文中の「容易に其意を得る事、口伝無くんば則ち尤も不審也」という文言から知ることができるだろう。

このことについては改元勘文についても同様であった。

4　改元勘文をめぐって

辛酉革命の年である明応十年（一五〇一）、勘文の口伝が問題となった。そもそも辛酉の年は災いを避けるために改元をすることになっていた。時の関白一条冬良は「辛酉の年に至りて革命の当否を論ぜず旧号を改め新政を施すは延喜以来毎度の蹤跡也」と述べている（『和長卿記』明応十年一月二十三日の条）。ところが辛酉改元に関する紀伝の文書が紛失してしまったのである。前年の明応九年二月二日、高辻章長が辛酉勘文をどうすべきか和長に訊ねた。和長は「翰林勘文に於いては闕せらるべき也」と答えた。作成方法が未口伝の上、文書が一乱で紛失し、作りようがなかったからである。それに対して章長は、周到にも文書は『東山左府部類記』に載っているから、五条為学と共に三条西実隆からこの記録を借りてきたという。そこで三人でそれらを書写することになった。それで紀伝道の勘文についても明経・暦・算道と同じく作成することに決まった。しかし文書を入手できたからといってすぐに作れるものではなかった。何が問題か。故実が失われたままなのである。和長は次のように記す。

　予、勘文、之を披閲すと雖も、故実の段、更に分明ならず。之を如何せん哉。

　祭文については口伝なくしては作成が容易ならざることは先に挙げた文言から知られるが、同様のことは勘文についてもいえることなのであった。『天文雑説』（古典文庫所収）第四話末尾に「いさゝかいみじき事は、秘説などいひて、人につたへざれば、つゐには秘しうしなひたる事おほく侍るとみゆ、あたら事なるべし」と説かれるが、これもその例といえるだろう。この場合、故実は口伝として扱われていたから、口伝の断絶はすなわち故実のそれでもあった。しかしながら、興味深いことに故実とは古来より言い来たり習い来たったことばかりを指すのではなく、新たに創り出すこともまた可能であったことが、辛酉勘文をめぐる和長の動向から知られるのである。

　和長は勘文作成の準備として、まず『東山左府部類記』所収文書では得られぬ事柄を得るべく、一ヶ月後の三月三日、一書をまとめた。紀伝の故実は未口伝だが、諸道勘文を披閲するに得不得の伝があった。朱文公の「易賛」に「上に伝無し、下に授無し」という文があるが、今回はこれに当たると判断し、和長はこの朱子の言葉を拠り所に、伝に授が無くとも道を絶やすべきではないと判断したわけである。天道に関するものだから恐れはあるが、「古賢の道に違はざれば又何ぞ之を恐れんや」と信じて作ったのが『上巳問答（抄）』という辛酉勘文に関する書であった（存否未詳）[4]。

　これに加えてその後、本朝の神武蔀首、中国の黄帝十九年の蔀首、また異説の三説を一図にまとめて『三術一覧図』

なるものを編んだ（存否未詳）。これについて和長は「巻を出でずして三説を知るは便宜相叶ふか」と自負している。紀伝の勘文は、本来、下臈の章長の職務だが、今回は和長がこのように取り計らっている上、章長は文章に未練であるから、章長に請われて和長主導で事を運ぶことになった。これがため、明応十年二月十七日、従三位兼文章博士の上階叙留を自薦して勅許されている。かくしてこの時期の和長は高辻章長・五条為学とともに辛酉勘文についての準備に余念がなかった。その結果、和長亭を訪った小倉季種に「凡そ紀伝道の儀、口伝已に断絶せしむるか。然りと雖も、予聊か計会の事有り。今度の勘文、事闕くべからざる也」と言い得るほどに至った（二月十八日の条）。和長は勘文の準備に専念して無事進上したのだが、二十九日、改元仗議の様子を見物したところ、中御門宣秀の勘文の読み上げ方が甚だ悪く、また和長の出した文亀を難じる人々が、上命がありながらも無言で所存を述べず、「凡そ見苦しき様」であった。和長は予想される難に対して陳述の準備をしていたのに全く無駄になったことを、仗議の後、難勢の公卿の態度ともども苦笑している。

文亀度の改元勘文はこのように和長が章長・為学の補佐・協力のもと、紀伝故実を新規に作ったものとみていいだろう。実際、為学は続く永正度の改元にこの次第書を用いている。文亀度の勘文作成は、博覧強記の和長なればこそ成就したものであったといえる。ともあれ、この一連の動向から、断絶した口伝の故実が再生されることがあり得たことが知られるわけである。

では、結局のところ、今回問題となった辛酉勘文の故実とはどういったものだったのか。残念ながら『和長卿記』から窺い知られるところは、わずかに勘文の調え方だけである。この方法では文安度の甲子勘文の例に倣ったという（二月二十九日の条）。その詳細は『康富記』嘉吉四年（一四四四）一月二十九日の条に記されている。書き方の口伝もこの勘文に拠ったのではないかと思われる。延徳度の事例によると、書き方として次のものが問題となっている（五

条為学『拾芥記』長享三年八月十四日の条）。

・宝仁の引文、「以珍宝為仁義」とあり。其を「以珍宝作仁義」とかく、故実也。

・引文に云ふ「君子体于仁」と云ふは、本文は于字入れず。然りと雖も、体仁、御名字の間、于字を入れて書く事、故実也。

この他、おそらく『改元勘文読進事』に見られる故実、すなわち改元勘進では引用書の書名は対馬読み（呉音・経読み）で読むこと（ただし一部の書名には漢音を使用）、書名には送り仮名を読まないことなどや、あるいは祭文・諷誦文の故実同様、書き方の故実の類を加えたものであったろう。

5　故実と知識

これまで紀伝の故実を主に見てきた。これらは記録に拠るといえども、その記録なるものが、そもそも口伝であり、また、経験に基づくものであった。

和長は文亀度の改元の時、紀伝勘文の復元に向けてまず『東山左府部類記』から抜書を作った。このような部類記は先行する実践の記録である。それを知識として、来たるべき正しい改元の儀に向けて、紀伝儒の立場から支えるべく新たな例を作り出そうとしたのである。

とはいっても、故実に対しては人によって温度差があることも確かで、東坊城和長や中原康富、中御門宣胤などは厳格であるが、甘露寺元長、中御門宣秀、五条為学などは比較的大様に事に当たっていたようである。永正度の改元は甲子改元だが、それにこだわることなく、前回の文亀度の辛酉改元について高辻章長が記録したものを使って勘文を作成しているのは（『拾芥記』文亀四年二月二十八日の条）、勘文故実に対する和長と為学との重んじ方の違いだろう。

故実とは知識に裏打ちされた実践・所作ゆえに、言説化されなければ認識されないか、されにくいものであるという側面がある。特に顧みることもされずに行われていた所作が、記録されることで先行する事例と比較検討され、異同が批評される。一般に次第書の類には故実の注記がもとめられる記録であったと思われる。(5) 和長のごとき故実に執する記録者に至っては、詳細をきわめ、故実の無い自由な所作の部分には「故実無し」という、積極的とさえ思える注記を怠らない（『明応九年凶事記』など参照）。

これらの故実は、約束事、ルール、やり方、方法などと言い換えられる事柄だから、名詞のように端的に示すことはむつかしい。たとえば先の『康富記』の為和との雑談の中に見られる故実は「和歌懐紙の書き様」「会座に懐紙を置くの様」として示されるのみで、中身は見えない、いわば題目に過ぎない。この種の題目の中身を示そうとすれば、改元勘文に旧号を載せるときは引用文を改めるべきこと（『和長卿記』延徳四年七月十八日の条）、宣命草には神社名並びに伝奏の交名を載せないこと（同記明応三年七月十日の条）、勅書の有無が不確かな時は内記では草案を作らないこと（同記文亀元年閏六月一日の条）など事書風の説明的叙述になる。つまり動作それ自体が故実だからである。

このように、故実は経験的な知識であるといえる。確かに書物を根拠として挙げることも多いが、しかしそれらは記録として扱われる。先例すなわち自身の経験的知識ではないが、先人のそれとして尊重されるものである。

伝承を伝承のままにせず、しかるべき先例を根拠に復元することこそ、貴族のフォークロアであるといっていいかも知れない。このような知的作業を経た上で、一つの些細な所作であってもそれに一種の約束事、決まり事としての重みが加わることになる。

注

（1）総論として近藤好和氏『装束の日本史』（平凡社選書、平成十九年一月）第一章が有益である。参照されたい。

（2）本書第Ⅰ章第三節「十五世紀中葉の願文製作と儒家」、第Ⅱ章第三節「室町後期紀伝儒の祭文故実について」参照。

（3）総論として小峯和明氏「口伝の位相」（『歴史評論』第六〇七号、平成十二年十一月）参照。

（4）本書第Ⅱ章第一節「東坊城和長の文筆活動」では取り上げなかった著作である。

（5）『宣胤卿記』永正十四年（一五一七）一月十六日の条に次のようにある。

秀房来たる。節会に参る事、官方申文作法の事等、之を問ふ。元日、右府着陣の時、伊長朝臣、参議の座の中程に参ると云々。然るべからず。第一座為るべし。其の外の故実等の事、次第に見ゆ。

三　室町後期紀伝儒の祭文故実について

1　室町期の菅家と祭文

室町期の朝廷においては、その行事として宗教儀礼が多く行われていた。幕府方の行事もこれに同じである。それらは恒例のもの、臨時のものの両方がある。そういった行事の中に、種々の祭儀がある。目的は天災・地妖を鎮める、建物を造立する、安産を祈願するなどさまざまである。これらの祭儀を行う場合、祭主は祭文という文章を音読する（時に読まず）。その文は技巧に優れ、詩的な表現が求められる。したがって、その文を草案する人物はその能力を有する者であり、且つ、朝廷や幕府の権威を貶めぬ出自の者でなくてはならない。それに該当する人物を輩出する家が菅原家であった。[1]

もっとも、祭文の種類は多種多様であり、その中で菅家の関わる祭文は十六種ほどに過ぎない。密教の行法中に用いられる祭文では尊星王法・北斗法・熾盛光法・閻魔天供・鎮宅法・妙見法などに限られるし、陰陽道の法には、神道系の祓などの祭儀・作法を含めれば、百五十種近くあるが、そのうち、菅家が関わるのは天曹地府祭・泰山府君祭・三万六千神祭・天地災変祭・属星祭・安鎮祭・玄宮北極祭・本命元辰祭などと少ない。しかしながら、朝廷や幕府の公務としてかような祭儀が行われるのであるから、種類は少なくとも、その規模と質とは高いものであったとみなくてはならないだろう。そのための準備は一月近く前から始められるものもあった。

この公武の祭儀における祭文草作成については、本来、ひとり菅原家が掌るところのものではなく、大江家や中原家など他家の文章博士など、その幅には広いものがあった。これが菅原家に限定されるようになった経緯は定かではない。ひろく見れば、持明院統と大覚寺統という朝廷の分裂、北朝方を主体とする朝廷の合一、その間の朝儀の廃止と復興、足利政権の組成、朝幕間の交流など種々の遠因が想定されるであろう。この室町初期の朝幕における新たな組織形成・相互関係形成の過程において、文事面について双方に影響力をもった儒者が東坊城秀長であったろうと思われる。これが正しいとすれば、菅家による祭文草の恒例化の礎は、この秀長がその構築に大きく与っていたのではないかと考えを進めることができないだろうかと思うのである。そこで秀長の活動実態を明らかにしなくてはならないのだが、それについては後考に譲ることとする。ここでは室町期の菅原家が祭文をいかに扱っていたかという基本的な問題を考えてみたい。が、室町期全体を俯瞰するには、研究が進んでいない。それゆえ、今回は比較的資料の充実している室町後期の東坊城和長を中心にみていくつもりである。(2)

そもそも紀伝儒とは、その名が示すとおり紀伝道を職とする儒者のことである。紀伝道は明経道とともに式部省のうち大学寮に属すものが掌っていた。『史記』や『漢書』などの史書、『文選』の講説などを専らとする。室町期、この職は菅原家によって世襲され、要職を独占していた。丁度、明経道を清原家や中原家が博士家として占めていたことと同じである。この点、知識や技術が多く秘匿され、家内で伝承されていた社会にあっては、特定の家が独占することは適切であったとみることもできよう。

それゆえに、ここでいう紀伝儒とは、要するに菅家の儒者と言い換えることもできるわけである。祭文が問題となるのは、文学史的見地からすれば、菅家の文筆活動の一部分をなしていながらも、いまだ実態が判然としないからである。その具体的な作成過程、そして執筆する上で必要とされる事柄、すなわち故実なるものを把握することが本節の課題である。

2　祭文作成と祭儀

さて、紀伝儒が祭文を作成する理由は、禁仙や幕府からの依頼があることによるわけだが、しかしながら、その実態は明確でない。そこで、ここでこの問題をとりあげておきたい。もっとも、願主が天皇であるか仙洞であるか将軍であるかで同時期でも違いがあるし、発願の動機も種々ある。このような差異を承知した上で、一種の叩き台として祭文作成の過程をみると、次のように整理できそうである。以下には、比較的資料が充実していることと、草者が当該期の代表的な儒者東坊城和長であるということから、主として延徳四年（一四九二）初春の祭文草作成を中心に見ておきたい。

1　天変・地妖など、何らかの怪異が起こる。

『大乗院寺社雑事記』延徳四年一月二十日の条（続史料大成）によると、前日、地震が発生した。

一、昨日十九日、八時分、一天下動了。如電音也。

これについて、陰陽寮に動きがある。

2　陰陽博士が占う。

ただし、ここで次の三通りの展開が見られる。

a　陰陽博士が占文を奏す。

延徳四年春の例では、安倍有宣が次のような結果を占文に示している（近衛政家『後法興院記』二月三日の条所引・続史料大成）。

今月十九日未時従乾天鳴声如雷
天文決要斉類云、天鳴　天子慎之。
乙巳占云、天鳴有声　大将軍慎之。
天鏡経云、天鳴、兵大起、万民労也。
晋書天文志云、帝元大興二年八月戊戌天鳴、東南有声。
占云、天鳴、人主有慎。三年十月壬辰、天又鳴。其年、兵起。
延徳四年正月廿二日　従二位有宣

このような占文を勘進することは常の事である。しかし、場合によっては、次のｂｃ二通りの展開もみられた。

ｂ　陰陽博士が祭儀を申請する。

陰陽師自らが祭儀を進言する場合である。たとえば『看聞日記』永享八年（一四三六）閏五月十日の条（続群書類従）に次のようにある。

前陰陽頭有清朝臣申。当年八卦御厄之間、今月殊御慎也。可被行御祭之由頻申間、仰付。自今日至十六日七ヶ日可行云々。御撫物・御鏡・御帷・御服一被出。祭料三百疋下行。泰山府君祭可行之由申。子法名可載祭文之間、可被注下之由申。仍書遣。
入道無品親王道欽書遣。

つまり、安倍有清が伏見宮貞成親王に対して当年は厄年ゆえに泰山府君の祭を行うよう申し請うているのである。

その一方で、次のような事例もある。

c　公武が陰陽博士を招き祭儀の相談をする。

bの事例は陰陽博士が進んで行うのに対して、依頼する側の要請で行うこともある（『親長卿記』文明九年〈一四七八〉十月十七日の条・史料大成）。

仰《（後土御門院）》云、度々有変異。外典祭何事歟可被行哉。予申云、如此之時、百恠祭歟。大略泰山府君祭歟可然。召寄有宣卿、可談合云々。仍召有宣三位、仰々之趣。百怪御祭可然之由申之。祭料三百疋被下行也。自廿日可始行云々。

近年、変異がたびたび起こることを憂い、天皇が近臣甘露寺親長と計らい有宣に祭を行うよう命じているのである。このようなことは仙洞や幕府の場合もおそらく同様であったであろう。

3　この結果、陰陽博士が吉日良辰を勘進する。

4　願主から伝奏などの使者をもって陰陽博士及び文章博士に祭儀に関する書状が届く。

ただし草者にはa内々の下命があったあと、b正式の下命があるという段階を経ることが通例だったようである。

a　内々の下命

延徳四年春の祭儀の時は、まず二月十三日朝、文章博士東坊城和長のもとに伝奏勧修寺教秀から使者が訪れる（『和長卿記』二月十三日の条・史料編纂所蔵柳原家蔵本謄写本）。

今暁、自伝奏有使者。於御陣御所、可有天地災変御祭。々文之事、可存知之由、被仰出之由、定日示賜。而可存知之由、返答畢。

禁裏の御陣御所で天地災変祭があるため、祭文作成について了解しておくようにとの禁裏の仰せを伝えに来たのである。和長はこれを了解した。

b　正式の下命

右の事例でいうと、それから二日後の十五日、正式に祭文草執筆の命が下りている。すなわち『和長卿記』二月十五日の条に、

自伝奏、折筒到来。云、

彼祭文事、可為来月三日由、伊勢下総守之。来廿四五日比被進候者可然候。

二月十五日　教秀

東坊城殿

とある。三月三日に祭儀を行うにあたり、今月二十四、二十五日頃に祭文草を提出するようにとの指示がきたのである。

5　祭文草を作成する。

延徳四年春の場合をみると、4bの段階では和長は今回の祭儀がいかなる目的で行われるのかを知らない。そこで、教秀に問うていたのだが、詳細は知らされることがなかった。これでは祭文の新作部分が処理できないので、二十二日、今度は祭主である在通に書状で尋ねることにした（『和長卿記』二月二十二日の条）。

彼御祈旨趣、可注賜之由、申之処、無御沙汰之間、相尋行事陰陽在通卿畢。正月十九日、天地鳴動。当年太一定分、御重厄之由、令注進之。仍書載畢。

和長の問いに対して勘解由小路在通は祭儀の目的を認め、和長に遣わした。これによって、祭文執筆の動機が理解できたわけである。つまり、この時点まで和長は祭文草案の理由がわからぬまま了解し執筆の準備をしていたことになる。これは通常の事態であったと思われる。その事情を草案者が知らず、また伝奏から知らされなければ、今回の

ような行き違いが生じるわけだが、常にそうなるということではなく、伝聞情報に不注意であると、このような失態をしたものと思われる。いずれにしても、この時は、五日後、草案を書き上げて、その旨、伝奏に書状で伝えた（『和長卿記』二月二十七日の条）。祭文草自体は在通に送付したものと思われる。

彼御祭文、今日草進。次内々之状、付伝奏云、

天地災変御祭文、令草進候。御願之趣、任在通卿注進之旨、書載之訖。次、御馬代之事、如例預御申沙汰者、可畏存候也。和長。恐惶謹言。

二月廿七日　　和長

勧修寺殿

書状には願の趣旨は在通の注進に拠ったこと、あらかじめ提示されていた報酬である馬について了解することを記している。報酬については、これが一般的であることは、「例の如く」と書き記していることからも察せられる。しかし、どの段階で提示されるのかは判然としない。

6　祭文草を祭主に披露し、修正を加える。

延徳四年の祭儀の例をみると、在通が、在重を使者として、和長に祭文草中の不審点を尋ねてきた（『和長卿記』二月二十八日の条）。

今日、自在通卿許、以在重、彼御祭文之内、不審之処并僻字等之誤、尋送之間、改遣之畢。有金幣・銀帛之句。仍、今度不用金銀幣帛、用五色幣之間、此句可改名云々。同改之畢。同語云、今度不用清書、用儒草云々。此事不審。無余日時不及清書。兼日之時、用儒草歟之由、加問答。後聞、猶不及清書云々。

今回の祭儀では幣帛に金銀の箔を押すことはせず、五色の幣を使うことになっているということで、本文の修正を

求めてきたのである。これはいたって適切な要求といえるだろう。

そもそも、祭文の文言中に金幣・銀幣を示す語句がある事例は、泰山府君の都状で序文の前に供物として示されるほかは寡聞にして知らないが、五色の幣帛の事例は多い。たとえば菅原為長が草した承元四年（一二〇七）十月の土御門天皇勅願の天地災変祭文には次のような句が見られる（『諸祭文故実抄』）。

白玉之瑩八顆也、送秋之露譲々。

彩幣之備五色也、先春之花片々。

つまり、右のような表現に改めたということである。

実は金銀の幣帛を用いるのは、菅家の関わる祭儀のうちでは、上述の泰山府君祭だけであって、天地災変祭をはじめとする陰陽道系の祭儀では五色の幣帛を使うのが通例であった。この点は祭儀の実態を知らずとも、旧草を検すればわかることであった。三十三歳の和長は、まだその知識を持ち合わせていなかったのである。この部分の詩句については、おそらく泰山府君都状の旧草を参照したのであろうと察せられる。

7　中書（儒草）を祭主に渡す。

延徳四年の例では、右の記事から知られるとおり、使者在重に手渡している。

草案を担当したものはこれで仕事を終了する。

8　祭儀の場で祭主が祭文を読む。

ただし、実際に用いる祭文は、必ずしも儒者による草案・中書を清書しなくてはならないというものではなく、草案・中書自体を現場で使うこともある。右の延徳四年度の例でいえば、二月二十八日の在重との対面時に、和長は、詩句の修正のほかに、もう一点、重要なことを尋ねている。すなわち祭儀にあたって用いる祭文が儒草であるか新たに作成する清書であるかということである。通常、祭文の清書は時の能書か祭主自身が行うものであるから、儒草をそのまま使うことに疑問をもったのである。和長の理解としては、日程にゆとりがない時は儒草で済ませることになっている。これは願文や諷誦文についても同じことであるから、当然の類推であった。しかし、ゆとりがあるとき儒草を用いるのかどうかは不審だったのである。これについて、在重は即答できず、後日、おそらく在通からの返答として、その場合でも儒草を用いる由の回答を得た。つまり、今回の天地災変祭には和長自筆の草をそのまま壇前で読んだのである。

9　草案の報酬を得る。

草者の一連の作業は既に7の段階で終了しているから、あとは報酬を受け取るだけである。延徳四年春のときは、『和長卿記』三月八日の条に次のように述べられている。

今日、彼祭文御馬拝領。尤祝着。御厩孫三郎、此由申送之条、即召下倫広、於御陣請取畢。

草案の報酬が馬一匹であることは通例である。参考に『看聞日記』永享十年（一四三八）六月十三日の条を挙げておく。

今日、三万六千神御祭、公方被行。有重朝臣祭之。祭文草大蔵卿為清卿、清書行豊朝臣也。両人御馬被下云々。行豊朝臣拝領鹿毛也。覧之。五壇法同被行。凡御祈更無退転云々。

将軍義教が願主となって、三万六千祭を行ったのだが、その草案・清書を担当した五条為清・世尊寺行豊に、それぞれ馬が与えられたということである。

以上に示してきた手順は、ある程度一般化できるものと思う。しかし、この手順は成文化され、確定していたものではない。つまり、多分に経験的な知識によったものである。したがって、戦乱などで期間が空くと変化する部分もあっただろう。和長が「此の祭文に於いては、後儒、連続すべからざるの際、分別を得難かるべ」きと述べているが（『諸祭文故実抄』）、かかる憂慮は、慣習に対する依存度の高い公家社会にとって、本質的に潜む問題であったのだろう。

このような、成文化されてもおらず、また儀礼化してもいない、いわば慣習の支配的な領域にあって力を発揮するのが、古老の格にある人物の経験的な知識だったであろう。たとえば延徳四年当時の公家社会でいうならば、日記類を検するに、大外記中原師富がその典型的な一人であったと思われる。文字化されていない古老の語りの一つ一つが説得力をもったであろうことが想像される。師富は和長の学問の師でもあったから、よき相談役であったことが推察される。

では、この過程で菅家の儒者はどのようなかたちの草案を作っていたのか。次にこの点をみていきたい。

3 儒草の執筆

そもそも、儒者による草案を儒草というが、祭文の場合、それはどのように作成されるのだろうか。何らかの手本があったことは容易に推測される。それは部類記の形で手許にあったのだろうか。

祭文の集成としては安倍家の『祭文部類』が知られている。また、寺家方に『祭文集』（実蔵坊真如蔵）、『祭文集』（高野山光台院・大乗院蔵）、『諸祭文』（高野山金剛三昧院他蔵）などがある。ほかに『行林抄』『阿娑縛抄』『覚禅抄』『朝野群載』『本朝文粋』『山槐記』などにそれぞれ数通ずつ収録されている。しかし、本論に即して儒草を考える上で注意すべきものを挙げるならば、京都大学附属図書館平松家文庫蔵『泰山府君都状』と題する古写本を指摘しておかなくてはならない。

本書名は便宜的に付けたにすぎないもののようである。実際、収録祭文は第一に享徳元年八月の尊星王祭文（東坊城益長）、第二に寛正二年九月の尊星王祭文（高辻継長）、第三に応永二十六年十二月の泰山府君都状（東坊城長遠）、第四に応永二十七年の泰山府君都状（東坊城長遠）の四通であって、泰山府君都状だけでなく、尊星王祭文も含まれるものである。詳細な検討はまだであるが、本作は単に祭文を収録しただけでなく、その前後に祭儀の準備に関する消息が書き添えられている。つまり、公務の祭文作成の参考として控えたものだと推測されるのである。したがって、おそらく弁官など祭文作成に関与した人物の手に成った可能性が高いと思われる。

ともあれ、本作は室町期菅家の祭文を調べる上で重要な文献であることは明らかであるから前章第四節で翻刻紹介したわけである。しかしながら、編纂者やその目的が判然としない点に扱いづらさがある。したがって、現在のところ、参考資料としてみるほかない。

これに対して、十六世紀初頭になった『諸祭文故実抄』は、作者といい、動機といい、明瞭である。そこで、本作を中心的な材料としてみていきたい。これは東坊城和長が明応八年（一四九九）に草案し、永正十五年（一五一八）六月にそれを増補して完成させたものである。編纂目的は正しい祭文作成の故実を残すためである。

さて、菅家の祭文草が寺家や他家のそれと比べてどう違うのか。菅家の祭文の特質を構成面から捉えておきたい。ここでは現存するすべてを検証することはできないから、寺家方の典型的な作風のテクストを一つ挙げておこう。すなわち、『行林抄』巻第七十二「北斗法」収録の天暦五年（九五一）の祭文である。作者は不詳。まず全文を掲げる（大正新修大蔵経）。

①維、天暦五年、歳次辛亥、正月十三日庚午、吉日嘉辰、

弟子某甲　行年若干、

②敬備礼典銀銭。
謹請破軍星字持大景子。
謹請本命宿耀心宮。
謹請当年所属。
謹啓北斗宿耀宮等其星宮（若南方熒惑星宮）。
③伏願、諸星宮等、各垂慈悲、降臨俗席、歆饗薄礼、顧納単誠。伊伝、既生人世、忝在周行。好道求霊、常見尊儀。
自性愚暗恐愆失。迺者、物怪屢示、夢想紛紜。魂魄飛颺、常居危嶮。所求不遂、疾苦相纏。加以今年行年在坤、
所属当熒惑。
仍今日本命元辰吉日嘉辰、謹献上銀銭仙菓、供養於北斗辰并本命元辰所属星宮。
④伏願、攘災厄、於未兆保福祐、於将来益寿増福。無諸横禍、神魂安穏、元神自在、衰年厄月駆遠方。久保寿命、
永奉星宮、常蒙栄福、将謝神恩。
⑤謹啓。
献銀銭。
謹献上。
右為益算延命献上北斗某　　　　星宮、如件。
　某年某月　日　　　　　某甲
謹献上。
銀銭。

右云云　本命宿ム　宿宮、如件。謹啓。
某年云云
謹献上。
銀銭。
右云云　当年所属某　星宮、如件。謹啓。
某年云云

私に構成を示すと①～⑤の五つに分けることができる。すなわち①は年号・願主の諱を記した段、②は勧請の段、③序文、修法の段、④願成就の段、⑤供物献上の段と看做すことができるだろう。

次に菅家の例として、『諸祭文故実抄』第八「北斗法」所収の東坊城秀長の草した祭文を掲げる。至徳三年（一三八六）九月二十九日、足利義満の命で行われた北斗法の際、読まれた祭文。常住院前大僧正良瑜が読誦したものである。

①維、至徳三年、歳次丙寅、九月甲寅朔、廿九日壬午、吉日良辰、
南瞻部州、大日本国、征夷大将軍従一位行左大臣源朝臣、
②敬白、理智不二、清浄法身、遍照如来、教令輪身、四臂大聖、不動明王、十方三世、一切諸仏、八万法蔵、十二部経、地前地上、諸大菩薩、声聞縁覚、一切賢聖、
別白、本尊界会、北斗七星、梵王帝釈、四大天王、大吉祥天、司命都尉、天曹都尉、七曜九執、二十八宿、焔魔法王、泰山府君、諸冥官冥道、鎮護国家、諸大明神、乃至、尽虚空法界、三寶護法天等、而言、
③夫北斗者、耀七曜之精、運四時之気。魁以治内、杓以治外。生民禍福、莫不由其指揮。国土安寧、莫不帰其掌握。照臨無偏、感應不惑。若人、礼拝供養、長寿福貴。

是以、洒払私茅、荘厳密壇、点一七日、致無貳誠。
④仰願、大日如来、一字金輪、北斗七星、諸天冥官、降臨道場、証知心願。除殃禍於来《末カ》兆、保寿考於無疆。身体剛健、堅於松柏貞節。禄算増延、久於榠櫨大年。重請、乾坤調和、風雨之時不違。遠近寧謐、煙塵之気無起。衆神加護、万福来崇。
⑤敬白。

この祭文の場合、①は年号・位署・願主の諱を記した段、②は勧請の段、③本尊の讃嘆、修法の段、④願成就の段、⑤書き止めの段とみることができる。寺家・菅家ともに①の段に大差はみられない。しかし、願主の位署を明記する／しないという違いが認められる。菅家の場合、勧進帳や願文の署名には、願主の位署は記さず、「弟子」にとどめるが、祭文の場合には世俗の身分を記すことになっているのである。②の勧請の段では、寺家方の祭文は、至って簡略な記述にとどまる。つまり本命星を勧請するのであるが、そのほかの眷属等の降臨を願ってはいない。一方、菅家方の祭文は本命星だけでなく、北斗七星全体の勧請を祈念している。且つ、その外の諸天諸仏をはじめ、あらゆる仏神の降臨を願っているのである。③では、寺家方は本尊を明確に讃嘆せず、一般的な対句の序を表しているのに対して、菅家の祭文は、「それ北斗は」と、讃嘆文が綴られている。これは、いずれの法においても菅家の祭文には見られるところである。④は全般的に著しい相違は見られない。最も違うのは⑤である。寺家方のように献上の段を取り入れることは、菅家の場合には見られない。簡潔に書き止めの句を記して終わらせることになっている。

右の事例のように、構成が大幅に異なるものは、ほかにも寺家方の祭文と公家方のそれとの間に全般的に見受けられるところである。それに対して、公武のために文章博士が著した祭文の場合は、大枠の構成という点では、菅家／非菅家の差異は少ないといえそうである。たとえば『山槐記』治承二年（一一七八）十月十六日の条（史料大成）に記載されている文章博士日野業実の草案になる尊星王祭文と室町期菅家のそれとの構成を見てみると次のように異同がみられる。左記の業実草は建礼門院徳子の安産のために作られたものである。

①維、治承二年、歳次戊戌、十月朔辛卯、十六日丙午、
南贍部州、大日本国、皇后諱、

②敬白、理智不二、清浄法身、遍照如来、教令輪身、四臂大聖、不動明王、十方三世、一切諸仏、八万法蔵、十二部経、地前地上、諸大菩薩、声聞縁覚、一切賢聖、
別白、本尊界会、大慈大悲、奇特擁護衆生、尊星王大士、梵王帝釈、四大天王、□（大脱カ）吉祥天、司命都尉、七曜九執、二十八宿、十二神□（王脱カ）・五甲将軍、閻魔法王、泰山府君、諸冥官冥衆、一千七百善神王、鎮護国家、諸大明神、年中行厄神、乃至、自界他方三宝護法天等、而言、

③伏惟、謬少粛雍之徳、早忝后宮之号。雖同体於龍顔之主、偏懸憑於蓮眼之尊。然間、懐孕之慶云呈、誕弥之期已至。宜仰大士之誓願、以遂産生之平安。

④夫、尊星王者、諸仏之慈母也。得自在以救三界、薩埵之大将也。施神通以利群生。帰敬者感応掲焉、念持者霊験殊勝。滅罪増益延齢、能満一切所求之願。
是以、始自今夕限七箇日、餝瑜伽之壇場、修深密之秘法、香花燈明供養恭敬。

⑤伏乞、尊星王還念本誓、必垂擁護。縦有怨霊邪気之厄、縦有厭魅呪詛之祟、却之他方、払之未兆。願照丹祈之至懇、同有蚌胎之共全。

⑥尚饗。

まず①は年月日、位署、諱の段、②は勧請の段、③は序の段、④は本尊の讃嘆、修法の段、⑤は願成就の段、⑥は

書き止めの句という構成になっている。

一方、東坊城益長が享徳元年（一四五二）八月十七日の足利将軍義成（後の義政）の尊星王祭のために草した祭文は次の通りである。

①維、享徳元年、歳次壬酉、八月辛酉朔、十七日丁丑、
南瞻部州、大日本国、征夷大将軍従二位行権大納言源朝臣義成、
②敬白、理智不二、清浄法身、遍照如来、教令輪身、四臂大聖、不動明王、十方三世、一切諸仏、八万法蔵、十二部経、地前地上、諸大菩薩、声聞縁覚、一切賢聖、
別、本尊界会、尊星王大士、梵王帝釈、四大天王、大吉祥天、司命都尉、天曹都尉、七曜九執、二十八宿、十二神王、六甲将軍、一千七百善神王、閻魔法王、泰山府君等、諸冥官冥道、鎮護国家、諸大明神、乃至、尽虚空遍法界、三宝護法、諸天等、而言、
③伏惟、居家門之長、備股肱之良。既伝将営累代之嘉名、竊待幕府極位之栄寵。寤寐欲報皇恩之罔極、日夜要救生民之苦窮。
於焉、今年当三合厄運、近日示諸社妖眚。加之、厚地大揺、司天密奏。譴告非一、兢懼且千。何以攘彼災、不如修斯大法。
④夫、尊星王者、総括列宿、長乎衆躔中。済度群迷、掌於四天。内表仏眼妙用、外施法界利生。威光照然、答貺卓尓。肆、点素商良辰、凝丹棘懇忱。引廿餘口之浄襟、重七ヶ日之法席。廼請前大僧正法印大和尚位、為大阿闍梨耶。
抑、此法者、臨証大師帰朝之期、受全和尚秘訣之法。尓降、寺門伝来兮効験太著、国家崇敬兮感応無双。転禍為

福之謀、息災延命之術。

⑤然則、乾象上覆兮五行正度、坤儀下載兮万世固基。身体安全、玩蟠桃之花実、寿算長久、期霊椿之春秋。櫜弓箭矣而、天下康寧、聲壌鼓腹而、民間愷楽。

⑥祇敬至厚、必其尚饗。

構成は、先の業実の祭文と同じである。⑥書き止めの句は一対の句となっているが、これも常套句であり、菅家でも他の祭文にこれを用いることがある。これは「尚饗」と大差がないのであるが、菅家では尊星王祭文においてはこれを用いないようである。基本的に菅家の祭文の書き止めには「謹啓」や「謹白」などを用い、尊星王祭文に関しては、右に挙げたように、特に「祇敬至厚、必其尚饗」の句で結ぶことになっている。このような点にも注意を払っておくことが大切であることは、永徳三年（一三八三）の作者不詳の日野裏松資康を願主とする安鎮法祭文に「尚饗」とあることについて、和長が「勧請の段、書止の語等、不審有り」（『諸祭文故実抄』）と述べていることからも窺われる。

いずれにしろ、右の事例からは、寺家と菅家との差異が甚大であるのに対して、同じ儒者同士の祭文の差異は僅少であることが知られる。公武の祭儀において、かつては藤原家・大江家・中原家など、他の文筆の家も、菅原家同様、祭文を作成していた。これが、室町期に下ると、菅家が独占的に草する体制が成立したわけである。しかしながら、本文の構成という点からみれば、業実の草を見てもわかるように、菅家の草は、細部においては小異が見られるものの、それはむしろ、個人差として捉えた方が適当であるという観が強いと思われる。

室町期菅家の祭文は、要するに、他家と同種の祭文に準拠するものであったと考えられるのである。とするならば、家として独占化はしたものの、そうかといって、文章面で独自の展開をみせたわけではないのである。畢竟、菅家は、中世、旧草のかたちを遵守する立場を祭文作成において採っていたということになるだろう。これは、和長が『改元勘文読進事』（国立公文書館蔵）において「古儒の口伝、道理に亘らず、是非に及ばず用ひ来たるは朝義の政要なり」と述べているが、この態度が祭文作成史にも表れているように窺われ、引いては中世菅家の家風を示しているようにも思われる。

4　祭文故実の諸相

さて、先に述べたように、祭文作成にあたり参考にしたものは部類記と儒草の類とが主であった。部類記は為長の編んだ『編御草』が、少なくとも東坊城家にはあり、秀長もこれを使って祭文の書を作り、(3) 和長もこれに倣った。しかし、それだけでなく、草案のまま控えていたものも使っていたのである。たとえば『諸祭文故実抄』所収の応永八年（一四〇一）の後小松天皇勅願北斗本拝供祭文の本文のあとに「此の文、迎陽御草なり。同じき御奥書に云はく」（原漢文）としてその奥書を記していることは、直接、秀長自筆に拠っていることを示すものだろう。

では、その参考文献には、どの程度、依存していたのだろうか。以下に具体的にみておこう。

まず、東坊城秀長が草案した応永五年（一三九八）四月義満の北山殿造営時の安鎮祭文を掲げる（『諸祭文故実抄』所収）。

①娑婆世界、一二二天下、南瞻部州、大日本国、沙門道―、帰命稽首、敬白、

②理智不二、大日如来、十方三世、一切諸仏、八万法蔵、十二分教、地前地上、諸大菩薩、声聞縁覚、諸賢聖衆、別、本尊海会、安鎮国家、四臂不動、大聖明王、八方鎮護、護世八天、三部諸尊、護法天等、七曜九執、二十八宿、堅牢地神、部類眷属、而言、

③海内清平之世、朝廷無事之時、択上〔腴〕之奥区、拠抻（坤）霊之正位、出揆日之制、興成風之功。樹正殿於中央、因環材而逞巧、累崇構於北側、峙良柱而究奇。棲金爵於甍標、横綵虹於閣道。前穿霊沼、乃経新台。東則青龍紙屋

河深而為固、北則玄武衣笠山構而作封。

④抑斯地者、代々聖主臨幸之名園、世々賢相修飾之甲第也。貞応之径始歳月久、増磐之締構雨露侵。蓄、踵其迹而増華、変其本而加励。神則北野社也。近垂擁護之霊威。仏亦西園寺也。同施加被之冥力。

⑤肆、図宏基於億載、賁密壇於九方。備繒幡繒蓋之荘厳、陳珍羞珍菓之清供。点七ヶ夜、献無弐誠、楽工奏遏雲之音、舞佾盡廻雪之態。云裕云恰、猗哉鑠哉。

⑥伏惟、安国安家、偏是大聖之弘誓也。鎮土鎮宅、豈非本尊之照瞻乎。久護之謀、薁《ママ》貴此法。山水触処而美、心楽智仁、花木周阿而生、寿伴松柏。身宮順陰陽而安泰、徳宇与日月而光明。玉燭均調、金穰協応。五竟就位而災害不生、八将還方而禍乱不作。総成本乎之国、永保無疆之基。子孫弥昌、臣《（ママ）》偕楽。乃至法界、利益無辺。

⑦敬白。

⑧　応永五年四月　日

この祭文の構成は、①位署の段、②勧請の段、③序の段、④土地讃嘆の段、⑤修法の段、⑥願成就の段、⑦書き止めの句、⑧年月日と整理することができる。

この祭文を参考にした祭文に東坊城和長の永正十二年（一五一五）十一月の三条御所新造のときのものがある。これが応永五年の秀長草に拠ったものであることは、和長自身が「文段の編み様、応永北山殿安鎮御祭文の例を以て、今度、計会せしめ畢んぬ」（『諸祭文故実抄』原漢文）と述べていることから知られる。願主は将軍義稙である。

①娑婆世界、一二二天下、南瞻部州、大日本国、征夷大将軍従二位行権大納言源朝臣義ー、帰命稽首、敬白、

②理智不二、大日如来、十方三世、一切諸仏、八万法蔵、十二分教、地前地上、諸大菩薩、声聞縁覚、諸賢聖衆、別、本尊海会、葉衣四臂、観世菩薩、八方鎮護、護世八天、三部諸尊、護法天等、七曜九執、二十八宿、堅牢地

神、部類眷属、而言、

③夫、温故知新、式拠《ヨル》聖経賢伝之道、興廃継続、苟感古往今来之時。

④抑吾居士者、趍嚢烈累家之先蹤、闡教業旧坊之基趾。鳳闕北近、通達輪蹄之街衢、鴨河東流、相応坤霊之潤沢。武将之永運、歴代播名声、孫嗣之再興、多年独抱嘆喝。四囲漸築、偏思柱礎之星羅、後庭先営、初看簷瓦之霜色。雖然、国有費民有労矣、散材曽無掄、簣以軽徳以重焉、下字纔欲楽。矧甍亦不雕、闥亦不繍、既桷則非刻、楹則非丹。

⑤爰、博士告良曜於臘前、急催遷駕、闍耶点修法於七夜、夙飭密壇。因旃、図天女尊形、備鎮宅之清供、輝将師美誉、期奕世奕葉之繁栄。

⑥伏願、本尊大士、十二宮神、二十八夜叉将、本朝鎮守、諸大明神、部類眷属、克稟珍羞、忝垂冥睠。新台日月添華麗、必応呈六勝八吉之祥。正寝虹梁未森然、蚤要覩中央上棟之制。蓋待神運鬼輸而至、納受哀憐、或有天造地設之奇、懇祈成就。加之、朝廷巌南面之礼、海内襁負而来、県吏貢西収之租、宝位瑶図以啓。重請、殿閣敻成不朽、金爵高棲、風雨尋常順時、玉燭丕調、善政弥盛。徳化無疆。

⑦敬白。

⑧　永正十二年十一月　日

これを比較すると、この祭文の構成は、先の秀長草のそれと変らないことが分かる。すなわち手本である秀長草からは、本文構成と例文（勧請の段や書止の句など）とを取り入れているが、しかしながら新作部分や例文の一部は自由に表現していることが見て取れるのである。これはすなわち、先に示した日野業実の草と東坊城益長の草とが直接関係を持たないながらも近似する祭文であったことと同じ様相を呈しているということができよう。つまり手本はあくまで手本であって、新しい祭文は、その詩的表現に関しては、これに依存するものではないということであろう。すなわち祭文の旧草とは、新たな作成において「文段の編み様」が参考にされるのであって、微細な表現はその限りではないということもできよう。

では、守るべきものとは何か。これが故実ということになるであろう。つまり、祭文故実とは、右の比較でみたように、まず、泰山府君祭、尊星王祭など、個々の祭儀のための祭文の本文構成であり、それから各段における個別の表現方法ということになると思われる。

この故実について、和長は『諸祭文故実抄』において、主に二つの著作によって示そうとしている。まず、「家記」と称される東坊城家伝来の書である。

「家記」とは、東坊城家に口伝として伝わってきた事柄を書き留めたもののようである。それは次の記述から窺知される（「尊星王祭」）。

家記《口伝抄》云、祭文者神道至極書之。必可有御諱云々。

つまり、「家記」は「口伝抄」とも称されているのである。では、この口伝をまとめた人物は誰か。それは次の引用文から知られる（「東方清流祭」）。

家記云迎陽御記、是者北斗宿曜師勤仕之。推古天皇御宇、自月氏国伝来云々。星宿勧請也。此祭文三段也。清書能書人也云々。又云、四字之時、二二之字、書之故実云々。

すなわち、東坊城家に家内伝承した口伝を秀長がまとめたものと見られるのである。残念ながら、その実態を知ることは、存否未詳の現段階では困難である。しかし右の引用などから、祭文を祭儀別に分類し、個々の概要と表現上の注記とをしたものと察せられる。

もう一つは、家に保管されている儒草である。とりわけ、秀長の自筆になる為長の『編御草』と秀長草は重視していたようである。『諸祭文故実抄』に利用されている祭文をまとめると、次のようになっていることから、それは知られよう（表参照）。

では、具体的にはどのような故実があるのか。たとえば「故実」と明記しているものを『迎陽御記』から引用してみよう。

1又云、四字之時、二二之字、書之故実。

2迎陽御記云、此御祭文有故実、天子、上皇等、御沙汰之時、七星ノ上ニ、南無天皇太帝曜魄奕《本》ト、奉勧請。臣下祭之時、皆以如此。

1の事例は「四」という数字は「二二」と書くべきことを説き、2の事例は大属星供祭文の場合、挿入すべき詩句のあることを説いている。この種の故実を整理すると、およそ次のように示すことができるだろう。

①四六文　詩文創作の基本的レトリックである。この文を作るにあたって、今挙げた部類記や儒草のほかに、何らかの文献を参考にしていたであろうことは、祭文ではないが、同様の表現が求められる願文についての和長の見解から窺われる（『和長卿記』文亀三年九月二十四日の条）。

秉燭以後、有召之間、参御前。御願文可読進之由、依仰、読申之。以此次、四六文章之様有御尋。子細等条々申入之。句之出処等有御尋。委細申入之。為大儀之由有勅定。

この日、後柏原天皇の勅問の中に「句之出処」のことがあり、これについて和長は委細に答えたというのである。残念ながらその内実は不明だが、和長は四六について『御注文選表解』（成簣堂文庫蔵）で次のように説いており、参考になるだろう。

李善表、四六之根本、守之。於異朝、四六之風、上古不見。至于唐之時、其風甚興矣。爰百川学海・四六談塵・又、王公四六話上下等、裁断茲事。其序云（中略・『王公四六話』序引用）。吾朝之文章、儒家之作法、拠《ル》レ之。故具《ニ》注之（中略・四六文の種類）。此等之委旨、往時四六作鈔一冊、令二新編一、見彼鈔矣。

②例文／新作　例文とは旧草のままで、新たに作る必要のない部分。ただし、微細な表現上の変更は差し支えないことは、先の例から明らかである。文才が問われるのは、むしろ新作の部分である。

③構成　端の段（年号・位署）・勧請の段・文章の段（蒙帖（4））・施主の句・修法の儀など）・奥・（年号）。年号の位置は祭文の種類によって端／奥の後の違いがある。段の数も同様。

案ずるに、祭文の故実とは、草案に直接関わること、すなわち構成・各段の在り様・文章表現を指すものと見られる。そこには作成にあたっての手続きという外的な要素は含まれていない。それだから、近世に至っても、『淳房卿記』延宝元年（一六七三）十一月の安鎮法に見られるような事態があらわれるのである。すなわち、『淳房卿記』十一月十二日の条に次のような記事がある（歴代残闕日記）。

次、参院。以梅小路黄門、祭文之事、何へ可被仰出哉由窺申之処、先々作進儒者可尋申者。退出。

つまり、後水尾院勅願の安鎮祭を行うにあたり、その祭文草を誰に命じるか、弁官である万里小路家の当主淳房が知見を持っていないのである。院はこれに対してかつて作進したことのある儒者に尋ねるよう勅答した。その二日後、実際、淳房は菅家の衆に尋ねている（『淳房卿記』十一月十四日の条）。

被（後水尾院）仰下云、先年祭文作進之節、知長（東坊城）豊長（高辻）等卿為公卿哉、限新院御所祭文、知長卿作進有子細哉者。菅三位（五条為康）依当番参会、尋之。三品答云、寛文度知長卿為儒卿第一。依之歟。豊長、于時大内記文章博士哉。職事資廉父資行卿来仰之。豊長申云、如此上首之儒卿可然哉由固辞。資行卿云、為院宣何可及辞哉由被仰之間、領状了。即以梅小路、件趣言上。今度安鎮之祭文、菅三位可為作進旨、被仰出。

つまり、寛文年中に新院御所で行ったときは、東坊城知長が担当したのであるが、それは上首であったからかと、高辻豊長は見解を示している。ところが過去の例を検すれば、上首であるべきという条件は絶対的ではない。豊長は大内記文章博士であるから、十分、その資格は持っているのであるが、これを理由に固辞しているのは、そのような作成の先例を調べなかったからだろう。いずれにしても、このような公的な作成の事務的手続き（草案作成の手順ではなく）というものは、成文化されないまま、近世に至ったのであろうことが察せられるのである。

このように、〈故実〉とは、祭文作成上、守るべき約束事のことであって、願主・伝奏・草者・祭主間で展開される作業に関する知識ではないと考えられる。

おわりに

室町後期の紀伝儒の代表として、東坊城和長を主に取り上げてきた。和長にとって、古代の事例は、〈故実〉として、ほとんど配慮されていないようである。当時から知られていたであろう『朝野群載』『本朝文粋』などに見られる祭文は対象外となっているのである。〈故実〉としては、むしろ鎌倉期菅家の中興為長以降、室町期の菅家の草案や口伝中に見られるもので占められており、それ以外のものはないということになる。古代の事例もわずかに含まれるに過ぎない。これは何を意味しているのか。〈故実〉という知識がきわめて現実的な必要性に根ざしたものであり、始原的価値（言い換えれば、先例としての根拠という効力）が求められる机上の知識ではないということであろうか。

さて、その後、菅家の祭文作成を取り巻く環境は変化していったようである。少なくとも近世にいたってはその一端がほのみえる。土御門泰重は『泰重卿記』寛永七年（一六三〇）四月二日の条（史料纂集）の中で次のように述べている。

都状ハ草案、儒者より来トイヘトモ、近例ハ不及其義候。

泰重のもとには、当然、祭文の控えが保管されていたし（『書陵部蔵土御門家旧蔵史料目録』）、また、部類記もあったであろう（『祭文部類』）。それだから、公的な要請や先例を遵守するという牢固な意志がないのであれば、あえて草案を菅家に外注する必要はなかったのではないかと想像される。この動向は、祭文だけでなく、室町期、菅家が独占的に担当していた願文草においてもみられるところである。すなわち、『慶長日件録』慶長十二年（一六〇七）十二月一日の条（史料纂集）によると、船橋秀賢は、この日、次のように述べた。

竹門主、被御書下。可致伺候云々。仍参彼院。来十三日北野正遷宮候就候て四ヶ法用有之。願文令草可進之由仰也。予申云、願文ナト当家一切不存知義也。幸菅家衆へ被仰出可然之由、申入処也。内々菅家衆へ雖仰出、無同心ニ候。御事被欠之間、如何様ニモ草進可申之由、被仰之間、先領掌申畢。

つまり、曼殊院門跡から願文の草案を命じられたのだが、秀賢はこれに対して「願文など、当家一切存知せざる義なり」と固辞し、菅家への下命を請うている。しかし菅家の衆もこれを辞退したというのである。

そうはいっても、近世にいたっても慣例通り、菅家が祭文草を作成し続けていたことは、前掲の万里小路淳房の記事ひとつからも知られる。

注

（1）祭文の歴史的展開について、巨視的見地から扱った本格的な著作・論考は、管見ではいまだに出ていない。かつて筑土鈴寛氏が法会研究の一環として祭文の概説を著したが（『筑土鈴寛著作集』第五巻）、残念ながら仏教の文献の範疇での説明に終始しているため、祭文の総体をつかんでいない。一方、村山修一氏「わが国における地鎮及び宅鎮の儀礼・作法について」（初出『東洋学論集―佐藤匡玄博士頌寿記念―』朋友書店、平成二年三月。後、『修験・陰陽道と寺社史料』法蔵館、平成九年一月、所収）は古代から中世後期に至る安鎮法やその類の行法の展開を述べたものであるが、仏教／陰陽道双方を視野にいれているので、各論とはいえ、祭文一般の史的展開を見るうえで示唆に富む。古文書学的見地からは詫間直樹氏・高田義人氏編『陰陽道関係史料』（汲古書院、平成十三年七月）の解題的考察が緻密である。より各論にはいっていくと、坂本正仁氏「高野山大伝法院をめぐる史料について―醍醐寺所蔵史料の紹介と翻刻」（『興教大師覚鑁研究』平成四年十二月）、金井英雄氏「心蓮院本〈八祖祭文〉の成立について」（『国文学研究（早稲田大学）』第七二号、昭和五十五年十月）、牧野和夫氏「八祖表白・祭文・銘等類聚稿（一）―中間報告」（『実践国文学』第四五号、平成六年三月）、同氏「中古・中世の学問周辺三題―「祭文・験記」・『表白御草』・『貞元録』巻三十「録外目録」、附、『仏説毘沙門天王功徳経』補遺」（『実践国文学』第四七号、平成七年三月）、山本真吾氏「星供次第に於ける表白文と祭文について（二）―高山寺経蔵文献による」（『高山寺典籍文書綜合調査団研究報告論集（平成九年度）』平成十年三月）などがある。

一方、文学の見地から祭文を注解したものに、北山円正氏「藤原敦光「白居易祭文」注釈」（『神戸女子大学文学部紀要』第三五号、平成十四年三月）、東京女子大学古代史研究会「聖武天皇宸翰『雑集』所収「鏡中釈霊実集」注解（一二）No.94祭文為桓都督祭禹廟文」（『続日本紀研究』第三三八号、平成十四年六月）がある。また、物語・説話文学との関連では、岩佐貫三氏「陰陽道祭文と修験道祭文―牛頭天王祭文を例として―」（『印度学仏教学研究』第四五号、昭和四十九年十二月）

が中世の牛頭天王祭文をとりあげる。中世の祇園信仰関連の諸論文でも同じ資料が利用されている。また、服部法照氏「日本撰述偽経と講式・祭文」(『印度学仏教学研究』第四一巻第一号、平成四年十二月)が偽経『弁才天五部経』とその影響を受けた講式・祭文について論じている。後者に類する観点のものに山下哲郎氏「延慶本平家物語「祭文」についての覚書」(『延慶本平家物語考証』第一巻、平成四年五月)がある。また、より民間伝承の色彩の強い物語・語り物をとりあげた論考に徳田和夫氏「『〈一盛長者の鳥の由来〉』祭文をめぐって―小鳥前生譚「雀孝行」の物語草子　付・翻刻」(『国語国文論集(学習院女子短期大学)』第二七号、平成十年三月)がある。なお、近世・近代の口説祭文などの祭文語りについては小山一成氏や兵藤裕己氏の、いざなぎ流祭文など民間の修験・陰陽道系の祭文に関しては高木啓夫氏や斎藤英喜氏らの一連の著作がある。

これらの動向とは違う観点、つまり法会やそれを取り巻く機構の在り様を明らかにする試みもみられる。遠藤克己氏『近世陰陽道史の研究』(初版、未来工房、昭和六十年。新訂増補版、新人物往来社、平成六年十一月)は近世の事例を詳述している。富田正弘氏「室町時代における祈禱と公武統一政権」(日本史研究会史料研究部会編『中世日本の歴史像』創元社、昭和五十三年七月)は東寺における公武のための祈禱の実態を考察したもので、曽根原理氏「室町時代の武家八講論議」(『北畠典生博士古稀記念論文集　日本仏教文化論叢』上巻、永田文昌堂、平成十年六月)と併せて室町期における国家的な法会の実態を捉えるうえで重要な論考であり、本稿作成において大きな示唆を得た。また、川田貞夫氏「徳川家康の天曹地府祭都状―その正本の決定を中心に―」(『日本歴史』第三二九号、昭和五十年七月)は家康の自筆署名を分析したもの。ほかに棚橋光男氏「祭文と問注日記―院政期の法・素描」(『金沢大学文学部論集　史学科篇』第二号、昭和五十六年三月)や出村勝明氏「吉田神道における亀卜研究について―宣賢、兼右筆「亀卜伝」、兼右筆「亀卜次第并祭文」を中心として」(『神道史研究』第三九巻第二号、平成三年四月)などがある。

（2）本書第Ⅱ章第一節「東坊城和長の文筆活動」参照。
（3）『迎陽御記』と称し、『諸祭文故実抄』に引用される。現存の『迎陽記』もしくは『迎陽文集』を指すのではない。
（4）蒙帖とは序文にあたる四六文をさす。「先序分之語、其名、或云蒙帖、或云起句。皆発端之語也。」（『御注文選表解』）

【後記】引用文は、便宜、私に句読点を加えた。また、異体字・正字等はなるべく現行の表記に改めた。

『諸祭文故実抄』収録祭文（含、抄録）

祭文名	願主	日付	典拠または草者
第1　尊星王祭文	一　後鳥羽院	建保五年三月十六日	編御記（編御草カ）
	二　後鳥羽院	建久二年閏十二月十五日	
	三　後堀川天皇	貞永元年五月十日	「作者不見」
	四　後醍醐天皇	建武元年五月六日	日野行氏
	五　皇后藤原佶子	弘長二年十月十三日	―
	六　入道藤原良平	延応元年六月十六日	―
	七　足利義成	享徳元年八月十七日	東坊城益長
第2　天曹地府祭文	一　足利義持	応永十六年九月十日	東坊城秀長
	二　足利義勝	嘉吉三年八月六日	東坊城益長
第3　東方清流祭	一　後小松天皇	応永十九年十二月二十一日	東坊城長遠
	二　足利義満	応永十年四月十三日	東坊城秀長
	三　足利義持	応永十二年十月七日	東坊城秀長
第4　泰山府君祭	一　後小松天皇	応永十一年十二月二十七日	東坊城秀長

	二	後小松天皇	応永九年十二月二十四日	東坊城秀長
	三	後円融院	至徳元年四月十日	「作者不見」
	四	崇光院	至徳三年四月十五日	「作者不見」
	五	足利義勝	嘉吉二年十二月	東坊城益長
第5　三万六千神祭	一	後嵯峨院	宝治元年	「作者不見」
	二	足利義満	応永十四年六月二十一日	東坊城秀長
第6　天地災変祭	一	土御門天皇	承元四年十月	編御草（菅原為長）
	二	土御門院	建保三年二月十五日	編御草
	三	中宮藻璧門院	天福元年九月十六日	編御草
	四	中宮藤原竴子	寛喜二年十一月	編御草
	五	中宮藤原竴子	寛喜二年十一月	編御草
	六	関白九条道家	寛喜二年十一月	編御草
	七	摂政九条教実	天福元年六月十日	編御草
	八	足利義持	応永二十六年六月十一日	東坊城長遠
第7　北斗本拝供	一	後小松天皇	応永八年四月二十二日	東坊城秀長
	二	称光天皇	応永二十年四月二十一日	東坊城長遠
第8　北斗法	一	後円融天皇	永和元年八月二十二日	坊城長綱
	二	後円融天皇	永和三年七月二十六日	菅原時親
	三	足利義満	至徳三年九月二十九日	東坊城秀長
第9　大属星供	一	足利義満	応永九年二月十三日	東坊城秀長
	二	足利義満	康応二年一月十八日	東坊城秀長
	三	摂政近衛家平	正和四年十二月十七日	—
第10　南方高山祭	一	足利義持	応永元年十二月二十五日	東坊城秀長
第11　大熾盛光法	一	後円融天皇	永徳三年十二日	坊城長綱

	二　後嵯峨天皇	寛元元年閏七月二十七日	「作者不見」
	三　光厳院天皇	正慶二年二月	「作者不見」
	四　足利義政	文正元年九月	東坊城益長
第12　閻魔天供	一　後小松院	応永二十五年一月	東坊城長遠
	二　足利義満	応永八年一月一日	―
第13　安鎮祭付鎮宅	一　土御門天皇	康正二年七月十日	東坊城益長
	二　足利義満	応永五年四月	東坊城秀長
	三　裏松資康	永徳三年十二月十三日	「作者不見」
	四　足利義稙	永正十二年十一月	東坊城和長
	六　葉衣観音外典祭文	―	「作者不見」
第14　玄宮北極祭	一　一条天皇	長保四年七月二十七日	藤原敦光
	二　後冷泉天皇	康平八年二月十九日	藤原敦光カ
	三　鳥羽天皇	天仁三年七月六日	大江匡房
	四　後白河天皇	保元三年八月一日	藤原永範
第15　妙見祭	一　某祭文	―	「作者不見」
	二　後冷泉天皇	天喜三年一月十四日	「作者不見」
	三　鳥羽天皇	安二年五月二十一日	「作者不見」
	四　鳥羽天皇	保延五年七月二十八日	「作者不見」
第16　本命元辰祭	一　足利義持	応永元年九月一日	

四　室町期における勧進帳の本文構成
――明応五年醍醐寺勧進帳をめぐって――

1　公家社会と勧進帳

寺社の修造・建立のために、不特定の対象から金品を得る行為を勧進という。そして、その行為の趣旨を述べた文そのものやそれを記した書状を勧進帳・勧進状などという。また善友（知識）に喜捨を求める文という意味で知識文・知識書と称することもある。

勧進活動に携わる僧を一般に勧進聖または勧進僧といい、また十穀聖・十穀沙門・幹縁沙門などともいう。その指し示す対象は幅広い。本節で扱う者は勧進帳に関連するものに限っておく。つまり、勧進帳に願主として署名する僧に限定する。彼らは大概所属寺院内で任じられるのであるが、その一方で、臨時に部外者が発起して勧進聖となることもある(1)。また、俗人が願主となり、勧進聖と同様の役割を果たすこともある(2)。

さて、勧進聖は願主となって再興なり修造なり新造なりの願を立てることになるのであるが、その場合、不特定多数の人々に勧進の趣旨を知らしめるべく、通常、勧進帳を作成する。その本文は主として漢文体で対句表現を多用したきわめて技巧的な文章である。構成は古来類型的である。したがって願主自身が先例を参考に草することもあるが、むしろ文章にたくみな人物に依頼することが多い。室町期においては、公家とつながりのあるものは仲介を立てて菅原・中原・壬生・三条西等の諸家に申し出ることが少なくない。清書もしかりで、世尊寺家・三条西家等の能書に依頼することが多い。

このような勧進帳は主として装飾料紙を用いた美麗の巻物であり、唯一無二のものである。現存するほとんどはこの種の美本であり、したがって数多の勧進聖が一紙半銭を得るべく在々所々を経巡る際に手にしていたものではなかったであろう。この勧進帳は主に禁仙や幕府要人など大口の勧進先に奉加帳兼帯で回覧したものであった(3)。したがって多くの勧進聖は、それとは別に、戦国期前後のいくつかの洛中洛外図に描かれているような簡易な勧進帳を持ち歩いたか、あるいは奉加帳(4)のみを携え、何も証となるものを持たなかったようである。

この時期の勧進帳は、どうような手続きを経て作成されたかということについては不明な点が多い。しかし試みに一般化すると、次のように幾つかの類型として提示することができるであろう。

①当該寺社において、勧進活動を決定する。
　a　時宜により願主を決める(5)。
　b　寺社によっては、勧進職が決められている（東寺など）。
　c　当該寺社に属さない者が発願する(6)。
②勧進帳を草する。
　a　寺社内の僧が草する(7)。
　b　近隣在住の同宗派の僧に依頼する(8)。
　c　世俗の知識人に依頼する(9)。
③勧進帳を清書する。

a　草案と同じ人が清書する。

b　草案と別の人が清書する。

②abcいずれの場合であっても。[10]

このような次第であるから、しばしば誤解されるように願主すなわち勧進帳の作者とみなすのは甚だ早計といわなくてはならない。願主と作者とが同一ということは、むしろ稀であるということである。

さて、右の類型のうち、さしあたり本節で重要なものは②cの勧進帳の草案を世俗の知識人に依頼するというものである。寺社が世俗の知識人に依頼することはしばしばみられるところであった。世俗といっても、先述のように室町期にあっては、ほぼ公家に限られた。彼ら公家衆の手を介することによって、その優れた文章表現（草案・清書とも）を勧進帳に取り入れたわけである。公家の側からすれば、その能力に長けた人物を常に輩出する環境があったわけであり、寺家方はそのことへの信頼をもっていた。すなわち両者に慣習的な依存関係があったことが想像されるであろう。自分の属する寺院に公家の子息を受け入れていることもしばしばあったのであり、このような血縁的繋がりも寺家と公家との勧進帳作成をめぐる交流を考える上で看過できないだろう。

具体的に誰に依頼するかということは、草案・清書ともに縁故を頼るということが本質であるといえる。たとえば室町後期の代表的な草案・清書者に三条西実隆がいる。[11]実隆の文才の高さは天下に普く知られている。そこで依頼したいがどうしたらよいか。この場合に、ゆかりある公家を仲介に立てて、実隆に依頼するのである。その方法として、仲介人に口上を任せるか、願主自身も同伴するかは、その時々の事情によるだろう。また、草案なり清書なりを知人の公家に頼み、併せてその人にもう一方の作業をする人物を探してもらうということもある。そして、一度繋がりができれば、二度目からは比較的容易に参上できるようになる。僧によっては、年始参りや時々の贈り物を欠かさないものもある。実隆に依頼することのあった深草藤森神福寺の勧進聖楽翁はその好例といえよう[12]。

さて、勧進帳、ことに真言・天台の勧進帳は、中世を通して公家社会と密接なつながりをもちつつ作成されていた。これは、朝儀としての法会における詩文の作成と併せて考えるべきものだろう。

この両宗は、中世以前から朝廷社会に深く関わりあいながら展開していったわけだが、室町期においては、その関係はより固定化し、宗教儀礼を主導する組織として、朝廷の中で確固とした地位を占めていた。その機構の中で、儀礼に用いられるすべての詩文が準備されたのである。朝廷の法会には恒例・臨時のものがあるが、たとえば先帝や故女院の供養として法華八講が行われた。その際、願文や諷誦文が必要となる。また、転禍為福の祈祷や修法には大概祭文が必要となる。これら願文・諷誦文・祭文などを草し、また清書する役は慣例として公家方が準備しておくものであった。

ただし勧進活動はいうまでもなく朝儀ではなく、寺社の側の営為である。しかしながら、草案・清書において公家衆との関係を形成・維持させるものとして機能していたものと思われる。個人として文章に長けた人物は勧修寺流藤原氏の一流をはじめとして現れたが、これらの詩文は内記や外記、あるいは文章博士などの職務の一環であった。それらの職に就きえる家の代表として、室町期には菅原家があった。

室町期の菅原家の文業は、文書作成は別として、詩作では漢詩を公私にわたり作っていたようであるが、私的な詩作はほとんど伝世していない。また、月次の詩の会というものはなかったようで、実際どの程度日常的に作っていたかは不明である。それに対して内裏や貴紳の邸での和漢聯句にはしばしば参加し、それらの中には時に聯句のみの会もあった。しかしそれらは他の公家衆も同じことであり、菅家に限った活動とはいえない。菅家の特色が顕れるのは、より公的な文業である宣命・祭文・願文・諷誦文、また詔勅の類であり、それらは格調高い詩文の一種として捉えられよう。勧進帳の草案作成は祭文などとは違って朝務ではないが、しかし表現技法の面からいって、祭文や願文作成の延長として捉えられるであろう。

2　勧進帳の本文構成

勧進帳は寺社の造営・修造の趣旨を記したものであるから、すべての場合とはいえないが、造営・修造の営みあるところに勧進帳ありといってよいだろう。したがって、平安期の勧進帳もわずかながら存在する。それらは空海など著名な僧侶の手になるものであり、それゆえに著作集が編まれ、その中に収録されたために現在も読むことができるといった程度のものであり、現存数はわずかに過ぎない。その本文構成は古来類型的である。ただ大まかにいうと、古代のものは中世のものに比べて簡略であり、一概に捉えづらい。もとより現存資料が圧倒的に少ないので、何を規範と看做してよいかわからない。

はやい例に空海の草があり、『性霊集』に収録される。すなわち承和元年（八三四）の「勧進奉造仏塔知識書」で、事書に「敬勧応奉造仏塔曼荼羅等事」とあるのみである。原題かどうか判然としないが、中世の類型が「請殊蒙―状」であることをみれば、かなり違和感を覚える。事書と日付との間に位置する本文部分は二四〇字。これも中世の標準的な勧進帳の半分程度の分量である。全体の構成は①事書②序③発願④現状⑤喜捨⑥願成就⑦日付と整理される。おそらく原本においては①や⑦の端に願主の署名が加えられたことであろう。院政期に降っても構成は一定しない。たとえば永治二年（一一四二）の伊賀黄瀧寺西蓮勧進状案（平安遺文補三一五）をみると、①願主謹言②状書と続き、末尾には⑥日付⑦願主署名が配されている。これは中世の定型と変わらない。しかし本文部分は③縁起の段がおよそ三分の二を占める長文である。それに対して④発願の段は現状を説く文との区別が明確になされていない。明確に区別するには接続詞が重要な役割を果たすのであるが、それがないのである。さらに⑤喜捨の段も願成就の段との区別が曖昧で、形式的になされていない。

ところが、同じく院政期のものであるが、重源の東大寺勧進帳をみると、その構成は中世のそれとほぼ変わらない。むしろ中世の勧進帳の模範的な形式をみせているといってよい。中世においては天台・真言・南都諸宗、禁裏と繋がりの深い浄土宗寺院や神社の勧進帳においては重源のそれに近い形で定着し、そのまま近世に至ることになる。

そこで既に知られているものだが、中世勧進帳の典型として重源の養和元年（一一八一）の東大寺再興勧進帳を掲示しておきたい（改行や字高、句読点、訓点は私に改めた。以下の引用もこれに倣う）。

①　東大寺勧進上人重源敬白、

②　請下特蒙二十方旦那助成一任二糸綸旨一終二土木功一修二補仏像一営中作堂宇上状

③　右、当伽藍者

　　軼二雲雨於天半一、有二棟甍之竦擢一。

　仏法恢弘之精舎、神明保護之霊地也。

④　原夫、聖武天皇発二作治之叡願一、

　行基菩薩表二知識之懇誠一。

加之、天照太神出二両国之黄金一、採レ之奉レ塗二尊像一、

　菩提僧正渡二万里之蒼海一、口屈レ之令レ開二仏眼一。

彼北天竺八十尺弥勒菩薩、現二光明於毎月之斎日一、

此東大寺十六丈盧遮那仏、施二利益於数代之聖朝一。
以レ彼比レ此、々猶卓然。
是以、代々国王尊崇無レ他、
　蠢々土俗帰敬匪レ懈。

⑤
然間、去季窮冬下旬八日、不レ図有三火延及二此寺一。
堂宇成レ灰、仏像化レ煙。
跋提河之春浪、哀声再聞、沙羅林之暁雲、憂色重聳。
載レ眼仰レ天、則白霧塞レ胸而不レ散。
傾レ首俯レ地、亦紅塵満レ面而忽昏。
天下誰不レ歔、欷レ之。
海内誰不レ悲、歎レ之。
与 従レ摧二底露一、
不レ若レ企二成風一。

⑥
因レ茲、遠訪二貞観延喜之旧規一、
　近任二今上宣下之勅命一。
須レ令下都鄙、
以遂中営作上。

⑦
伏乞、十方一切同心合力、

莫レ謂二家々清虚一、只可レ任二力之所一レ能。
雖二尺布寸鉄一、雖二一木半銭一、
必答二勧進之詞一、各抽二奉加之志一。
⑧然則、与善之輩・結縁之人、
現世指二松栢之樹一、得二比算一、
当来坐二芙蕖之華一、得二結跏一。
其福無量不レ可二得記一者乎。
⑨　敬白。
⑩　養和元年八月　日
⑪　勧進上人重源敬白
⑫別当法務大僧正大和尚位在判

（『東大寺続要録』続々群書類従所収）

勧進帳は、先にも述べたように、多くその本文展開を接続句や転換を印象付ける句（伏乞・願など）によって明確に示される。ここで右の東大寺勧進帳を例に、少し詳しく述べておこう。

勧進帳の発端は願主である勧進聖の「敬白」とし（①）、勧進の趣旨を要約した一文が続く（②）。「敬白」のほかに「謹言」「謹疏」なども見られるが、それは稀でほとんどが「敬白」である。次に一、二字下げて事書にあたる部分が記されるが、「事」とするものは少なく、多くは重源勧進帳のように「請殊（特）蒙―状」の形を採る。そして、この後に本文が展開する。

まず当該寺社の縁起が記されるが、そのまえに仏菩薩を賛嘆するなどの序文にあたる短文がおかれることもある。重源勧進帳の例では、東大寺伽藍の徳を讃じている（③）。縁起の冒頭は「夫《レ》」や「抑《モ》」「右」「粤《ここニ》」「夫以《レレバ》」「倩以《レバ》」「竊《カニ》以《レバ》」「蓋《シ》聞《ク》」などが通例である。重源勧進帳では「原《たづねみレバ》　夫《レ》」を使っているが、これも散見されるところである（④）。縁起の段では当該寺社がいかにすぐれた由来をもつかを述べるのが本義であり、それに対して現状では、現在はいかに衰微したかを嘆じる（⑤）。そこで「而《ルニ》」「雖《モ》㆑然《リト》」などの逆接の句や「然《ル》間」「自《リ》㆑爾以降《このかた》」「唯恨《ムラクハ》」「嗚呼悲《シイ》哉」「於戯《ああ》」など時間の経緯を示す句や対比的な展開を示す句、あるいは単に「爰《ニ》」「於《テ》㆑焉《ニ》」などの場面展開を示す一般的な句が用いられる。ここでは現状の衰微を述べるほか、たとえば夢告によって新たに像塔を建立することを述べる場合もある。つまり、修造するのではなく、そこに新たに像塔を建立する場合もあるわけである。この、現状を悲しみ復興の発起をし、また夢告などの動機で造立を発起する部分が、それに続く発願の段である（⑥）。ここでは「於《テ》㆑是《ニ》」「繇《テ》㆑茲《ニ》」「仍《テ》」「肆《このゆゑ》」「肆《かるがゆゑ》」などと順接することが通例である。そしてこの発願に賛同して諸人に喜捨を請う段が続く（⑦）。ここでは通常「然則《レバチ》」「若爾《シラバ》」のような順接や仮定の句を使うが「伏乞《シテフ》」「仰願《ギハクハ》」など願望を表す述語を冒頭に配して意図を明確にすることもある。また現状と発願とを短文で一括して処理する方法もあるが、その形を採る場合は、有志に力無く諸人の力に頼らざるを得ないという消極的な表現が展開すること多い。諸人の喜捨の結果、願成就の暁のことが述べられるのが次の願成就の段である（⑧）。したがって喜捨の段と同様に「然則《レバチ》」「若爾《シラバ》」などの順接や仮定を示す句が配される。本文の最後には「仍《テ》勧進《ノ》趣如《シ》㆑件《ノ》」などの定型句が置かれる。単に「敬白」のみの場合も多い（⑨）。本文の末尾には改行して日付と願主の署名が記される（⑩⑪）。以上が一般的な勧進帳の本文構成である。重源勧進帳には宛先も記されているが（⑫）、これは本帳独自の事情によるものと思われる。中世では原則特定の宛先は記さない。なお、本文中、縁起の段や現状の段の前後に「抑《モ》塔婆者《ハ》」「右洪鐘者《ハ》」などと勧進の対象について経典や故事を引用するなどして、その徳を賛嘆する段が挿入されることも多い。

　このように、接続句があることで構成を区別することが可能なのであり、読み手あるいは聴き手も本文の展開を容易に認識できるのである。しかしそれがない場合は形式的に段の区別ができないので〈喜捨＋願成就〉と一括せざるを得ないことになる。この点を考慮した上で勧進帳の構成について整理すると次のように示すことができるだろう。

　①願主署名（―敬白）
　②状書（請特蒙―状）
　③序　　　　＊必ずしも必要としない
④縁起の段
　⑤現状（または動機）の段
⑥発願の段　＊⑤⑥の前中後に時に賛嘆の段が置かれる
　⑦喜捨の段
　⑧願成就の段
⑨結句
　⑩願主署名
　⑪日付

　以上、大まかな構成を見てきたが、これだけでは、ある程度の傾向は窺われるものの、各寺社の特色や、あるいは草案者の特色は見えてこない。そこで、具体的な本文分析が必要となる。

3　勧進帳の本文表現―明応五年下醍醐再興勧進帳を例に―

例として挙げるのは下醍醐金堂勧進帳（大日本仏教全書所収）である。これは明応五年（一四九六）に作成されたものであるが、草案が誰の手になるかはわからない。これを取り上げる理由は、草案者が不明ながら、別の勧進帳本文との比較を通して特定する手がかりが得られる一例となるからである。やや長文になるが、まず本文を掲げる。頭部の数字は先に示した構成番号と対応するものである。

②　請下殊蒙二国王大臣之奉加一、恢饗二宰官長者之与順一復二堂宇之輪奐一看中楼殿之偉雄上状

③　右、夫以、
　[a]帝綱百億山河、[b]在レ闡二這勝地一、
　仏日三千華蔵、無レ如二吾精藍一。
　[c]霊沼水精、[d]称者曰二醍醐教刹一、
　巽嶺雲起、覩人感二優曇瑞祥一。

④　[a]抑仰二上方之光風一、[b]知三聖宝尊師為二鼎重一、
　恭索二制創之素日一、有三清和皇帝降二宸衷一。
　[c]精舎多雖レ産二竺乾一、
　当寺本自 甲二天下一。
観厥、

海[d]龍茲神化、固[e]護二経律論一哉。
山鳥哢二妙音一、況呼二仏法僧一也。
泉[f]苑常激二穀雨一、
栴檀自散二香風一。
爾降、
五[g]智之法水広流、鉄[h]塔密旨無レ堕。
九会之満月普照、金剛尊容弥高。
海[i]内諸宗玄墻為レ難レ及、
陛下於レ世叡襟靡レ不レ傾。
就レ中、金[j]堂者延喜聖朝詔二宣下一、
而作二観賢僧正建立一炳焉。
終、便[k]為二蘭若本尊一、
式安二釈迦霊験一。
爰、
鷲[l]嶺春色無二改換一、
鳳城風塵獲二至治一。
旱[m]方之災遽罹、人[n]憂、永仁歳。
再造之営漸備、勅到、乾元初。

⑤惜乎、文明二年、
[a]高天重成二焦土一、
執徐九月下候、
　乞興二廃墟一。
[b]秋老青山、、[c]更掃二祇樹凋零葉一。
雲擎二紅日一、要レ看二教苑富貴花一。
[d]天道克好レ還、
却灰惟久冷。

⑥
⑦因レ旃、少僧、
[a]唱二化疏於四遠一、
求二資糧於群氓一。
[b]朝倚二千乗侯門一、[c]一紙未レ為レ少。
暮入二百万賈宅一、半文猶是多。
君不レ見、
[d]匹夫大縁、[e]上木尽飾二金珠一、
貧女小施、巌谷便被二錦繍一。
[f]牛服レ重、馬追レ遠、[g]有二助力一乎。
燕以レ賀、雀将レ来、知二成功一也。

⑧　然則、
吾[a]巨刹堂々傑閣五峯、
亦倶高所々僧廊万礎、
　咸是塞。
誰[b]不レ為二法喜禅悦之思一。
人得レ修二後報先施之因一。
　皇[c]朝泰平、
　緇田熟満。

⑨　仍、勧進趣所レ扣如レ件。敬白。

⑩　　明応五年九月日

⑪　　　　　　　　勧進沙門　敬白

以上が全文である。この本文では先の重源勧進帳と異なり、⑥発願と⑦喜捨とが合せて述べられている。これと類似する構成をもつ勧進帳を指摘すると、管見では次のものが挙げられる。

1長禄元年（一四五七）十一月　新長谷寺再興勧進帳
2明応七年（一四九八）六月　摂津国福祥寺上葺等修造勧進帳
3永正十一年（一五一四）八月　伊勢国勢州上宮皇院再興勧進帳
4永正十四年（一五一七）　近江国長命寺再興勧進帳

5永正十六年（一五一九）四月　備前国八塔寺再興勧進帳
6大永三年（一五二三）八月　下野国簗田郡八幡宮再興勧進帳
7大永四年（一五二四）八月　但馬国出石神社修造勧進帳
8大永六年（一五二六）七月　淡路国諭鶴羽山再興勧進帳
9天文六年（一五三七）二月　伊勢国多気郡近長谷寺修造勧進帳
10天文十二年（一五四三）一月　阿波国井戸寺再興勧進帳
11元亀二年（一五七一）七月　城州西岩蔵金蔵寺再興勧進帳
12天正三年（一五七五）三月　出雲国鰐淵寺再興勧進帳
13天正十一年（一五八三）十一月　吉備津宮修造勧進帳
14天正十二年（一五八四）五月　比叡山延暦寺再興勧進帳
15天正十二年（一五八四）九月　比叡山横川恵心院再興勧進帳

一例として1長禄元年の新長谷寺勧進帳（『岐阜県史』史料編古代中世一所収）をみてみよう。これは願主が単独ではなく「衆徒」一同の「敬白」となっている（①）。そして「請《フ》下殊蒙《リ》二当国御管領并《ビニ》御連枝御一族殿《ノ》重奉施《ヲ》一、将亦、預《リ》二十方檀那・甲乙緇素随分《ノ》勠力《ヲ》一方《ニ》構二造《シ》新長谷寺《ノ》仏閣精舎《ヲ》一、弥興《シ》二顕密両宗教法《ヲ》一、倍成《サント》中現当来世利益《ヲ》上子細之状」と続く（②）。またこれは勧進の規模が全国ではなく、美濃国に限るから「当国御管領并御連枝御一族」としている。この題が長文なのは明応五年のそれとは違い、喜捨の対象・勧進の目的に続いて、勧進成就の結果、ますます仏法が栄え、来世の利益をなすという願成就の段にあたる部分も要約して示しているからである。これは明応五年のものにはないが、新長谷寺勧進帳に限ったことではなく、まま記されるものである。本文はまず③序が「右」から始まり、仏法東漸のこと、伽藍興隆・仏法流通の意義を述べる。④縁起の段の冒頭は「爰《ニ》」、⑤現状の段は「然《ニ》」、⑥⑦発願及び喜捨の段は「肆《ニ》」、⑧願成就の段は「若然《ラバ》者」、⑨結句すなわち書き止めの句は「仍《テ》粗勧進之状如《シ》レ件《ノ》。敬白」となっている。そして本文の末には⑩日付、⑪願主署名（「勧進新長谷寺衆徒等敬白」）がある。②の題に若干の違いは見られるものの、本文構成のという点だけみれば大略同じである。

次に格段はさらに小段に分けられている。たとえば明応五年の醍醐寺勧進帳の縁起の段ならば冒頭の「抑《モ》」についで「観《レバ》厥《レ》」「爾《リシヨリこのかた》降」「就《イテ》レ中《ニ》」「爰《ニ》」を用いて縁起を展開させている。新長谷寺勧進帳も同じように「爰《ニ》」ではじまり、「然《レバ》」「観《レバ》夫《レ》」「仍《テ》」を用いて縁起内容を進めている。このように、段をさらに分けることは先に掲げた重源の東大寺勧進帳にもみられることで、つまり古くから行われている一般的構成方法であった。しかし、その叙述展開の在り方はまちまちで、醍醐寺のものではａｂｃで創建について述べ、「観《レバ》厥《レ》」以下のｄｅｆで当地の霊地なることを讃え、「爾《リシヨリ》降」以下のｇｈｉでその後の興隆を述べ、「就《イテ》レ中《ニ》」で伽藍中でも金堂を特筆し、「爰《ニ》」以下のｍｎでこの間の罹災と再興との事実を述べる。一方、新長谷寺勧進帳は貞応年中、護忍上人が創建したことを述べ、「然《レバ》」以下で同上人開山の因縁を述べ、「観《レバ》夫《レ》」以下で鎮守と本尊との徳を讃え、「仍《テ》」以下で創建後の興隆を述べる。

以上のようなことをほかの類似の勧進帳についても検証したところ、やはり本文上の共通点は認めることができない。語句の表現についてもしかりである。ちなみに序文をもつ勧進帳は鎌倉期にも見られなくはないが、室町期に入って増加してきたようである。

次に醍醐寺の特色というものはあるだろうか。管見に入っている醍醐寺勧進帳は次のものである（第Ⅲ章第三節付録年表参照）。

1建保二年（一二一四）三月　　醍醐寺光明真言始行勧進帳

2嘉元二年（一三〇四）四月　醍醐寺鳥居造立勧進帳
3暦応三年（一三四〇）八月　下醍醐閻魔堂再興勧進帳
4貞和五年（一三四九）　醍醐寺宝幢院勧進帳
5貞治四年（一三六四）二月　下醍醐御影堂修造勧進帳
6応安二年（一三六九）九月　上醍醐如意輪堂勤行再興勧進帳
7応安五年（一三六九）九月　上醍醐寺如意輪堂修造勧進帳
8応永廿七年（一四二一）四月　醍醐寺一言観音建立勧進帳
9長享二年（一四八八）七月　醍醐寺閻魔堂勧進帳
10明応五年（一四五九）九月　下醍醐金堂再興勧進帳
11永正二年（一五〇五）六月　醍醐寺慈心院塔婆修造勧進帳
12永享七年（一五一〇）八月　上醍醐寺准胝観音堂修造勧進帳
13享禄二年（一五二九）六月　上醍醐准胝堂修造勧進帳
14天文六年（一五三七）以前　上醍醐山如意輪堂修造勧進帳
15天文十六年（一五四七）一月　下醍醐寺報恩院再興勧進帳
16製作時期未詳　醍醐寺焔魔王堂勧進帳草断簡

このうち2・3・7・10・11・13は発願と喜捨とが区別されずに一段に述べられる略式の形を採っている。ただし明応五年度のように序文を伴うものはない。醍醐寺には、この発願・喜捨略式の本文をもつものが多いようであるが、しかしこれは他の寺社の勧進帳にも多くみられることであるから、醍醐寺の特色ということはできないだろう。このほか、1は賛嘆と喜捨とが合せて述べられる形、5は縁起・現状・発願・喜捨・願成就それぞれの段が区別されている形、15は喜捨と願成就とが合せて述べられ、且つ序文を伴う形である。なお、4・6・8・9・16は本文存否未詳もしくは断簡。

語句の面からみると、醍醐寺の縁起に関する特有の表現は別として、発願や喜捨の段で用いられる一般的な表現については共通の表現は認められない。

以上要するに、醍醐寺の勧進帳には構成上の一貫性は認められない。そうすると、その本文とは寺院単位での特色ではなく、草案者個人の資質や参考にした勧進帳の影響によるものと考えられないだろうか。そこでその作成の問題を考える上で手がかりになるのが菅原家歴代の勧進帳である。当寺は古来朝廷と深い繋がりを持ち、菅家は朝廷の代表的な文章の家だからである。

菅家草案の勧進帳は管見では次のものが挙げられる。

1正治元年（一一九九）四月　出雲寺再興勧進帳序

菅原長守の草になり、漢文で記されている（大日本史料四ノ六所収）。これは現状・発願・喜捨・願成就の叙述が明確に区別されずに述べられる異色の作品である。

2弘安七年（一二八五）八月　北野聖廟一切経書写勧進疏

唐橋高能の草になり、漢文で記されている（『本朝文集』巻第六八所収）。冒頭に願主「謹疏」とある点に特色がある。本文は序をもち、発願と喜捨とが合せて述べられている。

3応安二年（一三六九）九月　醍醐如意輪堂勤行再興勧進帳

唐橋在胤の草になり、漢文で記されている（『醍醐寺新要録』巻第一所収）。発願と喜捨とが合せて述べられている。

4明応元年（一四九二）十二月　清和院地蔵堂再興勧進帳
東坊城和長の草になり、清書は三条西実隆による（大日本仏教全書六〇四）。漢文体。故事を用いた長文の序を持つ点に特色がある。
5永正二年（一五〇五）六月　醍醐山慈心院宝塔修造勧進帳
高辻章長の草になる（『本朝文集』巻第七七所収）。後述。
6永正七年（一五一〇）八月　醍醐寺准胝堂修造勧進帳
高辻章長の草になる。後述。
7享禄二年（一五二九）六月　醍醐山准胝堂修造募縁文
東坊城和長の草になる（『本朝文集』巻第七七所収）。後述。
このほか、存否未詳ながら、記録上から次のものが挙げられる。
8文永一年（一二六四）勝尾寺勧進帳
唐橋在宗の草（『箕面市史』史料編二ノ七八一）。
9永享十一年（一四三九）越前敦賀西福寺一切経勧進帳
唐橋在豊の草と思われる。先に漢文で草したものを仮名文に改め、万里小路時房が清書している（『建内記』永享十一年六月十五日の条）。
10長享二年（一四八八）七月　醍醐寺閻魔堂勧進帳
東坊城和長が草し、三条西実隆が清書する（『実隆公記』長享二年七月十六・十七日の条）。
11明応四年（一四九五）長善寺勧進帳

東坊城和長が草し、清書は一条冬良によるものと考えられる（『和長卿記』明応五年二月三日の条）。

12明応五年（一四九五）十二月　長谷寺再興勧進帳

東坊城和長が草し、一条冬良が清書する（『和長卿記』及び『大乗院寺社雑事記』明応四年十二月の条々）。

13永正五年（一五〇八）六月　東大寺講堂勧進帳

高辻章長が草す（『実隆公記』永正五年六月二十三日の条）。

以上、これらの構成と語句とに関して注目すると、菅原家の特色というものは家単位ではないことがわかる。

これまでみてきたところから、勧進帳の本文とは寺院単位で特色が顕れるものではなく、したがって草案者の作成環境に影響されるものではないかということが推測される。しかし草案の諸例をみたところ、草案者の〈家〉の影響というものは顕著とはいえないようである。そうすると、勧進帳の草案とは、畢竟、彼個人のその時々の状況によるものではないかと思われるのである。

そこで明応五年度の下醍醐金堂再興勧進における勧進帳の場合をみると、右に掲げた菅家分のうち、「後述」と記した永正・享禄度の醍醐寺勧進帳が注目される。

まず、永正二年（一五〇五）の醍醐山慈心院宝塔修造勧進帳であるが、これは慈心院の僧俊聡が願主となって勧進を行ったときのもので、草案者は高辻章長である。その本文のうち発願及び喜捨の段である⑥⑦から願成就の段である⑧にかけて次のようにある。

⑥⑦因レ茲、山僧、

[a]箪笥貯二資粮一、駢儷制二化疏一。

[b]朝数二花洛之門戸一、[c]寸金更無レ嫌。

暮入二艾烟之屋廬一、半文也爲レ足。

君不レ見、[d]匹夫推レ轂、[e]諸刹尽復二旧観一。

小童聚レ沙、戯弄猶成二功徳一。

[f]況捨二貢賦一、蚤破二慳嚢一。

⑧

然則、[a]露盤高擎二朝陽一、[b]鸞翔兮鳳舞。

風鈴新響二巌谷一、燕賀兮雀来。

誰不レ爲二瞻仰一。随喜之心。共可レ得二円融正覚果一者。

冒頭は「因《テ》レ茲《ニ》」ではじまるが、これは明応度の「因《テ》レ旃《ニ》」と同じである。ついでaの対句は明応度の「唱《ヘ》二化疏《ヲ》於四遠《ニ》一、求《メン》二資糧《ヲ》於群氓《ニ》一」と類似の句であり、対句を反対に配していることがわかる。続くbcは朝夕の勧進を述べるbcの対句表現に対応する。そして両者に共通する間投句「君不《ヤ》レ見」が挿入される。これは特異なものといってよい。後に掲げる二通の勧進帳にも見られるものであるが、それ以外の管見に入った二百余りの勧進帳(13)には見出されない表現だからである。続くdeは「匹夫《ノ》大縁」以下のdeに対応する。ここは前句の匹夫の所業は類似するが、後の句が貧女の少施ではなく小童の功徳を表している。なお、願成就の段のde「風鈴新《タニ》響《キ》二巌谷《ニ》一、燕賀《シテ》兮雀来《タラン》」も明応度の⑥⑦のe「巌谷便《チ》被《ハン》二錦繍《ヲ》一」、f「燕以《ノテ》レ賀《ヲ》、雀将《ノテ》レ来《タルヲ》、知《ル》二成功《ヲ》一也」との関係を窺わせるものといえよう。

次に永正七年（一五一〇）の醍醐寺准胝堂修造勧進帳を掲げる。やはり高辻章長の草案である。

⑥⑦因レ旃、少僧、唱[a]二短疏於十方一、索[b]二郡吏州牧之奉附一。

齎二資儲於万里一、奨二村婦閭客之順施一。

[c]寸金不レ為レ軽、

　　尺木何敢択。
君不レ見、[d]点滴穿レ石、[e]共可レ推二下坂之願輪一焉。
　飛塵累レ丘　早欲レ破二無底之慳嚢一矣。

まず「因《テ》レ旃《ニ》、少僧」と始まる点は明応度と一致する。そしてａｂｃと対句が連なるが、これは明応度のａｂｃに対応する。つまり、明応度の当該箇所がａ／〔ｂ＋ｃ〕となっているのに対し、永正七年度のそれは〔ａ＋ｂ〕／ｃとなっているのである。そして先に指摘したように、特異な「君不《ヤ》レ見」が使われる点も注目される。

次に享禄二年（一五二九）の上醍醐寺修造勧進帳を取り上げよう。これは東坊城和長の草である。

⑥⑦因レ茲、箪笥貯二資粮一。駢驪制二化疏一。
　朝数二花洛之門戸一。寸金更無レ嫌。
　暮入二艾烟之屋廬一。半文也爲レ足。
君不レ見、匹夫推レ轂。諸刹尽復二旧観一。
　小童聚レ沙。戯弄猶成二功徳一。
　況捨二貢賦一。蚤破二慳嚢一。
⑧　然則、玉甍高擎二蒼空一。鸞翔兮鳳舞。
　画簷新映二朝陽一。燕賀兮雀来。

これは見ての通り、前掲の永正二年度の慈心院宝塔勧進帳に近似する対句表現で綴られているから、説明は省く。

このように、明応度の勧進帳本文にはこれら高辻章長と東坊城和長との草した勧進帳の本文に類似する段があることが認められるわけである。ここに掲げた本文には醍醐寺の縁起に関する語句は用いられておらず、どの寺社の勧進帳にも転用可能のものであり、現に後に挙げる清和院地蔵堂の勧進帳にも見出されるものである。したがって、醍醐寺縁起に依拠するものではなく、これらの勧進帳間に影響関係があったことが推測できるわけである。

したがって、結論としては、勧進帳本文とは、少なくとも室町期の菅家においては、その時々の草案に用いた手本の影響を受けやすいものであったことが思われるのである。つまり、この場合、寺と菅家との間、もしくは菅家内で醍醐寺勧進帳が往来していたことが可能性として考えられるのではないかと思うわけである。

ところで右に見てきた明応五年度の下醍醐金堂再興勧進帳の作者は誰だろうか。これまで見てきたところから、高辻章長か東坊城和長かであろうと推測される。

まず高辻章長は氏の長者でもあった長直の嫡子として文明元年（一四六九）に生まれ、延徳明応頃から十六世紀前半に活躍し、大永五年（一五二五）に越前一乗谷で客死した儒者である。一方、東坊城和長は章長よりやや早く、寛正元年（一四六〇）に誕生し、文明十九年（一四八七）に従五位上にして文章博士になった儒者である。室町後期菅家の中興と評することができる。(14) そして享禄二年（一四二九）、七十歳で他界。両者は室町後期の菅家をよく支え、永正三年（一五〇六）には共に後柏原天皇の侍読を拝命している。

さて、明応五年当時は和長が三十七歳、章長が二十八歳で、和長は大内記・文章博士、章長は文章博士であり、職務上、和長は章長の上司にあたる。和長はすでに長享二年（一四八八）に醍醐寺勧進帳、明応元年（一四九二）に清和院地蔵堂勧進帳、同四年に長善寺再興勧進帳、同五年に長谷寺再興勧進帳を草している。一方、章長はこの種の作品は管見に入っておらず、未経験の時期だったかと思われる。このうち、現存する和長の草した明応元年の清和院勧進帳にも先ほどの本文と類似する点が見られる。

⑧　君看、一枝燈以照二千億仏一。

[a]若論二後報先施之謂一、[b]弾指滅二捨堕罪根一。
欲レ識二経レ彼営レ此之儀一、当頭現二毘盧方丈一。
[c]尽大地共所二檀越一、諸菩薩吾家住持。
[d]帰依不レ空、利益巨満。
[e]皇朝豊楽、
緇田興成。

冒頭の「君看《ヨ》」は明応五年の醍醐寺勧進帳における「君不《ヤ》レ見」に対応する。また、aの「若《シ》論《ゼバ》二後報先施之謂《ヲ》一」は明応度の「人得《ン》レ修《スルヲ》二後報先施之因《ヲ》一」に対応する表現といえる。そしてeの対句は両者に用いられている。このように、和長の草である清和院の勧進帳と近しい表現が認められるのである。これに加えて、文書や詩文作成について章長の著述を添削する立場にあった和長が、章長草の勧進帳を参考にしたとは些か考えがたいものがある。(15)

これらのことから推測を重ねるならば、明応五年度の勧進帳の草案は、章長よりも和長によるものである可能性がより高いのではないかと思われる。ただし、章長であったならば、和長の草を手本にして成したと考えることもできるであろう。いずれにしても和長が本勧進帳作成に何らかのかたちで関与していると考えてよいと思う。

おわりに

室町期の勧進帳には、おおく、公家社会との繋がりの中で作成されるものがある。それらはおおむね寺社側の人物が人脈をたどってしかるべき人材に草案、清書を依頼するという人間関係が認められるものであった。その勧進帳の本文とはいかなるものか。それは、およそ対句を多用した四六文から成り、その構成は古来類型的であった。では、個々の勧進帳本文の独自性とはいかなるものか。本節ではこの点を主に考察してきた。すなわち今回、明応五年の下醍醐金堂再興勧進帳を検証してみたところ、まず対象寺社や草案者の属する家の特色というものは認められないものと理解されるのである。認められることは、東坊城和長、高辻章長という二人の当該期を代表する菅家の博士の草案に類似するということであった。

　このことが意味するところは、勧進帳草の特色というものが対象寺社や家を単位とするのではなく、草案者個人のその時々の作成環境に拠るところが大きいということではないかということである。願文や諷誦文、祭文、宣命など、朝儀に用いる詩文は、構成はもとより、語句についても故実に忠実であることが求められる(16)。しかし、勧進帳にあっては、その点についての配慮は見受けられない。これは朝儀で用いる詩文ではないことに起因するのではないか。とはいえ新作する際、ある程度は構成や語句の表現方法において先例の影響を受けたと考えられる。そして類似表現というのは、文才はともかくとして、草案時参考にした勧進帳本文に基づくものではないかと推測できるであろう。和長による清和院地蔵堂勧進帳の例も考慮すると、寺社と草案者との交流だけでなく(17)、そこには和長と章長とがかつて自ら草した勧進帳の控えをやりとりしていたであろうことが推測されるのである。

注

(1) たとえば明応六年（一四九七）二月、丹後の僧承運が夢想により勧進を申請していること社内で話題にしている（『北野社家日記』第七・史料纂集）。

(2) たとえば文安五年（一四四五）の但馬国新田荘の寺塔の例。

早朝詣二世尊寺相公〈行豊卿〉亭一、痢病所労云々。子息伊忠朝臣面謁。先度被レ誂勧進帳草出来之間、持参付二進之一。如法々々被レ

悦二謝之一。彼卿可レ有二清書一云々。草案見レ左。彼勧進之本主俗男也。仍沙門とも不レ得レ書、又居士とも不レ得レ書。然間弟子と書也。俗も諷誦などには弟子と書故也。（『康富記』文安五年八月二十三日の条・史料大成）

(3)たとえば『証如上人日記』天文八年（一五三九）十一月十五日の条。

従二天王寺戊亥坊一、太子堂上葺の為ニ以二勧進帳門跡御筆一進二所々一云々。室町殿・細川右馬頭・播磨等被レ入二奉加一。此勧進帳又判形共来。仍此方奉加事申候。此等旨、左衛門大夫取二次之一。（『石山本願寺日記』上巻）

(4)奉加帳にも華美なものから控え程度のものまであり、その性質は一概にいえない。豪華な誂えのものの例としては文明十一年（一四七九）の成就院願阿による清水寺修造勧進帳巻末に副えられた日野富子以下の記名する奉加帳がある。東寺文書ヌ函には奉加帳に類する文書が多数収蔵されている。それらは東寺内の実務用の文書である。

(5)たとえば明応五年（一四九六）の紀州無漏郡田辺庄新熊野十二所権現修造に際しては庄民の懇望や検校准三后の推挙によって勧進を開始している。

爰某往昔之結縁歟、権現之冥慮歟、依二庄民所望无二之懇願一、帯二公武之御下知一、任二検校准三后之御吹挙一、勧二旦那於十方一。（『田辺市史』第四巻所収）

(6)文明四年（一四七二）に宇佐宮大楽寺修造の勧進を行った十穀行者盛海の例（「宇佐宮大楽寺仏殿修理目録并勧進帳土代」（『宇佐宮大楽寺』大楽寺、昭和六十二年）所収）などがある。

(7)たとえば東寺百合文書て函第九号第一一など。

(8)『長弁私案抄』の長弁草や『表諷讃雑集』の貞慶草など。

(9)三条西実隆や東坊城和長など。村山修一氏『日本都市生活の源流』（関書院、昭和二十八年十月）、本書第Ⅲ章第四節「三条西実隆の勧進帳製作の背景」参照。

(10) 前掲（9）拙稿参照。
(11) 前掲（9）拙稿参照。
(12) 明応五年（一四九六）十月八日、般舟院三昧院住持統恵を介して実隆に清書を依頼している。実隆は当初は所労ゆえに斟酌したが、懇望され受諾した（『実隆公記』同日の条）。そして同十三日、統恵に伴われ天翁が礼に参じた。その後、翌六年正月十七日に一荷両種を持参している。翌七年閏十月二十一日には再び統恵の口添えで実隆の許に行き、勧進帳を依頼している（『実隆公記』同日の条）。その後、時々挨拶に参るようになった。
(13) 本書第Ⅲ章第三節「中世勧進帳年表」参照。
(14) 本書第Ⅱ章第一節「東坊城和長の文筆活動」参照。
(15) この二年前の明応三年には新たに文章博士になった章長の宣命草について次のような評価をし、添削をしている。

新博士来云、彼草為レ乞二添削一持来云々。則披二見之一以外也。愁嘆々々儀（ママ）予馳レ筆計二会之一訖。

（『和長卿記』明応三年八月二十二日の条）

(16) 祭文については本書第Ⅱ章第三節「室町後期紀伝儒の祭文故実について」参照。
(17) 勧進帳作成にあたり、事前に寺社側から縁起資料を借りることがある。三条西実隆が享禄四年（一五三一）に三鈷寺定灯勧進帳を書いたときは、堺の光明院から引き受けた『参鈷寺縁起絵詞』の清書もしており、併せて勧進帳も依頼されていたものと思われる（『実隆公記』同年四月八日の条）。

【後記】本文の引用に際し、漢字については便宜現行の表記に改めた。

五　『和長卿記』小考

はじめに

東坊城和長の日記『和長卿記』は長享三年（一四八九）から享禄二年（一五二九）の四十年間のうち、およそ十八年分を残している記録である。もっとも、長享三年度分は将軍宣下の別記であるから、通常の日乗とはいいがたく、現存本からすると、実際はその三年後の延徳四年（一四九二）元旦から記録が始まったとみてよいだろう。また、伝存しない年も永正年間を中心に、およそ二十年分ある。

諸本についてみると、延徳四年から享禄二年までを通して収めている伝本は確認されない。今、参考までに一年分まったく欠落している年を挙げると、次の二十一年である。

明応二・四・八年・文亀二年・永正一～四・六～十七年・大永三年

もちろん、これ以外の年であっても、十二ヶ月すべてが残っているわけではないから、『実隆公記』や『言継卿記』のような、〈比較的よくまとまっている日記〉という印象からは聊か遠いものといわざるをえないだろう。

1　概要

伝本についてごく大まかな目安を示すならば、延徳〜文亀年間を収録する系統と大永〜享禄年間を収録する系統とに大別される。これに加えて長享三年四月の将軍宣下の記、明応九年の後土御門院崩御・後柏原院践祚の記などが単独で伝世する。伝本は、管見では四十八種あるが、いずれも初年度から最終年度まで収録しているものではなく、如上の大別二系統と諸別記とに整理できるものである。なお『野宮家蔵書目録』（史料編纂所蔵）所載の『和長卿記』には延徳四年〜享禄二年まで収録されていることが記されているが、取り合わせ本ではないかと想像される。

以上のことから、『和長卿記』の全体を把握するにあたっては、一貫して一つの伝本に拠ることは不可能である。①長享三年②延徳四年〜明応七年③明応九年〜文亀元年④文亀三年（②と同本）⑤永正五年⑥大永元年〜享禄二年の五つに分け、いくつかの伝本を使用する必要がある。

書写系統についてはいまだ調査が不十分であるが、目安として以下のような案を出しておきたい。

①長享三年度分は贈官宣下の記録である。『菅原和長卿記』と題する伝本もあるが、はたして日記の一部であろうか。現在、日記は明応元年以降の分しか伝世しないが、それ以前から記されていた可能性があることになる。しかし祖父益長の『益長卿記』もまた宣下の記録の名称であるから、本書も、もともと継続的に書き記した記録の一部ではなく、一つの行事の記録として記したものに過ぎないと考えるほうが賢明かも知れない。したがって『和長卿記』の一部として位置付けるべきかどうかは検討を要する。柳原紀光は『続史愚抄』の当該記事において本書を用いていない。

②③④国立公文書館内閣文庫所蔵の五条為適《ためあつ》本が善本ではないかと思われる。為適は五条為経の子で慶長二年（一

五九七）に誕生、慶安五年（一六五二）に他界。享年五十六歳。権中納言。没後、権大納言を贈られる。為適は『和長卿記』のほかにも東坊城秀長の日記『迎陽記』や和長の内記職の故実書『内局柱礎抄』などを、それぞれ自筆本を以て書写している。すなわち『和長卿記』も和長自筆本を子息為庸とともに寛永年間に書写しているのである。為適の本奥書を持つ『和長卿記』は複数存在し（尊経閣文庫本・京都府立総合資料館本・陽明文庫本など）、どれが原本であるかは諸本の検討、為適・為庸の自筆本との比較を俟たねばならないが、現在のところ、内閣文庫本がそれであろうと推測する。

⑤永正五年度分は柳原家本などに収録されるが、柳原家本には「不知記和長卿也」とある。これは柳原紀光が特定したものであるから、「不知記」として伝来しているものもあろうかと思う。

⑥は②③④と同じく内閣文庫所蔵の為適本が善本と判断される。ただし、享禄二年度まで含む書陵部所蔵の『菅別記』も併用する。これもやはり為適の書写になるものである。

2　伝本一覧

〈長享三年、明応三年〉

・東京大学史料編纂所蔵（進献記録抄纂五五）

　期間　長享三年（贈官宣下）、明応三年

〈延徳四年（明応元年）～大永八年〉

・五条為適本・十冊…国立公文書館内閣文庫蔵（甘露寺家旧蔵）

　外題「和長卿記」、内題「菅別記」（第十冊）

期間　延徳四年、明応元、三、五―七、九年、文亀元、三年、大永元、二―八年（菅別記）
・写三冊…国立公文書館内閣文庫蔵
期間　明応元年―文亀三年、大永元年―同八年（菅別記）
・写七冊…国立公文書館内閣文庫蔵
期間　明応元、三、五―七年、文亀三年、大永元年―同八年（菅別記）
・写六冊…御茶ノ水図書館成簣堂文庫蔵（東坊城文書の内、含大永改元記）
期間　延徳四年、明応三、五、七年
・写九冊…京都大学蔵
期間　延徳四年、明応元、三、五―七、九年、文亀三年、大永元、二年
・写二冊…京都府立総合資料館蔵
期間　延徳四年―大永七年
・菅別記・写一冊…東北大学
寛政九年写
期間　大永元―八年
〈延徳四年（明応元年）～文亀三年〉
・写九冊…国立公文書館内閣文庫蔵
期間　明応元年―文亀三年
・写六冊…宮内庁書陵部蔵

期間　延徳四年―文亀三年

・写六冊…京都大学蔵

期間　延徳四年―文亀三年

・写一冊…勧修寺家

期間　延徳四―明応七、文亀三

・写六冊…尊経閣文庫蔵

期間　明応元、三、五―七年、文亀三年

・写六冊…京都大学蔵

期間　延徳四年、明応三、五―七年、文亀二年

・写六冊…御茶ノ水図書館成簣堂文庫蔵（東坊城文書の内）

期間　延徳四年、明応三、五―七年、文亀三年

・写三冊…宮内庁書陵部蔵

期間　延徳四年、明応三、六―七年

・写四冊…大阪府蔵

期間　明応三、五―七年

・写二冊…大東急記念文庫蔵

期間　延徳四年、文亀三年

・写二冊…御茶ノ水図書館成簣堂文庫蔵（東坊城文書の内）

期間　明応十年、文亀三年

〈明応九年〉

・小槻季連本・一冊…宮内庁書陵部蔵、延宝六年写

期間　明応九年

・写一冊…宮内庁書陵部蔵

期間　明応九年

・写一冊…御茶ノ水図書館成簣堂文庫蔵（東坊城文書の内）

期間　文亀元年

・写二冊…西尾市岩瀬文庫蔵

期間　明応九年

〈永正十八年（大永元年）〜享禄二年〉

・菅別記・一冊…宮内庁書陵部蔵

寛永三年五条為適写

期間　大永元年―享禄二年

・菅別記・一冊…国立公文書館内閣文庫蔵

期間…永正十八年―享禄二年

・菅別記・一冊…大谷大学蔵、文政十三年写

期間　大永元年―享禄二年

・菅別記・一冊…神宮文庫蔵
　期間　大永元年―享禄二年
・菅別記・一冊…尊経閣文庫蔵
　延宝九年、正親町公通写
　期間　大永元年―享禄二年
・菅別記・一冊…御茶ノ水図書館成簣堂文庫蔵（東坊城文書の内）
　期間　大永元年―享禄二年
・菅別記・一冊…御茶ノ水図書館成簣堂文庫蔵（東坊城文書の内）
　期間　永正十八年―享禄二年
・菅別記・一冊…大和文華館蔵
　期間　永正十八年、大永四、五、六年、享禄二年
・菅別記・写一冊（凶事記と合）…彰考館蔵
　期間　大永年間
・写一冊…勧修寺家
　期間　大永元、四―享禄元
〈大永六年～同七年〉
・菅別記…宮内庁書陵部蔵、明治写
　期間　大永六―七年

・菅別記・一冊…国立公文書館内閣文庫蔵、明治十四年写
　期間　大永六―七年
・菅別記・一冊…御茶ノ水図書館成簣堂文庫蔵（東坊城文書の内）
　期間　大永六―七年
・菅別記・一冊…多和文庫蔵
　期間　大永六―七年

〈未勘〉

・写一冊…国立国会図書館蔵
・写四冊…国立公文書館内閣文庫蔵
・宮内庁書陵部蔵（毫埃八）二種
・宮内庁書陵部蔵（諸記録抄出一二〇‐一二二）
・宮内庁書陵部蔵（諸記録抄出別本の内）
・写九冊…筑波大学蔵
・写一冊…東京大学史料編纂所蔵（延暦寺蔵本謄写）
・菅別記・写一冊…東京大学史料編纂所蔵（尊経閣文庫蔵本謄写）
・菅別記・写一冊…東京大学史料編纂所蔵（五条為栄蔵本謄写）
・写四冊…彰考館蔵、元禄二年写
・無窮会神習文庫蔵（玉籭一三四、抄本）

・写十冊…陽明文庫蔵
　寛永三年、五条為適写。慶安二年、菅原長良写

〈別記〉

『長享三年贈官宣下記』…本書は贈官宣下に関する部類記である。長享三年（一四八九）成立。この年四月二十七日の足利義熙（のちの義尚）の贈太政大臣宣下の儀に当たって、先例を編纂したものである。『益長卿記』などを引用する。奥書に益長を「祖父亜相」とあることから、和長の作であるとする林陸朗氏のご見解は従うべきであろう（『群書解題』）。高辻長雅が天文二年（一五三三）九月十一日に東坊城家蔵本を転写したものが知られる。『菅原和長卿記』などの書名としても伝世するが、日記の一部であったかどうか検討を要する。

・国立公文書館内閣文庫蔵
・贈官宣下抄…宮内庁書陵部蔵
・贈官宣下抄…東京大学史料編纂所蔵（尊経閣文庫蔵本謄写）
・贈官宣下部類…西尾市岩瀬文庫蔵、柳原紀光写
・贈官宣下抄…尊経閣文庫蔵、元禄四年写
・群書類従本

『後土御門天皇凶事記』…明応九年九月二十八日崩御、諒闇の記録。伝本多数。

・明応九年凶事記…国立公文書館内閣文庫蔵、明治期の写本。
・後土御門天皇御凶事記…宮内庁書陵部蔵
・宮内庁書陵部蔵（凶事記類聚の内）

・明応九後土御門院崩御抜書・一冊…京都大学蔵
・後土御門院明応九年凶事記…大東急記念文庫蔵
・明応九年凶事記・一冊…御茶ノ水図書館成簣堂文庫蔵（東坊城文書の内）　ほか
『践祚記』…明応九年後柏原院践祚の記録。成簣堂東坊城文書。

『明応九年五辻諸仲蔵人拝賀記』…延享二年写（柳原家蔵本転写）。大和文華館蔵。

『永正九年若宮御元服記』…本書は、永正九年（一五〇七）四月二十六日に行われた後柏原天皇第一皇子知仁親王元服の記録である。和長は執筆後、一条冬良に見せ、冬良は「御元服次第」を添えている。伝本としては、持明院基春が中原師象に書写させた「御元服次第」までが伝わる。群書類従所収（親本は書陵部蔵本）。この年の日記は現存しないので、本書を別記すべきか存疑。

『後柏原院凶事記』…大永六年（一五二六）四月七日の崩御以降の記録。

『文亀度改元記』…元禄元年葉室頼重写本（書陵部蔵）ほか。

『享禄改元記』…勧修寺家旧蔵（京都大学文学部蔵）。

3　自筆本について

『和長卿記』の自筆本の存在は上述為適本をはじめ、柳原家本奥書などから窺われるものの、現在所在は不明である。『和長卿記』の解説では自筆本は存在しないと記述される（『日記解題辞典』など）。しかし、昭和四十九年、三越本店での古書逸品展示大即売会に出品されたことから、探究を続ければ、見出すことができるかもしれない。あるいは、すでに知られている伝本のうちに、気付かれずにあるものもあるかもしれない。

掲載した写真は明応九年の記録の巻頭部分である。二行目「正四位下」以下の損傷部分は柳原家本にも同様に墨を以て示されている。つまり、本書が柳原家本の親本であった可能性が高いのである。柳原家本には次のような奥書がある。

以和長卿自筆正記令備筆書写了。件本左大弁宰相資熙卿所持也。

寛文元年（一六六一）の奥書である。すなわち本書は現存の『和長卿記』の中で最も善本の一つと看做すことができるだろう。

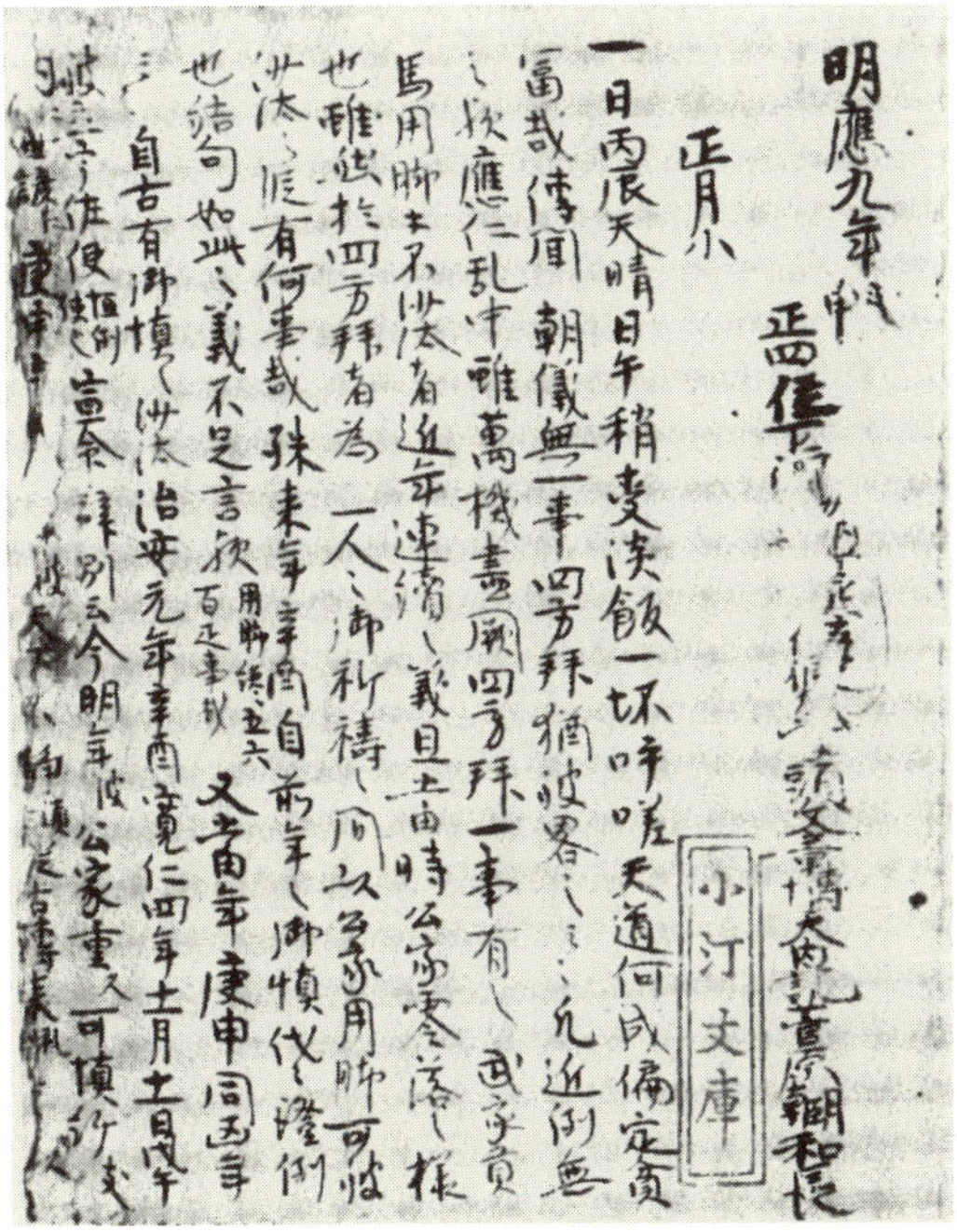

III

戦国期前後の言談・文事

本章ではこれまでよりも視野を広げ、室町戦国期の公家の日常生活から文事を考えようとするものである。公家が日々どのような文事に携わっていたのかという点を各論で示している。言談というのは発話行為であるが、中でも本章では知識の伝達という点を問題としている。当時の文筆活動の本質ともいえる有職・故実の継承を文字言語ではなく音声言語で実践するものであり、文事に隣接するものとして取り上げる必要のあるものである。そこで言談と文事とを併せて取り上げたわけである。

第一節では十五世紀の宮家の一つ伏見宮家成立前後の談話の実相を分析することで、情報全般とその中で得られる知識や故実について考えている。日常の談話の中には四方山の雑談から特殊な知識・故実の伝授までさまざまな要素が含まれているが、とりわけ中原康富などの文人からどのような情報を得ていたものか、伏見宮家の言談の様子を具体的に論じてみたものである。

第二節では「天変」に対してどのような情報が飛び交っていたのか考察したものである。またそれとともに「天変」なるものが何かを明らかにしている。天変とは、本来、天の変異という現象に対する呼称であった。しかしこれが転じて、天の変異を予期する物体に対する呼称にも使われるようになったことを指摘する。しかし、モノとして派生しながらも、本来の予兆的な性格は受け継がれ、イメージされていた。天の変異の核となった彗星や流星のごとき星と認識される物ではなく、不分明な光る物体に対して使ったものだったと考えられる。

第三節は勧進帳を題材に、公家社会や室町戦国期という枠をはずして総論的に文事について考察したものである。そこで注目したいのが仮名書の勧進帳である。これは室町期以降に増加するという歴史的特色をもつことで、これは室町期の能書の公家が大きく関与しているものであった。また従来、勧進帳の定義はたんに勧進の趣旨を綴ったものに限って説かれてきたが、実際は奉加帳と同義の勧進帳も存在すること、その奉加帳との名目上の混用は南北朝期以降に生じたことも指摘している。

第四節ではその各論として三条西実隆における勧進帳制作の意義を論じている。勧進帳は、願文・諷誦文など法会関連の文章と異なり、草案担当者に恒例の家がなく、また文章構成の定式を除けば、故実が無い。それが個人としての優れた人材による執筆を容易ならしめたと思われる。清書については世尊寺家が衰微する一方で個人としての能書家として都鄙にわたり評価を得ている三条西実隆への依頼が集中化した。受け入れる実隆の側には経済的要因のみならず、信仰的要因を読み取ることができる。

最後に第五節では戦国期の公家である山科言継の句作をその生涯とともに考えてみた。言継は父言綱の指導のもと、連歌会に参加し、その後、禁裏御会に所役殿上人、執筆となり、常連として定着する。嫡子言経が二十歳を過ぎてから、御会は主に言経が参仕するようになる。言継自身は松尾社務一族との月次連歌で主賓として待遇されて活躍するようになる。また言継の文事に関連して言継の『発句』と歌集とを翻刻した。

一　『看聞日記』における伝聞記事

はじめに

本節では室町時代、貴族社会において、日々どのようなハナシが生起していたのかという問題意識を前提に、『看聞日記』の伝聞記事の諸相を見ていく。第一に説話資料として充実した内容をもつこと、第二に談話記事が充実していること、第三に周辺資料から著者貞成親王の伝記や思想など窺いやすいことが本日記を取り上げる理由である。

なお、引用本文は続群書類従本による。

1　ハナシの位相

談話をした場合、冒頭に「申」とか「語云」とか用いられたりすることがある。その一方で、単に末尾に「云々」と記されることで上記の記事が何某からの伝聞であると認識できるものもある。これらは広範囲にわたり、それ自体特色を見出すことは困難である。

それとは反対に、「語世事」「物語」「雑談」「閑談」「言談」などの語彙の場合、それぞれ特色があり、その意味するところを把握することは可能である。従って、以下にそれらの事例を分析していくことにする。

【表1】伝聞記事の表現と対象

		公家
語世事・世事語・世上事語	庭田重有（十五） 田向経良（十五） 世尊寺行豊（八） 田向長資（七） 冷泉正永（四） 五辻重仲（一） 明盛法橋（五）	九条清房（一） 豊原郷秋（一） 中原康富（一）
物語・物語申・御物語	田向経良（五） 庭田重賢（三） 世尊寺行豊（一） 田向長資（一） 庭田重有（一） 男共（一） 三木禅啓（一）	後小松院（一） 称光天皇（一） 今御所（一） 高辻長郷（一） 豊原郷秋（一） 日野中納言（一） 四辻季保（一） 冷泉長基（一） 伝奏（一）
雑談・御雑談・雑談申・雑談世事	世尊寺行豊（七） 五辻重仲（四） 田向経時（二） 田向経良（一） 田向長資（一） 庭田重有（一） 庭田重賢（一） 祐誉律師（二） 明盛法橋（一）	足利義教（五） 高辻長郷（四） 右衛門佐持経（三） 四条隆盛（二） 園基秀（二） 豊原郷秋（二） 中原康富（二） 四辻季保（二） 冷泉永基（二） 後花園天皇（一） 日野通光（一） 広橋兼宣（一） 伊成（一）
閑談・閑談申・世事閑談・世上事閑談	田向経良（一） 庭田重有（一） 冷泉正永（一）	四辻季保（六） 四条隆盛（四） 勧修寺経成（三） 三条西公保（二） 貞常親王（一） 裏辻宰相中将（一） 清原業忠（一） 三条実量（一） 洞院実熙（一） 豊原郷秋（一） 帥卿（一） 四条坊門□部卿（一）
言談	田向経良（一）	足利義教（一） 飛鳥井雅世（二） 園基秀（二） 広橋兼宣（一）

女官	寺家	医師
御乳人（九） 東御方（三） 中殿（一）		昌耆法眼（一）
廊御方（三） 南御方（三） 御乳人（二） 姫宮御乳人（二） 室町殿上様（二） 東御方（一）	西雲庵（信宗）（一） 住心院（一） 聖幢庵（一） 真乗寺麗首座（一）	和気茂成（一）
右衛門督（一） 勾当局（一） 三条上臈（一）	大通院周乾（十二） 退得庵坊主（七） 住心院実意（三） 蔵光庵中訓（三） 安楽光院（二） 法輪院（二） 行蔵庵寿蔵主（一） 西雲庵（一） 西芳寺坊主（一） 指月庵蔭蔵主（一） 住心院豪融（一） 相国寺氏書記（一） 即成院（一） 大光明寺徳祥（一） 大通院洪蔭（一） 瑛蔵主（一） 具侍者（一） 光蔵主（一） 洪珉侍者（一） 喝食（一）	昌耆法眼（一）
南御方（一） 東御方（一）	住心院実意（七） 妙心寺坊主（五） 大通院周乾（三） 法安寺坊主（三） 西雲庵（信宗）（二） 相国寺氏書記（一） 周防法泉寺（一） 真乗寺麗首座（一） 大光明寺徳祥（一） 大通院洪蔭（一） 智恩寺入江殿（一） 東門院筑前（一） 鳴瀧御庵（一） 円宗（一） 菊亭御所侍入道（一） 剛叟和尚（一） 常宗（清原氏）（一） 如浄（一） 東御寮（一）	昌耆法眼（三）
勾当局（一）	安楽光院良友（二） 大光明寺徳祥（三） 蔵光庵中訓（一） 惣得院（一） 退得庵坊主（一） 天竜寺焼祥（一） 法安寺坊主（一） 宝珠庵（廊御方）（一） 月庭和尚（一） 長老（一）	

a　用例の対象者とその内容から

【表1】に示したことから一見して窺われるように、傾向として、身分による用語の使い分けがなされているものと見られる。近臣には「世事を語る」が主として用いられ、来訪の公家、寺家にはほとんど使用されなかった。御乳人は禁裏に祇候する人で、明盛法橋は六条御所の預職。寺家には「雑談」や「閑談」「言談」の漢語を主として用いている。近臣以外の公家には「雑談」や「閑談」が多い。このように、和語と漢語との使い分けが傾向として見て取られる。つまり世俗の人に対しては「世事を語る」「物語」の和語を、僧に対しては「閑談」「言談」の漢語を使用する傾向が見られるのである。その中で「雑談」は中性的であるといえるであろう。

次にその内容を整理すると、【表2】のようになる。

「雑談」は語り手の属性に関わらず、広く使われるが、その内容は記されない場合が多い。「閑談」は近臣以外の公家、寺家に主に使われる。内容の記録が少ないのは「雑談」に同じだ。この語は他の記録ではあまり用いられない。「言談」も少数ながら語り手に就いては「閑談」と同傾向が見られる。

「物語」と「雑談」とは殆ど内容に違いはない。社寺の出来事については「物語」が使われていない程度である。ただし、内容の無記載が「雑談」の方が多い点、顕著な差異といい得る。

ところで天草版『金句集』には次のような一条がある。

Xokusuru toqini monogatari xezu.

Cocoro.Monouo cuicui zŏtan suruna,miguruxij monozo.

右の事例では、本文の「物語」を注に「雑談」と言い換えている。また小笠原流の伝書だが、『万言様之事』（内閣文庫蔵）に、

【表2】伝聞記事の内容

	語世事	物語	雑談	閑談	言談
禁仙行事	十四	三	三	○	○
禁仙出来事	十四	六	六	○	一
室町殿動向	十二	二	一	二	一
罪科人	十八	一	一	○	一
公武身上	十	四	四	二	二
社寺出来事	十	○	五	五	六
社寺怪異	四	○	○	一	○
合戦・謀叛	九	○	○	○	一
京中出来事	二	○	一	一	○
地方出来事	一	○	○	○	○
近臣・女房衆動向	二	四	六	一	一
当御所の事	一	三	○	○	二
懐旧	○	二	○	○	一
歌舞管絃・絵・故実	四	六	八	五	一
無記述＊	十五	五	三十九	三十八	七

＊「条々」「種々」を含む。

一公界の雑談或は初めて参会の人に物語の事
　山水馬鷹等の事をかたるへし又出家ならは四
　節の心をかたる是道也

とある。本日記で「物語」にしばしば「毎事」を使うのは、「雑談」との親近性を示すものと解される。

「雑談」「閑談」は無記述が主であるが、この傾向は本日記に限らない。たとえば『康富記』の事例を整理すると、次のように表される。

『日葡辞書』には、「閑談」について「Xizzucani Cataru.」とあるが、「三位帰参。広橋心静言談」（応永二十五年六月六日の条）、「室町殿参。心静雑談」（永享三年五月二十二日の条）などの事例が示すように、静かに会話することは「閑談」に限られたことではなかった。内容面でも、「雑談」や「言談」との顕著な相違点は見られない。

「申」や「語」は対象が言葉であるのに対して、「雑談」等は事象である。前者が多く対象を「由」でまとめているのに対して、後者が「事」で示されているのはそのためであろう。かかる「雑談」等の性格からして、言語以外の要素も言外に読み取ることが可能であろう。「用健来臨閑談」（応永二十七年九月二十三日の条）のような記述ができるのは、発話の内容ではなく、発話行為自体を対象化しているからである。「西雲庵参来。室町殿是へ有御参度之由御庵ニ雑談之次被申云々」（永享二年閏十一月三日の条）のように、「雑談」という行為の中にあって、「被申」で指示される言説が表象化されるのである。「雑談」とするだけでハナシの場を読み取ることができるのは、この語自体の広がりのためであるといえる。

【表3】『康富記』の「雑談」「雑話」
（応永二十四年〜宝徳三年）

	雑談	雑話
禁仙行事	二	○
公武の身上	八	○
社寺の行事、出来事	二	一
社寺、諸国の不思議	二	○
管絃・絵・詩歌	三	○
故実・政務	二十四	一
無記述（又は条条・種種など）	五十六	五

b　中原康富との交流から

さて「雑談」の内容は【表3】のようになっているが、その中で故実に関する話題は他の事柄と違って、実際的なニュースとは言いがたいものである。ここで少しく見ておきたい。

話題の提供者として中原康富の存在が特徴的である。康富は貞成親王とは永享以降接近し、洛中の屋敷も伏見宮邸とは極近くに宿所をもっていた（1）。貞成親王は中原康富に対して、次にような評価を記している。両者の初対面は永享三年十二月二十七日であるが、はじめて聴聞したのは永享五年八月二十九日で、「康富参る。読書例の如し。論語談義所望して談ぜしむ。序許り先づ談じ了んぬ。初めて聴聞す。弁舌抜群洪才の者也」という高い評価を与えている。

次に事例を挙げる。

永享五年十一月二十八日の条
康富参。宮御方読書如例。語世事。諒闇事仁明天皇ハ嵯峨天皇御子也。雖然淳和天皇為御猶子有践祚。仍淳和崩御為諒闇。于時嵯峨天皇有御座。今度彼例也。（中略）康富委細語之。
永享七年二月三十日の条
康富参。宮御方読書論語申沙汰如例。春日一鳥居顛倒事。官外記輩被尋。各勘申。御榊顛倒無其例。但応永二十七年十二月六日二鳥居顛倒了。其時無殊沙汰。天下も無殊事云々。於社家者無其例之由申。今度も可為其准拠歟。未御占之儀云々。
永享九年四月七日の条
康富参。読書如例。雑談万句当年。右衛門督発句ニ
神の名もたかき官《ツカサノ》 柳かな
不審之間尋之。官人之家ニ植柳。仍官路柳とも申云々。唐官人事也。
『康富記』嘉吉四年二月二十三日の条
参伏見殿、宮御方有御読。論語先進篇半講申。大御所有御出座被聞食。改元年号字文安事、（中略）其外有御雑談之端等、忝畏入者也。
右の事例から窺われるところでは、貞成親王と康富との雑談の機会は談義の前後にもたれたものと推測される。『椿葉記』では貞成親王が康富を通じて故事先例を求めた理由の一つにどのようなことが考えられるであろうか。[2]『椿葉記』にその答を求められるであろう。本書では「楽道（琵琶）」「御学問（文学和漢の才芸）」「和歌の道」の重要性を力説している。「御治世にてあらむ時も、洪才博覧にましく〳〵てこそ政道をいかにも御たしなみあるべき御事なり」という

考えに基づき、康富からは学問を読書以外に、雑談のついでにも学んでいた様子が窺われる。同様のことは康富のほかにも園基秀や豊原郷秋などとの雑談にも推察される。

村井康彦氏は『禅鳳雑談』における「雑談」の用例から、教訓的意味を読み取っておられるが(3)、『看聞日記』の場合、彼等に対する雑談から同様の意味を見出すことができる。

『看聞日記』という限定的な資料から窺われることは、伏見宮にあっては、〈故事=説話〉を積極的に語る場が見出されないということである。対面する人間が故実に通じている場合、そこに啓蒙的な雑談の場が生まれた。しかし故実が重視されたのは、世間離れした専門知識への興味からではなく、当面の問題解決の一助にしようという現実的な理由からであったと思われる。つまり、身近の出来事、禁仙・幕府の動向や行事、各地の事件の情報を集めることで、現状を把握しようとするという基本態度の上に、これら故実の知識受容の機会があったということである。

c　〈世事〉の扱いから

「世事を語る」は本日記に特徴的に見られる表現である。従って特に問題にしておく必要があるだろう。その内容は禁仙や室町殿の動向、公家・武家の進退に関係するニュースが中心である。

〈世事〉に接続する動詞を多い順に挙げると、「語」七〇例、「雑談」七例、「閑談」六例、「申」一例という結果になる。なお、「物語」には用いられない。ということは、「世事を語る」という用法はあるものの、「世事を物語す」という用法は認められないということである。憶測をすれば、動詞としての「物語」には〈モノ＋カタリ〉という二語意識が働いているということになるのだろうか。

「世事を語る」は誰に対して用いられるかというと、【表1】に見られるように、近臣に主に用いられる。ただしかし、誤解を避けるために付言すると、〈世事〉は近臣が主に運んできて、来客は運んで来なかったといいたいのではない。「世事を語る」として処理されずに、「雑談」「閑談」あるいは単に「申」などによって示されているだけなのである。だからこれは表現上の問題だと言える。しかしこの表現上の差異の所以を考えてみると、近臣とりわけ側近たる庭田重有や田向経良の場合、親王と対面して〈世事〉を語ることが求められていた状況が窺われるであろう。そういうこともあってか、「前宰相出京帰参。語世事」（応永三十二年九月二十九日条）のように、帰参後の雑談に用いられることが多い。

〈世事〉は主に近臣が語るものであった。一方「言談」や「閑談」は近臣以外の貴人・僧侶が主であった。後者は談話の内容が記録されない場合が多い。これは素直に考えて、内容的に記すに及ばない些細な会話が主であったと見られるであろう。ただし『康富記』の場合もそうであるが、些細な内容ながら、何某かと談話したということが記録されることは、談話の内容に意味があるのではなくて、何某かと対面をしたということの方に、記述の意義が置かれていたからと推測するのが順当であろうと思われる。これに対して「申」とか「語世事」とかは、近臣が主であった所以は何某かと対面する事が重要なのではなく、何某が持ち来った新情報が重要だからであったといえるだろう。

2 いわゆる風聞記事の位相

a 整理分類

次に、聞き書きされた、不確かな情報の扱われ方を問題にしたい。これを【表4】で表わした。もっとも「聞」や「伝聞」は広汎にわたり、すべてを覆うものであるから、ここでは取り上げない。

b 本文検証

①「風聞」「謳歌」「口遊」

【表4】風聞記事

	風聞	謳歌	口遊	巷説	伝説	雑説	下説	物言
禁仙動向（病等）・行事	六	二	〇	二	〇	〇	〇	〇
室町殿、その身内動向	七	二	〇	八	〇	〇	〇	〇
公武人進退（所行・罪科・病等）	八	〇	五	三	一	〇	〇	二
社寺出来事・僧進退	八	〇	一	一	〇	〇	〇	一
社寺霊験、怪異	二	一	〇	二	一	一	〇	〇
京中火事、喧嘩	〇	〇	〇	〇	〇	〇	〇	〇
京周辺不思議事	三	〇	〇	五	一	〇	一	三
合戦・謀叛	二一	三	二	一三	〇	二	〇	二五
当御所の事（人事・不思議等）	三	二	〇	二	〇	〇	〇	一
伏見地下の事	一	〇	〇	〇	〇	〇	〇	二
不明	〇	〇	〇	〇	〇	〇	〇	一
巻末奥書	〇	〇	〇	八	〇	〇	〇	〇

これら三語はおおむね一括して把握できる。

永享五年十月二十八日の条（後小松院御葬送翌日）

爰本事吉事有風聞。先以珍重令念願。

永享三年十一月十四日の条

鶯入客殿吉瑞也。先年鶯入常御所。次年宮御方有践祚。佳例之間珍重々々。世謳歌出京嘉瑞歟。

嘉吉三年十月十三日の条

三条為使住心院参。今度謀叛同心人数之由世謳歌云々。驚存之由被陳申。

「風聞」(4)や「謳歌」は〈世〉や〈天下〉など漠然とした主体の言説であることが多い。両語の近似性は、古い事例だが延慶本『平家物語』第一本「以平泉寺一被付山門一事」所収の院宣に「競《キ□□》レ鋒《鉾ホコサキヲ》欲《ル》三決《セント》二雌雄《ヲ》一之由謳《ヲウ》二歌《カシ》洛中《ニ》一風二聞山上《ニ》一」とあるごとく、同義的であったと見られる。これに対して、「口遊」の場合は以下の事例に見られるように、やや異なる。

応永二十四年正月一日の条

伝聞。元日節会。内弁三条大納言公量卿。外弁公卿散状未見。可尋記。後聞。内弁進退違失過法。世人嘲哢口遊云々。

応永二十八年六月二十四日の条

抑聞。菊弟亜相実富卿。仙洞へ和歌詠進所望大将云々。世嘲哢此間口遊云々。其詠歌未聞之不審也。其身進退未落居。只今家門安否之時節。大将所望頗不審。但狂気歟。

応永二十四年二月二十一日の条（応永二十三年十一月二十日、伏見宮栄仁親王薨御）

抑就御頓死世間有口遊云々。先薨御之時雨降雷鳴之間。雷神奉取之由有沙汰云々。次去七日異様医師参献良薬令服給。三ヶ日之内有御事。是毒薬也。此事予。対御方。重有朝臣所行也。彼医師相語進毒云々。此外種々事共於境内有沙汰云々。

最後の事例については、翌月二十一日の条の勾当局からの書状の中に「虚名等事近臣種々口遊申之。」と見える。つまり、〈世〉や〈世間〉〈世人〉とは言うものの、その実、上層の限られた社会を指し示す場合が「口遊」には見られる。従って「謳歌」における〈世〉よりも限定的に使われる場合がある。言いかえれば、「口遊」は「風聞」「謳歌」など前記の語に比べて、より主体「言ひ口」が明確な場合が多いということである。またしばしば嘲哢に近い意味で扱われている。「謳歌」が本来、「其人ノ徳カ、道路ニ充々テ、其人ノ徳ヲ、謳歌スルゾ」（土井忠生氏蔵『荘子抄』二、続抄物資料集成七）とあるように、賞讃の意を含んだものであるのと対照的である。

②「巷説」「風聞之説」「謳歌之説」「伝説」「雑説」「下説」「物言」

暦応三年十一月の「円覚寺規式条々」（中世法制史料集二）に「風聞」と「巷説」との差異を示す記事が見られる。

一不レ可レ入二武具於寺中一事

近日隠二置彼具足於寮舎一之由、普以風聞、若然者、縦雖レ為二巷説一、先差二遣方使者一、加二点検一、其実露顕者、子細同然矣

ここでは「風聞」の中に実説／虚説があり、その中で「巷説」が虚説に相応するものと位置付けられているものと解される。同五年三月の追加分には次の一条がある。

一僧衆行儀事

近年諸寺之法則陵遅之上、或号二縁者之在所一、構二居宅於寺外一、致二昼夜之経廻一、或於二寺中一企二利銭借上之計略一由有二風聞一、仏法衰微之基、不レ可レ不レ誡、縦雖レ為二風聞之説一、住持大衆相共可レ被二禁遏一、若猶有二違犯之聞一者、直

仰二官家一可レ可二厳制一也矣

ここでは「風聞」のうちに「風聞之説」がある。つまり「説」がついた場合、先の「巷説」に相当する語となるものと解される。

『看聞日記』では、永享五年閏七月十三日の条に、

去夜雲母坂火多下。神輿已入洛之由洛中騒動。禁仙馳参。雖然無其儀。十六日申日也。可為其日之由又風聞。変変説未定也。

とあるが、これも同じ関係にあると見てよいだろう。応永二十三年十一年二十九日の条は関東での合戦について記しているが、その末尾に「近日風聞説無窮也。記録無益歟」と評語を加えている。永享六年二月二十四日の条、

又九州蜂起少弐小法師打出。去年被討事虚言也。少弐小法師ハ無為。父被討云々。
〔頭書〕後又聞。少弐小法師被討事ハ勿論云々。巷説変弁也。

あるいは石清水神人と八幡奉行飯尾加賀守勢との合戦を記録した応永三十一年十月十五日の条の「昨日合戦謳歌之説同前也。召捕神人大略可被斬云々。」も同様の事例である。

尭空本『節用集』（書陵部蔵・『印度本節用集研究並びに総合索引』勉誠社）によると、「謳歌《ヲ、カ》之《ノ》説非本説之義」とある。他の諸本も大同小異。『太平記鈔』第十八巻（無刊記本・内閣文庫蔵）でも「謳歌ノ説」について「巷説ト云モ同シ意ナリ誰レカ云ノトモ正体ノナキ説ナリ」とする。つまり「謳歌」は「謳歌之説」となったとき、「巷説」と同等に扱われる。つまり、流言が流れているという事態それ自体を捉えること、その流言自体を捉えること、この相違である。勿論、明確な区分はつけられない。あくまでかように読み取ることができるということである。

これらとはやや違うものに「物言」がある。これについては酒井紀美氏のご考察[5]があるのが、その結果とおおむね

同じであることは、【表4】を見ての通りである。

「伝説」「雑説」「下説」は事例が少ないので明確にはいえないが、「伝説雖難信用」（応永二十三年七月十六日条）、「雑説不審也」（永享三年五月二十五日条）、「下説難信用者也」（応永二十三年七月三日条）のように、否定的に扱われている。また「風聞」「巷説」及び「物言」は、合戦・謀叛に関する事柄に主として用いられるのであるから、風聞巷説として今日想起される所の怪異や不思議の出来事を指し示すものとして、巻末奥書に見える「世間巷説」や「天下巷説」を理解する通説には疑問がある。むしろ「関東合戦事種々巷説風聞。実説尤不審」（応永三十年八月二十三日条）という場合のような意義を第一義とするのが順当と思われる。この傾向は当該期の他の記録にも認められることである。

c　それらの記録の意義

『看聞日記』を書き継いでいくという営みは、前提として、伏見宮貞成という持明院流の天皇家の一人としての意義があったことは言うまでもない[6]。たとえば、「為向後記之」や「為毎年之儀之間委細記」などの注記は散見されるところである。これは本日記に限ったことではない。応永十八年四月の「栄仁親王琵琶秘曲御伝業並貞成親王御元服記」（図書陵叢刊1所収）末尾に「今度之儀、後日為不審大概記毫端而已」とあるように、自身、『看聞日記』以前から、記録することを重んじていた。

ここで問題としたいことはその次の段階のことである。すなわち、信憑性の薄い情報を記録するということは、どのような意義があったのであろうか。

〈1〉見聞した事自体への関心　（拡散的）

永享七年七月十日の条

抑内裏姫宮御乳人相替新参。自入江殿被進。以前御乳人。十四五之比。病悩十五度まてよみ帰。熊野人之間。那

智瀧ニうたれなとさま〳〵祈請して本復。于今無為云々。此事自然物語ニ白状申間。東御方。公方ニて被物語申之間。如此之物被召置不可然之由有御沙汰云々。仍自入江殿被召替新参候。不思儀之間聊記之。

次のような、傍目には一見些細な私事と思われることにも感想が加えられている。

応永二十六年四月十五日の条

飼養猫先日犬ニ被食。今日死。不便之間記之。

臼田甚五郎氏は本日記から親王の「説話に対する積極的な関心」を読みとられた。(7) 勿論それもあろうが、厳密に言えば関心の対象はより広く、説話という枠組を通り越している。不思議なので、不憫なのでなどと理由を付けながら、他人から聴いたことだけでなく、自ら体験したことに対してもさまざまなことを記述しているのである。永享七年二月二十九日、「日野より使有り。前宰相来べきの由申す。秉燭の間馳参す。」ということがあり、「何事哉不審也。」との感想をもった。それで翌日には「前宰相帰参す。日野申す旨山之礼拝講之要脚、公方より御沙汰の間、公家、武家、門跡等御折紙を進じ寄進せらる。（下略）」と記している。このように、自分の把握できる範囲での不明瞭な事柄については詮索せざるを得ないといいえる程の関心の高さを読み取ることができる。

〈2〉正確な情報の獲得　（〈実説〉の探求・情報の実否）

嘉吉三年九月十三日の条に次のような出来事が記されてある。

衣かつき両三人参。御所中徘徊。常御所参。障子より除。宮。定仲見之。内裏女房歟。自東門退出。与次良直明欲見行方之処。一條高倉辻辺にて行方見失。更無人。若狐歟之由申。不審也。後ニ尋禁中女房不出。今更御所中徘徊不思寄云々。無疑野干也。不思儀也。

ついで翌十四日の条には、

御乳人夜部衣かつき事尋。内裏女中参不思寄。其時分一献之間不可参。局女等も今更不可参入云々。尤不審。一条高倉之角有小社。御所築地外。東北之角。稲荷大明神也。常狐徘徊。其所為歟。

とあり、同日の末尾に

先夜衣かつきの事。烏丸女中也。公方御座之間彼女中乗月徘徊云々。散不審。

と書き加えて落着する。また、永享四年八月二十六日の条には次のようにある。

抑赤松大河内公方御共申播州へ下向。於彼所死去云々。自兼病気。然而押而罷下云々。佐土余部代官也。不便々々。遺跡不可相替歟。但実説不審。

後に正確な情報を得、「後に聞く。大河内死の事其の儀。無し例の虚説不可説々々々。病条は勿論也。」と書き加えている。

このように、正確な情報を得るのが目的ならば、かかる信憑性の薄い伝聞の情報を記すことはあるまい。しかし書き留めておく。伝聞の情報、殊に風聞巷説の類は多くの場合、その情報の真偽が留意点となっている。すなわちそれらの多くは「実説／虚説」の判断のはざまにあって、遅かれ早かれ、いずれかの範疇に振り分けられるべきものであった。従って位藤邦生氏のように、風聞巷説の類に対する話末評語を「非科学的な話」をもち出すことへの「うしろめたさ」から来る「言いわけ」と解するご見解(8)には賛同しかねる。

〈3〉見聞したこと自体の意味の探求（吉凶の判断・因果応報・神仏や天魔の力）

〈2〉とは別の意義が、意味の解釈である。嘉吉三年四月十四日の条に「抑春日社頭羽蟻立。社家注進云云。有何事哉。」とあり、また永享七年正月十日の条に「抑聞。前《一条》摂政室町殿参賀。若公へ被参之時。於路次橋上。車軸折。珍事云々。不吉事歟。」とある。このように吉凶には敏感であった。応永三十一年六月二十八日の条では石清水八幡の神人が蜂起したのを受けて、幕府側が水責にした。「甚だ雨降る。八幡神人水を止められ水責す云々。而して甚だ雨降る。神人御扶持の雨か」とあるように、当日、早速自然現象について意味付けしている。このようなことは当代の人間にあって、他にも例が多いが、応永二十三年十一月三日の条では「早旦見之。予顔拭鼠喰破了。去月喰破而重喰之。吉凶不審」とあり、後日、「顔拭鼠喰破事。後ニ存知六通院御事出来。尤凶事瑞也」と理解している。また応永三十二年十二月十三日の条では「抑只今聞。去十日御香宮御千度地下人沙汰之。是歳暮祈禱毎年之儀也。為駄餉沸酒之処。火爐之瓦飛出。おとり散〱砕了。酒も打返流失云々。若恠異歟不審之由地下沙汰云々」とあり、後日「瓦飛出事後ニ思合。次年三月七日退蔵庵炎上了。御香宮近所之間。此恠異被示歟。不思儀也」と解釈している。

応永三十一年九月十八日の条に、

今夜自丑剋至暁更村鳥東西ニ飛亘鳴事数声也。やもめ烏月夜鳴事。雖常事。是者以外也。大略終夜鳴明了。怪異歟不審之間。占文披見。従者口舌事云々。有何事乎恐怖也

とみえる。これについて位藤邦生氏は「「恐怖」する一方で、「恠異歟不審」と、疑いの姿勢を残している。このような例は、日記中ほかにも多く見られる。「恠異」や「不思議」への恐れや信仰が、次第に薄れ、物事をできるだけ合理的に解釈しようとする態度が、私のみるところ、南北朝から室町にかけて、急速に強まってくるのである。」と評されている。(9)氏は『徒然草』『花園天皇宸記』を援用してこのように説かれた。しかしながら、ここでの「恐怖」は「怪異歟不審」と同次元に布置されているのではない。すなわち「恠異」か否か審らかでないから、占をする。その結果に対して、「恐怖」の念が生じたのである。従って時間的に「不審」は占の前、「恐怖」は占の後と、占の前後に位置し、対象も「怪異歟不審」は現象自体に対する評であり、一方の「恐怖」は現象の結果起こるとされる事態に対する評であるから、異なるわけである。また「不審」を「怪異」に対する「疑い」と解されているが、「審らかならず」

とも訓まれるように疑問表現における「疑い」の一方で「問い」のニュアンスも含まれる。前掲の事例の幾つかの「不審」に見られるように（応永二十三年十一月三日、同三十二年十二月十三日の条など）、判断を留保する場合に使用されることが多い。その結果として実否なり吉凶なりが断定されるのだが、ここも文脈から見て、怪異か疑わしいものと否定的に捉えてあるのではなく、怪異であろうかどうだろうかと肯定的にも否定的にも意味付けていない、問いの状態にあるものと見るのが順当と思われる。迷信を否定的に見る合理精神が時代と共に進展していくという歴史観を裏づけるものとして、この記事を扱うのは、妥当とは思われないし、そもそもかかる一元的な歴史観自体、首肯しがたい。

これを要するに、記憶に頼らず、書き留めておくことで、後日の出来事との因果関係を見出すことができる。また、今後、類似する事態が起きた際、〈先例〉として活用できるということである。

おわりに

『看聞日記』では近臣や公武の世俗の人間に対しては「世事を語る」や「物語す」「物語あり」などの和語を用い、寺家に対しては「閑談」や「言談」の漢語を使う傾向が見られた。その中で「雑談」は双方に頻用される中性的な語であった。「世事」は他の日記に比べ本日記に顕著に見られる用語であった。これは専ら近臣に用いられ、その内容は「雑談」や「閑談」などと変わらないが、帰参したとき見聞したことを報告することが半ば義務のように見られていたからではないかと思われる。

「雑談」や「物語」という語は「申す」や「語る」とは違って発話行為自体が対象化される場合が多い。その「雑談」の場の中で、故実や学問が中心となるのは康富との関係において顕著であった。しかしそこで語られることは、現実的に活用されるべきものが主であったろう。

近臣をはじめ、来訪者や訪問先での雑談の中で聞く風聞の類の不確かな情報では、合戦や謀叛のような事件が話題性をもっていた。これらはしばしば「風聞」や「巷説」の語を明記して処理された。「風聞」や「謳歌」は主に流言が流布しているという現象自体が対象化されている。その状況の中で言説が対象化されると「風聞之説」や「謳歌之説」や「巷説」として表象化するという傾向が見られる。

『看聞日記』の基底には、〈世事〉への広範な関心がある。これは自明のことかもしれないが、強調してしすぎることはあるまい。その上で伝聞した、ある事柄については日々変々とする説であっても書きとどめて行き、実否を判断する。その一方では、ある事柄について、他の事柄との関連性において意味を探ろうとしたのである。

注

(1) 高橋康夫氏『京都中世都市史研究』（思文閣出版、昭和五十八年十二月）一八五頁の推定図参照。

(2) 『證註椿葉記』（『村田正志著作集』第四巻、思文閣出版、昭和五十九年九月）。

(3) 村井康彦氏・守屋毅氏編『中世心と形』（講談社、昭和五十四年九月）。

(4) 「風聞」は池邊本『御成敗式目注』「隠《シ》二置《ク》盗賊悪党於所領《ノ》内《ニ》一事」（中世法制史料集別巻）に「風聞《フブン》ト云ハ、清家ニフウブントヨメトモ、問注所ニハフブントヨメリ」とある。

(5) 酒井紀美氏『中世のうわさ』第四章「未来の「うわさ」」（吉川弘文館、平成九年三月）。

(6) 松薗斉氏「室町時代の天皇家について―『日記の家』の視点から―」（初出『年報中世史研究』第一八号、平成五年五月。補訂後『日記の家―中世国家の記録組織―』吉川弘文館、平成九年八月、第二部第七章）。

(7) 臼田甚五郎氏「中世の世間話」（初出『文芸広場』昭和四十一年九月。再録『臼田甚五郎著作集』第五巻、おうふう、平成七年七月）。

（8）位藤邦生氏「併神慮也―中世における不思議の喪失と保持―」（初出『広島大学文学部紀要』第三九巻、昭和五十四年十二月。再録『伏見宮貞成の文学』清文堂出版、平成三年二月）。

（9）位藤邦生氏前掲（8）論文。

二　ものとしての天変――『看聞日記』の一語彙の解釈をめぐって――

はじめに

「天変」というと一般に「天空に起こる変動。地異に対して、天空に起こる異常な現象や、それによってもたらされる災害。」（『日本国語大辞典』）と説明される。具体的には「暴風、大雨、雷鳴、月食、日食、彗星など」の自然現象を指す。『時代別国語大辞典』室町時代編四（平成十二年三月）をはじめとして、従来の国語辞典、古語辞典の類は皆、このような説明がなされている。つまり、今日想起されるような天変地妖のそれをさしているのである。

天変に類する語としては単に「変」ということも多い。また彗星のように星の場合は「星変」ともいう。応永三十一年四月十五日に発行された宣旨に「地揺之災猶未息。星變之兆又頻示須」（『永正以来宮司引付』続群書類従・神祇部）とあるように、地揺（地妖）と対になる現象を示している。

1　天変飛行

とすると、次の事例はどうであろう。『看聞日記』永享七年四月一日の条に、

今夜光物飛。天変歟。

とある。短い記事であるが、これは光物が飛んでいるという天空の状況に対して天変かと見ているのであろうか。もう一つ類似する事例を挙げよう。『満済准后日記』（続群書類従）応永二十年十二月六日の条に、

今夜光物自北飛南。天変歟。

とある。この場合、光物が北から南に飛んでいる状況を指しているのであろうか。否、この解釈には多少の無理がありそうである。というのも、次のような事例があるからである（『兼宣公記』（史料纂集）明徳二年六月二十五日の条）。

自夜雨下、終日不休。又風烈。申一点大地震。此時分自乾向巽天変飛。可恐々々。

夜、大地震があり、その際、乾から巽に向けて、天変が飛んだというのである。とするならば、ここでいう「天変」を、自然現象を指すものと捉えるのはむつかしい。そうではなく、飛行する物体それ自体を指している語であると解されるではないだろうか。

やや時代は下るが、次のような事例もある（『大乗院寺社雑事記』明応六年一月二日の条）。

一初夜以後天変、西方南行。

すなわち、初夜以降、天変が西から南に向かって行ったという。同様の事例は『看聞日記』応永二十五年四月十一日の条にも見られる。

戌刻天変、自東方坤方々飛渡耀光聳天。今夜京有焼亡。京極屋形近辺云々。

句点は続群書類従翻刻本によるものである。「戌の刻、天変あり。」と訓もうとしたのであろう。しかし、それでいいのであろうか。そうすると、続く「東の方より坤の方々へ飛び渡り光を耀かし聳天す」の主語が無いことになるだろう。したがってこの場合、別の見方が求められよう。すなわち先の広橋兼宣の日記の如く、物体として「天変」を捉えるならば、それの目撃談として、難なく読む事ができるのである。

またここでは、天変の出現と京が焼亡したこととに、因果関係が想定されているものと読む事も可能だろう。それというのも、梵舜本『太平記』（古典文庫）巻第四十に「天変事并天龍寺炎上」という章段があるが、この題からも窺われるように、天変の飛行が何らかの災害の予兆と見られている事例が散見されるからである。

サテモ中殿ノ御会ト云事ハ吾朝不相応ノ宸宴タルニ依テ、毎度天下ニ重事起ルト人皆申慣セル上近臣悉眉ヲ顰テ諫言ヲ上タリシカ共、一切无御承引終ニ被二遂行一ケリ。サルニ合セテ同三月廿八日丑剋ニ夥敷天変西ヨリ東ヲ差テ飛行ト見ヘシカ翌日廿九日申剋ニ天龍寺新ノ大廈土木ノ功未タルニレ終、失火忽ニ燃出テ一時ノ灰燼ト成ニケリ。

梵舜本は「中殿御会事付将軍参内」から独立させているのでここに提示したが、他の諸本にもこの貞治三年の記事は見られる。日本古典文学大系の頭注には「天上における変異」とあるが、前掲の事例を考え合わせるならば、何らかの飛行物体として、より具体的に捉える方が適切であろう。

2　光り物

さて、天変について、もう少しその性格が窺いやすい事例を見ていこう。

『看聞日記』永享八年十一月八日の条。

抑夜亥時。天変飛。其後屋上物之如落懸震動。面々仰天見之。何も不見。以前光物飛云々。予光物ハ不見。不思議事也。

天変という光物が飛び、それについて物が落ちるような震動があったという。翌九日の条には次のようにある。

夜前光物事、諸人見之。自北方指南方飛。賀茂山辺より飛歟云々。光之中ニ貌形体顕見。其光長、光之下ニ如星飛散云々。其光消後有震動。都鄙同前云々。八幡山も震動。天変ハ八幡へ飛。種々説風聞怪異勿論歟。

昨夜の出来事に関する情報を諸人から伝え聞いて記録している。天変は星のような物を飛び散しながら、長い光を帯びて飛んでいだ。その光が消えた後に震動があったという。人の形に似た光物は稀に出現したようで、近世の事例だが、津軽藩の庄屋平山家の家乗『平山日記』（みちのく双書）寛文六年（一六六六）五月の条に、

　江戸ニ而光り物東に飛。丈弐丈余、人之形之由承候。

とある。尾を引いて飛ぶ光物を時に人の姿と見たのであろう。

ところで京の貞成親王とは別に、この出来事を記録した人が南都にもいた。『経覚私要鈔』の同八日の条に、

一亥刻青天而無雲、月明而殊霽。而如雷鳴響鳴渡鳴、自東西ヱ聞了。可謂希有電光畢（乎カ）。

とある。当初、経覚は雷の類のように見ていたが、翌九日には、諸人から得た情報から別の考えを持つようになった。

昨夜如雷鳴物事、有種々説。疊ホトナル□（電カ）光渡飛了云々。或北南ヱト云説□□（在之カ）、或自丑寅未甲（申）方へ飛云説在之。

雖何篇希物飛渡之条実事歟。所々□聞畢。山内等マテ響分不相替云々。

光物を天変とは記さず、希なる物としている。更に翌十日には、

一先日動鳴物如障子光物也。中間而散了。如火云々。占形之面、大人慎衆人之悦之由見云々。

と、光物が火のように散じたと、貞成親王が聞いたことと近い状態を記述している。そして最後に天災の予兆として捉えていることが分かる。

3　鎌倉期の場合

さて、ここで中世前期の事例を少々取り上げておこう。『吾妻鏡』（国史大系）によると、建仁元年九月二十日の夜更けに次のようなことが起きた。

今夜及二深更一、如二月星一之物、自レ天降。人以莫レ不レ怪之。

これについて、御蹴鞠会の有無が問題となり、翌々日、安倍資元（資允）が先例を挙げて「天変出現之由」を申したという。ここでいう天変も、やはり光物自体を指しているのであろうか。

同貞応二年九月五日の条にこうある。

今日可レ被レ行二御祈祷一之由、於二奥州御方一、内々有二其沙汰一。藤内所兼佐為二奉行一。是近日連夜天変出現之故也。

ここでいう天変出現とは一日の「日蝕」、二日の「太白星犯二歳星一」、三日の「月犯二太白一」、四日の「月犯二心前星一」を指している。同寛元四年四月五日の条にある「連々天変出現事」も前日の「月犯二大奎一」などをさしている。つまり、天の変異である。同貞永元年閏九月九日の条には、

天変如二日来一。色白光長。

とあり、光物としての天変のように解される。が、同四日の条を見ると、

寅刻彗気見二乙方一。指二庚方一長二尺、広八寸、色赤白。此変、白気白虹彗星未レ決レ之。依三本星不二分明一也。

とある。これについて、翌日、

召二聚司天輩一、昨夜天変令レ治二定何変一哉之由、依レ被二尋仰一也。

とある。つまりこの天変を何変に判断するかが陰陽師に求められているのであるが、ここでも天の変異という事態に対して天変が用いられていることが分かる。この時期、天変出現と彗星出現とは共に散見される表現であるが、等価ではないのであろう。前者は事態の出現であって、後者は物体の出現と考えられるからである。

『玉葉』（国書刊行会）安元三年三月七日の条によると、大外記頼業は、九条兼実に天変について次のような解説をしている。

天変有二二義一。一者、変異先呈、禍福後顕、是必然而不レ感。一者、変異不レ可レ必二果成一。所以何者、為レ使三君施二治政一、為レ使三臣竭二忠節一、以棄レ悪取レ善之誅、天示レ之。因レ之聖主施二徳政一、変早退也。以二此説一、為レ勝云々。

このように、天変はまだ光物自体ではなかったと思われる。天変出現すとは現象が起きる事であって、飛行物体それ自体を指すようになるには、時期的に至っていなかったようである。

4　実態をもつ天変

さて、1に掲げた『看聞日記』応永二十五年四月十一日の条には、天変の属性が記されていた。すなわち光を耀かすというものである。同日記永享三年六月二十八日の条には次のようにある。

晴。今夜戌刻大光物自北巽方へ飛。其光如燈火入雲了。流星歟天変歟不審。

戌の刻に大きな光物が北から巽の方角に飛んでいった。その光は燈火の如くして、雲に入っていったという。それでこの光物を「流星か天変か不審」と注している。したがって、天変とは流星とは別種の光物であることが分かる。先に掲げた貞成親王や経覚の記した伝聞情報に見られる光物も、星のようなものを散らして飛ぶ物であって、星自体ではなかった。

ところで同日記永享七年八月二十四日の条によると、夜更けて次のような事態が起きた。

深更客星出現之由申。起出見。星光長如彗星。変異如何驚存。翌日聞非星。只光物也。自天在下云々。

右の記事によると、一見星のように見えるが、そうではない光物があったということになる。同様の記事は永享十年三月四日の条にも見られる。

抑夜前光物西より東へ飛。天ニも不堕。中央雲ニ映て暫炎光見云々。

嘉吉元年六月十五日の条にも、

聞。一昨日大光物一条室町辺飛渡云云。

とある。

これらは何か。流星や彗星の類とは異なる光物であった。その出所はどこかというと、その一つに社殿が考えられていたようである。同日記嘉吉三年二月二十三日の条に、

抑聞。去初卯五日。八幡宝殿より光物二飛出。一ハ南へ飛、一ハ北へ飛。社司等見之。天ニハ不入。下へ落下様ニ見云云。

とある。石清水八幡の社司によると、当宝殿から二つ飛び出て、異なる方向に飛んで行ったという。

類似する事例を二、三掲げてみると、甘露寺親長が人から聞いた事として日記『親長卿記』（史料大成）文明七年二月十九日の条に、次のように記したものがある。

今夜風雨頻。後或人語云、自北野御旅所、光物飛行北野本社方云々。

とある。また『東大寺八幡験記』（続群書類従）によると、永仁二年七月十一日の戌の刻、神輿入洛のために門を出ようとした際、

自御殿之上赤光物。其勢如月輪而指北飛出之間、見聞之衆成奇特之思了。

ということがあった。翌日の亥の刻にも、進発前に転害門（手掻門）で御休息し、伶人が楽を奏し、神人が警蹕をして出御しようとした。すると、前日のように、

光物出自手掻門之上。翔天飛行北方之間、貴賤仰信之余。

という状況になったという。つまり光物という物体は神顕現の一形態と見られる場合があったと推測されるのである。

これら神の光とおぼしき物体は、花園院の表現を借りれば「霊光」であり[1]、満済准后のいう「神火」であり[2]、近衛政家のいう「霊火」であるということになろう[3]。また、『看聞日記』応永二十三年十一月二十四日の条によると、酉の刻、貞成親王は兄親王の御茶毘のために大光明寺に向かった。

抑後聞。御茶毘最中人魂飛。御桟敷辺ヨリ出云々。不思儀歟。

御茶毘の後に他から聞いたこととして、記録してある。酉の刻以降のことであるから、光物であったろう。しかしながら、天変にかような聖性を読み取ることは、記録の上からはむつかしいだろう。聖なる光や人魂とは違う、流星に類する光物であるが、星ではない。つまり特定しがたい曖昧な物体であったのである。

おわりに

天変とは、本来、天の変異という現象に対する呼称であった。しかしこれが転じて、天の変異を予期する物体に対する呼称にも使われるようになったのであろう。モノとして派生しながらも、本来の予兆的な性格は受け継がれ、イメージされていたようである。天の変異の核となった彗星や流星のごとき星と認識される物ではなく、不分明な光る物体に対して使ったように思われる。

この、コトからモノへの移行は、憶測の域を出ないが、恐らく南北朝期から室町初期の頃のことではなかったか。しかしながら、それも長くは続かず、室町の後期には使用されなくなったようである。が、十五、六世紀の「天変」を解く場合、コトかモノかの差異に対する配慮は欠かすことが出来ないのである。

注

（1）『花園天皇宸記』（史料大成）元亨元年五月二十一日の条によると、その夜、次のようなことが起こった。

陰雨降。今夜亥剋許人々云、如流星者飛天云々。其光殆如月云々。或云、圓而色青白、大如銚子者飛入雲、又飛連猶有済々。

今夜有鳴動。聲非地震非雷鳴。或云、将軍墓鳴動也。

光物と同じく、地震でも雷鳴でもない鳴動があった。この二つの出来事の出所が同じであったことは、翌々日明らかになる。

伝聞、先日霊光并鳴動、是皆始石清水宮。洛城人皆見。宮寺経奏聞、仍有御卜云々。

このように、数多い石清水八幡の怪異の一つとして理解されたのである。

（2）『満済准后日記』応永三十四年六月二十五日の条に、

光物自辰巳方當所横峯辺へ飛渡云々。或ハ炎魔堂ノ後へ落云々。此次ニ諸人申云、此間鎮守清瀧宮森ノ上ニ光物連々出現。拝殿預共拝見云々。何ノ光物哉不審。若神火歟。

とある。鎮守とは醍醐寺の清瀧宮のことで、その杜の上に光物が現れ、拝殿預の者共が「拝見」したという。このように、光物の一種は神の光として考えられていたのである。ここから中世神話に見られる神鏡の変化としての光物や物言う光物（『琉球神道記』巻第五「波上権現事」「火神事」など）と近似する発想が読み取られるであろう。

ところで満済は翌日、昨夜のような光物が「悉地院大杉木本。地ヨリ一二尺計上ニ徘徊」ということを伝え聞いていたこともあってか、目撃者数名から証言を集めている。

・灌頂院ニテ見者申様ハ、其夜光物自地蔵院東辺飛出テ清涼堂辺へ落云々。大略人魂体也云々。

・観心院侍法師於金剛輪院小門前見之分ハ、自大湯屋上辺見付之。八足門之上ヲ丑寅方へ飛行。長尾鳥井辺ニテ落様見ト云々。

・妙法院侍法師於彼院見分ハ、自辰巳方飛出。横峯辺へ飛行様ニ見之。以外高飛云々。

・菩提寺僧共見之分ハ、西方ヨリ馬勢分計ナル光物菩提寺上ノ山ヲ越ヘテ行様見ト云々。
・慶円法眼其夜光祐法印坊ニ一宿見之様ハ、入雲云々。
しかし結局結論は出ず、疑問を残したままになった。

天変歟、此光物唯当所ニ限歟、又京辺モ有之歟、追可尋也。凡当所ニハ常々如此光物飛廻不珍也。但今度ハ諸人如此見之条如何。

先に満済は神火かと見たが、今は天変かとも記している。灌頂院での目撃者のように、これを人魂と見たものもあった。このようなことは、両者の相違が形態的には区別しがたかったためだろう。
（3）『後法興院日記』（続史料大成）明応二年十二月十八日の条に「一昨夕南都以繁上洛、彼方自門跡有注進」として、幾つか掲示してある。そのうちに、
南円堂上霊火出現、西方ニ飛落云々。

元興寺塔婆上霊火出現事。

とある。

三　中世勧進帳をめぐる一、二の問題

はじめに

勧進活動に関する研究は中世史研究の文脈で多角的に進められている。[1]しかしながら勧進帳それ自体に関しては極めて薄弱である。勿論社寺史研究に於いては重要な資料となるから、使用されてはいる。ただし、その場合、当然個別的に扱われ、また、社寺の修造の過程を分析する為の一資料として処理されるのであるから、勧進帳それ自体の綜括的研究とは言い難い。

勧進帳それ自体を把捉しようとする場合、本文重視と形態重視とでは論者の立場は異なってくるであろう。すなわち、前者は漢文学ないし仏教文学研究、後者は古文書研究として位置付けられる。ただし、後者の場合、発行者／受領者間に成り立つ資料を古文書と定義する様式論から見れば、特種な部類に属する。それが為に勧進帳の研究は軽んじられて来たものと思われる。しかしながら、第一に寺社縁起の研究には伏線として視野に入れておかなくてはならないし、第二に勧進活動の現場を捉える際、看過し得ぬものであると思う。その意味で、勧進帳それ自体を対象化することは無価値ではない。

それでは、今日、中世の勧進帳はどれ程残されているのであろうか。管見では、転写されたものや草案などを含めると、およそ三〇〇点あまり存する。いまだ調査していないもの、調査結果未公開の寺社のものや、個人の秘蔵するものもあろう。また、刊行物に翻刻されながら、見落としているものもあろうから、三五〇点には達するものと思われる。また、目録や記録類に記されながら、今日確認し得ぬものも多い。これらは本論の付録に編年形式で提示した。

本節の目的は勧進帳をめぐる二つの問題に関して概括的な考察をすることにある。第一は仮名書に関する、第二は奉加帳との関係に関する問題である。

1　仮名書の意義

従来、仮名書勧進帳（漢字仮名混り文による勧進帳）の意義については次のように説かれてきた。すなわち、勝峯月渓氏は「大衆に示す必要上、假名混り文である場合も少なく」ないとし[2]、平林盛得氏も「一般の無知なひとびとにもわかるように、仮名交りで平易なものもある」とされた[3]。高木豊氏も『国史大辞典』の「勧進帳」の項に、「民衆に示すために仮名混り文の場合も少なくない」として、勝峯氏の説を踏襲しておられる。つまり、仮名混り文であるのは一般の無知な大衆ないし民衆に示す為であるという。これに対して、私は異なる見解を持っているが、その前に、管見に入つた仮名書勧進帳を〈表1〉として掲げておきたい。なお、ここでは慶長年間を下限とした。

このうち、3「仏光寺造立勧進帳」、9「仏光寺再興奉加帳」は片仮名表記のもので、異質である。また、45は融通念仏の勧進帳であるから、ほかの資料とは同類とは見做せないが、参考として掲げておく。また1「勝尾寺勧進帳」は康応元年「勝尾寺再興募縁疏」（箕面市史史料編二）の書付から確認されるだけで、存否の程は不明である[4]。それには「定成卿筆一巻」とするが、世尊寺定成のことであろう。

〈表Ⅰ〉仮名書勧進帳管見一覧

	年記	勧進目的	草案者	清書者	備考
1	寛元一	勝尾寺・―	―	世尊寺定成カ	散逸
2	嘉禄一	石清水八幡宮・厨子建立	―	藤原定家カ	―
3	元応二	仏光寺・造立	存覚カ	―	片仮名
4	応永二一	大念仏寺・融通念仏	―	後小松天皇	
5	文安四	東山禅林寺・融通念仏	後崇光院	―	
6	文安五	但州某寺・多塔建立	中原康富	世尊寺行豊	康富記五八廿三
7	文明八	大和柿本寺・堂本尊修造	―	―	明和七年写
8	文明一二	土佐蓮光寺・造立	―	―	土佐国蠹簡集所収
9	文明一五	仏光寺・再興	―	―	片仮名・「奉加帳」
10	文明一六	静林寺・修造	―	―	
11	明応三	石山寺・修造	―	―	
12	明応五	深草藤森社・再興	三条西実隆	三条西実隆	雑濫所収
13	永正三	清和院地蔵・修造	―	中御門宣胤	
14	永正七	金剛峯寺・大塔修理	―	―	
15	永正一八・四	高野山西塔・再興			
16	永正一八・五	金剛峯寺・大塔再興	―	上杉謙信	
17	大永二	山城真如堂・上葺	定法寺公助		慶長十六良恕写

18	享禄一	石山寺・修造	―	三条西実隆	
19	天文五	土佐念西寺・再興	―	―	土佐国古文叢所収
20	天文六以前	醍醐山如意輪堂・修造	三条西実隆	義尭	醍醐寺新要録所収
21	天文八	西山三鈷寺・修造	三条西公条		
22	天文九	金剛峯寺・大塔再興	―	青蓮院宮尊鎮	
23	天文一一	東山禅林寺・修理	三条西公条	三条西公条	
24	天文一七	丹波金光寺・再興	―	―	写
25	天文二二	熱田宮・修造	―	―	寛永九年写
26	永禄二	東大寺大仏殿・修造	―	―	前欠
27	永禄一一	東大寺大仏殿・再興	―	―	前欠
28	永禄一二	盧山寺・再興	―	三条西実枝	天和二写
29	元亀四	東大寺二月堂・登廊修造	―	―	
30	天正一	泉涌寺・再興	―	―	二種あり
31	天正年間	誓金寺・再興	―	三条西実枝	
32	天正頃	吉野金剛蔵王堂・修造	―	―	
33	慶長一一	三井寺・金堂東大門修造	―	円宗院カ	寛永九写
34	慶長一二	清和院地蔵・再興	中院通村	良恕親王カ	
35	慶長一五	泉涌寺・再興	―	―	
36	慶長一六	真正極楽寺・鐘楼建立	―	良恕親王	

※「勧進目的」の修造/再興の表記は厳密ではない。

さて、この表から読み取られることは、第一に1・2・3を除くと、いずれも十五世紀前半以降のものであり、第二におよそ半分が貴人の手によって清書されたものであることである。従って、仮名書勧進帳は、現存資料の割合から見ると、長い勧進帳作成の歴史の中では十五世紀前半以降すなわち室町期に至って漸く盛んに作られるようになったものと見られよう。そして、そのうちおよそ半分は貴人の手になる、社会的に権威の高いものであったことが推察される。

ところで、今日伝世する仮名書勧進帳は勧進帳全体の中でいかなる位置にあったものであろうか。まず三一〇点あまりの中には原本もあるが、一方では（一）写し、（二）例文集もしくは詩集に収録されたもの、（三）草案もまた多い。原本には貴人の手になるものが目立つ。つまり、『洛中洛外図』の東京国立博物館本や北村家本に描かれる、地下勧進に用いたであろう勧進帳は反対に僅少なのである。勿論、反町家本や鶴来家本のように、勧進帳を携えない事例のある所からすると、必ずしも持ち歩く必要はなかったのであろう。しかしながら、それにしても、一度の勧進活動に一本の勧進帳しか使用しなかったとは考えがたい。諸国を勧進する僧は複数いたのであるから、やはり、複数の勧進帳が制作されたものと見るのが穏当のように思われる。ところが、今日複数伝本の確認される勧進帳は次の例しか認められない。

・至徳四年五月「黄梅院華厳塔勧化疏并奉加帳」（鎌倉市史黄梅院文書三一二）＊草案清書とも義堂周信担当。
・明応五年九月「下醍醐金堂勧進帳」（大日本仏教全書六三八・眞福寺善本目録）
・大永二年五月「嵯峨二尊院募縁序」（本朝文集七八）
・永禄十一年四月「東大寺大仏殿造立勧進状」（東大寺文書目録一〇四ノ二）

草案清書共に残るものはあるが、清書が複数伝存するのはかように稀なのである。しかも、「嵯峨二尊院募縁序」

と「東大寺大仏殿造立勧進状」とはそれぞれ文章が異なる。草案や貴人の手になる美品を残して、それ以外は鐘鋳勧進に用いる鐘の絵などと共に反古にされたのであろうか。『證如上人日記』（石山本願寺日記）天文八年（一五三九）十一月十五日の条に、

従天王寺戌亥坊、太子堂上葺の為ニ、以勧進帳門跡御筆、勧所々云々。室町殿、細川右馬頭、播磨等被入奉加。此勧進帳又判形共来。仍此方奉加事申候。此等旨左衛門大夫取次之。

とある。また、『御湯殿の上の日記』（続群書類従）永禄十三年二月十日の条には、

ろさん寺のくわんしんちやう三てう大納言つくりて（を脱カ）かれたるをよませまいられ候。

とある。このように貴人の手になる勧進帳は禁裏や将軍家、大名家などの高貴の屋敷や大口の奉加の期待される大寺への勧進に用いられたのであるが、それを門付の一銭勧進にも使用したとは考え難い。

いずれにしろ、仮に地下勧進に用いたであろう現存しない勧進帳の中に、仮名書のものが含まれていたにしても、今日十五世紀前半以前の勧進帳の中に、仮名書のものが原本のままで、あるいはその写し、草案、貴人の手になる美品、文集等に収録されたものとして見出しがたいことは事実である。このことは、仮名書勧進帳は時代を問わず庶民の教化を考慮して作成されたのではなく、その増加は時代的な何らかの影響下にあることを示すとの推測を許すものであろう。

これについて注意すべきは清書者の面々であろう。〈表Ⅰ〉の清書者の項を見ると、4後小松天皇、5後崇光院、6世尊寺行豊、13中御門宣胤、12・18・20三条西実隆、21・23三条西公条、28・31三条西実枝、22青蓮院宮尊鎮親王、34・36曼殊院宮良恕親王の名が掲げられてある。実隆は真名書のものも書写しているし、草案も多数作っている。(5)『実隆公記』に多くの事例が見出だされるが、現在、本文の確認可能なものだけでも次の諸例がある。(6)

文明十六年「河内国石塔寺修造勧進帳」（実隆公記文明十六年十月廿七日の条）
＊草案担当。清書は滋野井教国。
明応元年「清和院地蔵堂勧進状」（大日本仏教全書六〇四）
＊清書担当。草案は東坊城和長。
文亀元年「伊勢国大福田寺造立勧進状」（重要文化財二二）
＊清書担当。
永正七年「藤井寺再興勧進帳」（続群書類従八〇一）
＊清書担当。
永正七年「河内国剛琳寺再興勧進状」（大日本史料九ノ二）
＊清書担当。
実隆の勧進帳に関しては別稿で取り上げた(7)。また、公条の作として、
大永二年「嵯峨二尊院募縁序」（本朝文集七八）＊別文二種。
が知られる。また、『三千院円融蔵文書目録』第六箱には弘治元年十一月に実枝が写した「嵯峨法輪寺勧進帳」が載っている。親王が清書する場合も多いが、ほとんどは青蓮院門主である。つまり能書家に依頼しているのである。かように清書に能書家が関わる例も室町期に増加する現象である。この動向の中で、仮名書で表現することが定着してきたのではないだろうか。この動向は寺社縁起制作史と併せて捉えるべき問題であろうから、詳細は別に論じたい。

2　勧進帳の利用法

次に勧進帳は勧進僧が読み上げるものであって、高札のように、衆生に読ませるものではないだろうことは、次の文言からも窺知されることである。

「下醍醐金堂勧進帳」明応五年九月（大日本仏教全書六三八）

少僧唱二化疏於四遠一、求二資糧於群氓一。朝倚二千乗侯門一、一紙未レ為レ少。暮入二百万貫宅一、半文猶是多。

「建長寺西来庵修造勧進状」永正十二年七月廿四日（鎌倉市史史料編二ノ二七五）

老衲八十餘、代二同門老弱一、宣二勧進一語一、奉レ請二十方檀那助成一。

「美濃宝光院再興勧進帳」慶長六年九月（岐阜県史史料編古代中世編二補遺）

廻二在々所々一、読二勧進表章一、彳二門々戸々一、被二奉加之記録一。

「観心寺勧進帳写」正保二年五月（醍醐寺文書五ノ九五〇）

今一軸の観疏を綴て十方の檀門にとなふ。庶幾は貴賤・長幼・緇素・男女、殊は自宗の門人枝々葉々、奉加の多少を論せず、各随分の檀度を行し給へ。

勧進帳の本文は類型的な表現が多いので、必ずしも実際に即したものではない。しかしながら、これらの例からは仮名書か真字書かは聴衆の側では問題にならないことが窺われる。つまり、これは読む側の問題なのである。『洛中洛外図』などの絵画資料にも僧が音読する様子は描かれるが、諸人に示して絵解きのように解説する姿は描かれていない。聴衆の側で大切なことは、耳で聴いて勧進の趣旨が理解出来るか否かということである。さればこそ『快元僧都記』（群書類従）の記事が出て来るのである。すなわち、天文三年六月二十日の条には次のようにある。

七度行路、近年磨滅。往復之者廻路ヲ通之処、町人発心剃頭、此四ヶ年間、如レ形之由申。同下馬橋可レ然有増彼本願人道春来。当院勧進帳事申間、即書了。文章は土人近耳由申間、任二其義一畢。（勧進帳本文あり。今これを略す。）今日廿日、卯日之間、召二寄彼本願人一、渡二此草案一了。右御前江出仕罷帰。後藤善右衛門尉聴レ之。亦文章如何之由、尋申者也。是者昨日十九日事也。

つまり、町人が七度行路の修造を発願し、快元に勧進帳の草案を依頼するのである。その際、下々の者の耳に通り易い文章にするよう注文した。快元はそれに応じて平易な文章にするよう努めた。そして十九日、北条氏綱の御前へ出仕した帰り、後藤善右衛門の前で音読して意見を求め、翌二十日、本願人に手渡したのである。

この例から知られる通り、諸人に示す場合、問題となることは、音読した際に勧進の趣旨が分かるかどうかであって、仮名か真名かではないのである。本文を不特定多数の人々の眼前に示すわけではない。つまり、仮名／真名いずれにしても音声で伝達されるのであるから、表記は問題にはならないのである。従って、仮名書勧進帳を一般の無知た人々に示すために作られたとする通説は首肯し難いものということになろう。

3　仮名書の要因

そこで仮名書の意義として第一に考えられることは、それを読む勧進僧自身の能力の問題ではなかったかということである。『言継卿記』天文元年（一五三二）五月六日の条には次の記事がある。

善光寺之十穀来。勧進帳可書為之由申候。仮名書之物持来候て、真名可書之由申候。然間、清三位入道所へ持向談合。驄而少々書改可与之由申候了。

つまり、善光寺の十穀聖が仮名書勧進帳の草案を持参して、山科言継に真名に書き改めるよう依頼したのである。

そこで言継は清原業賢と談合の上、書き与えることにした。言継が業賢と談合したのは、恐らく当時一流の学者の助言によって、誤りのない優れた漢文の文章に改めるためではなかったかと推察される。善光寺の十穀聖に於いては正確に漢文の文章を綴る能力を欠いていたことが言継に依頼するに至った要因と解される。3「仏光寺造立勧進帳」は随所に振仮名や傍注が施されてあるが、それを「一般的に教養程度が低いとされた関東武士の家人で、覚如に教えを乞いにやって来るような男」である了源に対する「存覚の配慮」とする解釈は順当であろう。(8) この点は他の勧進帳にも敷衍可能のように思われる。

もう一つの要因は、室町期に増加する仮名書の社寺縁起を視野に入れて考えるべきものであろう。つまり能書家による仮名書趣向の定着である。今日、本文の確認できるものは、いずれも十五世紀前半以降のものなのである。仮名書の増加の一因はこれに求めて然るべきだろう。

他に個別的な要因もあろう。例えば2「石清水八幡宮厨子建立勧進文」(石清水文書二ノ六七八)。宗清は仮名書の願文などを定家に依頼している。この勧進帳も定家の草案になるのかも知れない。弘長二年の「行清立願文案」なども仮名書であるから、一般的な流れとは別に、石清水八幡宮の内部に要因を求めるべきものと思われる。貞応二年十月「〔田中宗清願文案〕」(大日本史料五ノ二)には近衛信尹による慶長十五年の奥書が記されてある。

時之権別当法印立願之事、雑仮名所望之處、京極中納言定家卿、承引之趣、不可思議之一軸也。是則可為雄徳山奇珍之其一者乎。

信尹が「不可思議」とするのは願文を仮名で表わしている点にある。願文もまた漢文がほとんどで、仮名書は少ない。勧進帳同様、秀麗な四六駢儷の文章が求められる性質のものだからである。『後水尾天皇宸筆入木道御切紙』(妙法院史料五ノ二五)には「願文勧進帳同之」と記されている。信尹の時代も当然漢文が主流であって、能書家が清書することも多かったようである。

いずれにしろ、この願文を仮名で記したのは一般の無知な人々に示す為ではない。別の何らかの独自の理由によったものと考えられる。②の勧進帳もその一環として捉えられるもののように推測される。

4　勧進帳と奉加帳

次に、勧進帳の中には実質は奉加帳であるものが散見される。古文書学の諸書でこれに関して言及したものはないようである。そこで、管見に入った事例を〈表Ⅱ〉として掲げることにする。

〈表Ⅱ〉勧進／奉加帳管見一覧

資料名	年記	主要収録文献
①　極楽寺勧進帳之事	応安八	高野山文書五ノ二二四
②　〔東寺〕御影堂勧進帳	永享四カ	東寺文書ヌ三二六
③　大島社御輿錦勧進帳	康正三	神道大系神杜編二三
④　東大寺大仏殿瓦勧進帳	寛正四	東大寺文書目録第二部一五〇
⑤　〔大島奥嶋社〕御こししやう足勧進帳	明応二	神道大系神社編二三
⑥　〔柄淵〕八幡御供勧進帳	明応四	和歌山県史中世史料一
⑦　〔土佐〕豊楽寺鐘勧進之事	天文廿四	高知県史史料編古代中世

⑧〔柄淵〕宮ツクリノクワンシン長之事	天正六	和歌山県史中世史料一
⑨ 龍澤寺勧化帳之写	天正九	越前竜沢寺史
⑩ 十市郡多宮御造宮勧進帳	天正廿	田原本町史史料編一
⑪〔西飯降村薬師寺〕くわんしんの事	慶長十五	かつらぎ町史近世史料編
⑫〔三河上宮寺〕御堂勧進帳之事	慶長十六	大日本史料十二ノ九
⑬〔粉河寺〕かね之勧進帳之事	―	和歌山県史中世史料一

この十三点は皆、勧進の趣旨を綴ったものではなく、奉加者や納めた金額、物品名が記されたものである。従って、本来ならば奉加帳と称されるべきものである。②永享四年頃の「〔東寺〕御影堂勧進帳」とは時間的に飛躍が感じられるが、現存資料からは①応安八年の「東村極楽寺勧進帳之事」が初見である。つまりこの表から見れば、十四世紀半ば頃から混用されるようになったものとして理解される。なお、康永三年の山城国寂光院の結縁交名には「勧進帳」と記されている（寂照院総合調査報告書）。

勧進帳の語をこの意味で用いる例は伏見宮貞成親王や大乗院尋尊などにも見られる。ただし、同時期の中原康富は用いていないから、個人差があったことが知られる。例えば『看聞日記』応永廿七年六月八日の条に、

　法安寺ニ参有立願事。薬師御百度等果遂。抑大般若経寺家無之。仍新写事諸人勧進云々。予三帙入勧進。三位・重有朝臣同入之。勧進帳各書名。

とある。また、永享九年五月十五日の条にも、

　内裏より融通念仏絵両三局給。鞍馬毘沙門勧進融通念仏絵也。持経朝臣祗候。此一念仏事殊勝之談義申。可入勧進帳之由申勧。宮

中上下男女各入之。勧進帳ニ名字書畢。

とある。奉加することを「勧進に入《い》る」というが、ここでは「勧進帳に入る」という即物的な表現を用いている。また同じく十年十一月十六日の条にも、

抑明盛法橋申。姉小路町西洞院之間、伊勢外宮御座。今日遷宮云云。神主捧勧進帳諸方勧進。関白・室町殿以下、公家・武家勧進帳加判形。是ニも可有御奉加之由明盛執申。

とある。これらは名字を書いたり、判形を加えたりしているのであるから、明らかに奉加帳のことを示している。

なぜ奉加帳を以て勧進帳と称するようになったかは未詳である。巻子装の勧進帳には後半（稀に前半）の数紙を奉加帳として用いるものがあるが、この混態から勧進帳の呼称が奉加帳にも拡大して行ったのであろうか。⑩「十市郡多宮御造宮勧進帳」は端裏書に「大和国十市郡多之宮御造宮御勧進御算用帳」とある。「勧進帳」の用法が弛緩して行き、「算用帳」や「勧進日記」など、勧進記録の帳面までも含むようになったと解するのが今のところ無難に思われる。また、①⑦⑧⑪⑫⑬は事書になっており、これも手掛かりを与えてくれそうである。つまり、勧進の趣旨を綴った従来通りの勧進帳の場合、事書することはないが、内容が奉加帳の場合は「勧進（帳）の事」と書かれることがあるのである。そして、明応五年十二月「〔淵柄八幡〕御輿之垂張之奉加帳之御事」（高野山文書七ノ二四八）のように「奉加帳の御事」と題される奉加帳が存することから、事書は奉加帳に特徴的に見出されることが知られよう。ただし、現段階では明確なことは不明である。

ところで、『謡抄』（文禄四年成立・日本庶民文化史料集成三所収）「安宅」には、勧進帳について次のような注が施してある。

勧進帳《クワンジンチヤウ》　寄進ヲス、ムル時、檀那《ダンナ》ノ名《ナ》ヲカク目録也

この注は謡曲『安宅』のためのものであるから、ここでいう勧進帳は弁慶が富樫の前で読み上げる東大寺再興の趣旨を記したものを指すのでなくてはならない。ところが『謡抄』の注は本文と全く呼応していない。その影響下に成った『謡曲拾葉抄』や『謡言粗誌』もこれを継承している。このことは奉加帳すなわち勧進帳という同義語が根強く認知されるようになっていたことを示すものであろうと思われる。

このように南北朝期頃から勧進帳の名義が拡大し、十六世紀には十分定着するに至るという歴史的経緯を認識してみると、幸若舞曲『笈捜』（毛利家本影印版）の冒頭が気にかかってくる。すなわち、

　去間武蔵坊弁慶は富樫が舘にて勧進帳奉加帳を悉く読揚げれば

とあるのである。ここにいう「奉加帳」を『幸若舞曲研究』第七巻収録の注釈（松本孝三氏）は「奉加の財物の目録または寄進者の氏名などを記載する帳面のこと」とし、岩波の新日本古典文学大系本の脚注もまた「奉加の品目を記したり、寄進者の氏名などを記録した帳面」と同様に解釈する。これらの注の示す通り、奉加帳は本来、名帳であり、交名なのであるから、文章にはなっていない。これを読み上げる事例を私は寡聞にして知らないし、よしあるにしても特例として位置付けられるべきものであろう。また、『安宅』では現行の能でも幸若舞曲でも弁慶は勧進の趣旨しか読んでいない。奉加帳は人名やその居住地と奉加した金品とその量とを記した目録であるから、弁慶がそれを音読したと理解するのは、本来、不自然なのである。

そこで注意されるのが、前半に勧進の意趣書きを付した奉加帳の存在である。例えば慶長十二年九月「仏光寺御影堂奉加帳」（真宗史料集成四）は折本で、冒頭に片仮名交りの勧進文が記してある。また、文明十五年七月「仏光寺造立奉加帳」（同書所収）も実質勧進の趣旨を綴った文章であるが、内題、題簽とも奉加帳の語が用いてある[9]。分量はこちらの方がおよそ二倍に及び、前者のような体裁であったとは俄かには考えがたい。ただし、実際は奉加帳でありな

がら勧進帳とする例は〈表Ⅱ〉のように十三例確認されるが、その反対の例は未だ見出されていない。してみると、これは例外的な事例となろう。

いずれにしても、これらのことから、弁慶は狭義の奉加帳を読んだのではない。『笈捜』成立時期には勧進帳と奉加帳との名義上の差異が不分明になっており、その結果、併置されたものと解した方が穏当ではないだろうか[10]。

おわりに

以上、本稿では第一に勧進帳の仮名書について、第二に奉加帳との関係につい私見を提示してみた。以下に要点をまとめる。

1a従来、仮名書に関して歴史的展開を考慮せずに説明がなされてきたが、実際は室町期以降に増加するという史的特色をもつこと。

b従来、民衆に示す為に仮名で書かれたとする受容者本位の理解がなされてきたが、実際は第一に利用者たる勧進僧の能力、第二に室町期以降の能書家による趣向の一般化、第三に個別的な要因から仮名書勧進帳の制作は理解すべきではないかと推測されること。

2a従来、勧進帳の定義は単に勧進の趣旨を綴ったものに限って説かれてきたが、実際は奉加帳と同義の勧進帳も存在すること。

b奉加帳との名目上の混用は南北朝期以降生じたこと。

本稿は勧進帳を概括的に捉えた考察に終始したので、より詳細な検証は今後の課題としたい。

付・勧進柄杓について

最後に勧進僧の手にする柄杓について『洛中洛外図』の諸伝本を主要材料として少々言及しておきたい。慶長頃の洛中の情景を描いた岡山美術館蔵『洛中洛外図』[11]の左隻第二扇の中央部分には中央の笠を被った勧進僧が路上で勧進帳を読み上げている。それを、長柄の勧進柄杓を手にする僧二人と鉦を持つ僧一人とが囲んでいる。そこへ奉加しようと銭を差し出す者が六人、対している。洛中勧進の際には、このように道々で出会う人々に対して勧進の趣旨を読み聴かせて奉加の銭や鉄片（釘など）を募る。それと同時に、本田家本『洛中洛外図』にみられるように、道に面した家々の門口に立って喜捨を乞うていたのであろう。まさに勧進帳の決まり文句である「一紙半銭」を地道に稼いでいる姿である。しかし、「微塵積テ大山ト成ル」ことを目指す一銭勧進にあって、先述したように、勧進帳がどのように読まれていたかは不明である。

さて、勧進柄杓を使用する僧の場合、単独での活動は少なかったようである。寺社の境内にいて、参詣者から金品をもらう事を為事とする勧進僧は別として、街頭での勧進活動や門付には、勧進帳を読み上げる僧の外に、最低一人付き添って、柄杓を手に、金を受け取る役の僧がいる。他に勧進銭を入れる文箱（もしくは文箱の蓋）を持つ僧もいる。柄杓を使わない場合は、文箱に入れてもらう。反町家本や鶴来家本の『洛中洛外図』に描かれているものがそれである。

一体、勧進活動を営む際に、歓進柄杓は必ずしも必要ではない。しかし、金銭を受け取る時に、柄の付いていた方が、都合がいいことは確かである。芸能の場において見れば、観客は居ながらにして金を上げられるし、一方、演者は柄杓を個々の観客の面前に突き出して、半ば強制的に、ほぼ確実に、もらうことが出来る。近くの者には、東博本『洛中洛外図』の鐘鋳勧進のように、腕を曲げて差出し、遠くの者には、大和家本『祇園社大政所絵図』の勧進僧のように、腕を伸ばし、長く柄を持つ。かように長い柄の付いた柄杓は、手近にある既製品の中では勧進活動に適した物であったのだろう。中には『珍皇寺参詣曼荼羅』の例の如く、かなり大きな物もある。移動の際は腰に差して行く事もあったことは、『人倫訓蒙図彙』の「哥比丘尼」や「仏餉取」等から知られる。

柄杓を使うのは、何も勧進僧に限ったことではない。そのことは、荻原安之助氏蔵『祭礼図』や八坂神社本『洛中洛外図』に描かれている説経語りの現場を見れば分かる。これによれば、銭は終演後にもらうのではなく、語りの最中にもらっていたことが窺われる。そして、受け取ると、自分の足元に集めて置いている。ただし、説経語りの足元にも二、三転がっている所からすると、中には銭を放ってやった者もいたのである。また、吉川家本『洛中洛外図』に描かれる放下僧は、柄杓がほとんど役に立っていないようである。起ち上がって柄杓に入れる客と同時に、筵に放り投げる客もまた描かれている。

説経語りの外には、庚申待や歌比丘尼が手にしている絵画が散見される。歌比丘尼の場合は、東博本『洛中洛外図』のように、勿論才蔵役を伴う場合もある。しかし、複数であっても、一人々々がそれぞれ柄杓と文箱とを手にしていたことが多かったようである。その外にも、珍しい事例として、高足駄を履いた行者に付き添う者が柄杓を持っている図がある(12)（伝岩佐又兵衛作）。また、特例ではあるが、『康富記』応永二十五年九月六日の条に、「杓を以て洛中一銭勧進を致す」犬が出て来る。中原康富はこれを差して「奇犬」と云っている。これは恐らく一休の『自戒集』に云う「コアミ」の使った犬だろう。

柄杓以外には木製容器や陶器なども使われる。それらは至極一般的なことで、古今東西変わらない。臨時の際には何でも使ったようで、江戸初期の『施福寺参詣曼荼羅』には、笠を逆さにして銭を貰っている参詣者が描かれている。乞食に至っては、しばしば素手で貰っている。ただし、勧進僧の場合、柄杓もしくは文箱以外の物を使った例を知らない。公的な活動であることを示すために必要な物としての意義が与えられていたようである。

柄杓というモノに、銭を受け取る容器としての使用価値を見出だした最初は、勧進僧なのか芸能者なのかは明らかでない。しかし、双方の活動に深く関わっていったのは、共に不特定多数の人間に対して、信仰（札という形をもっているにしろ）や芸能という精神的なるものと金品とを交換する場を創り出している点に要因がありそうである。そこは街頭や境内や家々の門口に成り立つ、小規模で臨時的な空間である。勧進帳を高らかに読み上げ、鉦を叩き、鈴を鳴らして周囲の注意を惹く集団は、パフォーマンスとしての勧進活動を十分心得ていたように思われる。

ところで、かように勧進柄杓を手にした僧は、どのような呼び声を上げていたのであろうか。勧進僧は、単に勧進帳を読み上げたり、鉦を叩くだけではなく、不特定多数の人々に、何ごとか呼び掛けなくてはならなかったであろう。天理図書館蔵『天神縁起絵巻』の巻末の絵の北野社の堂中には僧が四人いる。一人は「一しはんせんによらすくわんしん〳〵」と言い、一人は「御ふた御とり侯へ」、一人は「くわんしん」、一人は「くわんしん〳〵」と言っている。今でも出羽三山の山伏は師走に「カンジン、カンジン」と言って里を歩き、これも参考になりそうである。また、永正十二年の「建長寺西来庵修造勧進状」には、「老衲八十餘、同門の老弱に代つて、勧進の一語を宣へ、十方檀那の助成を請ひ奉る」という一文がある。この「勧進の一語を宣へ」ることが、右二例と同じく、呼び声のことを意味するならば、当時の勧進僧の〈声〉を復元するためには面白い事例である。

注

（1）そのうち、勧進帳、奉加帳類を積極的に利用した論稿には村山修一氏『日本都市生活の源流』第十一章「都市宗教の中世的限界」（初版関書院、昭和二十八年。再版国書刊行会、昭和五十九年三月）、徳田和夫氏『お伽草子研究』第四章「勧進聖と社寺縁起」（三弥井書店、昭和六十三年十二月）、古川元也氏「天正四年の洛中勧進」（『古文書研究』第三六号、平成四年十月)、青木淳氏「快慶作遣迎院阿弥陀如来像の結縁交名—像内納入品資料に見る中世信仰者の「結衆」とその構図—」(『仏教史学研究』第三八巻第二号、平成七年十二月)、牧野和夫氏「『讃佛乗抄』めぐる新出資料—七寺蔵『大乗毘沙門功徳経』と東寺観智院蔵『貞慶抄物』—」(『金澤文庫研究』第二九六号、平成八年三月)、山陰加春夫氏『中世高野山史の研究』(清水堂出版、平成九年)などがある。

(2)勝峯月渓氏『古文書学概論』(初版目黒書店、昭和五年三月。再版国書刊行会、昭和四十五年二月)。

(3)平林盛得氏(伊地知鉄男氏編集『日本古文書学提要』上巻第二部第二章第三節「社寺の文書」、新生杜、昭和四十一年八月)。

(4)中ノ堂信一氏「中世的勧進の展開」(『芸能史研究』第六二号、昭和五十三年七月)第五章参照。

(5)徳田和夫氏は室町後期の温泉寺の事例を以て勧進帳作成と利用との一端を捉えていられる(前掲(1)書)。また、村山修一氏前掲(1)書参看。

(6)永正十三年四月「石清水八幡宮再興勧進帳」が『三條西家文書』のうちにあるが、作者は未詳(大日本史料九ノ五)。

(7)本書第Ⅲ章第四節「三条西実隆の勧進帳制作の背景」。

(8)平松令三氏「解説」(『真宗史料集成』第四巻、同朋舎出版、昭和五十八年五月)。

(9)史科編纂所蔵古文書纂第五冊収録のものによる。

(10)なお、『智恵鑑』(万治三年跋)十ノ五にも類例がある。

(11)『近世風俗図譜』第四巻(小学館、昭和五十八年)所収。

(12)『東京古典會・古典籍下見展観大入札会目録』(昭和五十三年)参照。

【付録】中世勧進帳年表

〔凡例〕

一、建久以降、織豊期の天正年間に至るまでの勧進帳を編年形式で掲示する。本文の現存するものを主として取り上げたので、記録上だけで知られるものは参考程度と捉えていただきたい。掲示のしかたは、まず年期・資料名を掲げ、ついで、

①文体…漢文→漢／平仮名交り→平／片仮名交り→片

②草案者

③清書者

④収録文献（主なものに限る）

⑤備考

を記す。ただし不明の項は省略する。資料名の上の算用数字は月を示す。

二、勧進帳の名は私に寺社名・目的・勧進帳（状／疏等）を組み合わせたものがある。

三、群書類従／大日本仏教全書／大日本史料／京都社寺調査報告はそれぞれ群書／仏全／史料／京都報告と略称を用いる。

建久三（一一九二）

6七大寺戒壇院造立勧進状　①漢④東寺観智院金剛蔵貞慶抄物⑤金沢文庫研究二九六牧野論文

建久五（一一九四）

8菩提山寺塔婆建立舎利安置勧進状　①漢②貞慶④表諷讃雑集乾⑤金沢文庫研究二九六牧野論文

建久八（一一九七）

興福寺宝塔建立勧進状　①漢④東寺宝菩提院蔵逸名書残篇⑤金沢文庫研究二九六牧野論文

建久一〇／正治一（一一九九）

4出雲寺再興勧進帳序①漢②菅原長守③阿闍梨大法師覚審④史料四ノ六⑤三千院円融文書目録矜Ⅱノ三

10大安寺鋳鐘勧進状　①漢②貞慶④史料四ノ六・表諷讃雑集乾

建仁一（一二〇一）

6某沙門一千体地蔵形像造立勧進状　①漢④東寺観智院金剛蔵貞慶抄物⑤金沢文庫研究二九六牧野論文

12笠置寺沙門小塔建立勧進状　①漢④東寺宝菩提院蔵逸名書残篇⑤金沢文庫研究二九六牧野論文

建仁二（一二〇二）

笠置寺塔修補勧進文　①漢②貞慶④表諷讃雑集乾

建仁三（一二〇三）

随願寺塔婆建立勧進状　①漢④東寺宝菩提院蔵逸名書残篇・史料四補遺⑤金沢文庫研究二九六牧野論文

元久一（一二〇四）

笠置寺礼堂拝廊等改造勧進状　①漢④東寺宝菩提院蔵逸名書残篇⑤金沢文庫研究二九六牧野論文

4大安寺宝塔造立勧進状　①漢④東寺観智院金剛蔵貞慶抄物・史料四ノ八⑤金沢文庫研究二九六牧野論文

元久二（一二〇五）

12紀州在田郡春日住吉両社建立勧進帳写　①漢②明恵④高山寺古文書一ノ二三

東大寺勧進状　①漢⑤東大寺蔵

承元二（一二〇八）

某沙門小塔建立勧進状　①漢④東寺観智院金剛蔵貞慶抄物⑤金沢文庫研究二九六牧野論文

承元三（一二〇九）

某寺釈迦如来像造立勧進帳　①漢④東寺観智院金剛蔵貞慶抄物⑤金沢文庫研究二九六牧野論文

建暦一（一二一一）

11笠置寺多宝塔修造勧進状　①漢④東寺観智院金剛蔵貞抄物⑤金沢文庫研究二九六牧野論文

建暦二（一二一二）

神崎庄夏浦江架橋勧進帳草　①漢②湛快カ④土浦市博「中世の霞ヶ浦と律宗」展図録

建保一（一二一三）以前

笠置寺舞装束等調儲勧進状　①漢②貞慶④表諷讃雑集乾

某曼荼羅堂修造勧進状　①漢②貞慶④表諷讃雑集坤

建保二（一二一四）以前

北山曼荼羅堂再興勧進帳　①漢②貞慶④表諷讃雑集乾

建保三（一二一五）

8造東林十六観音堂勧進疏写　①漢②俊芿カ④泉涌寺文書一

承久一（一二一九）

10造泉涌寺勧進疏　①漢②俊芿カ③俊芿④佐野美術館「頼朝と鎌倉文化」展示図録・泉涌寺文書一

承久二（一二二〇）

6書写山円教寺講堂仏像修造勧進帳　①漢④史料四ノ十五

嘉禄一（一二二五）

9石清水八幡厨子建立勧進文　①平②大江周房④石清水文書二ノ六七八・続群書三二

貞永一（一二三二）

9竹生島勧進状　⑤長浜城歴博「竹生島宝厳寺」展図録

嘉禎一（一二三五）

12宇治観音導利院僧堂建立勧進疏　①漢②道元④建撕記⑤一本平仮名

仁治三（一二四二）

勝尾寺勧進帳　③世尊寺行能⑤箕面市史史料編二ノ七八一

寛元一（一二四三）

勝尾寺勧進帳　③世尊寺定成⑤箕面市史史料編二ノ七八一

建長二（一二五〇）

8隅州台明寺修造勧進疏　①漢④国分郷土誌資料編

建長六（一二五四）

鰐淵寺再興勧進帳案　①漢④鰐淵寺古文書一五

文永一（一二六四）

勝尾寺勧進帳　③唐橋在宗⑤箕面市史史料編二ノ七八一

建治二（一二七六）

5肥後架大渡橋勧縁疏　①漢②大慈寺義尹④新熊本市史史料編二⑤弘安元年造畢

弘安三（一二八一）

4泉州隆池院中興勧進牒　①漢③顕尊律師④仏全七六二・古文書纂

弘安六（一二八四）

10大慈寺仏殿建立幹縁文　①漢②大慈寺義尹④新熊本市史史料二

弘安七（一二八五）

8北野聖廟一切経書写勧進疏　①漢②唐橋高能④本朝文集六八

弘安八（一二八六）

9太山寺再興勧進状　①漢④明石市史資料五

正応二（一二八九）

2泉州隆池院卒塔婆池堤勧進帳　①漢④岸和田市史史料一

5大慈禅寺宝塔建立幹縁文　①漢②大慈寺義尹④新熊本市史料編二

乾元二（一三〇三）

8紀州金剛寿院鋳鐘勧進状　①漢②根来寺蓮花院頼豪④東草集五⑤イ本「嘉元二年」

嘉元二（一三〇四）

4醍醐寺西大門鳥居起立勧進状　①漢④醍醐寺新要録九

嘉元四（一三〇六）

3紀州無量寿院法会始行勧進状　①漢②根来寺蓮花院頼豪④東草集五⑤イ本「五年」

延慶一（一三〇八）

6江州常楽寺二十八部衆造立勧進状　①漢④石部町史史料編

延慶三（一三一〇）

2紀州広田庄龍華寺宝塔造立勧進状　①漢②根来寺蓮花院頼豪④東草集五⑤奥「依此勧進造立宝塔之功訖」

応長一（一三一一）

7根来寺尊勝像造立勧進状　①漢②根来寺蓮花院頼豪③先師法印某④東草集五

正和五（一三一六）

4建長寺仏殿立柱疏案　①漢④神奈川県史資料編二ノ二〇一三

元応二（一三二〇）

8仏光寺造立勧進帳草　①片②存覚カ④真宗史料集成四

正中三（一三二六）

竹生島再興勧進状　①漢②素達④山岳宗教史研究叢書一八

嘉暦二（一三二七）

10建長寺拈華堂建立柱疏　①漢⑤相州古文書二ノ三九〇

嘉暦三（一三二八）

2和州楽田寺両界供養法勧進疏　①漢④田原本郷土史・ぐんしょ一五 - 四

12建長寺栴檀林掛額疏　①漢④神奈川県史資料編二ノ二六八〇

暦応一（一三三八）

10江州大吉寺本堂再興勧進疏　①漢④史料六ノ五

暦応三（一三四〇）

8下醍醐別院炎魔堂建立勧進帳　①漢④史料六ノ六・仏全六三七・醍醐寺新要録十三⑤歴博田中旧蔵文書に寛文十年写本あり

興国（一三四〇～五）頃

鰐淵寺薬師堂勧進帳　③千種忠顕④鰐淵寺古文書八六目録

康永三（一三四四）以前　北朝

古先印元開帳勧縁疏　①漢④長福寺の研究付七

康永四（一三四五）

3東大寺食堂再興勧進帳　①漢④史料六ノ八

貞和五（一三四九）北朝

醍醐寺宝幢院勧進帳　①漢②勝宝院僧正道意⑤醍醐寺新要録五

観応三（一三五二）北朝

紀州円明寺灯油料勧進状　①漢②根来寺蓮花院頼豪④東草集五

正平一〇（一三五五）

8泉州大井関社修造勧進状　①漢②根来寺蓮花院頼豪④東草集五

11根来菩提院拝殿修造勧進状寺　①漢②根来寺蓮花院頼豪④東草集五

延文二（一三五七）北朝

12建仁寺常楽庵造塔勧縁疏　①漢②乾峰士曇③同④宮崎県史史料編中世一

延文五（一三六〇）

7江州常楽寺再興勧進帳　①漢④石部町史史料編⑤南部文庫に写あり

貞治二（一三六三）北朝

3六波羅蜜寺修営勧進状　①漢④史料六ノ二五

貞治三（一三六四）

猿投神社上葺修造勧進帳　⑤國學院雑誌六七・五・ただし奉加帳か

貞治四（一三六五）

2下醍醐御影堂修理勧進状　①漢②中御門宗泰④本朝文集七一⑤醍醐寺新要録七

応安二（一三六九）北朝

9醍醐如意輪堂勤行再興勧進帳　①漢②唐橋在胤④醍醐寺新要録一

応安三（一三七〇）以前

東福寺大般若経重刊印写化疏　①漢②友山士偲④友山録中

東福寺化縁印大般若経疏　①漢②友山士偲④友山録中

東福禅寺蓋大仏宝殿募縁疏　①漢②友山士偲④友山録中
荘厳蔵院造石橋疏　①漢②友山士偲④友山録中
万年庵募縁建卵塔昭堂疏　①漢②友山士偲④友山録中
嘉祥庵募縁疏　①漢②友山士偲④友山録中
造兀庵和尚木像化縁疏　①漢②友山士偲④友山録中

応安四（一三七一）頃

石川太子寺上宮法王御廟宝塔修造勧進状　①漢④表諷讃雑集乾
内州石川太子寺塔再興勧進状　①漢④表諷讃雑集乾

応安七（一三七四）

12元興寺金堂修造勧進帳　①漢④史料六ノ四十二

至徳三（一三八六）北朝

5伊崎寺勧進帳　⑤近江蒲生郡誌七

至徳三（一三八六）

10綿向神社修功勧進状　①漢②聖源カ④神道大系近江

至徳四（一三八七）

5円覚寺黄梅院華厳塔重建勧縁小偈并叙　①漢②義堂周信③同④鎌倉市史黄梅院文書三二⑤重要文化財二二一・二種あり

至徳（一三八四〜七）頃

嘉慶二（一三八八）北朝

資聖寺造十王化疏　①漢②汝霖妙佐④汝霖佐禅師疏

嘉慶（一三八七〜九）頃

11武州真光寺修造勧進帳　①漢②長弁④長弁私案抄

康応一（一三八九）

和州高天寺建立鐘楼鋳鐘勧進帳　①漢③長弁カ④表諷讃雑集乾

明徳一（一三九〇）

勝尾寺再興募縁疏　①漢④箕面市史史料編二

明徳四（一三九三）以降

8越前瑞泉寺建立勧進状　①漢②綽如カ③同④越中真宗史料別巻一⑤叢林集九・重要文化財一二

応永一（一三九四）頃

南禅禅寺再興幹縁疏并序　①漢②惟肖得巌④惟肖巌禅師疏

応永一（一三九四）以降

某八幡宮梵鐘改鋳勧進状　①漢②長弁④長弁私案抄

応永五（一三九八）

亀谷山寿福寺蔵経幹縁疏　①漢②惟肖得巌④惟肖巌禅師疏

応永七（一四〇〇）

2江州常楽寺三重塔建立勧進状　①漢④石部町史史料編

応永八（一四〇一）

1武州深大寺鋳鐘勧進疏　①漢②長弁④長弁私案抄

9武州国分寺勧進帳　①漢②長弁④長弁私案抄

応永八（一四〇一）頃

9大蔵寺塔婆再興勧進帳　①漢④仏全七四四

重刊法華科註勧進疏　①漢②惟肖得巌④惟肖巌禅師

応永一〇（一四〇三）

8武州府中勝宝寺再興勧進状　①漢②長弁④長弁私案抄

応永一〇（一四〇三）以前

和州満願寺文殊堂修造勧進状　①漢③伝青蓮院尊道法親王④徳川黎明会叢書古筆手鑑篇五ノ八一

応永一一（一四〇四）

3紀州願成寺修造勧進状　①漢④和歌山県史中世史料二

冬円覚寺黄梅院華厳塔等重造勧縁小偈并叙案　①漢④鎌倉市史黄梅院文書四五

武州河崎山王写経勧進状　①漢②長弁④長弁私案抄

応永一二（一四〇五）

8武州威光寺鋳鐘勧進状　①漢②長弁④長弁私案抄

応永一三（一四〇六）

8武州栄興寺再興勧進状　①漢②長弁④長弁私案抄

9武州栄福寺修造勧進状　①漢②長弁④長弁私案抄

応永一四（一四〇七）以降

相城長勝禅寺再興化縁疏　①漢②江西龍派④江西和尚疏稿

応永一六（一四〇九）

7粉河誓度禅寺修造化疏　①漢④史料七ノ十二

応永一七（一四一〇）

3東寺五重塔婆修理勧進帳案　①漢④東寺文書てノ九⑤二種あり

応永一九（一四一二）

4雲州巌倉寺本堂修造勧進帳　①漢④史料七ノ十七

10武州二宮法華経開板勧進状　①漢②長弁④長弁私案抄

応永二二（一四一五）

2武州高幡金剛寺不動堂修造勧進状草　①漢②長弁④長弁私案抄・日野市史史料集古代中世編・高幡山金剛寺重要文化財木造不動明王及二童子像保存修理報告書

竹生島再興勧進状　⑤長浜城歴博「竹生島宝厳寺」展図録

応永二六（一四二〇）

1光勝寺再興勧進帳写　①海老名市史二口絵及び建久二年

相州八菅神社勧進帳　⑤神奈川県愛甲郡相川町

応永二七（一四二一）

5日御崎神社修造勧進帳　①漢③明魏カ④新修島根県史一
醍醐寺一言観音建立勧進帳　⑤看聞日記四月二十日条

応永二九（一四二二）以降

播州瑞光寺新建宝塔幹縁疏并叙　①漢②瑞渓周鳳④瑞渓疏

応永三四（一四二八）以降

再建東山等證禅院幹縁疏并叙　①漢②瑞渓周鳳④瑞渓疏

正長（一四二八〜九）以降

兜率庵法華経写読募縁疏并叙　①漢②南江宗沅④漁庵小藁

永享一（一四二九）

3西国寺塔婆建立勧進帳写　①漢④尾道市史上

永享二（一四三〇）

和州栄山寺再興勧進状　①漢②興福寺東院④表諷讃雑集坤

永享五（一四三三）頃

高野山浄土院再興勧進状　①漢④大乗院文書の研究三ノ二八

永享九（一四三七）以前

厳島神社修造幹縁疏并序　①漢②惟肖得巌④惟肖巌疏
化千僧衣鉢疏并序　①漢②惟肖得巌④惟肖巌疏
伊予西光寺修造幹縁疏　①漢②惟肖得巌④惟肖巌疏

妙勝寺能樵庵再興幹縁疏　①漢②惟肖得巌④惟肖巌疏
直指寮造営幹縁疏并序　①漢②惟肖得巌④惟肖巌疏
備州周匝保宮谷教寺幹縁疏　①漢②惟肖得巌④惟肖巌疏
妙興寺塔婆際王幹縁疏　①漢②惟肖得巌④惟肖巌疏
法輪寺虚空蔵上葺幹縁疏并叙　①漢②惟肖得巌④惟肖巌疏

永享一一（一四三九）

越前敦賀西福寺一切経勧進帳　①仮名②唐橋在豊カ③万里小路時房⑤建内記六月十五日条・先度の漢字を今度は和字に改める

永享一二（一四四〇）

5 備前西大寺修造勧進帳　①漢④岡山県古文書集三

文安一（一四四四）

3 教王護国寺修理勧進帳　①漢②小槻晟昭④東寺百合文書観智院ノ一七
4 丹波石屋寺勧進帳　②中原康富⑤康富記二日条
9 芸州円満寺修造勧進帳　②中原康富③世尊寺行豊⑤康富記十六日条
壷坂南法華寺灌頂堂并道具再興勧進帳　①漢②西大寺明叔④表諷讃雑集坤

文安五（一四四八）

8 但州某寺塔建立勧進帳　①漢②中原康富③世尊寺行豊④康富記八月二十三日条⑤塩尻三一

文安六（一四四九）

5紀三井寺塔婆建立勧進状　①漢④和歌山県史四

宝徳二（一四五〇）

尾州知多郡大野庄金蓮寺御影堂勧進帳　②中原康富③同カ⑤康富記十月五日条

宝徳三（一四五一）

祇園社大鳥居勧進帳　②中原康富⑤康富記十二月七、十日条

享徳一（一四五二）

10東大寺戒壇院興復勧進状案　①漢④東大寺造立供養記④東大寺造立供養記⑤東大寺文書目録一〇四ノ八

11持明院修造勧進状案断簡　①漢④教王護国寺文書五ノ一五一四

享徳二（一四五三）

杵築大社宝塔造立勧進帳　①漢④表諷讃雑集坤

享徳三（一四五四）

11南都法蓮院釈迦堂修造勧進帳　①漢④仏全七五〇

招提寺講堂等修治勧進状　①漢④表諷讃雑集坤

享徳四（一四五五）

6尾州真清田社再興勧進帳断簡　①漢④一宮市史資料編六

竹生島堂塔建立勧進文　③青蓮院尊応法親王⑤長浜城歴博「竹生島宝厳寺」展図録・折本

康正二（一四五六）以降

京金光寺御影堂再興幹縁疏有序　①漢②蘭坡景茝④雪樵独唱集三

長禄一（一四五七）

11新長谷寺再興勧進帳写　①漢④岐阜県史史料編古代中世一

長禄二（一四五八）

11真福寺再興勧進帳　①漢④岡崎市史資料編古代中世編

長禄四（一四五九）

法蓮院釈迦堂修理勧進帳　②光胤律師③安位寺経覚⑤大乗院寺社雑事記九月二十三日条

寛正三（一四六二）以降

洛東菩提院再造大殿幹縁疏并序　①漢②季弘大叔④蕉庵遺藁

寛正七（一四六六）

閏2宇佐宮大楽律寺再興勧進帳　①漢④宇佐宮大楽寺

寛正（一四六〇～六六）頃

丹州野村道祖廟鋳鐘化疏　①漢②希世霊彦④村庵集下

応仁三（一四六九）

閼伽寺再興勧化疏　⑤明石市史資料五播州魚住庄清浄山閼伽寺記

応仁（一四六七～六九）以降

石山寺修造勧縁疏并序　①漢②蘭坡景茝④雪樵独唱集三

文明二（一四七〇）

重修八坂法観禅寺塔婆疏有序　①漢②蘭坡景茝④雪樵独唱集三

山城藤森天王再造幹縁疏并序　①漢②季弘大叔④蔗庵遺藁・史料八ノ三

文明四（一四七二）

4江州永安禅寺化修造疏并序　①漢②横川景三④小補東遊続集

高市龍蓋寺塔再興勧進帳　③安位寺経覚⑤文車の会古書目録（昭四十九）一三六

文明五（一四七三）

龍蓋寺塔婆修理勧進帳　⑤大乗院寺社雑事記五月四日条。縁起少々記述

文明五（一四七三）以前

京隣江禅庵建地蔵殿幹縁疏并叙　①漢②瑞渓周鳳④瑞渓疏

文明六（一四七四）

摂州安勝寺再興勧進帳　①漢②一条兼良④本朝文集七七⑤親長卿記七月二十二日条

文明七（一四七五）

8丹州玉泉寺再興化縁帳　①漢②横川景三④補庵京華前集

文明八（一四七六）

4柿本寺修造勧進帳写　①平④天理市史史料編一・雲錦随筆二⑤明和七年写

6三輪山不動堂上葺修造勧進帳　①漢③光明院隆憲僧正④大神神社史料

文明九（一四七七）

石清水八幡宮愛染堂勧進帳　⑤十輪院内府記五月十五日条

東大寺尊勝院宝塔修理勧進状　⑤大乗院寺社雑事記八月二十日状。縁起少々記述

文明一〇（一四七八）

12 熱田社葺修幹縁疏并序　①漢②蘭坡景茝④神道大系熱田・雪樵独唱集四

文明一一（一四七九）

3 熱田大明神修造勧進状　①漢④神道大系熱田

3 清水寺再興勧進帳　①漢④史料八ノ十一⑤京都調査二〇は天文十年写

白山勧進帳　⑤実隆公記三月二十三日条

6 重建大山寺根本堂幹縁疏并序　①漢②横川景三④補庵京華後集

9 乙訓郡願徳寺鋳鐘造楼勧進疏　①漢②法印豪憲④天台霞標三ノ三

高野山勧進帳　⑤大乗院寺社雑事記四月八日条

文明一二（一四八〇）

3 土州蓮光寺建立勧進状　①平④高知県史史料編中世土佐国蠹簡集拾遺

濃州元三大師堂建立化縁疏并序　①漢②万里集九④梅花無尽蔵六

9 円福寺勧進帳　②中原師富⑤実隆公記九月一日条

文明一三（一四八一）

3 道成寺大門再興勧進状　①漢④川辺町史三

4 鴨大明神塔婆建立勧進状　①漢②宥真カ④香川叢書一

〔長谷寺カ〕十三重塔勧進帳　②任円僧正③光明院法印⑤大乗院寺社雑事記一月二十五日条。縁起少々記述

江州浅井郡三河村慈恵大師堂造立勧進帳　③中御門宣胤⑤宣胤卿記五月十六日条

和州高田伊福寺多宝塔勧進帳　①漢②久我通博③中御門宣胤⑤宣胤卿記七月四日条

文明一四（一四八二）

3志度寺東閻魔堂幹縁疏并序　①漢②彦龍周興④半陶文集一
尾州妙興禅寺仏殿再興幹縁疏并序　①漢②彦龍周興④半陶文集一・一宮市史資料編五⑤半陶文集本、年記なし
7一乗寺造立勧進帳　①漢③中院通秀⑤十輪院内府記十三年七月四日、十四年六月二十四日条④松坂市史三

文明一五（一四八三）

2悲田院勧進帳　⑤御湯殿上日記十九日条
3立山勧進帳　②三条西実隆③同⑤実隆公記二十九日条
7仏光寺再興奉加帳　①片④史料八ノ十五⑤叢林集九
8高野山永泰院修造勧進帳　⑤実隆公記八月二十一日・二十七日・二十九日条
石山寺勧進帳　③橋本公夏⑤十輪院内府記四月十四日条

文明一五（一四八三）以降

土州金色院幹縁疏并序　①漢②彦龍周興④半陶文集一

文明一六（一四八四）

1当麻寺勧進帳写　⑤京都報告二〇
3江州静林寺修造勧進状　①平④仏全七九六
河内石塔寺修造勧進帳草　①漢②三条西実隆③滋野井教国④実隆公記十月二十七日条
11松尾社正殿寺勧進帳　②三条西実隆カ③三条西実隆カ⑤実隆公記十一月六日条

文明一七（一四八五）

11宝積山大光明寺勧進帳　③三条西実隆⑤実隆公記十一月十三日条

文明一八（一四八六）

1城州金蔵寺再興勧進状　①漢④史料八ノ十九

6新善光寺来迎堂勧進帳　③三条西実隆⑤実隆公記六月二十一日条

8但州西光寺再興化縁疏并序　①漢②彦龍周興④半陶文集一

10吉野大塔勧進帳　②三条西実隆カ③三条西実隆カ⑤実隆公記十月八日条・九月二十六日条

12備中如意山香海禅寺仏殿再興幹縁疏并序　①漢②季弘大叔④蔗軒日録

九世戸智恩寺修造幹縁疏并序　①漢②彦龍周興④半陶文集一

文明一九（一四八七）

南都福智院勧進帳　②光明院カ⑤大乗院寺社雑事記八月六日条。縁起少々記述。同記長享二年三月三十日条「福智院堂勧進於長谷寺辺致其沙汰。二百五十疋勧出云々。昨日一日勧之分也云々」

文明末頃

誓願寺画菩薩化縁疏并序　①漢②彦龍周興④半陶文集一

長享二（一四八八）

3高野山清浄心院塔婆再興勧進帳　①漢④史料八ノ二十五

7醍醐寺閻魔堂勧進帳　②東坊城和長③三条西実隆⑤実隆公記七月十六・十七日条

長享二（一四八八）以降

尾州薬師禅寺再興化縁疏并序　①漢②万里集九④梅花無尽蔵六

長享三（一四八九）

4東大寺戒壇院千手堂修造勧進状案　①漢⑤東大寺文書目録一〇ノ七八

7東山建仁寺重建浴室幹縁疏并叙　①漢④史料八ノ三十

延徳二（一四九〇）

6備前豊楽寺上葺修造勧進帳　①漢④岡山県古文書集一

9城州大報恩教寺幹縁疏并序　①漢②彦龍周興④半陶文集一

延徳三（一四九一）

2丹後国与佐郡世野山成相寺鳥居修造勧進帳　②中原師富③三条西実隆⑤実隆公記二月二十一日条

延徳四／明応一（一四九二）

3愛宕護山修造幹縁疏并序　①横川景三④補庵京華外集下

12清和院地蔵堂再興勧進状　①漢②東坊城和長③三条西実隆④仏全六〇四⑤京都報告二〇・明応七年写及び江戸中期写

明応二（一四九三）

8書写山円教寺再興勧進帳　①漢③橋本公夏④本朝文集七七⑤書写山十地坊蔵

8野洲御上神社修造勧進状写　①漢②山門観行院教運③東山定法寺殿④神道大系近江

播州多可郡富田庄西仙寺塔婆勧進帳　③壬生晴富⑤晴富宿祢記四月十日条

10長谷寺登廊勧進帳　③光明院法印⑤大乗院寺社雑事記九月二十六日、十月三日条。沙門唯心依頼

明応三（一四九四）

2高野山安養院勧進帳　⑤実隆公記二月二十三日・二十五日条

4石山寺修造勧進帳　①平④石山寺の研究古文書一ノ二六

11尾道浄土寺五重塔再興勧進帳　①漢④尾道市史上

明応四（一四九五）

2石山寺勧進帳　②三条西実隆③同④石山寺の研究古文書⑤実隆公記二月二十一日条

4阿波国海部郡円通寺勧進帳　②三条西実隆⑤実隆公記四月十四日・二十日条

6日光寺上葺造営勧進状　①漢④兵庫県史史料編中世一淡路三原地区

8摂津国武庫郡西宮鷲林寺勧進帳　②中原師富③三条西実隆⑤実隆公記七月二日・八月二日・三日条

明応四（一四九五）以降

長谷寺草堂造立勧進帳　①漢④書集作抄

長谷寺勧進帳　②東坊城和長③一条冬良カ⑤和長卿記、大乗院寺社雑事記十二月六日、九日、明応五年一月十八日、二月三日条

明応五（一四九六）

2深草藤森社再興勧進状　①平④図書寮叢刊五

春備前西大寺再興化縁疏并序　①漢②南禅寺住天隠龍沢③同④岡山県古文書集三

4河州茨田郡高瀬寺勧進帳　②中原師富③三条西実隆カ⑤実隆公記四月十九日・二十一日・二十七日・二十八日・二十九日条

5紀州闘鶏社修造勧進帳　①漢③准三宮④田辺市史四
9石山寺経蔵一切経補闕分書写勧進帳　①漢③三条西実隆④実隆公記九月五日条
9下醍醐金堂再興勧進帳　①漢④仏全六三八⑤真福寺善本目録・二種あり。木書第Ⅱ章第四節参照
10播州餝東郡餝万津光明寺勧進帳　③三条西実隆⑤実隆公記十月二日・十一日・十四日条
10深草藤森社勧進帳　③三条西実隆⑤実隆公記十月八日・十二日・十三日条
12弘明寺勧進帳写　①漢②知空④神奈川県史二ノ六四〇七
12長谷寺再興勧進帳　①漢②東坊城和長③光明院権僧正④大乗院寺社雑事記明応五年別記（補遺十七）⑤和長卿記・大乗院寺社雑事記四年十二月条。二巻書き出す（別記及び本記明応五年二月二十五日条参照）。
濃州美江寺本堂上葺化縁疏并序　①漢②万里集九④梅花無尽蔵七

明応六（一四九七）

6嵯峨清涼寺修造幹縁疏并序　①漢②蘭坡景茝④成簣堂本雪樵独唱集

明応七（一四九八）

2山門大講堂勧進帳　⑤言国卿記十七日条
3橘寺勧進帳　②東院前大僧正③光明院権僧正⑤大乗院寺社雑事記同年二月二十日、三月十四日、四月二十三日条
5濃州白山社再興勧進状　①漢④岐阜県史古代中世編二舎衛寺文書
6福祥寺上葺等修造勧進状　①漢④兵庫県史史料編中世一摂津八部地区

明応九（一五〇〇）

会津高倉社再興勧進帳草写　①漢④続群書七四

明応九（一五〇〇）以前

芸州宝蔵寺重建仏殿化縁疏有序　①漢②天隠龍沢④黙雲集
賀州濃美郡徳成寺修造化縁疏　①漢②天隠龍沢④黙雲集
建仁寺翻蓋仏殿化疏并序　①漢②天隠龍沢④黙雲集

明応一〇／文亀一（一五〇一）

2 箕浦蓮華寺勧進帳　⑤三都古典連合会目録（昭三十九）四二七
4 高野山称名院勧進帳　③三条西実隆⑤実隆公記十七、十八日条
7 勢州大福寺造立勧進状　①漢③三条西実隆⑤重要文化財二二
8 丹後国駒野郡佐野郷円頓寺惣門修造勧進帳　③三条西実隆⑤実隆公記八月十九日条・文化財丹後の錦拾遺

文亀一（一五〇一）以前

城北栂尾高山寺重架橋疏并序　①漢②蘭坡景茝④雪樵独唱集三
江州長野保建観音堂化疏　①漢②蘭坡景茝④雪樵独唱集三
若州梵音寺鋳鐘化疏有序　①漢②蘭坡景茝④雪樵独唱集三
江州永源寺僧堂建立化縁疏并序　①漢②万里集九④梅花無尽蔵七
濃州円巨寺金字妙典化縁疏并序　①漢②万里集九④梅花無尽蔵六
濃州牧野薬師寺再興化縁疏并序　①漢②万里集九④梅花無尽蔵七
遠江方広寺山門修造化縁疏并序　①漢②万里集九④梅花無尽蔵六

尾州府中総社再興化縁疏并序　①漢②万里集九④梅花無尽蔵六

尾州府中神宮寺大日堂建立化縁疏并序　①漢②万里集九④梅花無尽蔵七

文亀二（一五〇二）

6東大寺戒壇院食堂修造勧進状　①漢⑤東大寺文書目録一〇四ノ一一

文亀三（一五〇三）

1国分寺仏閣僧房修理勧進帳　①漢④周防国分寺文書一

3丹生神社修造勧進状　①漢③青蓮院尊応親王④兵庫県史史料編中世一摂津八部地区

永正一（一五〇四）

5熊野那智山本千手堂勧進帳　③中御門宣胤⑤宣胤卿記八日条

5日吉社一切経勧進帳　③座主尭胤法親王⑤宣胤卿記十一日条

永正二（一五〇五）

6醍醐山慈心院宝塔修造募縁疏　①漢②高辻章長④本朝文集七七

永正三（一五〇六）

3西大寺造営勧進帳　③中御門宣胤⑤宣胤卿記十六日条・但し固辞す

3清和院地蔵修営勧進状　①平③中御門宣胤⑤京都報告二〇・二種あり（曼殊院、清和院）

永正五（一五〇八）

6東大寺講堂勧進帳　②高辻章長⑤実隆公記三月二十三日条

6慈恩寺金堂修営勧進状　①漢④寒河江市史慈恩寺中世史料

永正六（一五〇九）

8 江州金剛定寺本尊再興勧進状　①漢④史料九ノ一

永正七（一五一〇）

1 鎌倉海蔵寺修造勧進状写　①漢②建長寺前住持玉隠英与⑤鎌倉市史海蔵寺文書一九〇

3 城州新醍醐寺修造勧進帳　①漢④史料九ノ二

6 因州仙林寺三重塔婆造立勧進帳　①漢④史料九ノ三

7 石道寺修造勧進牒　①漢④近江国輿地志略八八・史料九ノ三

8 金剛峰寺大塔修理勧進帳　①平④史料九ノ二⑤二種あり

8 醍醐寺准胝観音堂修造勧進帳　①漢②高辻章長④歴博田中旧蔵書二四六⑤永正十一年写

11 河内剛琳寺再興勧進状　①漢③三条西実隆④史料九ノ二

永正八（一五一一）

2 河内剛琳寺勧進帳　③三条西実隆⑤実隆公記十一日条

6 河内常光寺再興勧進帳　①漢④史料九ノ三

永正九（一五一二）

4 摂州香下寺修造勧進状　①漢④史料九ノ四

7 金戒光明寺勧進帳　③青蓮院尊応親王⑤京都報告一七

10 四天王寺金堂本尊再興勧進帳　①漢②秋野坊宗順カ④天王寺誌

永正一〇（一五一三）

2江州西明寺堂舎建立一切経安置勧進帳　①漢③青蓮院尊鎮親王カ④石山寺の研究古文書一ノ二七
7江州百済寺楼門建立勧進帳　①漢④史料九ノ四
8性海寺鋳鐘勧進状　①漢④明石市史資料五
9誓願寺修造勧進状　①漢④史料九ノ一

永正一一（一五一四）

4羽賀寺本堂上葺勧進帳　①漢③青蓮院尊猷親王④福井県史資料編九
6明石観音寺修造勧進帳　①漢④明石市史資料五
8勢州上宮皇院再興勧進帳　①漢④真宗史料集成四
8越知山大谷寺修理勧進帳　①漢④福井県史資料編五

永正一二（一五一五）

4石清水八幡宮再興勧進状　①漢④史料九ノ五
7建長寺西来庵修造勧進状　①漢②前住持玉隠英与④鎌倉市史浄智寺文書二七五⑤重要文化財二二

永正一三（一五一六）

4建長寺西来庵修造勧進状　①漢②玉隠英與④史料九ノ五⑤鎌倉市史浄智寺文書二七五注⑤重要文化財二二一
5嵯峨法輪寺勧進帳写　②真光院尊海僧正③三条西実枝⑤三千院円融文書目録矜Ⅰノ一二
6東山蓮華王院修造勧進帳　①漢④史料九ノ六⑤京都報告二〇
9勝福寺鋳鐘勧進帳　①漢④兵庫県史史料編中世一摂津八部地区・続群書八〇二
日向神柱宮再興勧進帳　①漢④史料編纂所蔵旧典類纂十七下⑤史料九ノ六

永正一四（一五一七）

6会津平等寺薬師堂修造勧進牒　①漢④福島県史料集成四

8書写山円教寺再興勧進帳　①漢③橋本公夏④本朝文集七七⑤書写山十地坊蔵

11和州達磨寺宝塔再興幹縁疏并叙　①漢②永瑾④史料九ノ七

建長寺西来庵修造勧進状　①漢②玉隠英与③同⑤重要文化財二二

江州長命寺再興勧進帳　①漢④史料九ノ七

永正一五（一五一八）

5泉涌寺荒神塔婆勧進帳案　①漢③九条尚経④九条家文書六ノ二〇七七

永正一六（一五一九）

4備前八塔寺再興勧進帳写　①漢④岡山県古文書集四

9東山遺迎院修造勧進条案　①漢③九条尚経④九条家文書七ノ二一五九

12円教寺大経所再興勧進帖　①漢②実祐④兵庫県史中世四円教寺長吏実祐筆記

永正一六（一五一九）以前

称名寺弥勒堂修理勧進帳草案　①漢②印融④神奈川県史二ノ六五四二

永正一七（一五二〇）

9日州東海医王寺修造勧進疏　①漢②旭岑瑞杲④日下一木集

永正一八／大永一（一五二一）

4高野山西塔再興勧進帳　①平④史料九ノ一三

5金剛峰寺大塔再興勧進帳　①平③上杉謙信④史料九ノ一三
7金剛峰寺金堂再興勧進帳　①漢④史料九ノ一三⑤二種あり
11金剛峰寺孔雀明王再興勧進状案　①漢③三条西実隆④史料九ノ一三⑤実隆公記十月二十四日条
11小浜八幡宮多宝塔供養勧進状　①漢④福井県史資料編九

永正（一五〇四～二一）頃

安養寺修造勧進帳　①漢④岡山県古文書集一
妙徳山本堂再興勧進帖写　①漢②了舜法印④兵庫県史中世四円教寺長吏実祐筆記

大永二（一五二二）

2城州真如堂上葺勧進帳　①平③定法寺公助④史料九ノ一八⑤良如、慶長十六年写
3大原来迎院修葺勧進帳　①漢②尊勝院僧正光什④史料九ノ一八⑤京都報告二〇・二種あり
4勢州多気極楽寺建立勧進状　①漢④多気町史史料集
4嵯峨二尊院修造募縁序　①漢②三条西公条④本朝文集七八⑤別文二種あり
7泉涌寺勧進帳　⑤京都報告二〇
紀三井寺修造勧進状　①漢④和歌山市史四

大永三（一五二三）

3洛陽東中山吉田寺勧進帳　⑤京都調査一七
4相州願成寺再造本尊彩色勧進状写　①漢②徹岩カ④神奈川県史三下ノ六五七二
8足利庄八幡宮再興修葺勧進化縁状　①漢④栃木県史中世編八幡宮文書一

9日吉十禅師再造募縁詞草　①漢④史料九ノ二一
法隆寺聖霊会再興勧進牒　①漢③世尊寺行季⑤古今一陽集西之部

大永四（一五二四）

8出石神社修造勧進状　①漢④兵庫県史史料編中世三但馬出石地区

大永五（一五二五）

7神護寺平岡神宮勧進帳　⑤京都報告二〇
是年以前新長谷寺勧進帳　③中御門宣胤⑤舜旧記元和九年十二月十四日条

大永六（一五二六）

7淡州諭鶴羽山再興勧進状写　①漢④続群書八二〇⑤貞享五年写

大永七（一五二七）

6高野山加明院来迎堂修理勧進帳　①漢④高野山文書旧行人方一派文書一六一

大永八／享禄一（一五二八）

4香取社御手洗再興勧進文　①漢④千葉県史料中世篇香取文書二三
梅雨地青寺薬師堂再興勧進状写　①漢②当寺住高伝カ③同カ④小田原市史史料編一⑤案文カ
11石山寺修造勧進帳　①平③伝三条西実隆④石山寺の研究古文書一ノ二八

大永（一五二一～二八）頃

河州石川郡水分社鋳鐘勧進状　①漢⑤大阪市博「南河内の文化財」展図録

享禄二（一五二九）

6醍醐山准胝堂修造募縁文　①漢②東坊城和長④本朝文集七七

享禄三（一五三〇）

11若州一乗寺修理勧進状　①漢④福井県史史料編九中山寺文書

越前帆山寺再興勧進状写　①漢④福井県史史料編二曼殊院文書二⑤慶長十年写

享禄四（一五三一）

三鈷寺定灯勧進帳　③三条西実隆⑤実隆公記五月八日条

享禄五／天文一（一五三二）

7泉州牛瀧寺修理勧進状案　①漢④金剛寺文書二五二

善光寺勧進帳　①漢②山科言継③同カ⑤言継卿記五月六日条・仮名を真名に改む

天文三（一五三四）

2東山崇徳院御影堂勧進帳　⑤京都報告二〇

5伊勢両太神宮勧進帳　②山科言継⑤言継卿記三日条

6鶴岡八幡下馬橋等修治勧進帳草　①漢②快元僧都④快元僧都記

8蓮光寺鋳鐘勧進帳　①漢④高知県史料編中世土佐国蠹簡集拾遺

近江光明寺修造勧進帳　⑤綾瀬市

天文三（一五三四）以降

熱田神宮奥院造営勧進状　①漢④春日井市史資料編続

天文四（一五三五）

3 湯山薬師建立勧進帳　⑤後奈良天皇宸記同日条
5 由比浜大鳥居再興勧進帳草　①漢②快元僧都④快元僧都記四月二十八日条

天文五（一五三六）

4 鶴ヶ岡神宮寺修造勧進帳草　①漢②快元僧都④快元僧都記十五日条
6 和州長谷寺勧進帳写　⑤曼殊院蔵
9 十念寺勧進帳　⑤京都社寺調査報告二〇
11 念西寺再興勧進帳　①平④高知県史料編中世土佐国古文叢

天文六（一五三七）

2 勢州近長谷寺本堂修造勧進状　①漢④多気町史史料集

天文六（一五三七）以前

醍醐山如意輪堂修造勧進帳　①平②三条西実隆③義堯僧正④醍醐寺新要録一

天文八（一五三九）

1 西山三鈷寺修造勧化疏　①平③三条西公条④続群書七九一
3 泉涌寺護摩堂再興勧進疏　①漢④泉涌寺文書九二
4 予州観念寺再造勧縁状案　①漢④観念寺文書一〇三
閏6 誓願寺勧進帳　⑤御湯殿上日記九日条
11 四天王寺太子堂上葺勧進帳　③青蓮院門跡⑤證如上人日記十五日条

天文九（一五四〇）

金剛峰寺大塔再興勧進帳　①平③青蓮院尊鎮親王⑤日本古文書学提要上

天文一一（一五四二）

閏3證菩提寺修造勧進状写　①漢④神奈川県史資料編三下ノ六七五四

8東山禅林寺修造勧進帳　①平②三条西公条③同④「京都・永観堂禅林寺の名宝」展図録⑤隔蓂記明暦三年二月十九・二十一日条

天文一二（一五四三）

1阿州井戸寺再興勧進帳　①漢③金剛二品親王④続群書八二〇

5延暦寺横川恵心院勧進帳　⑤京都社寺調査報告二〇

8長州国分寺修造勧進帳　①漢④下関市史資料編

天文一三（一五四四）

一条観音堂金山天王寺勧進帳　②山科言継⑤言継卿記二十四日条

天文一五（一五四六）

3清水寺供養勧進帳草案　⑤京都報告二〇

天文一六（一五四七）

1醍醐寺報恩院再興勧進帳案　①漢④新修稲沢市史資料編七万徳寺文書八五

7真如堂勧進帳　⑤曼殊院蔵

天文一七（一五四八）

5丹州金光寺再興勧進帳写　①平④福知山市史史料編

文明一八（一五四九）

2金勝寺本堂再興勧進状　①漢④栗東の歴史資料編二⑤写本あり（京都古書組合総合目録十二ノ一四三一）

3勢州浄光院再興勧進状　①漢④多気町史史料集

11江州多賀社勧進帳　⑤言継卿記十九日条

天文一九（一五五〇）

延暦寺黒谷本堂勧進帳　⑤京都報告二〇

天文二〇（一五五一）

3高雄山神護寺勧進帳　⑤京都報告二〇

天文二二（一五五三）

5播州阿弥陀寺再興勧進状　①漢④兵庫県史史料編中世三補遺史料

8熱田宮修造勧進状写　①平④春日井市史資料編続⑤寛永九年写

天文二四（一五五五）以降

和州栄山寺再興勧進状　①漢④五條市史史料⑤「去天文廿三暦臘下澣（十二月下旬）」焼亡

天文（一五三二〜五四）頃

矢田金剛寺造営勧進文　①漢⑤大乗院文書の研究二ノ五六

熱田奥院修造勧進状　①漢④春日井市史資料編続

弘治一（一五五五）

9甲州柏尾大善寺造営勧進状案　①漢③仙識房法印慶紹カ④町田市史史料集四⑤年記天文二十四年

11嵯峨法輪寺勧進帳写　③三条西実枝⑤三千院円融文書目録矜Ⅰノ一二

弘治三（一五五七）

西楽寺塔婆再興勧進帳　①漢④静岡県史史料編七ノ二六〇八

弘治四／永禄一（一五五八）

熱田社建立勧進帳　⑤秉穂録一下

三原十一大明神再興勧進帳　①漢④兵庫県史史料編中世四⑤内題「淡州三原郡十一大明神縁起之事」

永禄二（一五五九）

東大寺大仏殿修造勧進状断簡　①平⑤東大寺文書目録一〇四ノ四

永禄五（一五六二）

7和州矢田地蔵堂修造勧進帳草　①漢⑤成簣堂文庫蔵

9某寺戒壇院勧進帳　⑤三千院円融蔵

永禄六（一五六三）

3横川霊山院本堂勧進帳　⑤京都報告二〇

5衣服寺薬師堂勧進帳　⑤京都報告二〇

7神護寺勧進帳　①平⑤京都報告二〇

永禄九（一五六六）

2東寺勧進帳　①平⑤京都報告二〇

11西岩蔵金蔵教寺勧進帳　⑤京都報告二〇

五条大橋造立勧進帳　①漢⑤日本古書通信八二〇中野書店

永禄一〇（一五六七）

東大寺戒壇院金堂修造勧進状　①漢②法師宗芸舎兄⑤東大寺文書目録一〇四ノ六・外題「戒壇院縁起」

永禄一一（一五六八）

4東大寺大仏殿再興勧進状　①漢②金蔵院⑤東大寺文書目録一〇四ノ二・三種あり

8松尾社勧進帳　②山科言継カ③柳原一品カ⑤言継卿記二十八日条

東大寺大仏殿再興勧進状　①平⑤東大寺文書目録一〇四ノ五

東大寺戒壇院修造勧進状案　①漢②上生院⑤東大寺文書目録一〇四ノ九

永禄一二（一五六九）

9廬山寺再興勧進帳　①平③三条西実枝④仏全六〇五⑤御湯殿上日記翌年二月十日条・京都報告二〇

元亀二（一五七一）

7城州西岩蔵金蔵寺再興勧進帳　①漢④史料十ノ四⑤京都報告二〇

元亀四／天正一（一五七三）

2東大寺二月堂修造勧進帳　①平④史料十ノ一九

3山門横川中堂勧進帳　⑤京都報告二〇

9泉涌寺再興勧進疏　①平④泉涌寺文書一二四及一二五⑤京都報告二〇・三種あり

天正二（一五七四）

8誓願寺再興勧進帳　①平③三条西実澄④史料十ノ一六

天正三（一五七五）

11鰐淵寺本堂再興勧進帳　①漢④鰐淵寺古文書三〇四

天正四（一五七六）

壬生寺再興安寧状　①漢⑤元興寺文化財研究所『写経と勧進』

天正四（一五七六）頃

鰐淵寺再興勧進帳　③青蓮院尊朝親王⑤鰐淵寺古文書三一八

天正五（一五七七）

12加美郡鹿島山鳥居勧進状写　⑤仙台市博収蔵資料目録一〇。奉加状カ

天正七（一五七九）

7法界寺勧進帳　①平⑤京都報告二〇

天正八（一五八〇）

7安国寺大蔵経入手次第并勧縁　①漢④岐阜県史古代中世編二補遺

天正九（一五八一）

3龍澤寺再興勧化帳写　①漢④越前竜沢寺史⑤越前若狭古文書選

天正一〇（一五八二）

8華蔵寺大日堂再興勧進状　①漢④埼玉県史資料編一八

11比叡山再興勧進帳案　①漢④史料十一ノ三⑤次帳の草案カ

12比叡山再興勧進帳　①漢③青蓮院尊朝親王④史料十一ノ三

天正一一（一五八三）

2東山禅林寺勧進帳序　③青蓮院尊朝親王⑤三千院円融文書目録矜Ⅱノ二
6大原野勝持寺再造勧進疏　①漢④史料十一ノ五
6千妙寺再興勧進状草案　①漢②法印亮信④関城町史史料編一・茨城県史料中世二⑤二種あり
7日吉聖真子念仏堂再興勧進帳　①漢④史料十一ノ四
7吉備津宮修造勧化状　①漢④岡山県古文書集二
11四天王寺再興勧進帳　①漢②秋野坊亭順カ④仏全七六五

天正一二（一五八四）

3延暦寺戒壇院再興縁起　①漢③青蓮院尊朝親王④史料十一ノ六
5比叡山再興勧進帳　①漢④史料十一ノ七
8横川恵心院再興勧進状草案　①漢②千妙寺住法印亮信④関城町史史料編一
9横川中堂再興勧進状草案　①漢②法印亮信④関城町史史料編一

天正一四（一五八六）

建穂寺観音堂再興勧進帳写　①漢④静岡県史史料編八ノ一八八五

天正一五（一五八七）

8法華一乗寺修造勧進帳写　①漢②実祐③同④兵庫県史中世四円教寺長吏実祐筆記

天正一六（一五八八）

円城寺前唐院勧進帳　①漢⑤東京古典会目録二〇七一（昭五十四）

天正一七（一五八九）

5粉河施音寺鋳鐘勧進状案　①漢④和歌山県史中世二
6無動寺明王堂勧進帳　⑤三千院円融文書目録矜Ⅱノ六
8書写山麓西坂口観音寺再造勧進帳　①漢②円教寺長吏実祐③同④兵庫県史中世四円教寺長吏実祐筆記

天正（一五七三〜九〇）頃

吉野金剛峰寺蔵王堂修造勧進状　①平④仏全七二五

制作時期不詳

鎌倉宝戒寺大黒堂再興勧進状案　①漢④妙法院史料六
架某橋勧進帳　⑤金沢文庫古文書三〇一三
小浜明通寺鋳鐘勧進状断簡　①漢④福井県史資料編九
山門西塔院釈迦堂燈明勧進帳　⑤京都報告二〇・室町後期
南山無動寺募重建正殿疏　①漢③青蓮院④葛川明王院史料
醍醐寺焔魔王堂勧進帳草断簡　⑤京都報告二〇・室町期
智恩院勧進帳　⑤京都報告二〇・室町後期
長谷寺再興勧進状　①漢④成簣堂文庫蔵
春日社多宝塔建立勧進状　①漢④東寺宝菩提院蔵逸名書残篇⑤金沢文庫研究二九六牧野論文・鎌倉後期
春日御塔造営勧進状　①漢④東寺宝菩提院蔵逸名書残篇⑤金沢文庫研究二九六牧野論文・鎌倉後期

春日別当竹林殿修造勧進状　①漢④東寺観智院金剛蔵貞慶抄物⑤金沢文庫研究二一九六牧野論文・鎌倉後期
和州天河塔婆建立勧進帳　①漢②興福寺東院④表諷讃雑集坤⑤応永永享頃カ
高野山町卒塔婆造立勧進帳　⑤表諷讃雑集坤・題名のみ
内州石川太子寺修造勧進状　①漢④表諷讃雑集乾⑤室町前期
播州班鳩寺修造勧進状案　①漢④兵庫県史中世七県外所在文書Ⅲ成簣堂
壬生寺本堂再興勧進状　①漢⑤元興寺文化財研究所『写経と勧進』
江州三井寺堂社修造勧進帳　①漢③尊朝法親王⑤古典籍典観大入札会目録（平成十六年）

四　三条西実隆の勧進帳制作の背景

1　室町期公家社会における勧進帳

室町期の公家社会において、文章を善くする家としては勧修寺流藤原家・菅原家・清原家などが挙げられるが、その家々の中にも優れた文章家もいれば学の無い者もいた。とりわけ家道として自覚ある者は研鑽を積むこともあったが、今日、そのような人材は少数の例しか確認できない。現存する資料から見ると、驚くほど著述に勤しむ学者は少なかったと思われるのである。共通点はいずれもが生活の経済面において苦しい状態におかれていたことである。

その中にあって家道を継ぐ者として強い自覚をもっている人物は文章道を研くために公私にわたって活動の跡を残している。東坊城和長はその最も代表的な人物といえる。応仁・文明の大乱によって散逸し、公家社会の故実が失われつつある中にあって、菅原家の再興に尽力し、紀伝道の文書や故実・先例をとどめ、後学に供したことは大きな功績といえよう。

彼ら文章を職務とする人々は、当然のことながら、いわゆる文学的営為としても、日々それを生み出していた。当時最も盛んなものは和漢聯句である。これはおよそ月次で一条邸や万里小路邸など幾つかの邸内で行われており、そこには連歌会や和歌会には不参の人々も積極的に参加することが多かった。

そのような人々が文章の業を提示する機会は、政務としての文書草案だけではない。より美文的側面を尊重しなくてはならない法会の場で用いる幾つかの文章においてもそうであった。すわなち、願文・諷誦文・祭文がそれである。それらは法会の後、談義の対象として話題になり得るものであった。

さて、これらに類する面をもちつつ、法会の場で読誦されることはない文章がある。それが勧進帳である。勧進帳には対象となる寺社の縁起は必ず記されるものだが、誦まれることが前提としてあるのではない。勧進の趣旨がわかれば音読する必要はなかった(1)。勧進帳には高貴の邸を回覧するものがあり、記録の上で確認できるものは多くこの種のものである(2)。それら貴人の邸を回覧する勧進帳は、しかるべき人物が草案なり清書なりの形で制作に加担した。それによって、その信頼性が増すことが期待されたことであろう。また、『建内記』文安四年（一四四七）五月十二日の条には泉涌寺二重法堂修造勧進帳ならびに奉加帳が寺家から万里小路時房の許に送られてきたとあるが、それには中山定親の奉書が添えられていた。このように、奉書や書状が携帯されていることも効果的であったと考えられる。

今日伝世する勧進帳には、願文のように装飾料紙などを用いた高価なものが多いが、それらは、たとえば幾つかの十六〜十七世紀前半の洛中洛外図に描かれるような勧進僧によって、一紙半銭を得るべく路傍で読み上げたものではなく、恐らく特定の家々の上覧に供するために特別に製作されたものではないかと考えるのが至当と思われる。つまり、実際には願文・諷誦文・表白と違って、より文書的機能の強いものであったのではないかと推測できるのである。

では、勧進帳の草案が願文・諷誦文・祭文と相違する大きな点はどこかというと、しかるべき故実が無い点である。それから、紀伝儒が書くべきであるという意識が見受けられない点である。もちろん、菅原家（東坊城和長・高辻章長ら）や中原家（中原師富ら）が担うこともあるが、文章の家でない事例も多い。諷誦文や祭文については、たとえば紀伝儒の東坊城和長が『諷誦文故実抄』や『諸祭文故実抄』を著して個別の法会・祭儀用に解説している。現存しないが、和長は願文についても同類の書を編んだようである（『諷誦文故実抄』序文）。それに対して、勧進帳には、文例集は存したものの、紀伝儒であることは求められないのである。

では、勧進帳はどのように草案・清書が行われたのであろうか。勧進活動は個々の寺社内の事業である点から私的な性格が強いものであった。勅願寺などが公武の助成を得ていたことは言うまでもないが、しかし勧進帳は法会という儀式に組み込まれたテクストではないから、制作を公家が主導することはなかった。つまり公家の介入は少なく、それゆえに公家故実の先例の拘束力は、各寺社によって異なるものの、全体的に弱かったとみてよいと推測する。すなわち草案には文章の巧みな人材が求められることはあっても、必ずしも身分的に儒家である必要はなかったと考えられるのである。つまり勧進帳制作には、願文のような固定的な人選が見受けられないのである。むしろ【表】の「依頼経路」に示したように、寺社と制作者との個人的もしくは家的な関係に基づく依頼関係が多いのである。それは禁仙や幕府が主体的ないし媒介的にかかわる活動ではないからだと思われる。

2　実隆の草案

実隆が勧進帳の本文についての審美眼が評価されていたことは文明期のころから確認される。『実隆公記』文明十七年（一四八五）四月六日の条によると、東坊城和長が実隆の許に法勝寺末寺の薬師寺の勧進帳草を持参し、相談している。実隆はこれに対し、「尤も殊勝、珍重々々」と評している。和長はこれをはじめ、文章に関して実隆からしばしば高い評価を得ている(3)。明応四年（一四九五）十二月に焼失した長谷寺の再興勧進帳についても、和長は草案を実隆に見せている。「尤も殊勝」といい、その後、「文躰の事、雑談興有り」として、句法のことなど談じている（『実隆公記』同年十二月二日の条）。

【表】三条西実隆の歓進帳製作

	年月日	対象	草案	清書	依頼経路	礼物	典拠
1	文明15（一四八三）・3・29	立山勧進帳	三条西実隆	三条西実隆	蜷川親元→実隆		実隆公記
2	文明15（一四八三）・8・29	高野山永泰院修造勧進帳	三条西実隆（草／清いずれか）		聖深大徳→実隆	茶二十袋	実隆公記
3	文明16（一四八四）・10・27	河内国茨田郡石塔寺修造勧進帳	三条西実隆	滋野井教国	滋野井教国→実隆		実隆公記
4	文明16（一四八四）・11・6	松尾社正殿勧進帳	—	三条西実隆	久米与三衛門→実隆		実隆公記
5	文明17（一四八五）・11・13	越州大光明寺勧進帳	中原師富	三条西実隆	大光明寺五鼓法師？→実隆→師富		実隆公記
6	文明18（一四八六）・6・21	新善光寺来迎堂勧進帳	—	三条西実隆	「所望之仁」→実隆	一樽	実隆公記
7	文明18（一四八六）・10・8	吉野大塔勧進帳	—	三条西実隆	東福寺遣迎寺→実隆		実隆公記
8	長享2（一四八八）・7・17	醍醐寺閻魔堂勧進帳	東坊城和長	三条西実隆	冷泉為広→実隆		実隆公記
9	延徳3（一四九一）・2・21	丹後国与佐郡世野山成相寺鳥居修造勧進帳	中原師富	三条西実隆	中原師富→実隆		実隆公記

10	明応1（一四九二）・12	清和院地蔵堂再興勧進帳	東坊城和長	三条西実隆			日仏全六〇四
11	明応3（一四九四）・2・25	高野山安養院勧進帳	三条西実隆	—	廬山寺長老昭提→実隆		実隆公記
12	明応4（一四九五）・2・21	石山寺勧進帳	三条西実隆	三条西実隆	座主真光院尊海→実隆	二荷両種	実隆公記
13	明応4（一四九五）・4・14	阿波国海部郡円通寺勧進帳	三条西実隆	三条西実隆	二尊院恵弘論師→実隆	食籠	実隆公記
14	明応4（一四九五）・8・2	摂津国武庫郡西宮鷲林寺勧進帳	中原師富	三条西実隆	中原師富・神祇伯忠富王→実隆	一樽	実隆公記
15	明応5（一四九六）・4・29	河内国茨田郡高瀬寺勧進帳	中原師富	三条西実隆	中原師富→実隆		実隆公記
16	明応5（一四九六）・9・5	石山寺経蔵一切経補闕分書写勧進帳	—	三条西実隆	真光院→実隆		実隆公記
17	明応5（一四九六）・10・11	播磨国餝東郡餝万津光明寺勧進帳	—	三条西実隆	光明寺勧進僧照倫→廬山寺僧宗光→実隆	一荷両種	実隆公記
18	明応5（一四九六）・10・12	深草藤森神福寺勧進帳	—	三条西実隆	神福寺勧進聖天翁→般舟院統恵房→実隆	一荷・饅頭・蜜柑等	実隆公記
19	明応7（一四九八）・2・17	清和院地蔵勧進帳	三条西実隆（草／清いずれか）				実隆公記

20	明応7（一四九八）・閏10・21	深草藤森神福寺勧進帳	―	三条西実隆	神福寺勧進聖天翁→伏見般舟院統恵房→実隆	一榼	実隆公記
21	明応8（一四九九）・3・24	八幡宮鋳鐘勧進帳	三条西実隆	三条西実隆	宮御方祇候の茶々智→実隆		実隆公記
22	文亀1（一五〇〇）・4・17	高野山称名院勧進帳	―	三条西実隆	畠山右金吾→実隆	一樽	実隆公記
23	文亀1（一五〇〇）・閏6・8	清和院勧進帳	三条西実隆	―			実隆公記
24	文亀1（一五〇〇）・8・19	丹後国熊野郡佐野郷円頓寺惣門修造勧進帳	―	三条西実隆	石山座主真光院尊海→実隆		実隆公記
25	文亀3（一五〇二）・7・28	攝津国妙徳寺勧進帳	―	三条西実隆	九条家→実隆		実隆公記
26	文亀3（一五〇二）・8・8	伊勢国神戸郡大福田寺勧進帳	三条西実隆（草／清いずれか）		十穀聖→雲龍院→実隆		実隆公記
27	永正1（一五〇四）・3・18	摂津国崑陽寺勧進帳	―	三条西実隆		礼物	実隆公記
28	永正1（一五〇四）・4・30	西宮戎宮拝殿再造勧進帳	―	三条西実隆	神祇伯忠富王→実隆	一樽	実隆公記
29	永正1（一五〇四）・10・22	高野山勧進帳	―	三条西実隆	高野山十穀聖光運→実隆		実隆公記

30	永正2（一五〇五）・9・20	丹後国丹波郡吉原庄善城寺再興勧進帳	三条西実隆（草／清いずれか）		雲龍院→実隆		実隆公記
31	永正3（一五〇六）・2・9	竹生島勧進帳		三条西実隆			実隆公記
32	永正3（一五〇六）・2・14	六角堂鋳鐘勧進帳		三条西実隆	任芸→実隆		実隆公記
33	永正3（一五〇六）・10・15	長谷寺勧進帳	故甘露寺親長	三条西実隆	家礼中沢重種→実隆		実隆公記
34	永正5（一五〇八）・6・23	東大寺講堂勧進帳	高辻章長	三条西実隆カ	高辻章長→実隆		実隆公記
35	永正5（一五〇八）・10・16	六角堂鋳鐘勧進帳	―	三条西実隆	梶井殿庁→実隆		実隆公記
36	永正5（一五〇八）・10・17	瀬田橋勧進帳	―	三条西実隆	真光院→実隆		実隆公記
37	永正5（一五〇八）・11・9	竹生島勧進帳	―	三条西実隆	梶井宮→実隆		実隆公記
38	永正7（一五一〇）・6・20	建仁寺宝施岩観音堂修造勧進帳	三条西実隆カ	三条西実隆	建仁寺大昌院済蔵→実隆		実隆公記
39	永正7（一五一〇）・7・16	高野山大塔修理勧進帳	三条西実隆	三条西実隆	照禅院の使者東坊城和長→実隆		実隆公記
40	永正7（一五一〇）・7	河内国剛琳寺根本伽藍再興勧進帳	―	三条西実隆			大日本史料九-二

41	永正8（一五一一）・2・11	河内国剛琳寺再興勧進帳	―	三条西実隆	阿野季綱→実隆		実隆公記
42	永正8（一五一一）・5・2	石清水八幡宮一万部法華経読誦勧進帳	―	三条西実隆	八幡宮十穀聖心海→実隆	茶二十袋	実隆公記
43	永正9（一五一二）・閏4・23	嵯峨釈迦堂勧進帳	三条西実隆（草／清いずれか）				実隆公記
44	永正17（一五二〇）・閏6・7	和泉国施福寺勧進帳	三条西実隆カ	―	真光院→実隆		実隆公記
45	大永1（一五二一）・10・8	箕面寺勧進帳	三条西実隆（草／清いずれか）				実隆公記
46	大永1（一五二一）・10・24	高野山孔雀堂勧進帳		三条西実隆			実隆公記
47	大永1（一五二一）・11	金剛峰寺孔雀明王再興勧進帳	―	三条西実隆	高野山十穀聖→実隆	樽一荷	実隆公記
48	大永4（一五二四）・7・27	仁和寺勧進帳	―	三条西実隆	覚道法親王→実隆		実隆公記
49	大永4（一五二四）・10・25	比叡山寂場院勧進帳	三条西実隆（草／清いずれか）		祐全→実隆		実隆公記
50	大永5（一五二五）・12・8	湯山薬師勧進帳	三条西実隆	三条西実隆			実隆公記

51	大永6（一五二六）・3・8	三鈷寺勧進帳	三条西実隆カ	三条西実隆			実隆公記
52	大永6（一五二六）・6・3	高野山経王堂勧進帳		三条西実隆	高野山僧星吉→実隆		実隆公記
53	享禄1（一五二八）・閏9・29	能登国珠洲郡明千寺勧進帳	―	三条西実隆	成身院→実隆	絹一疋	実隆公記
54	享禄1（一五二八）・11	石山寺修造勧進帳	―	三条西実隆	真光院→実隆		実隆公記
55	享禄2（一五二九）・3・29	温泉寺勧進帳	三条西実隆	三条西実隆		扇・杉原十帖	実隆公記
56	享禄2（一五二九）・7・22	摂津国大蔵寺勧進帳	―	三条西実隆	祐全→実隆	一壷	実隆公記
57	享禄4（一五三一）・5・8	三鈷寺定灯勧進帳	―	三条西実隆	光明院→実隆		実隆公記
58	享禄5（一五三二）・4・14	石山寺勧進帳	故中御門宣胤	三条西実隆	比丘尼妙善→実隆		実隆公記
59	天文1（一五三二）・11・9	桂宮院勧進帳		三条西実隆			実隆公記
60	天文3（一五三五）・閏1・25	誓願寺勧進帳		三条西実隆			実隆公記
61	天文6（一五三七）以前	醍醐寺如意輪堂修造勧進帳	三条西実隆	義尭僧正			醍醐寺新要録一

＊村山修一氏『日本都市生活の源流』及び拙稿「中世勧進帳年表」（本書第Ⅲ章第三節付録）参照。
＊年月日は清書完成時を優先して示している。また、名称は便宜的なものである。

このような和長との交流をはじめとして、五条為学や高辻章長ら菅家の儒家とも交流が深く、彼らの草案も種々目を通して評価している。文章道の公家のみならず、高僧にも文章の指導をしていた。三宝院義尭は三条西実隆・公条親子と交流のある僧で、和歌・連歌をともに詠じたりもしている。その義尭は、東寺長者となる前年の天文二年（一五三三）、表白に関して実隆に訊ねている（同記一月十六日の条）。ちなみに子息公条からは『文選』の文字読みを二度ほど受けるなど、実隆親子を学芸に関して頼りとしていた。

残念ながら、実隆がどのように草案を自ら作ったのかは判然としない。もっとも、実隆に限らず、さらには公家に限らずこの点は不明である。その手がかりは、十五世紀中期に遡るが、中原康富が与えてくれる。その日記宝徳三年（一四五一）十二月十日の条に祇園社大鳥居勧進帳の草案執筆に際し、「続類部（部類カ）記を案じ了んぬ」というのである。寺家の場合、願文や表白の類と併せて勧進帳の文例を収録した文集は幾つか確認される。真言宗では『貞慶抄物』（別名『宝菩提院蔵逸名書残篇』など）、『東草集』『表諷讃雑集』、天台宗では『長弁私案抄』（別名『勧進帳彙』曼殊院蔵）などである。公家社会を見ると、外記や内記のような文書草案を職務とする家の場合、このような部類記を編んでいた可能性は高いものの、管見に入った現存の部類記からは確認できない。

また、実隆の草案で注目されるのは【表】39「高野山大塔修理勧進帳」で、これの草案には『高野験記絵』を参考にしていることを明記している（『実隆公記』永正七年七月十六日の条）。そして十九日出来し、二十五日、勧進聖が料紙を持参したので、それに清書している。15「河内国茨田郡高瀬寺勧進帳」の場合は直接草したものではないが、類例と見做される。すなわち明応五年（一四九六）四月十九日、外記の中原師富が草案を持参し、翌日更に『高瀬寺縁起絵巻』を持ってくる。実隆は二十九日に草案に加筆して清書しているが、その加筆にはその縁起文を参照したのではないか想像される。

ともあれ、実隆が草案を多く手がけた理由には、実隆個人の文筆活動や理解に対する社会的評価の高さが前提にあったことと思われるのである。

3　世尊寺家と中御門宣胤

十五世紀、世尊寺家が願文の清書を担当することが恒例であった。これは室町期以前からのことである。たとえば十五世紀前半の行豊の時代には、草案を五条為清や唐橋在豊が担当し、行豊が清書をすることが定着していた。清水谷実秋が担当することは少なかった。それ以外の者は個人として能書であっても介入する余地がほとんど無かったことは言うまでもない。ただし、諷誦文や祭文はそれほど家意識が働くことはなかったようで、願文ほど厳密ではない。この点、勧進帳も同様であるが、文安～宝徳年間に行豊は中原康富や東坊城益長と組んで勧進帳を製作している。

世尊寺家の状態は行豊以後衰微の一途をたどる。行忠没後、清水谷実久の実子を養子としてむかえるが（行季）、世尊寺家からは能書の伝授をされる機会がなかった。しかも応仁・文明の大乱によって朝廷の政務が等閑にされる中にあって、中御門宣胤ら朝廷の再興に尽力する公家によって、世尊寺家の家君としての行季の体面は辛うじて保たれた。行季は実父実久や周辺の能書家から公務に関わる故実を授かることになったのである。三条西実隆の台頭は、このような、従来の清書の担い手であった世尊寺家が零落していったことが一因であろう。

さて、中御門宣胤の勧進帳制作は、記録で見る限り、清書の担当が主である。つまり、能書としての面が評価されていたようである。もっとも、享禄五年（一五三二）四月十四の「石山寺勧進帳」（三条西実隆が、既に亡き宣胤の草案をもとに清書を行っている事例）からも知られるように、草案も作った。次に清書例を挙げる。

1文明十三年（一四八一）五月十六日「近江国浅井郡三河村慈恵大師堂造立勧進帳」『宣胤卿記』

草案者未詳。円明寺兼勝律師から宣胤に依頼。清書後、清水谷実久に見せる。実久との関係については後述する。

2文明十三年（一四八一）七月四日「大和国高田伊福寺多宝塔造営勧進帳」『宣胤卿記』

久我通博の命によって、中院通秀が中御門宣胤に清書を依頼している。通秀はまず清水谷実久と面談して、その上で宣胤に決めた（同記六月十二日の条）。宣胤は依頼の経緯や、当初その役を辞して実久を勧めたこともあって、染筆後、実久に見せている。

3永正元年（一五〇四）五月八日「熊野那智山本千手堂二十八部衆勧進帳」『宣胤卿記』

勧進沙門慶善が、或る人物を仲介として宣胤に依頼したもの。翌日、礼物として樽等を持参している。

4永正三年（一五〇六）三月十六日「西大寺造営勧進帳」『宣胤卿記』

西大寺の住僧が卜部兼晴を頼って宣胤に清書を依頼したもの。兼晴はこの僧の兄にあたる。ただし今回の申し出を宣胤は固辞し、実際は清書しなかった。

5執筆時期不明「新長谷寺勧進帳」『舜旧記』元和九年十二月十四日の条

いつ制作されたのか不明であるが、『舜旧記』に次のような記事がみえる。

新長谷寺勧進帳中御門宣胤正筆一巻、順勢ニ遣也。善正再興之勧進帳正文文筆也。

以上のように、宣胤の勧進帳制作の事例は草案や辞退を含め五例が確認される。とくに注意されるのが清書を行う点である。これは能書家清水谷実久との交流による宣胤の個人的所産である。たとえば文明十二年（一四八〇）三月十二日の石清水八幡宮善法寺の故法印三十三回遠忌では諷誦願文の清書を清水谷実久が所労のため辞退した。それで十一日の昼過ぎ、急遽宣胤が書くことになっている（『宣胤卿記』）。公務においても、勅願寺の三室戸寺修造の綸旨染筆の役を、子息宣秀は右筆に堪えないという理由から自ら代わっている（同記長享三年五月四日の条）。

宣胤は清水谷実久や同じく能書として知られた橋本公夏（実久の実子）と日常親しく接しており、彼らから学ぶ機会が多かったと思われる。実際、右善法寺の諷誦願文は清書後実久に一見してもらっており、また1・2の清書出来後もそれぞれ実久に見せている。2においては宣胤自身、実久を適任として勧めていたのだが、再度、久我通博の要請があったのである。また貝裏に歌を書く作法を中山宣親に問われた時も、実久から訊く（同記長享三年八月九日の条）などして教示を得ている。実久没後、後花園院正忌御経供養諷誦文及び願文清書について、次のように述べている。

此清書事、故大納言入道実久卿、所令相伝也。彼卿存生之時、尚以余令清書彼卿与奪、殊又勅定。、近年毎度儀也。故実等記前。
（同記文亀元年十二月二十六日の条）

明応元年（一四九二）十一月一日、般舟三昧院の准后百ヶ日経供養での願文清書はその一例である。

抑願文、諷誦等在数朝臣草進、清書中御門大納言宣胤卿一条前亜相実久卿湯治他行之間与奪令書之云々。（『実隆公記』）

つまり願文清書は主に実久が担い、不都合の時などには、宣胤が代行するというのが十五世紀後半には恒例化していたと考えられるのである。

このような能書家としての側面が社会的に高い評価を受け、勧進帳清書の依頼も招来したものと考えられる。その一方で、故実に通じている点では他の勧修寺流の中でもぬきんでていたことは、『宣胤卿記』から十分汲み取られることである。永正八年（一五一一）出家後も一門の長老として後身の信頼を受けていたことが指摘されている。(4)

先述のように、宣胤は乱後の故実の継承に尽力していた。それは朝家の再興を目的とするものであったろう。後に挙げる事例で、宣胤が清書を辞し、能書の家である世尊寺家に依頼するよう勧めた動機もその点に求められると思われる。

世尊寺家では行豊の跡を継いだ行忠が後継者なきまま六十七歳で没する。文明十年（一四七八）の正月十日のことである。翌日これを聞いた甘露寺親長は、日記に「一子無く、猶子せず、旁々一流の能書断絶か」と歎じているのである。それから清水谷実久の実子行季が継ぐことになった。文明八年（一四七六）に生まれ、大永四年（一五二四）、侍従となる。天文元年（一五三二）没。世尊寺家はこの行季で断絶した。

行季がいまだ幼少である間、先に述べたように、公務の清書活動は清水谷実久のほか、中御門宣胤や三条西実隆が主に担った。文亀二年の曼荼羅供では宣胤が清書している（『文亀二年曼荼羅供記』）。ちなみにこの時、行季は堂童子として参会していた。彼らのあとに公務を担うようになった行季は、行忠から書法を伝授されていなかったため、公儀の清書には彼らから教示を受けることが多かったと思われる。実久も公夏には悉く伝授したものの、行季には所望があればその時々に相伝したようである（『実隆公記』長享二年九月三日の条）。行季の初仕事は文亀三年九月二十八日の経供養の願文清書が確認される（『実隆公記』同日の条）。しかしその後も世尊寺家「代々の佳例」(5)と行豊が述べていた幕府の御旗などにつき、行季は宣胤に指南を求めている（『宣胤卿記』永正元年五月十三日の条）。

行季（世尊寺侍従、）来。幡名中書自懐中取出令見之。可指南云々。可然之由返答。無相承。只押而書事也。能登守護畠山弥次郎所望、花山院前左府伝達云々。此銘事、余可書歟之由、先日中納言参会之次、前左府伝言、為其家行季可然之由返答了。

実はこの銘については前左府花山院政長が宣胤に書くよう指示していたことであった。文明の大乱後、朝議の復興に腐心していた宣胤だけに、これを「其の家として行季然るべし」と返答して辞したという経緯があったのである。また同様に世尊寺家の担ってきた内裏の年中行事障子の新調に際しても、宣胤は「当時行季書し難し、歎ずべし歎ずべし」と嘆じている（『宣胤卿記』永正八年八月十九日の条）。

このような評価は、後年、侍従になってからも続いた。すでに幾度も願文清書を担ってきた行季であったが、大永七年（一五二七）、廬山寺での後柏原院聖忌曼荼羅供に使用する願文について、三条西実隆は次のように述べている（『実隆公記』四月七日の条）。

願文・諷誦為学卿草進、清書行季卿、草・清書共以散々、言語道断也。末代之体可悲々々。

このように、草案をした五条為学とともに酷評されている。

願文の草案はこれ以降も儒家が相変わらず主体的に担当してきたが、清書には、能書の家たる世尊寺家が零落しつつも行季が恒例のごとく携わった。少なくとも公務については。しかし実質的評価としては宣胤や実隆のごとく個人的に優れた人材が求められるようになったと思われる。勧進帳の清書はこれを反映しているのではないだろうかと考える。

4　実隆の清書

では実隆の清書製作について考えてみたい。実隆自身、能書家として存命中から高い社会的評価を得ていたことが条件としてまず挙げなくてはならない。今日においても彼の筆跡と伝えられるものが多く存在することもその証左となろう。[6]実隆は古典の権威として、連歌師の宗長・宗碩・周桂らを仲介として和歌・連歌の添削や古典の書写、色紙・短冊などの染筆の依頼を受けていた。[7]つまり、その名が地方にもひろく及んでいたことが知られるのである。それは、たとえば、勧進帳がどこから依頼されていたかという点に注目することで知られる。確認できる人物は【表】の「依頼経路」の項に示しておいたが、ここから知られることが、ごく身近な人物が依頼人本人か仲介役かであるということである。女婿の九条尚経をはじめとして、公私にわたり日ごろから交流していた滋野井教国・阿野季綱・冷泉為広・東坊城和長・中原師富・神祇伯忠富王ら、また家礼の中沢重種、寺家では東福寺遣迎院僧・廬山寺長老昭提及び僧宗光・石山寺座主真光院尊海・二尊院恵弘論師・聖深大徳・雲龍院玄清・建仁寺大昌院済蔵・祐全ら[8]、武家では蜷川親元などがいる。

中でも注目される人物の一人は中原師富だろう。5は『実隆公記』同年十一月十二日の条に師富が草案持参したことに対して、「喜び入るの由、謝し遣はし了んぬ」と記していることから、実隆が草案を師富に依頼したものと思われる。また、明応五年（一四九六）九月七日の「石山寺蔵一切経補闕分書写勧進帳」の場合も、後に『石山寺縁起絵詞』を実隆に依頼することになる尊海の依頼で、実隆が師富に草案を頼んだものである。これは、実隆は師富の筆力を認めていることを示すものだろう。このほか、師富からは『論語』読書を授かるなどしており、学問・文筆面で信頼できる人材であると認めていたからだと思われる。

それから成身院は能登の守護で、学芸に造詣の深い畠山義総の関係者である[9]。享禄元年（一五二八）閏九月二十七日に絹一疋を持参して清書を依頼する。二日後に清書を済ませ、十月五日に及んで成身院の使者が訪問。勧進帳のほか、『古今集』の外題の銘なども遣わした。成身院はこのほかにも『伊呂波』などを書写してもらっている。文事面で名高い実隆を慕う典型的な地方の僧ではないかと思われる。

また、光明院は堺の人で、牡丹花肖柏の弟子である。『参鈷寺縁起絵詞』の清書を実隆に依頼したことがある（『実隆公記』享禄四年四月八日の条）。この縁起は五月十日に清書し終えている。57の勧進帳はその二日前に書き上げており、また大永六年（一五二六）にもこの寺の縁起の清書を依頼しているから、光明院が実隆に染筆を頼んだものと推測される。

さて、このような身近な人物や地方文士からの実隆への勧進帳制作依頼の集中は、三条西公条・実枝らへ継承されていった。このことは、三条流の形成に一役買ったものと推測される[10]。この点、あくまで個人の才能として評価されつつも、家職としての形成に及ばなかった中御門宣胤との相違点であろう。

実隆の場合、実によく勧進帳の制作に関わっている。これは同時期の制作に携わった公家（近衛尚通・九条尚経・一条冬良・中御門宣胤・中山宣親・滋野井教国・橋本公夏・壬生晴富ら）と比べて相対的に指摘できることである。草案・清書いずれもこなすことが出来たため、草案から清書まで一手に任されることも少なくなかったことがあるだろう。

その依頼受け入れの動機としては経済的側面が挙げられよう。勧進帳を製作して得られる礼物はどうようなものがあったか、実隆の場合は【表】に示したとおりである。茶二十袋・酒一〜二樽、食籠・饅頭や蜜柑など・扇や杉原十帖といったものである。おそらく金銭による報酬もあったであろうが、具体的な記録は残っていない。類例を幾つか挙げると、中御門宣胤は、永正元年（一五〇四）五月九日、「熊野那智山本千手堂二十八部衆勧進帳」の礼物として酒樽等をもらっている（『宣胤卿記』）。近衛尚通は永正五年（一五〇五）七月七日、「近江国美江寺勧進帳」の草案もしくは清書を書いて瓜一荷などをもらい（『後法成寺殿関白記』）、山科言継は天文三年（一五三四）五月三日、「伊勢大神宮寺勧進帳」を草して酒一壷をもらっている（『言継卿記』）。東坊城和長が明応四年（一四九五）十二月の長谷寺再興の際の勧進帳を草した際は、翌春二月二十八日、二百疋を得ている（『和長卿記』）。五十年ほど遡るが、永享九年（一四三七）八月の中原師郷の日記の紙背に清和院尭賢が師郷に宛てた消息があり、勧進帳を草した報酬として百疋を進上する由、記しているから、勧進帳制作の報酬はおよそ百ないし二百疋程度であったものと推測される。

また、勧進帳は寺社の復興に関わることであるから、色紙や短冊の染筆とは違って無益のものと自嘲するような意識はない。むしろ縁起の書写同様、仏縁をありがたく感じる場合が見られる。たとえば【表】42「石清水八幡宮一万部法華経読誦勧進帳」に際しては「偏に敬神結縁の志のみ」と動機付けしたり、56「摂津国大蔵寺勧進帳」の清書依頼の際は「文庫造立の始に当たり、大蔵宝積の事出現す。希代の祝言なり。自愛々々。左右無く染筆すべきの由、了状し了んぬ」と述べて快諾している。

実隆への集中は、このように経済的事情と縁起制作と同様の信仰的側面とが実隆側の要因として考えられるのではないだろうか。

おわりに

三条西実隆は十五世紀後期から十六世紀前半にかけて、もっとも当該期の文化面に影響を与えた人物である。実隆は勧進帳も多くを手がけた。その量は、確認できるところでは、公家として室町期もっとも多くを製作している。実隆の時代の応仁・文明の大乱以降の寺社復興事業の絶対数がそれ以前に比べて増加したことは前提としてあるだろう。その上で、実隆がなぜかくまで制作に関与したのかという問題を明らかにすることが本節の目的であった。

まず、草案について。実用的な美文調の文章としては、勧進帳のほかに、願文・祭文・諷誦文・表白などが挙げられる。これらと比較すると、勧進帳の相対的特質が見える。第一に執筆に家意識が働いていないこと。これは願文や祭文と違って、公武の行事としての法会に組み込まれないことに本質的要因がある。それゆえに草案に恒例の家が固定されずにいた。第二に文章構成の定式を除けば、故実が無いということ。詳細な故実が存在する願文や諷誦文と異なり、大枠としての定式を把握すれば草案執筆は可能であることが、家としてではなく、個人としての執筆を容易ならしめたと思われる。第三に、実隆個人の特質として、文章に巧みであり、その才能が社会的にも評価されていたことが挙げられる。

次に清書について。第一に能書の家である世尊寺家が衰微したこと。第二に実隆個人の特質として、能書であったことである。第三に文人としての交友範囲のひろさ。実隆は短冊や色紙類などを中央のみならず地方の連歌師などにも求められるほど高い評価を得ていた。その点で、勧進帳の依頼が広範囲からもたらされたものと見られる。制作依頼を多く受け入れた理由は経済的要因と信仰的要因とがあると思われる。

以上のような複数の要因が背景としてあり、実隆は室町後期の公家として勧進帳制作の中心的人材として位置付けられると思われる。

本節は、室町期の法会とその周辺とをめぐる公家の文筆活動を体系的に把握する一環として、三条西実隆と勧進帳との関係について巨視的観点から捉えようとした試論である。

注

（1）本書第Ⅲ章第三節「中世勧進帳をめぐる一、二の問題」参照。
（2）本書第Ⅲ章第三節【付録】「中世勧進帳年表」参照。
（3）『実隆公記』延徳三年（一四九一）四月十八日の条、同記明応三年（一四九四）二月十七日の条など参照。
（4）末柄豊氏「『実隆公記』と文書」（五味文彦氏編『日記に中世を読む』吉川弘文館、平成十年）参照。
（5）『看聞日記』応永二十三年十二月十一日の条。
（6）島谷弘幸氏「三条西実隆と三条流」（『東京国立博物館紀要』第二六号、平成三年）参照。
（7）この問題に関しては、源城政好氏「地方武士の文芸享受―文化と経済の交換―」（村井康彦氏編『公家と武家―その比較文明史的考察』思文閣出版、平成七年）、宮川葉子氏『三条西実隆と古典学』（風間書房、平成七年十二月）、芳賀幸四郎氏『三条西実隆』（吉川弘文館、昭和三十五年四月）などに詳しい。
（8）祐全は『当麻寺縁起絵巻』の製作にも関与しており、その観点で考察対象としている論稿に徳田和夫氏「享禄本『当麻寺縁起』絵巻と「中将姫の本地」」（『お伽草子研究』三弥井書店、昭和六十三年十二月）がある。また、祐全については河原由雄氏「祐全と琳賢」（『南都仏教』第四三・四四合併号、昭和五十五年九月。再録『奈良県史』第十五巻、昭和六十一年六月、名著出版）参照。

（9）米原正義氏『戦国武士と文芸の研究』（桜楓社、昭和五十一年十月）参照。

（10）島谷弘幸氏前掲（6）論文参照。

五　山科言継と連歌

はじめに

山科言経が禁裏御会での執筆をよく仕り、帝に褒美されたのは、永禄九年（一五六六）十月二日、数え年二十四歳のときであった（『言継卿記』）。言経は二十代初めから連歌を和歌同様に嗜んでいた。その周囲には堂上では柳原資定がおり、地下では紹巴や昌叱らがおり、のちに『謡抄』で共同作業をする大和宗恕などとも親密な交友関係をもっていた。これら言経の文学的営為に関わる人々との関係は、多く、父言継が作り上げたものであった。文学という精神的所産を創り上げる営みにとって、この人間関係を父から受け継いだことは、大きな力となったことであろう。

言継の交友の広さは驚くべきものであった。単に処世術としてというのではなく、その人柄に拠るところが大きかったのだろう。堂上から地下まで幅広い。連歌の座は参会した人々の精神的連繋を深めるものであるといわれるが、言継についても勿論そうであったろう。しかし若い頃から連歌の好士として認められていたわけではないし、自身、そうなろうとも考えていなかったようである。すなわち二十代初めの言継には、言経のような連歌に対する嗜好は深まっていないし、父言綱から継承した人間関係は連歌方面に強いものではなかった。

山科言継は永正四年（一五〇七）に山科言綱の子として誕生、天正七年（一五七九）に享年七十二歳で他界した。そもそも山科家は藤原氏の一流で、管絃と服飾とを家職とし、それは言継の代もそうであったし、その後もそうであった。言継は永正十七年（一五二〇）、十四歳で元服。十代の時期の文学的作物は管見に入っていない。今後、あるいは偶然の記録が見出される可能性はあるが、それは手許に控えて後世に遺そうと考えたものではないだろう。というのも、和歌に限ったことであるが、言継は二十歳以前の作品を意図的に廃棄しているからである。すなわち、後年編まれた自撰の歌集『拾翠愚草抄』(1)大永七年（一五二七）度分の冒頭に次のように記されている。

是已前哥千二百余首有之破捨畢

大永七年とは二十一歳のときのことである。十代の作品は残すのも躊躇われると考えたのであろうか。千二百首余りの歌を捨てたのだという。これは和歌についてであって、発句についてではない。しかしながら、以下に述べるように、二十代の言継にとっては、連歌よりも和歌のほうを重んじており、連歌はいわば余技的のものであった。したがって、発句を書き留めておいたとしても、和歌ほどに習作を作らなかったであろうし、そもそも発句を担当する機会もほとんどなかったであろう。したがって、和歌にくらべてその数は少なかったと思われるし、想像を逞しくすれば、それらはおおむね云捨で終わっていたのではないだろうか。いずれにしても十代の時期の発句は積極的に残す意図はなかったであろうと思われるのである。現に自撰の『発句』(2)（龍門文庫所蔵）には十代の発句は採られていない。

さて、言継の日記は『言継卿記』として周知のものである。それは奇しくも大永七年から現存する。(3)日記に発句がはじめて確認される享禄三年（一五三〇）、二十四歳のとき、父言綱が死去する。言綱は言継を和歌や連歌の会に同伴したり、また禁裏御会の歌題で和歌を作らせたりと、言継に文学的素養を身に付けさせることに積極的であった。このことは言継自身が老年期に至り、言経に対するのと同様の態度であり、その教育的一面は言綱からの影響といえるだろう。

言継にとって文学の中心は和歌である。それは、家集『拾翠愚草抄』『台月和歌集』が自ら編んだものであり、『権大納言言継卿集』や『山科言継歌集』もおそらく自撰であろうと思われるからである。そうでなくとも、四種もの歌集が残っていること自体、言継の和歌に対する執着が察せられよう。それに対して発句集は一種、散文に至っては日記や自筆本の紙背に残るもののほかはまとまって残っていないのである。

1　青年期

自身の嗜好は和歌であっても、この時代、それだけでは済まされない。公卿として型どおりに世を送ろうとすれば、連歌や和漢聯句の能を高める必要があった。なんとなれば禁裏で毎月の如く御会が興行されているからである。言綱は公卿として活動し、相応の人間関係も築いていた。言継はそのような父を見て育ったのである。言継の句作活動が認められるのは、数え年二十一歳以降のことである。が、おそらく何らかの関与があったかと想像されるものに、十七歳当時、山科亭で行われていた月次連歌がある。すなわち、鷲尾隆康の『二水記』によると、大永三年（一五二三）八月二十五日に連歌が張行され、翌九月にも二十五日に月次連歌が行われたとある。加えて、この間、九月三日から五日にかけての三日間には千句連歌が行われた。これらの会に言継が参加したかは不明であるが、連歌の会がいかなるものかを見聞する機会にはなったであろう。周知のごとく『二水記』は断片的な記録であるから、その後の山科亭月次連歌の展開はわからない。しかし、かろうじて、言継二十一歳の大永七年の自記のうち、五月二十五日の条に山科亭で連歌が行われたという記事が見える。その時の人数は四条隆永・同隆重・甘露寺伊長・澄祝法印（澄明カ）・柳原資定・山科言綱・同言継であった。開催が二十五日である山科亭連歌会であることを考えると、あるいはこれは大永三年頃から言綱が続けていたものではなかったか。とはいえ、それもこの会以降はなくなったようである。それは言綱に連歌への情熱がなくなったからということでは、どうやらなさそうである。というのも、管見では右の面々を中心に、この年から物書会と称する集まりが始まっているからである。この年開かれた会の数は確認できるだけでも二十四回に及ぶ。山科・柳原・四条・甘露寺・富小路・小槻といった公家衆の屋敷を会場に頻繁に行われているのである。これは和歌をあらかじめ詠んできて、それを批評するようなものであったらしい。一日がかりで行われ、その後は時に連歌が興行されることもあった。井上宗雄氏はこれを「和歌を中心とする勉強会のごときもの」とする。(4)主要参加者の柳原・四条・甘露寺はかつての連歌会の連衆であったから、連歌の会に代えて物書会をすることになったのではないかと推測される。なぜそうなったのか。その理由は明らかでないが、たとえば『言継卿記』九月八日の条（史料纂集本による。以下同じ。）に次のような一文があり、手がかりになろう。

来十三日之題共皆取候。四条中将と予計三首。

すなわち、次回の会で詠むべき題を二つ課せられるところを、四条隆重と言継との両人ばかりは三つ与えられているのである。これは、参加者のうち、年齢的に和歌に未練であったからこその配慮ではなかったか。

この時期の言綱は、言継の和歌の稽古を心がけていたらしい様子が窺知される。たとえば九月二十五日、言綱は言継に和歌の代詠を命じている。

今日禁裏御月次之和歌、老父代に詠候。資直卿にみせ候。

すなわち禁裏月次の御会の歌を自分にかわって詠ませているのである。また十一月二十九日には禁裏月次の題を言継に与えて詠ませている。このときに添削する和歌の師は、物書会の人数でもある富小路資直であった。(5)享禄二年の一月十九日にも御会始の題で稽古している。

つまりこの時期の言継にとって重要な創作は連歌ではなく、和歌であった。大永七年の八月十五日には自ら歌会を開いている。このような和歌に対する執着は言綱の要請に一因があろうが、言継自身の嗜好とも合致していたのであろう、和歌の習作に励んでいたことは日記からうかがわれるところである。[6] したがって、通常、連歌は物書会の後に一折嗜む程度ではなかったかと思われる。ただ、連歌を蔑ろにしていたわけではないことは、日記の紙面には出てこないが、当時柳原資定に発句の添削を請うていたことがその紙背に残されていることによって知られる（大永七年七月七日裏）。ちなみに時期の明らかな発句の記録は九月八日の富小路亭での物書会のあとに行われた連歌が初見である。このとき言継が発句となったのは籤で一巡を決めた結果であった。

このような連歌よりも和歌を専らとする時期はしばらく続く。翌大永八年（一五二八）も然りである。が、物書会自体は開催されることが減ってくる。ただし、この年の言継にとって大きな出来事として、連歌の執筆を勧め、禁裏の御会にも参仕しはじめたことが挙げられる。すなわち、二月二十二日、甘露寺亭において一折張行したときのことである。

甘露寺汁鯨候て罷候。人数四条父子・老父・柳原・予・官務伊治等也。中酒之時分に藤三位来候了。飯以後連歌一折候了。予執筆仕候了。

この会は会食が主で、そのあとに一折張行するという、臨時のものであるが、ただし記録の上では言継最初の執筆である。連衆は甘露寺・柳原・小槻らであるから、およそ物書会での顔馴染みである。執筆の練習には手ごろで、言綱やその同輩らの言継を育てようという配慮を読み取ってよい事例ではないかと思われる。言綱はさらに三月十八日、翌日の連歌会に参加すべく言継同伴で東寺に下向している。この十九日の会は次のようなものであった。

於御塔之坊連歌あり。皆々罷候。千秋刑部来候了。朝飯候了。老父禁裏へ御稽古に参候間、再返過て罷帰候了。予執筆仕候了。人数卅人候了。昼むしむき候了。一巡以後、伊勢備中守・淡路刑部少輔等来候了。暮々連歌過候了。政所へ又帰候了。

すなわち連衆は僧衆と武家衆とから成り、公家衆は言継だけだったらしい。言綱は朝飯が出たあと禁裏参仕の用のため、言継を残して退座。つまり言綱は言継を座の人々に紹介し、会の進行役である執筆を言継に任せたのである。このころから、次第に言継は連歌の座を通じて人間関係を作っていくことを始めたのではないかと思われる。

さて、禁裏での連歌の初見は六月十七日に番衆らと行った云捨である。そして、重要な御会参仕の初見は翌七月三日の御和漢である。

今日禁裏に御和漢あり。御用候間可参之由候間参候。御茶等まいらせ候。

すなわち御茶等を進上する所役殿上人である。これは至極自然な参仕の出発であろう。

こうした中、享禄二年（一五二九）九月、言綱は他界する。言綱はこれまで見てきたように、言継の和歌や連歌の修練に配慮する父であったようである。

その後の言継は御会での所役としての役割を型どおりに行っていく。加えて二月二十一日には初めて執筆の役を与えられている。この時期の執筆は主に三条西実世の役だが、その代わりにときどき言継が担当するようになったのである。

禁裏の御会での発句の初見もこの頃である。すなわち享禄五年（一五三二）三月六日の和漢御会始のときのことである。

今日四時分より御会始。御小人数之間、予可候之由候間祗候。三句申候了。

翌四月十二日の御会でも五句付けている。

禁裏御会之御茶に可参之由候間参候。御小人数之間、句可申候之由候間申候。五句申候了。

この年も禁裏では昨年同様、御茶を出すなどの役を担っていたが、しかし、小人数の場合という事情はあったものの、徐々に句を付ける機会を得るようになったのである。その後、言継の禁裏御会での地位は一つ上がり、執筆の定席を与えられるのである。

この頃から次第に言継は様々な連歌の会に顔を出すようになる。天文二年（一五三三）には一月二十七日の四条亭夢想連歌（執筆）、一月二十九日の岡侍者亭漢和聯句、九月二十日の藤侍従夢想連歌、九月二十二日の善住庵連歌（発句・執筆）、翌三年には閏一月十二日の中御門亭連歌、閏一月二十八日の甘露寺亭月次連歌、三月二十九日の持明院亭月次連歌などがある。

なお、この年から山科家において月次の和歌の会を開催するようになった（『言継卿記』閏一月二十七日の条）。かつて言綱も月次和歌を開いていたが（『二水記』）、山科亭での月次はそれ以来のことかと思われる。四条父子・甘露寺・広橋といったかつての物書会の仲間のほかに、身分層は武家や僧侶など幅広い。

この後暫く日記が欠落しており、詳細はわからない。が、『後奈良天皇宸記』などからは禁裏御会には執筆として常連であったことが知られる。天文九年（一五四〇）、三十四歳のとき、禁裏での大神宮法楽千句で「みがかれて月をや光玉あられ」という発句を詠んでいる。この時期の日記は残らないが、龍門文庫蔵『発句』には収録されている。

なお、天文四年十二月一日、和歌の師であった富小路資直が他界する。その後、永禄六年（一五六三）のころまで言継は和歌や禁裏御会での発句を称名院（三条西公条）に添削してもらうようになる。記録の上では天文十三年八月十二日の禁裏聖天御法楽の発句が初見であるが、それは『言継卿記』の欠落に原因があると思われるから、もう少し以前から称名院に談合するようになっていたと見てよいかと思われる。

2　壮年期

言継は天文六年（一五三七）、三十一歳で従三位に昇進した。翌七年には参議に補されている。公卿として禁裏に本格的に参仕するようになったのである。連歌や和漢の御会では執筆の役が文章博士の高辻長雅等に代わり、言継は常連として参加するようになっていた。毎月のように張行される聖天御法楽にくわえ、御千句などに欠かせない人物となったわけである。さらに私的には高倉永家が天文十一年（一五四二）頃から月次連歌を始めていた。言継はこちらでも常連であり、この時期の言継は、家職の楽のみならず、和歌や連歌に多忙を極めていた。

高倉永家亭での月次連歌は言継にとって主要な会であった。天文十一年一月二十七日の会から記録が残るが、初会であることを注記しておらず、また『言継卿記』は天文四年から同十年の記録が断片的であるから、実際はもう少し遡るものと思われる。ともあれ、その連衆は甘露寺伊長・広橋兼秀・伯雅業・持明院基規・四辻季遠・高倉範久・中御門宣治など気心の知れた人々であった。彼らは朝から高倉亭に出向いて晩まで連歌を行い、また宴に興じたのである。この会は天文十六年まで続いた。その年の一月の会まで確認できるが、二月から八月までの記録は断片的なので終焉の正確な月日は不明である。当時の言継にとっては月に一度の楽しみの一つであったようである。天文十一年閏三月四日の会では「くははらば又さく花の春もがな」という発句を詠んでいる。ちなみに永家はこの時期、ほぼ重複する面々と月次の蹴鞠の会も行っており、言継もその一人であった。永家と言継とは懇意であったが、永家のほうが仲間を集め主導的にふるまう性分だったようである。

高倉亭月次は右に述べたように天文十六年に終焉したものと思われるが、注目すべきは、同じ年、山科亭で月次連歌が開始されたことである。すなわち『発句』に「同十六　十　十二　愚亭月次」として「散し葉の錦やつらむ今朝の霜」という句が収録されているのである。その後、一年余り続けられたらしい。翌十七年二月二日の連衆は『言継卿記』に記載されている。

愚亭月次連歌会有之。広橋右大弁宰相頭也。二十疋被送候。夕方鈴一対被送了。人数広橋父子・予・町・宗恵《連歌師》法師・宝伝寺天龍寺慶首座・速水右近大夫・同《執筆》左衛門尉・清《武田内》水式部丞等也。

すなわち広橋国光を頭役として、公家・寺家・武家や連歌師の面々が参加している。もっとも彼らのうち言継と広橋父子とを除けば、かつての高倉亭月次の連衆とは異なるから、単に会場を高倉亭から山科亭に移したというものではなく、言継が新規に立ち上げたものと思われる。

惣じて天文十年代は、禁裏では月次の御会や御法楽、私的には高倉亭月次連歌に毎月のごとく参席していた。天文十五年には「堪忍の条々叶ひ難き」という理由で出奔、出家を志すが、禁裏から「先づ下山すべし」との女房奉書が下され、また数多の人から見舞があった。その結果、帰京することになる（『言継卿記』）。言継の人生の中で最も印象深い主体的行動であるが、これが句作に与えた影響は窺知できない。ともあれ、このように多くの会に加わり、経験を積んでいったわけである。天文十三年に親しい間柄とはいえぬ周桂の死（二月八日の条）や宗牧の動向（九月二十六日の条）に注意を払っているのは、言継の中でようやく連歌の好士としての一面が育ってきたからではないだろうか。『発句』収録句が天文十二、四年から増えてくるのも、それゆえかと思われる。この間、言継自身は自邸で歌会を開くことがあった。禁裏では次第に楊弓が盛んになり、月次の和歌や連歌の御会を楊弓に変更することもあった。しかしそうはいっても連歌や和漢の張行もやはり定期的に行われていった。とくに天文十九年は毎月のごとく法楽を張行するばかりでなく、二、八、九月には千句連歌や和漢を催した。通常の連歌や和漢も一日で百韻を終功するのではなく、二、三日に亙ることが四、十、十一月にはあった。つまり楊弓も盛んであったが、同時に連歌や和漢も精力的に行われていたのである。なお、この年の閏五月四日、後奈良天皇は夢想連歌の御会を催し、言継も参仕している。夢想の発句は「梓弓とるとも菊をいとふなよ」というものだった。下知たる止め方で問題はないのであるが、些か風変わりな印象をうけるものである。実は丁度一月前の五月四日、将軍義晴が坂本穴太で他界しているのである。この発句が真に夢想なのか作為的なものなのか不明であるが、この義晴の死に関連づけて細川晴元もしくは三好長慶に示す張行であったのではないか。そうみると、脇の夢想句「野は藤ばかまいづれをかみむ」の「いづれ」はこの両勢力を指すものかとみられるのではないか。言継自身は和歌の場合(7)とは違って、生涯の発句にこのような政治的な意味合いを込めたと解される発句は確認できない。

さて、言継にとってもこの天文十九年は充実した句作を行った年であった。禁裏以外の会で注目されるのは、三月六日の上冷泉亭での連歌である。

上冷泉連歌有之間罷向。人数予十九句・四辻十九・中御門八・新黄門十六・亭主十二・庭田八・五辻七・牧雲十三等也。

ここに示されているように、連衆のうち四辻季遠とともに最多の句数を付けるようになっているのである。言継四十三歳。この頃になると、相当の場数を踏んで経験も備わっており、円熟した時期を迎えていたと認められよう。官位も正二位権中納言であるから、堂上・地下の中小規模の連歌壇では指導的地位を築きつつあったとみられる。天文二十一年十月七日、五辻亭で連歌に参加することになった（『言継卿記』）。

五辻被来。今日二三人為稽古連歌興行之間、可来之由有之。同心候了。（中略）五辻へ罷向。午過時分連歌始。人数予・勧右大・庭田・五辻・内膳民部少輔清景・加田弥三郎保景執筆計也。晩飡各随身、汁有之。及黄昏帰宅了。

すなわち五辻富仲が言継を訪い、二、三人稽古の連歌を興行するので来て欲しいとのことであった。連衆は言継をはじめ勧修寺晴秀・庭田重保・五辻富仲や、それから内膳民部少輔清景・加田弥三郎保景であるから、この後者二人の稽古が主目的の会であったと察せられる。その十一日後の十八日にも同様の会が富仲主催で張行される予定であったが、禁裏で楊弓があるために延引となった。しかし、その後は暫く行われなかったのか、天文二十二年閏正月三日まで張行の記録が見えない。このときは新年の会ということもあったか、中山孝親・四条隆益・中原師廉らも参加し、初会より規模が大きくなっている。言継は隆益の二十二句に続く二十句を付けた。

その後、弘治三年（一五五七）には駿河・伊勢等に下向し、四月に一身田で僧衆と漢和聯句を張行している。この年、後奈良天皇が崩御し、禁裏の連歌の様相が変化するようである。永禄初期には禁裏や曼殊院での連歌に参加していたようであるが、当該期の詳細は不明である。このころ柳原資定が自邸で月次連歌を始めた模様。これに言継もしばしば招待されたが、言経と違って言継は稀に行くのみであった。というのも、嫡子言経が数えで二十一歳を過ぎ、社会的な活動を開始していたからである。記録上は永禄六年（一五六三）一月二十五日が初見である（『言継卿記』）。そして言経が柳原亭月次連歌に行くようになると、言継は自邸での月次の歌会を本格化させている。永禄六年の記録は八月以降欠けているが、この年は一月二十七日の歌会始にはじまり、二月九日、二月十四日、三月九日、五月九日（四月分）、五月十七日と精力的である。青年期、物書会の仲間であった柳原資定との文学的な繫がりはこの年から再び深まったようである。称名院がこの年十二月に没することになるが、言継は二月の歌会の歌や連歌会の発句の談合を資定とするようになっている。青年期の物書会のころ、富小路資直所労の際は資定に和歌の談合をしていたので（『言継卿記』大永七年十月二十二日の条など）、前掲の発句添削の例と併せてみるに、言継は資定を若い頃から頼みにしていたものとみられる。『言継卿記』二月二十一日の条に次のようにある。

　柳原へ罷向暫雑談。明日之和歌、来廿五日発句等談合了。

「明日之和歌」とは禁裏水無瀬殿御法楽和歌のことで、「発句」とは細川晴元亭での千句連歌の発句のことである。もっともこのとき資定に依頼したのは、称名院が二日後の二十三日に嵯峨二尊院で灌頂するための準備に追われていたからという理由もあったものと思われる。が、前日の二十二日には資定に公宴和歌の談合をしているから、丁度このころ禁裏御会での指導的地位が称名院から資定に移行しようとしていたということであろう。

ともあれ、山科家では言継から言経へと公的な文学活動が移ったのが永禄五、六年ということがいえそうである。かつて言綱が二十代初めの言継を連歌の場に伴い、言継に機会を提供していったように、言継は二十歳余りの言経に歌会に同道させ、また連歌の場を与えていったといえようか。そして言経は期待通り、永禄九年、二十四歳のときには、天皇から「一昨日の御和漢の執筆、内蔵頭、近比能く仕る」と、褒美されるに至り、父言継を歓喜させている（『言継卿記』十月二日の条）。言経は天正十三年（一五八五）勅勘を蒙り、暫く堺や摂津中島に居を移していたこともあり、言綱・言継にはみられなかった祐恵・宗臨ら連歌師との広い交友関係を作るようになるのであった。

それでは言継はどのような活動をするようになったのか。新たな連歌の会席の開拓である。永禄七年十月二十八日、かつて細川家馬廻の第十加賀守亭での千句連歌に参加した経験のある言継は、やはり第一線から身を引き入道本忠と号する加賀守のもとで法楽連歌に参加した。そして、翌十一月十日、翌年正月五日の第十亭連歌の一巡を、来訪した本忠に遣わしている。

3　老年期

さて、永禄九年（一五六六）、六十歳になった言継は、第十加賀守亭連歌にかわり、松尾社の社務秦相光をはじめとする神官一族との交流を深めていく。すなわち、二月二十四日、次のようなことをしている。

与右衛門、葉室へ遣。明日松尾之連歌に故障之由申候了。

家来の与右衛門を葉室頼房に遣わし、松尾社での連歌会不参の由を伝えているのである。これは禁裏の北野社御法楽和歌と重なったためである。すでに相光に発句の代作を遣わしたこともあったが、実際に連衆となったのはこの頃からであったことが考えられる。そしてそれは松尾社と縁故をもつ義弟葉室頼房の誘引が契機となったかと想像される。

これに加えて、同じ年、真珠院での連歌の記録が初めて現れる。すなわち三月十五日の条に次のようにある。

自午時太秦真珠院へ罷向。普請有之。中将慶杲に内々約束之菊之種十七色遣之。又同一竹四穴之樺出来之間遣之。又西京之寿命院被来。晩飡各相伴了。可罷帰之処、雨降之間両人乍逗留了。広隆寺之堂前桜四本盛之間、先之予一首読之。

　さきていま梢の雪と見る花のちりても草をうつまさ《太秦》らめや

次一折連歌興行。人数、予・真珠院・同中将・寿命院聖碩・実泉坊慶忠・西定坊慶俊・在庁大蔵卿俊憲・梅雲等也。至夜半四十四句有之。入麺にて一盞有之。発句、予沙汰了。

　ちらすなよ香はしめるとも花の雨

両者の関係が深まったきっかけはこのように私的な交流によるものではなかったか。このとき言継は所用で真珠院を訪れ、帰る時に雨が降り出し逗留することになる。そして境内の桜を詠じ、ついで連歌を初折だけ張行した。そして一泊後、三折まで続けているのである。この真珠院とは、相光の子息であるが、所属は未詳である。『東家系図』[8]には「供僧」とのみある。松尾社神宮寺は太秦広隆寺が兼帯しており、且つ右の歌は広隆寺境内で詠まれているので、当寺に子院があり、神宮寺の供僧も勤めていたものかと想像される。言継はこの真珠院ととくに昵懇となり、共に松尾社に行くこと度々であった。たとえば永禄十年五月二十五日の松尾社月次連歌のときは次のようであった。

真珠院令同道松尾へ罷向。月次連歌会於神宮寺有之。葉室・社務父子三人・松室中務父子三人以下、山田神人衆廿余人有之。午時一盞、晩飡等有之。申刻終了。次太秦へ真珠院同道罷向帰了。又一盞有之。

翌二十六日、言継は真珠院に寄宿し、翌二十七日、真珠院で連歌を張行している。

興味深いことに、永禄十一年一月二十五日の松尾社月次連歌は十穀所（会所を指すか）で張行されている。この会のころから松尾社の側からも言継との関係を深めるような動きを示すようになっているようである。この十穀所での張行が契機となったか、当社の十穀聖成海（清海・盛海とも）からこの年八月、『松尾社縁起』、さらには勧進帳の作成も依頼されることとなった。

このような動きは真珠院についても言える。真珠院では、永禄十一年には歌会及び連歌会がそれぞれおよそ月次に張行されるようになっていた。言継はその両方に参加していた。真珠院でもそのような言継を厚遇した。そうした中、同年四月十四日には次のような申し出を言継にしている。

葉室出京此方に逗留也。太秦真珠院弟子宮内卿松室中務次男也坊新造也。院号所望云々。予に可相調之由有之。

すなわち頼房を介して真珠院の弟子の坊を新造するにあたり、院号を言継に所望しているのである。さらに六月二十七日には真珠院の弟子の法印慶典を言継の養子にするよう申し出ている。しかしこれは「年齢不相応の間、然るべからず」と返答して沙汰止みとなった。

松尾社や太秦真珠院は連歌や和歌の会で言継と接するのみならず、食事の相伴など、より広い付き合いをするに至った。そして懇意になったことで言継に何らかの願い出をするようになったのである。当該期の公家衆による寺社縁起や勧進帳の作成の背景として、このような縁故に頼る人間関係はおそらく通常のことではなかったかと思われる[9]。

松尾社・太秦真珠院での月次の連歌会・歌会はその後しばらく続く。元亀元年五月十五日の真珠院の連歌会には紹巴や昌叱のような連歌師だけでなく、大覚寺義性（近衛稙家息）のような門跡まで参加したもので、おそらく当会でもっとも盛大な張行となったのではないかと思われる。この歌会は実質的に言継が指導的立場にあったようで、『言継卿記』同年八月十二日の条には次のように記されている。

> 自太秦真珠院月次和歌十人之分詠草到。直遣之。又十四日十六日両日之間予次第云々。十六日に可罷之由返答了。

このような真珠院・松尾社の月次の会の参加、紹巴との交流は少なくとも元亀二年まで継続的に確認できる。その後は断片的に句作活動が知られるのみである。すなわち元亀三年閏一月四日の禁裏御和漢参仕（『お湯殿の上の日記』）、天正二年（一五七四）閏十一月二十五日の松尾社連歌会（ただしこれは発句を代作しているだけで、言継不参の可能性がある。『発句』）、そして没する三年前の天正四年一月十一日の休庵夢想法楽連歌会（『言継卿記』）である。発句として最後に確認できるのは、右松尾社連歌会での代作「月に霜なを置そふや朝あらし」であった。

4　句集について

一通り言継の句歴をみたところで、言継の句集を取り上げておきたい。

発句集『発句』は本編と「未出分」とから成り、計一一二句を収録する。本編・未出分ともに四季の部立になっている。ただし未出分には秋の句はない。句数の内訳は、本編が春一六句、夏一三句、秋一九句、冬二〇句、未出分が春一六句、夏六句、冬二二句である。年次別に簡単に整理すると以下のようになる。

天文　九年　禁裏法楽（二句）
天文　十一年　禁裏法楽（一句）・高倉亭月次（一句）
天文　十二年　高倉亭月次（一句）

天文　十三年　禁裏法楽（三句）・金山天王寺万句（一句）
天文　十四年　禁裏御会（一句）・禁裏法楽（三句）・高倉亭月次（一句）・細川亭千句（一句）・松尾社（一句）・某万句（三句）
天文　十六年　禁裏千句（三句）・禁裏法楽（一句）・山科亭（一句）
天文　十七年　禁裏千句（二句）・禁裏本楽（二句）
天文　十八年　禁裏千句（一句）・禁裏法楽（二句）
天文　十九年　禁裏御会（一句）・禁裏千句（三句）・禁裏法楽（一句）・丹州八田万句（二句）
天文二十　年　禁裏御会（二句）・禁裏法楽（二句）・松尾社（一句）
天文二十一年　禁裏法楽（二句）・松尾社（一句）
天文二十二年　禁裏御会（一句）・禁裏千句（二句）・禁裏法楽（三句）
天文二十三年　禁裏御会（一句）・禁裏千句（一句）・禁裏法楽（二句）
天文二十四年　禁裏千句（二句）・禁裏法楽（二句）・高倉亭月次（一句）・松尾社（一句）　＊弘治に改元
永禄　元年　細川亭千句（一句）
永禄　二年　清水寺万句（二句）
天正　元年　松尾社（一句）

詠まれた場は、そのほとんどが禁裏の御会、高倉永家亭月次、松尾社の会であることが分かる。時期的には天文十三、四年から天文二十四年（弘治元年）までの範囲が多く、その前後はまばらな印象がある。川瀬一馬氏は、天文末年以降は別時の追筆であると説かれている。(10) 句の分布状況からみても弘治元年以前は同九、十、十五年を除けば、量の多少はあるものの、毎年数句ずつ収録されている。ところが弘治元年以降は同二、三年をはじめ、永禄三（一五六〇）〜文亀三年（一五七二）の期間がまったく収められていない。この間の散漫な収録の在り方もまた、現存本もしくは稿本の段階での追筆であろうことを推測させる。

収録句はもちろん言継一代の全句集ではなく、言継自身もそれを目的として編集したとは考えがたい。なんとなれば手許にあった自筆の『言継卿記』記載の発句が必ずしも収められているわけではないからである。おそらく言継なりに精選したものであろうと想像される。丁度『拾翠愚草抄』や『台月和歌集』の成立前提に歌稿が想定されるように、本句集にも句稿が手許にあり、そこから抜き出されたものだろうと思われるのである。

興味深いことに、本句集には代作が多い。それらは天文二十二年十二月十四日の禁裏法楽での句「花紅葉立ちも及ばじ雪の松」を除けばいずれも万句連歌もしくは松尾社連歌会のものである。すなわち、整理すると次のように示される。

天文十四年　五月　松尾社（社務代）　一句
天文十四年十　月　某万句（人代）　三句
天文十九年十一月　丹州八田万句（忠祐・幸千代丸代）　二句
天文廿　年十　月　松尾社（社家代）　一句
天文廿一年十　月　松尾社（社家代）　一句
天文廿二年十二月　禁裏法楽（葉室代）　一句
天文廿四年　九月　松尾社（葉室代）　一句
永禄　二年　八月　清水寺万句（人代）　一句

永禄　三年　八月　　清水寺万句（入代）　一句

天正　二年閏十一月　松尾社（入代）　　一句

松尾社の社務とは秦相光のことで、その妻は中御門宣治の姉であり、葉室家とも関係がある女性らしい。ちなみに頼房の室は相光の妹である。丹州の忠祐とは丹波の都筑忠祐という者で、言継の南向の姉、すなわち葉室家の阿茶の嫁ぎ先であるから、忠祐は妻の縁故を頼って言継に代作を所望したのであろう。清水寺や丹波八田など対象は違うが、天文二十二年の一句を除けば万句のための発句であり、他方は松尾社の連歌のための句である。後者のうち天文二十四年九月十三日の「日の本に月の名たかきこよひかな」は葉室頼房に代わって作った句である。

頼房はこの当時から既に松尾の連歌会の連衆であったので、すなわち頼房と言継とはこのころから松尾の連歌を通しての接点を持っていたということになろう。言継が代作しているのは、頼房が若く未練であり、頼房は頼房で言継の連歌の力量を評価していたからではないだろうか。これに先んじて夙く天文十五年三月二十八日に三条西亭で当座の和歌が興行されたときも、やはり頼房の歌を言継が代詠している。言継の南向は葉室家出身であることから、日頃から義弟頼房とは親しく、さらにまだ若い頼房にかわって頼房が奉行職事を務める行事に関する書状を代筆することも散見されるのである。天文十七年、長松丸が病床に臥した折には、頼房は山科家雑掌らと上御霊神社に御百度参りも遂げており、また天文二十二年十二月には言経元服の理髪も担当し、頼房の申沙汰によって言経は内蔵頭従五位上となっており、その親密さは推して知られるであろう。そう見ると、例外的な句である天文二十二年十二月の禁裏法楽で頼房の発句を言継が代作していることは自然なことのように思われる。

しかし、ここに問題がある。この月の御法楽は十五日の聖天だけである。その発句は曼殊院宮の「さきて猶色香に梅は冬もなし」というものであった。『発句』に収録されるところの言継の句は「花紅葉たちも及ばじ雪の松」である。

惟うにこれは松尾社連歌会の誤りではないか。この月、千句や万句の興行記録は見られないし、天文二十四年にも頼房に松尾社連歌会での発句を遣わしているところから、このように推測されるが、いかがであろう。

なお、本編中の句は原則年次が記録されているが、しかし年次不明の句が二句収録されている。すなわち秋の部の第一、二の両句である。第三句は天文十一年八月の禁裏法楽のときのものである。そもそも本句集は四季ごとに時系列に配列されている。その点からすると、この二句は天文十一年八月以前の作であろうと考えてよいのではないか。第一句は「愚亭月次」での句「そめてみむ梢におしき一葉かな」であり、第二句は「外様番衆所」での句「色もなをくはゝる秋の紅葉かな」である。問題は第一句が山科亭での発句であることである。先に父言綱の興行していた月次連歌が大永七年（一五二七）まで続いていたであろうことを述べた。本句集で年次が明記されている句の初出は天文九年（一五四〇）であるから、したがってこの句は著しく夙い作ということになり、些か不自然の観がある。あるいは記録には残っていないが、天文十年前後に一時山科亭月次が行われていたのかも知れない。この点、後考を俟たなくてはならない。

また本句集の本編と未出分との関係も判然としない。未出分はいわゆる孕み句である。したがって利用した句は合点が付され、区別されている。点の付いた句には本編にも収められるものとそうでないものとがある。その違いはどこにあるのか。点付の句のうち採用時期の分かる句の初出は天文二十年十月二十五日の松尾社社家の代作「一とをり風の色ある落葉かな」であり（五八・一〇三）、最後は永禄二年八月の清水寺万句の代作「青柳の文なす花の錦かな」（一五・七二）である。したがってこの孕み句は天文二十年十月以前から晩年にいたるまで書き足されていったものであろうと思われる。ところが本編については先述の川瀬氏のご指摘のごとく天文末年以降は追筆の可能性も考えられる。とすると、この孕み句はそのころから放置され、晩年、代作の依頼があったとき既作分から撰出したに過ぎないとも考えられよう。さらに問題を提示するならば、『山科言継歌集』(11)（史料編纂所所蔵）の巻末に記された発句四句のうち、三句が本句集本編のそれと異同が見られることである。

①影かすむ月や梅かゝ春の風　（発句八・言継卿記）
　影かすむ月や梅か香春のかせ《空》　（歌集）
②有明に鶯むせふ霧間かな　（発句六九）
　有明に《月にけさ》うくひすむせふ朝《霧間》かな　（歌集）
③青柳の文なす花の錦かな　（発句一五・七二）
　青柳のうへなす花の錦かな　（歌集）

『山科言継歌集』では①と②とは「春月」という題で記されており、③は「花」として「さきつきて花ぞ常盤木千代の春」とともに記されている。

　さて、③は「文」と「うへ」とを書写段階で誤認した事例とも見られるから、ここでは一応、異同が見られることだけを指摘しておく。①は明らかに「風」の別案として「空」を掲げた事例である。②は「有明に」の別に「月にけさ」を掲げ、「朝」には「霧間」を掲げた事例である。これらの句を巻末に記している『山科言継歌集』は永禄九、十年の内裏着到百首および同十一年の同百首の第一首と第五首の歌題までとを収めた家集である。大正期の新写本ながら、その書写奥書に言継自筆本に拠ったことが記されている。すなわちその成立は永禄十一年以降であることは明らかだろう。ただしあくまでこれは転写本であって原本ではない。したがって、原本を見出し、確認できれば済むことであるが、この巻末の四句は書写者が原本紙背の句草を便宜巻末に移したものという可能性もある。現存する言継自筆本はその多くに反故を用いており、その中には詠草や句草が見られるから、これもその一例とも考えられるわけである。そうであるならば、本句集本編収録の句が最終形であるということになる。後の加筆であれば、本編収録後も改作をしていたことになる。もっとも、句草とすると「花」の題で天文十九年の代作「さきつきて」と永禄二年の代作「青柳の」とが並んでいる点が問題となるが、推測を重ねると、後者は天文十九年時には採用されなかったが、手控え（「未出分」）に書きとどめられ、永禄二年に至って人に遣わされたものかと解される。

いずれにしても原形の成立は弘治元年頃と思われるが、確証はない。そして現在の句数になったのは天正四年くらいと思われる。点付の句の本編収録の有無については、おそらく言継が佳句と認めたか否かという主観的な動機にしたがったのではないかと思われる。先にも述べたように本句集は全句集ではない。各年の発句のうち一部を収録したに過ぎないものである。本編は精選した句であろうと思われるが、未出分はその手控えという性質を考えれば、精選以前の玉石混交のものと評されよう。

5　句作概観

言継の十代の句作の記録は残っていない。二十代の句作状況から察すると、それほど重視していなかったものと推測される。

二十代に入り、父言綱に導かれながら、物書会に参加し、また禁裏御会の歌題をもって歌作りに専念していた。句作はその中で余技的な扱いをしていたようである。禁裏の連歌や和漢の御会には二十一歳から出仕しはじめるが、連衆になるのは翌年からである。御茶の所役から始まり、執筆の役をも命じられるようになる。

三十代には禁裏をはじめとする様々な連歌・和漢の会に出るようになる。句作活動は非常に旺盛であった。禁裏では常連として毎月のごとく参仕した。私的な会としては私生活でも親しい高倉永家の主催する月次連歌会が重要なものであった。また和歌・発句ともに称名院（三条西公条）の影響が大きい時期でもあった。

　四十代に入ると、自邸でも月次連歌を催すことになる。もっとも、それほど頻繁に行っていなかったようである。しかし、言継は禁裏をはじめとするどの会においても大きな存在として位置付けられるようになっていた。松尾社の連歌会はすでに言継三十代から行われていたものだが、言継はこの時期、代作をときどき提供するようになっている。また近衛家の会などを通して紹巴との交流も始まった。

　五十代になると、禁裏をはじめとする主要な会には言経に行くようにさせ、言継自身は時々参加する程度となった。そのかわり、言継は自邸で月次の歌会を主催することになる。そして、句作の比重は公的なものよりも、太秦真珠院や松尾社の月次連歌会といった神官や僧侶、武家、その奉公人などを中心とする会に置かれるようになった。とくにそれらの会では言継は要人として扱われていたものと考えられる。これらの会の連衆とは会の外でも頻繁に会っていた。

　六十代も真珠院と松尾社とが大きな比重を占めていた。

　句集『発句』はもとより小品集であって全句集ではない。その収録句を時系列に置き換えると、傾向として言継の文学活動における連歌・和歌の重さの推移と重なるかのようである。すなわち堂上連歌壇の重要な連衆であった天文十、二十年代の作物が際立っており、子息言経が和歌や連歌の会に、言継よりも盛んに出るようになる永禄以降はまばらなのである。半ば公務であるだけに、相応しい句を付けられるよう修練し、結果、相応の技術と経験とを備えるに至ったのが、この天文十、二十年代といえよう。その後、連歌の妙味も解するようになったであろう晩年の言継は、自邸での歌会を月次で開くなど、少年期から嗜んだ和歌に回帰する傾向を見せつつも、肩のこらない人々――真珠院を含め、松尾社の関係者――との毎月の連歌に興じるようになったのである。

6　山科言継と連歌

さて、最後に山科言継にとっての連歌というものを考えておきたい。言継という人間は天皇の意向や禁裏の動向を敏感に察し、それらに沿って自分の能力を高めるべく行動した人間ではなかったかと思われる。和歌の素養は禁裏に参仕する者として必須のものであるから、少年期から父子で力を注いだいたことは言うまでもない。このほかに山科家、就中言継の人生で重要な対象であり、子息言経にも多大な影響を与えたものは、謡と医術とである。

言継は天文二十二年頃から精力的に謡本の収集・校合に努めるようになる。連歌の会でも馴染みの細川家奉公衆大和宗恕の蔵書を大いに活用するものである。言継は家蔵の謡本に赤白青黄四色などの題簽を貼って分類し、その数三百番を越えた。この蔵書は秘蔵することなく広く人々に貸し出し、一方、他家の蔵本も借り受けて、あるいは校合し、あるいは書写した。言経もまた収集と校合とを怠らず、最終的には紫・金・石摺なども加わり、またしばしば謡本に関する教授を鳥養道哲父子などにしていたことは、その日記から知られる所である。そのような謡本やその知識の蓄積ゆえに、言経は太閤秀次の事業である『謡抄』の編纂の中核となったのであろう。

ところで言継は天皇をはじめ皇族の御前でしばしば謡をしている。謡を御前で正しく謡うためには、節付の本文をもって稽古をしなくてはならないだろう。また、御所望の謡をいつでもできるようにしなくてはならないということもあろう。したがって謡本の収集・校合は必須なわけである。その後禁裏における謡の環境が変化したのか、言継は謡本を持参して、それを開いて地謡をすることが多くなった（初見は『言継卿記』永禄七年五月八日の条）。天皇の謡に対する関心が深まるに従い、言継の存在意義は高まり、永禄十二年閏五月二十二日には「御気煩の御慰」のため、言経と共に地謡を謡っている（『言継卿記』）(12)。

一方、医術については父言綱からの手ほどきを受けたものとみられる。(13) 実際、龍門文庫には言綱自筆本を言継が転写した『家伝秘方』や言継撰『薬種調味抄』という医書などが伝わる。が、それだけではなく、言継は丹波頼景や和歌の師でもある富小路資直などからも師事している。そのように諸家の医術を学ぶほどの意欲は、少年期から持っていたものではなかったように思われる。医術に対する本格的なかかわりは、天文十三年六月十三日、天皇から薬種を拝領したことから始まったのではないだろうか。言継は前日小番のために参内した折、麝香丸の正方について天皇と談話したのである。そして翌日、天皇は言継の望むだけの薬種を下賜し、これによって完成したのであった。この薬を言継は身内のみならず皇族や内裏女房衆や知人らに広く分け与えた。このことがあってから、日記には突如として医術関係の記事が増加する。天皇下賜の薬種による薬であるという事実は、言継の医師としての存在感や権威を高めるものであり、言継はこの機会をうまく利用したということがいえないだろうか。かくして内侍所や台所の女房衆をはじめ、身分を問わず種々の薬を与え、終には天皇家の検診をするに至るのである。ちなみに言経は勅勘後、医術を専業化している。

言継が力を注いだ謡や医術は、このように天皇の欲するところのものであり、且つ特殊知識や技術を要するために、容易に他家の介入できない領域のものであった。言継にとっては、山科家の伝統、少なくとも父の代からの蓄積からしてこれらは発展の余地のあるものであった。これらを延ばすことは天皇の意向に適うことであり、事実、半ば家職と化している点からして、それを実現したものとみられるのである。

このように言継という人間をみてみると、その能力向上の在り方について想像されるところがある。もとより謡や医術と違って連歌に関していえば、山科家が他家に比して優位に立つ側面はみられない。したがってこのように半家職化はできないが、しかし言継には少年期からの和歌の素養があるから、連歌の能力を高める下地はできていたわけである。そして天文十、二十年代に連歌の道に執心していたのは、言継個人の数寄者としての側面があったことも要因にあるだろうが、現実的に見ると、禁裏での活動に必須であると考えたからであるといえないだろうか。そこで執筆としてよく勤仕すること、続いて相応の句を付けこなすだけの実力を備えることは、常連となって天皇により高い評価を与えられることになるのである。そうして、極官に達し、堂上連歌壇には言経が参仕するようになる晩年は、栄達に益するものとしての連歌に対する意欲も低下し、宮廷生活とは関わりの少ない人々と気ままに張行するようになったのであろう。

注

（1）位藤邦生氏・相原宏美氏「『拾翠愚草抄』―翻刻と解題―」（『表現技術研究』一号、平成十六年十月）。
（2）本節付録「【翻刻】山科言継自筆『発句』」。
（3）今谷明氏『言継卿記―公家社会と町衆文化の接点』（そしえて、昭和五十五年五月）参照。のち、『戦国時代の貴族』（講談社学術文庫、平成十四年三月）として復刊。
（4）井上宗雄氏『中世歌壇史の研究　室町後期』（明治書院、昭和四十七年十二月）。また相原宏美氏「山科言継の青年期」（『安田女子大学大学院文学研究科紀要』第四集、平成十一年三月）参照。
（5）言継と資直との関係については相原宏美氏「山科言継の質問状―『言継卿記紙背文書』に見る富小路資直の和歌指導―」（『古代中世国文学』第二〇号、平成十六年一月）参照。
（6）相原宏美氏前掲（4）論文参照。
（7）伊藤敬氏『室町時代和歌史論』（新典社、平成十七年十一月）参照。

（8）『松尾大社史料集』典籍篇一（吉川弘文館、昭和五十五年四月）所収。
（9）本書第Ⅲ章第四節「三条西実隆の勧進帳制作の背景」参照。
（10）川瀬一馬氏「一五五　發句」（『龍門文庫善本書目』吉野町、昭和五十七年三月）。
（11）本書第Ⅲ章第六節「東京大学史料編纂所所蔵『山科言継歌集』翻刻」。
（12）謡本に関しては拙著『室町戦国期の文芸とその展開』（三弥井書店、平成二十二年二月）第Ⅰ章第三節参照。
（13）服部敏良氏『室町安土桃山時代医学史の研究』（吉川弘文館、昭和四十六年十一月）参照。

【翻刻】山科言継自筆『発句』

〔解題〕

山科言継は永正四年（一五〇七）に山科言綱の子として誕生、天正七年（一五七九）に死去した公家である。享年七十二歳。言継については、その日記『言継卿記』が戦前から翻刻刊行されていたこともあり、古くから中世史の分野で活用されてきた。日記の内容は汎用性が高く、戦国期の政治・生活・文化さまざまな事柄をうかがい知ることが可能である。『言継卿記』と題して奥野高廣氏が戦国史の全般を述べ[1]、同題で今谷明氏が政治や城郭を論じたことも[2]、本日記の豊かさを示していよう。

また、言継は同時期の人物の中で、特に自筆本が残されている一人ということができる。文学作品としては歌集が二点知られている。続群書類従や私家集大成に翻刻されていることから既に読まれてきた『権大納言言継卿集』のほかに、自筆本として『拾翠愚草抄』と『台月和歌集』とがある。前者はこれまで一部の和歌研究者が使う程度であり、後者はその存在さえもほとんど知られてこなかったが、いずれも近年翻刻紹介されるに至った[3]。さらに言継自筆本を転写したとする近写本も改めて見出され、翻刻された[4]。これによって、言継の歌作については大分明らかになってきた。

しかしながら、言継の文学活動のもう一つの柱である句作については、和歌に比して基礎的な資料が不十分の観が否めない。幸い自筆の発句帳があるので、ここではそれを翻刻することとしたい。

言継の句作は、二十代から記録に残っている。私的な集まりとしては高倉永家の主催する月次連歌の会に三十代から常連となった。禁裏の連歌・和漢聯句の御会には二十代から参仕するが、四十代に至ると、相応の連衆としての立場を確固たるものにしていた。天文二十年代のことである。その後は禁裏の御会や公家主催の月次連歌には言継の後継である言経が常連となり、言継は松尾社や太秦真珠院の月次の会を活動の中心に移していくことになる。

さて、本発句帳は本編と「未出分」とに分かれ、それぞれは四季に部立てされている。ただし「未出分」には「秋」の部はない。本編には一部を除き、発句の時期が記録されている。『言継卿記』で確認できるものもあるが、日記の欠落部分を補うことができるものもある。その詳細については後考に譲ることとして、ここでは川瀬一馬氏の簡明な解説を引用するにとどめたい（「一五五　發句」『龍門文庫善本解題』）。

四季毎に後に餘紙を多く残してあるのは、言継がなほ書継ぐつもりであつたものと思はれる。本文の大半は天文の末年に整理してまとめて書かれてをり、その後のものは別時の追筆である。なほ末に「未出分」として、四季（秋なし）に分つた發句が記るされてゐるが、これはかねて詠じてある分で、未だ連歌の會席で公表しないものの意に解せられる。

書誌は次のとおり。

山科言継自筆、室町末期写本一冊。
所蔵　財団法人阪本龍門文庫
装丁　仮綴。
外題　「發句」（中央・直）
内題　「發句」

料紙　楮紙。
丁数　十九丁。
寸法　縦二十三・七㎝、横二十・九㎝。
行数　本編　毎半葉約十一行。
　　　未出分　毎半葉約十八行。
印記　「拾翠」（表表紙左下・鼎形陽刻朱印）
　　　「龍門文庫」（一オ右下・長方陽刻朱印）
奥書　なし。
備考　紙背文書は『言継卿記』や『拾翠愚草抄』『台月和歌集』と同趣のものである。詳細は不明であるが、簡単に内容を示しておく。

一丁紙背　　詠草
二、三丁紙背　仮名消息
四丁紙背　　詠草「寄野恋／いかにせハ云々／かハくちの云々」
五丁紙背　　「権少僧都明恵／大僧都申下候」
六丁紙背　　消息
七丁紙背　　歌会記録
八〜十丁紙背　仮名消息
十一丁紙背　詠草

十二丁紙背　　　仮名消息
十三丁紙背　　　「権少僧都祐傳／大僧都申下候」
十四、五丁紙背　仮名消息
十八、九丁紙背　消息
裏表紙紙背　　　仮名消息

以下、翻刻に際しては次の点に注意して、なるべく原文通りを心がけた。
一、本編の発句に比して「未出分」の発句の文字はやや小さい。また、本編の発句の右肩に半分以下の細字で公表の時期と場とが記されている。しかし便宜的に同じサイズで翻刻している。
一、句頭の番号はわたくしに付したものである。また、「未出分」の一部の句頭に「乀」の記号を付しているが、それは合点を示す。

最後に本書の翻刻をご許可くださった財団法人阪本龍門文庫に感謝申します。

注
（1）奥野高廣氏『言継卿記―転換期の貴族生活―』（高桐書院、昭和二十二年一月）。
（2）今谷明氏『言継卿記―公家社会と町衆文化の接点』（そしえて、昭和五十五年五月）、のちに『戦国時代の貴族―『言継卿記』が描く京都』（講談社、平成十四年三月）と題して講談社学術文庫から再刊。

（3）位藤邦生氏・相原宏美氏「『拾翠愚草抄』―翻刻と解題―」（『表現技術研究』創刊号、平成十六年十月）、武井和人氏・相原宏美氏・伊藤慎吾・酒井茂幸氏「国立歴史民俗博物館蔵田中本『台月和歌集』（山科言継自筆）―解題と翻刻―」（『埼玉大学紀要（教養学部）』第四〇巻第二号、平成十七年三月）。

（4）本書第Ⅲ章第六節「東京大学史料編纂所所蔵『山科言継歌集』翻刻」。

〔翻刻〕

發句　」（外題）

」一オ

」一ウ

發句　　特進龍作都護郎言継

春

天文十一　壬三　四　於藤中納言亭月次

〇〇一　くは、らハ又さく花の春もかな

同十四　正　廿七　藤中納言月次

〇〇二　八千とせを春やいく度たま椿

同　二　廿五　細川右京兆晴元亭千句

〇〇三　松やなを萬代こもる宿の春

同十六　三　十二　禁　御千句

〇〇四　小簾に風軒はにかろき燕かな

同十七　三　五　禁　聖天御法楽

〇〇五　立そふや花の八重かき朝霞

同　八　廿六　禁　御千句

〇〇六　山の端ハ花にいさよふ朝日かな

同十九　二　廿五　禁　御千句

〇〇七　あかりてハ雲をやねくら夕ひハり

同　十一　丹州万句　人代

〇〇八　影かすむ月や梅か香春のかせ

同　同

〇〇九　さきつきて花そ常磐木千世の春

同廿　三廿二　禁　[redacted]

〇一〇　常磐木も春といはねのつゝしかな　」二オ

同廿二閏正　廿三　禁　御千句

〇一一　空もけさゑゝるさかつき桃のかけ

同廿三　三　廿六　禁　御千句

〇一二　雨晴る雲にさやけし夕ひハり

同廿四　三　廿五　禁　御千句太神宮御法楽第六

〇一三　松をたてぬきとハ花の錦かな

永禄元　二　廿五　細川右京兆氏綱亭千句

〇一四　いまよりや春も八千とせ玉椿

同二八　、清水寺万句人ニ代テ

○一五　青柳の文なす花の錦かな
同三八、　人ニ代テ
○一六　木毎にもまもるを梅のハしめ哉
（四行分空白）
」二ウ
」三オ
」三ウ
」四オ
」四ウ
」五オ
」五ウ

夏

天文十四　五　廿五　松尾社務ニ代
○一七　影涼しうつるや月の桂川
同　六　十五　禁　聖天御法楽
○一八　涼しさや夕立すらし嶺の雲
同　十　、万句人代
○一九　月影のむすふ氷に夏もなし
同十六　六二　禁　聖天御法楽

○二〇　夏草にまれなる花のさゆりかな
同十八　四十九　禁　聖天御法楽
○二一　またなくやたかならハしの郭公
同十九　壬五廿九　禁　聖天御法楽
○二二　木の下にもらぬや雨に蝉の聲
同廿　五　二　禁　聖天御法楽
○二三　をき所露かりそむるあやめかな
同廿　五　卅　禁　御會
○二四　もりえてや時しるあるの氷室山
同廿二　二　十七　禁　御千句
○二五　橘を聲のかほりやほとゝきす
同廿二　五六　禁　聖天御法楽
○二六　月のためさらぬ戸たゝく水鶏かな　」六オ
同廿四　四　十二　禁　聖天御法楽
○二七　花ハあれと風かほる木々の若葉かな
同廿四　六　廿二　禁　聖天御法楽
○二八　いやたかし誰かこえみむ雲の峯
同廿四　六　廿一　高倉亭一興

○二九　手にとりて月をもむすふ泉かな

（七行分空白）

」六ウ
」七オ
」七ウ
」八オ
」八ウ
」九オ
」九ウ

秋

愚亭月次

○三〇　そめてみむ梢におしき一葉かな

於外様番衆所両吟旧九月、

○三一　色もなをくはゝる秋の紅葉かな

天文十一　八、　聖《禁》天御法楽

○三二　身にしむや尾上のあらし鹿の聲

同十二　八四　藤中納言月次

○三三　風渡る野や玉ゆらの萩の露

同十三　八十五　禁　聖天御法楽

○三四　名や雲井一夜にむかふ月の秋

同年　九一　禁　神宮御法楽御千句

○三五　初しほをいそくや木の葉伊勢の海

同十一月十五　金山《洛一条》天王寺万句發句

○三六　月も先こゝに都の光かな

同十四八廿一　禁　聖天御法楽御千句

○三七　月に露をくて色つく深田かな

同　十、　万句人代

○三八　玉そちるみかくや月に野への露

同　、　同

○三九　影残る星や明ほのやとの菊

同十六　八　廿四　禁　御千句　」十オ

○四〇　まつてふを虫の名たてや月の文

同十八　八　十五　禁御千句

○四一　虫鳴てえならぬ月や野への秋

同　九　十三　禁聖天御法楽

○四二　二たひの名や日本の秋の月

同十九　七　四　禁

○四三　そめてちる秋の外なる一葉かな
同　八　十五　禁　御千句
○四四　千種にもすれるや小鷹かり衣
同　九　四　禁　御千句
○四五　常磐木の色のふかさも紅葉かな
同廿　九　八　禁　聖天御法楽
○四六　おらてみむかつ咲菊の簷かな
同廿二　八十五夜　禁
○四七　こよひ名もあふけハ月の雲井かな
同廿四　九　十三　於松尾社會　葉室代
○四八　日の本に月の名たかきこよひかな
（二行分空白）」十ウ
」十一オ
」十一ウ
」十二オ
」十二ウ

冬

天文九十廿三　禁　神宮御法楽御千句
○四九　みかゝれて月をや光玉あられ
同十一月十六日一《禁》日御《五座》千句　聖天御法楽
○五〇　降そひて千重百敷のミ雪かな
同十三　十　廿五　禁　聖廟御法楽御千句
○五一　いやたかし玉のちりひち雪の山
同十四　十　十九　禁御月次
○五二　松に見よいつら木枯むら時雨
同　廿九日　禁　聖天御法楽
○五三　一むらハ鴈かね残す冬田かな
同十六　十　十二　愚亭月次
○五四　散し葉の錦やつらむ今朝の霜
同　十一　六　禁　御千句
○五五　よせて波しからみいつれ朝氷
同十七　十一　十三　禁御千句
○五六　夜の間にもつくりやかへし雪の庭
同　廿　禁　聖天御法楽
○五七　影さむき氷や鴛のあさかゝみ
同廿　十　廿五　松尾社々家之輩代

○五八　一とをり風の色ある落葉かな　」十三オ
天文廿一　十一　五　禁　聖天御法楽
○五九　夜るき丶し嵐やはこふ今朝の雪
同廿一　十　廿五　松尾社家代
○六〇　をく霜にあらハす松の千とせかな
同廿一　十一　廿三　禁　長谷寺御法楽千
○六一　鐘の音ハ雪より出て山もなし
同廿二　十一　十四　禁
太神宮御法楽御千句
○六二　ひろハめや真砂にましる玉霰
同廿二　十二　、　葉室代
○六三　花紅葉立も及ハし雪の杢
同廿三　十　十四　禁　聖天御法楽
○六四　雪とのミ氷らぬ程やむら時雨
同廿三　十一　廿　禁　聖天御法楽
○六五　霜さむし水のうすらひ夕あらし
同廿三　十一　、　禁　御會
○六六　にほへ雪花の外なき梢かな

弘治元　後十　廿五　禁御會
○六七　月は瀬になかれぬ影やうす氷
天正二壬十一廿五松尾人代
○六八　月に霜なを置そふや朝あらし
(二行分空白)　」十三ウ
」十四オ
」十四ウ
」十五オ
」十五ウ
」十六オ
」十六ウ

未出分
春
○六九　有明に鶯むせふ霧間かな
○七〇　春ことの花や常磐木千世のかけ
○七一　山高ミ花の外にハ雲もなし
○七二乀青柳の文なす花の錦かな
○七三　風のたつ錦やさくら糸柳

○七四　雨ならぬしつくもしめよ花の袖
○七五　常磐木をあらハす花の山路かな
○七六　たつ空に聲ハかすまぬ雲雀かな
○七七　山吹ハいハぬを色にみきりかな
○七八　雲にいり霞におへるひハりかな
○七九　風そ色みとりになひく柳かな
○八○　天の戸もあけや紫あさ霞
○八一　くりためてみたすな風のいと柳
○八二　雲に鳴て雲にやとらぬ雲雀かな
○八三　聲ハなを雲よりたかき雲雀かな
○八四　春にきて帰るも花の錦かな　」十七オ
」十七ウ

夏

○八五㇏手にとりて月をむすふ泉かな
○八六　御祓する瀬々のあさ風夏もなし
○八七㇏《代》香そしめる雨にやあふち露の暮
○八八　若竹にこもるや千尋千世のかけ
○八九㇏《代》卯花ハ春をへたてぬ垣ねかな
○九○　月をまねき水かきやるや夕すゝみ　」十八オ
（十行分空白）
」十八ウ

冬

○九一　霜《菊》□《（虫損）霜》菊又きせ錦のまかきかな
○九二　をく霜の色や榊葉千代のかけ
○九三　おもひきや夜の間の嵐今朝の雪
○九四　さく梅ハ雪に《も冬木ハ雪の》とられし匂ひかな
○九五　梅さき○《て》さなから雪の匂ひかな
○九六㇏にほへ雪花の外なき梢かな
○九七　昨日せし時雨や氷る今朝の雪
○九八㇏霜さむし水のうすらひ夕あらし
○九九　たかまことふることの葉や雨木の葉
一○○　むかひみる氷りや池の朝かゝみ
一○一　水の上に積れる雪やうす氷
一○二　よせて波帰らぬ水やうす氷
一○三㇏一とをり風に色ある落葉かな
一○四　吹たゆむ木からしの間もちる葉哉

一〇五〵下おれの聲に雪みる夜床かな
一〇六　ふりつミて猶いやたかし雪の山
一〇七〵花もみちありともいさや《たちも及ハし》雪の松」十九オ
一〇八〵夜半にき《ふ》く嵐やはこふ今朝の雪
一〇九　匂へ先檜原ハ花に雪もなし
一一〇　みかきそふ玉のみきりや玉霰
一一一　駿州にていさといはゝ都に雪の冨士もかな
一一二　同都にて見すとやいハん冨士の雪
（十行分空白）」十九ウ

【初句索引】

ア

カ

サ

タ

六　【翻刻】東京大学史料編纂所所蔵『山科言継歌集』

〔書誌〕

外題　「山科言繼歌集」（題簽・左肩）

内題　ナシ。

表紙　檜皮色紙（後補）。

寸法　縦二十七・四cm、横十九・八cm。

装丁　四ツ目袋綴。

料紙　楮紙。

見返　楮紙（前見返は本文共紙、後見返は改装楮紙）。
　ただし前表紙の裏打の料紙は後見返と同じ。

丁数　全十五丁。
　そのうち、前後各一丁ずつ遊紙あり。
　墨付十三丁。各丁オモテの左肩に「1」～「13」の印記あり。

行数　毎半葉九行（題九行。歌はその下に二行書）。

奥書　後見返に次の付箋が全面糊付けされている。天地の寸法は本文料紙と同じ。

「大正参年十月三日発見

言　継　卿　真　跡

秘蔵スヘキモノ也」

印記　前見返中央上

「東京／大學／圖書」（朱正方印・陽刻・単郭）

「史料編／纂所圖／書之印」（朱正方印・陽刻・単郭）

前見返中央下

「東京帝／國大學／圖書印」（朱正方印・陽刻・単郭）

前遊紙ウラ中央・墨付一オ中央上（上部欠）

「史／東京大學／料」（黒円印・陽刻・単郭）

墨付十三丁オモテ右下

備考　一、大正頃の近写本である。

一、「東京帝國大學附属圖書館／204277／大正四年一月十一日」の受入印がある。

一、本書に関する詳細については後稿に譲る。一点だけ言及しておくと、本歌集収録歌が言継のものであることを、言継の他の歌集や記録から確認することは現在のところできていない。ただし、巻末の発句については自筆本『發句』（龍門文庫蔵）および『言継卿記』から自作であることが確認できる。

〔凡例〕

一、題は、「行数」に記したように、二行書された歌の上に位置している。翻刻に際しては題と歌とを異なる行に配した。題の上を二文字分空けたことは翻刻者の恣意による。しかし、二文字から成る題の間に一字分空白を設けたことは、原本にそれに相当する空白があるからである。おそらく、これは三文字から成る題との均衡を配慮したものであろう。三文字の題の二文字目がこの空白に相当する。

一、歌は、原本ではすべて上句／下句の二行に分かたれて記してある。本翻刻ではこれを一行書きに改めた。

一、「永禄九三三　禁裏着到」「永禄十三三　ヨリ御着到」「永禄十一三三　ヨリ於禁裏御着到」はいずれも細字で各年一首目の右に記されている。本翻刻ではこれを題・歌と同じサイズで記した。

〔翻刻〕

山科言繼歌集　」（題簽）

」（前見返）

永禄九三三　禁中着到

立　春

四のうミ八しまの外もをしなへてかすミやハるの色にたつらん（〇〇一）

朝　霞

朝ほらけ明るかたよりくれなゐの霞に匂ふをちの山まゆ（〇〇二）

谷　鶯

たにの戸の外面をちかミ朝な〳〵人来とつくる鶯の聲（〇〇三）

残　雪

つもりこし落葉か上のむら消の雪に色ある庭のかたはら（〇〇四）

若　菜

しつのめか袖はへて猶あつさゆミ春の野もせに若なつむらん（〇〇五）

里　梅

咲やこの花のミやこもやまさともおなしにほひのふかき梅かえ（〇〇六）

簷　梅

玉すたれ軒はをちかミもりきつゝ風のまに〳〵匂ふうめか香（〇〇七）

春月
かすミかもくもるともなき半天になとやおほろの春の夜の月（〇〇八）
春曙
なり出しをミとりのそらにあらハしてなかめにあかぬ春のあけほの（〇〇九）
帰鴈
武士の野邊にミゆらんいかなれはつはさミたれて帰るかりかね（〇一〇）
春雨
かきくもり日影も見えぬ春のあめになをつれ〳〵の宿のさひしさ（〇一一）
岸柳
くりかへし日にさらしふく川きしの水にひたせる青柳のいと（〇一二）
待花
なかしとも思はせにけり春の日も花をまちけるこゝろいられに（存疑）（〇一三）
初花
よそハまたそれともなきをこゝにまつかつさく花のをはつせの山（〇一四）
見花
見すてゝハ人《かへる》やハ　さきつ（ママ）ゝ月ハ花に日かけのよしうへるとも（〇一五）
花盛

」（一オ）

松もたてもみちもぬきにをりかへて山路ハ花のにしきなりけり（〇一六）

落　花

わかなくも思ひそめつゝさくをまちちるをうらむる花のハるかな（〇一七）

欵　冬

かはすなくあかたの井との底清く水にうつろふ山ふきの花（〇一八）

」（一ウ）

池　藤

咲かかる汀のまつをふくかせにさゝなミよするいけの藤か枝（〇一九）

暮　春

百とせをこてふにのミそ身をなしてうつゝにくるゝゆめのハるかな（〇二〇）

更　衣

昨日まてかさねし衣をぬきかへて今朝ハひとへのたもと涼しき（〇二一）

卯　花

をのつから手向やすらん神かきにしらゆふかけてさけるうの花（〇二二）

待郭公

このころと待しにせめてほとゝきすあり明のそらの一こゑもかな（〇二三）

聞郭公

みしかよのねさめもうれしねやちかくあかつきかけてなくほとゝきす（〇二四）

郭公稀

いつかたのさとにうつりてほとゝきす遠さかりゆく一聲のそら（〇二五）

古郷橘

すミ捨し里ハあれとも香はかりハむかしなからににほふたち花（〇二六）

早苗

ひまをなミせき入れし水にしめはへて秋や田の面の早苗とるらん（〇二七）

」（二オ）

五月雨

打かたすさとのたなハしミつこえてかよひや絶んさミたれのころ（〇二八）

鵜河

後のよのむくひもしらすう舟さす川せのなミの夕やミのそら（〇二九）

叢蛍

月にけす雨にともして草むらにすたく数あるほたるひのかけ（〇三〇）

夏草

打ミたれ露もしけりてなには江のあしのわか葉に風わたるなる（〇三一）

夕立

あらましくふりしハよそになる神の空もはれゆく夕たちの跡（〇三二）

杜蝉

うつる日のあつさしらせて茂りゆくもりの梢のせみのもろ聲（〇三三）
　夏　祓
涼しくも七瀬のなミにみそきしてくるゝもおしき六月のそら（〇三四）
　夏　月
ことわりと思ひなからも程もなくはや明かたのみしか夜の月（〇三五）
　早　秋
このねぬる朝けのくさハ昨日よりかはりてむすふ露のしら玉（〇三六）

　七　夕
くれたけの一夜も千代とあひおもふちきりやふかきほしあひのそら（〇三七）
　荻　風
打そよきなひきあひつゝ軒ちかき荻の上葉に秋風そふく（〇三八）
　萩　露
手折りてハかひやなからんさゝはきの露も色あるミやきのゝハら（〇三九）
　女郎花
ひとりのミ身をうらみつゝをくとみし露にもくねるをミなへしかな（〇四〇）
　夕　虫
誰かれにわけ行かせの野をひろミえらふにむしの庭そことなる（〇四一）

」（二ウ）

夜鹿
山ふかミつまこひすらしあくるまて夜ともになくさほしかの聲（〇四二）
初鴈
かへりしハきのふやけふとおもふてふ秋いつのまの初かりの聲（〇四三）
秋夕
うつりゆく秋のなかめのさひしきハそれともわかめゆふくれのそら（〇四四）
山月
名にしほふところハこゝと月かけもひかりやそふるをはすての山（〇四五）
」（三オ）
野月
秋ふくる野風を寒みちゝにをく露にくたけてやとる月影（〇四六）
江月
半天のかけハうかみてすみわたる入江のなミに月そしつめる（〇四七）
河月
なかめこし秋もいく田の河なミにうつりて月の影そなかるゝ（〇四八）
浦月
うつたへにかへらぬなミのかけそへて月をよせくる秋のうらなみ（〇四九）
籬菊

むらさきのゆかにハかりやもとむらんまかきの菊の花のゆふ露（〇五〇）

擣　衣

今はたの寒さやおなしもろこしのそのくにまても衣うつらん（〇五一）

晩　霧

そことしも見えこそわかね山のはのあり明いつくまよふうすきり（〇五二）

岡紅葉

はれくもる時雨のくもやかた岡の梢むら〳〵紅葉そむらん（〇五三）

庭紅葉

誰かさて植てミさらん花といひ紅葉もいまの庭のさくら木（〇五四）

」（三ウ）

九月盡

あふさかやつもる日数もくれてゆく秋をとゝむるせきもりハなし（〇五五）

初　冬

いつのまにうつりかハりてふく風の音もはけしく冬ハきぬらん（〇五六）

時　雨

空にしもさためなき世をしらせてやくもりミはれミしくれゆくらん（〇五七）

落　葉

ふきすさふみねのあらしにきそはれて麓の野邊にちる木の葉かな（〇五八）

朝　霜
さよ風になひきあひたるくれたけの葉わけにむすふ今朝のはつしも（〇五九）
寒　草
日にそへてしほれはてつるしら露のむすひかへたるしもの下草（〇六〇）
千　鳥
すミ馴しうらはやいと丶冴ぬらん行衛さためす千とりなくなり（〇六一）
水　鳥
いかなれハなミしつかなる朝なきにさはきたつらんあちのむら鳥（〇六二）
氷初結
今朝よりハ音もきこえすたきつ瀬の流たえ〳〵こほりそめけり（〇六三）
冬　月
半天のくも丶さえつ丶冬のよのしらむやミねの有明の月（〇六四）
鷹　狩
つかれつ丶かへらんとすれハ暮か丶るかりはの末に雉子なくなり（〇六五）
野　霰
夕まくれさゆるあかまのやま風にあられ打ちるいなの笹はら（〇六六）
浅　雪

」（四オ）

山たかミ梢ハかせのはらひつゝふりてむら〳〵ふれるしらゆき（〇六七）

積　雪

立ならふ枝もたはゝにつもれとも下おれしらぬ雪のしらかし（〇六八）

閑中雪

しつかなる竹のはやしの奥ふかく道もなきまて雪ふりにけり（〇六九）

歳　暮

おしめとも光りのかけのいる天《（ママ）》よりはやくもとしのくれにけるかな（〇七〇）

寄月戀

まちわふるよ半のうらみのなミた川うき瀬にやとる月もはつかし（〇七一）

寄雲戀

よその《（ママ）》にみたれかハしらんうきくもの立居にふかきおもひありとは（〇七二）

寄露戀

たのめてし人のこゝろのうつろひてむすふかひなき露のことの葉（〇七三）

寄雨戀

いかなれはこゝろの雲のはれやらて身をしるあめにそてぬらすらん（〇七四）

寄風戀

よしや身ハへたてはつともふしかせのたよりすくさてせめてとへかし（〇七五）

」（四ウ）

寄山戀
あふよはもうらみをいひていもとせのやまぬおもひのちきりいつまて（〇七六）
寄関戀
行かへりかよふこゝろもわれのミとおもふ人目の関もりそうき（〇七七）
寄海戀
戀すてふ身ハうらミのみしかのあまのあまりにそてのしほれゆくかな（〇七八）
寄原戀
いつよりか思ひそめけんくさのはらかはかすむすふ露をなミたよ（〇七九）
寄橘戀
さすか猶たえぬや天のうきはしのかけにしまゝのちきりならまし（〇八〇）
寄木戀
あたにたつ名とりの川のうもれ木ハおもひのなミのかけぬ日もなし（〇八一）
寄草戀
思ひありとよそにハ見えし軒の草の忍につたふそてのしら露（〇八二）
寄鳥戀
しはし猶こゝろしつめよ鳥か《（マヽ）》ねのわかれをいそくしのゝめのそら（〇八三）
寄虫戀

」（五オ）

おもハしとおもひはて丶もわれからにもにすむ虫のうらミをそする（〇八四）

寄獣戀

わかれゆく人のこゝろのあらたまを引とゝむへきたよりもそなき（〇八五）

寄玉戀

日にそへてしほれはてつゝしら玉をくたくハそてのなミたならすや（〇八六）

寄鏡戀

見ても猶つらきおもひのますかゝミはれぬ行衛のとをしれ□□（二字分空白）心の（〇八七）

寄枕戀

かけすてしそのしら（ミセケチ）ことの葉もしら露の名こりはかなき草の手枕（〇八八）

寄衣戀

むら玉のよをかさねても夏ころもうすきちきりの中そわりなき（〇八九）

寄糸戀

絶すのミおもひミたれてかた糸のなとあひかたき身とハなりけん（〇九〇）

」（五ウ）

浦　松

そのかミにたれかうへけんすみよしの浦はをとをミつゝくまつハら（〇九一）

窓　竹

おくふかくすミなすまとりおきふしハ竹そめくりの宿のしつけさ（〇九二）

山家嵐
いつまてのすミ家ならまし山水やあらしの音をたよりにハして（〇九三）
田　家
もりわふる田面の庵の隙をあらみ衣にさむきあきのゆふかせ（〇九四）
古　郷
むすひをくかきねも軒もかたはかりある丶をま丶の露のふる里（〇九五）
海　路
馴きてもいくよとまりのなミまくらむすひかねたる夢のかよひ路（〇九六）
羇　旅
けふいくか分明野（ママ）へにさきミたれ道をまたけの秋の花草（〇九七）
述　懐
をろかなる身ハいかにしてしきしまの道しる人のあとをたつねん（〇九八）
神　祇
□（虫損表示）にさしの世丶のめくみを天つかミ國つかミにも猶やいのらん（〇九九）
祝　言
かそへてもかそへつくさし君かへんちよ万代の行すゑのそら（一〇〇）

」（六オ）

永禄　十　三三　ヨリ御着到

立　春

天の戸のあくるかたよりいつる日の光りのとかに春やたつらん（一〇一）

山　霞

あつさゆミはるといふよりつくはやまこのもかのもにたつ霞かな（一〇二）

竹　鶯

打はふりおのかねくらとなよたけに馴つゝきなくうくひすの聲（一〇三）

野若菜

打むれて生田のをのゝわかなつミねせりつミつゝはへるさと人（一〇四）

春　雪

久かたのそらさしかえりけぬかうへに又ふりつもる春のあはゆき（一〇五）

行路梅

そのかみにたれかうへけんたまほこの道のかたへに匂ふうめか香（一〇六）

梅　風

あけかたのまくらをちかみふくかせのこそのひま〳〵梅か香そする（一〇七）

柳　露

かよひくる風をすかたにむすほゝれ露をもけなる青柳のいと（一〇八）

」（六ウ）

春　雨

暮初るのきはにすかく青木（衍字カ）さゝかにのいとさひしくも春雨そふる（一〇九）

帰鴈幽

まてしはし花のミやこをよそにのミかへるこし路の天つかりかね（一一〇）

春　月

雲けふり立消つゝもしほかまのうらはの月のいかにかすめる（一一一）

寄雲花

なへてはやさくかとミれハ山のはにたえすたなひく花のしらくも（一一二）

霞隔花

春ことのならひ成ともさくころの花にハしるしかすますもかな（一一三）

」（七オ）

雨中花

をくと見し露も匂ひて春のあめにかつ咲そむる花の夕はへ（一一四）

風前花

花をこそよし春風のちらすとも香をはしハしものこしてしかな（一一五）

花如雪

白妙のゆきかと見えてさゝなミやしかの花その咲ものこらす（一一六）

苗　代

賤の子の袖たちつゝきいとまなミ水せきいるゝ小田のなハしろ（一一七）

岸欵冬

なかれての名もきよたきの河きしに影をうつして咲る山ふき（一一八）

松　藤

夕霧のうすむらさきに咲かけて松のこすゑににほふ藤か枝（一一九）

三月盡

くりかへしそらにしあそふ糸ゆふのいとなかき日の春もくれ行（一二〇）

更　衣

今朝ハはや花染ならぬたもとをも世の人なミにぬきそかへぬる（一二一）

河卯花

月かけのさすかとミれはうの花のさきてうつろふ井手のたま川（一二二）

」（七ウ）

初郭公

なく聲をたれもきけとてあし引の山路をいつる初ほとゝきす（一二三）

郭公遍

またきより里なれきつゝかへるにハしかしと鳥の聲のミのする（一二四）

盧　橘

種とりしとこよのくにのとことはに時もたかへすにほふたち花（一二五）

簷菖蒲
雨露のふるき軒はもけふといへハよもきましりにあやめふくなり（一一二六）
早　苗
ゆきかへり袖もかすそひ里の子や小田の早苗をけふもとるらん（一一二七）
五月雨
行やらす日数ふりぬるさミたれにたななし小舟波にたゝよふ（一一二八）
夏　月
なつのよハ待にほとなくふけはてゝ山のはいつる月のあり明（一一二九）
夏草滋
をのつからかる人なしにしけりつゝ砌にふかきつゆの草むら（一一三〇）
蚊遣火
みしか夜もあかしやかぬる下もゝにふすふるさとのしつかかやり火（一一三一）
窓　蛍
徒になかめくらせるまとのうちをいかにともしてほたるとふらん（一一三二）
夕　立
今までにふるかにミれハ山遠ミ夕立さそふかせのうき雲（一一三三）
納　涼

」（八オ）

たつねつゝこゝ井のもりのかけにきてしはし凉しく立そやすらふ（一三四）

六月祓

かも川やなミのしらゆふかけまくもかしこき御代のミそきするなり（一三五）

早　秋

岡の邊の露もミたれてくすの葉のうらふきかへす今朝のはつ風（一三六）

七夕契

ひこほしやこよひわたりてかさゝきのはしをためしにちきりをくらん（一三七）

深夜荻

むは玉の夜はのまくらに音つれてね覚もよほす荻のうは風（一三八）

水邊萩

一すちの野澤のミつにかけ見えて色ハなかれぬ秋はきの花（一三九）

薄似袖

秋の野にたれをまつらん月に出てまねく尾花の袖のゆふ風（一四〇）

原　虫

霞ふかきあへのゝはらにすたきつゝ草のむら〳〵松むしの鳴（一四一）

暁　鹿

さらぬたにものすさましき暁のまくらにちかきさほしかの聲（一四二）

」（八ウ）

雲端鴈
このころの秋やちきりし初かりのミなみにいそく雲のかよひ路（一四三）
秋　夕
入相のかねもやゝはた身にしみてあはれうき世を秋の夕くれ（一四四）
駒　迎
引つれて君か御綱もあふさかの山路をいつる望月のこま（一四五）
峯　月
空にまつひかりミせつ（存疑）ゝミねたかミいつるにをそきいさよひの月（一四六）
関　月
こゝろとめてたれかミさらん秋風にくまなき月のしら川のせき（一四七）
杜　月
いとはやも色つくもりのしら露にひかりそひたる誰かれの月（一四八）
磯　月
やとしてもミるかひそなきよるなミのあらき磯邊の秋の夜の月（一四九）
潟　月
半天の月をやとしてなるミかたみちくる塩に影そうつらふ（一五〇）
朝　霧

」（九オ）

いつのまにゆふへのかすミ立消て秋きりまよふ明ほの丶そら（一五一）

擣　衣

そら寒みあさの衣をうつつちの千たひ八千たひ音しきるなり（一五二）

山紅葉

花を又あきのもミちにたちかへて龍田の山ハにしきをりけり（一五三）

瀧紅葉

紅葉はのかつちり浸てたき川のなかれも千丶の色にことなる（一五四）

暮　秋

おしめともこころもたかハすいつちとかのこして秋のくれて行らん（一五五）

時雨過

空ハまた時雨のくものはれやらてひかりもりすき夕附日かな（一五六）

落葉深

ふゆ深くなり行ま丶にふるさとの道もなきまて木の葉ちりけり（一五七）

浅　菊

あかすみし秋のかたミにうつろひてまかきにのこるしら菊の花（一五八）

寒草霜

打なひき小野のあさちふかれやらて深くもむすふ朝ことのしも（一五九）

」（九ウ）

湊　氷

さえさゆるよさのミなとのさよかせに渚のなミのかつそこほれる（一六〇）

冬　月

冬こもる柴のとほそのくちはて〻軒もる月のかけのさむけさ（一六一）

杜　葦

をのつからかる人なしに霜にかれ霜にかれたつあしのむら〱（一六二）

浦千鳥

もしほやくすまのうらはの濱風に夕なミ千とり立さはきなく（一六三）

池水鳥

池水やのこるなミなくこほるらんみきはあらそふをしかもの聲（一六四）

篠　霰

風ませにあられ□（虫損表示）ち〻りあさな〱かしけ立たる野路の篠原（一六五）

夕鷹狩

はし鷹の水居にしはし行やらておなしかたのにけふもくらしつ（一六六）

里　雪

いと寒きすま居よいかにふりまよふ雪にくれゆく山もとの里（一六七）

」（十オ）

庭　雪

玉たれのみすまきあけて庭の面にしはしなかむる今朝のしらゆき（一六八）

炭　竈

真柴たくけふりハくもに立そひてしるへよいかにミねの炭かま（一六九）

惜歳暮

程もなくおしむ月日もたつ市やいそかしたてゝ年そ暮ゆく（一七〇）

初　戀

玉たれのひまもれそめし面かけハ夢かうつゝかさためかねぬる（一七一）

忍　戀

あたにのミ色にハ出しわかそてのふかきなミたによし朽ぬとも（一七二）

不逢戀

うきめのミみしまのうらのうつせ貝あはてほとふる思ひとをしれ（一七三）

祈　戀

ちかひ猶たゝすの神にゆふしてのかけていのらハあはさらめやは（一七四）

尋　戀

ありともと思ふこゝろのはてしなくいつをかきりに猶たつねまし（一七五）

聞　戀

あつまやのおくものふかきつま琴のしらへゆかしく□□（虫損表示）そうかるゝ（一七六）

」（十ウ）

見　戀
よそにのミそれとハ見えて花かたみめならふ人のなとかつれなき（一七七）
契　戀
あはれミのちきりしまゝのかねことハ後の世までも末たかふなよ（一七八）
待　戀
しるやいかにまつにこの夜もあり明のつきぬうらミに猶しつむとハ（一七九）
逢　戀
玉さかにあひミるときハかこたんとおもふものからことの葉もなし（一八〇）
後朝戀
はらハしなをく朝つゆも衣々の名こりしはしの袖の匂ひも（一八一）
顕　戀
戀そめし色に出つゝハしきしの千つかに物をおもふころかな（一八二）
偽　戀
あハれいかになにたのミけん偽のこと葉の末のつらきこゝろを（一八三）
変　戀
おもひきや人のこゝろの一夜にもかハるふち瀬のならひありとハ（一八四）
稀　戀
七夕のためしもあれと人はなとちきりをきてもまれにあふらん（一八五）

」（十一オ）

久　戀

いつ迄か猶つらからん色ミせぬこゝろの松のミさほつくりと（一八六）

被猒戀

いかなれハなけの情のそのまゝにいとはれはつる中となりけん（一八七）

被忘戀

いかにせんたのむかひなく忘れ草わすらるゝ身の露のかことを（一八八）

絶　戀

うはへなく契りし事も絶はてゝ何をよすかにかゝる玉の緒（一八九）

恨　戀

うらみわひ思ひをのミも志賀の浦のあまちに袖のしほれ行かな（一九〇）

祢覚鶏

関の戸を過こし夜はの寐さめして八こゑのとりにをとろかれけり（一九一）

古寺鐘

あかつきのかねもきこえて行の（ママ）猶をこたらぬミねのふる寺（一九二）

名所松

あしたつにちきりやをかんおほとものミつの濱への松の千とせを（一九三）

山　家

」（十一ウ）

世間のうさものこらし身をすてゝ思ひ入るさの山のかくれ家（一九四）

田　家

草かきの露もミたれてあれまさる田つらのいほに秋風そふく（一九五）

羇中衣

ミやこ出ていく日なるらし野へをわけ山わけころも露にしほれて（一九六）

旅泊夢

ほとゝきすこよひあかしのとまりふねさむるまくらのゆめの一聲（一九七）

思往事

夢とのミうつりかハりていそつらに過しむかしを猶したふかな（一九八）

述　懐

をろかなる身なからも猶あさゆふにいともつかへんことをしそ思ふ（一九九）

祝　言

君ならて八峯の椿八千とせのその春秋は誰かかそへん（二〇〇）

永禄　十一　三三　ヨリ於禁裏御着到

立春風

久かたのそらめつらしく朝かせもはや吹かへて春やたつらん（二〇一）

霞始聳
」（十二オ）
野邊霞
田若菜
巌残雪

春　月

影かすむ月や
」（十二ウ）
梅か香春のかせ《空》
有明に《月にけさ》うくひす
むせふ朝《霧間》かな

花《問人之代》

さきつきて花そ
」（十三オ）
常磐木千世の春
青柳にうへなす
花の錦かな

」（十三ウ）

大正参年十月三日発見

言　継　卿　真　跡

秘蔵スヘキモノ也

」（後見返付箋）

初出一覧

序論―室町戦国期の公家社会と文事　書き下ろし

Ⅰ　室町戦国期の菅原家―人と文事

一　室町戦国期の菅原家　書き下ろし

二　主要人物伝　書き下ろし

三　十五世紀中葉の願文制作と儒家　初出…『国学院雑誌』第一〇五巻第一二号（平成十六年十二月）

四　京都大学附属図書館所蔵『泰山府君都状』―翻刻と解題―　初出…福田晃他編『唱導文学研究』第七集（三弥井書店、平成二十一年五月）

Ⅱ　東坊城和長の文事

一　東坊城和長の文筆活動　初出…『国語と国文学』第八二巻第六号（平成十七年六月）

二　戦国初期の紀伝道と口伝・故実　初出…原題「貴族のフォークロア―室町期の紀伝道を中心に―」『国文学解釈と観賞』第七三巻第八号（平成二十年八月）

三　室町後期紀伝儒の祭文故実について　初出…原題「室町後期紀伝儒の祭文故実について―東坊城和長を中心に―」『国語国文』第七五巻第八号（平成十八年八月）

四　室町期における勧進帳の本文構成―明応五年醍醐寺勧進帳をめぐって―」初出…『国語と国文学』第八四巻第三号（平成十九年三月）

五　『和長卿記』小考　書き下ろし

Ⅲ　戦国期前後の言談・文事

一　『看聞日記』における伝聞記事　初出…『伝承文学研究』第五〇号（平成十二年五月）
二　ものとしての天変—『看聞日記』の一語彙の解釈をめぐって—　初出…『世間話研究』第10号（平成十二年十月）
三　中世勧進帳をめぐる一、二の問題　初出…『芸能文化史』第一六号（平成十年三月）
【付録】中世勧進帳年表　初出…『芸能文化史』第一八号（平成十二年三月）
四　三条西実隆の勧進帳製作の背景　初出…『日本文学論究』第六三冊（平成十六年三月）
五　山科言継と連歌　初出…『芸能文化史』第二四号（平成十九年十月）
【翻刻】山科言継自筆『発句』　初出…『芸能文化史』第23号（平成十八年七月）
六　【翻刻】東京大学史料編纂所所蔵『山科言継歌集』　初出…『研究と資料』第五一輯（平成十六年七月）

あとがき

本書は『室町戦国期の文芸とその展開』（三弥井書店、平成二十二年）の姉妹編として編んだ。前著が物語草子の成立やその受容の問題を扱ったのに対して、本書は文書記録作成や故実の問題を扱っている。極端な表現をすれば、室町戦国期の〈文芸＝遊び〉と〈文事＝学び〉の文化史の論文集として捉えてもらいたいと思っている。

中世から近世にかけての公家文化の研究は、従来、和歌、連歌、古典学、管絃、蹴鞠などが中心であった。いわばハレの場における活動の研究である。その一方で日々の職務や行事の中で常に必要とされる文章については、その役割の大きさの反面、軽視されてきたといってよいだろう。しかしその重要性は公家の学問・教養が直接的に反映される点で看過できるものではない。また近年、東アジア文化の観点から日本漢文学を見直す動向がみられる。その流れの中で室町戦国期の文章を取り上げた本書は五山文化や幕府の貿易に偏りがちな明代中国史との文化交流をバランスよく俯瞰する上でも意義があるのではないかと思う。

文学史の上からしても同様で、室町戦国期の文章といえば、戦前から五山文学が主流であって今日もそれは変わらない。だがそれらの新しい趣向の文学ばかりが当時の文章ではなく、旧来の文章表現を維持しながら新しい創作を続けた勢力もあったわけである。それが文章道であり、その活動に正当な評価をすることで室町戦国期の文章の大枠を描くことができるだろう。

室町戦国期の公家社会の文筆活動の実態とその背景を解明することが本書の目的である。文学的営為のみならず、日々の政務や恒例行事に用いられる文章は単なる事務書類として理解されるべきではない。そこには古来、詩文の形式や四六駢儷体に代表されるようなレトリックが応用されてきたのだった。それらを作成する素養と同時に文学的営為の素養と共通の基盤の上に立っている。具体的な活動を見ていくことで公家の文筆活動の意義を明らかにしたいという関心のもと、書き綴ってきた。

公家の中でも紀伝道、すなわち文章道の中核を担ったのが菅原家であった。古代律令制の確立以来、菅原家は代々文章博士を輩出してきた。その後、家が複数に分岐し、家ごとに役割を分担しながら近世まで展開していく。朝廷の博士の家として、従来、陰陽道・明経道が解明されてきたが、しかし一方で紀伝道は相応の評価がされて来ずに今日に至っている。それは書籍のかたちで知識や思想の体系化を図ってこなかったこと、開放的な講釈活動を行ってこなかったことに主たる要因があるだろう。本書ではその活動実態を、記録や文書等の収集・分析を通して把握しようとした。ついで大枠として菅原家の展開を明らかにし、さらに室町戦国期の活動実態を解明しようと試みている。中でも朝廷の経済力や求心力が衰微した時期に知識（有職故実）をいかに継承したのかという問題に重点を置いたつもりである。中世における文字社会での知識の伝承実態を見ることは現代社会の知識の蓄積と継承を考える上でも参考になるだろう。また、当該期の文筆活動を俯瞰し、その上で和歌や連歌といった文学活動を位置づけており、文学史的叙述の新しい試みとしても意義があると考える。

実のところ、当初は東坊城和長に関する論文と資料に限った著作を構想していた（『東坊城和長―研究と資料―（仮）』）。ただそれでは前著と一対にならないし、また私個人の能力として、いまだ行き届かない領域が多いから、本書にみられるように室町戦国期全般を扱うかたちにした次第である。

和長に関しては、文書・記録・短冊を含め、いずれその文筆活動を網羅したいものと願っている。その一貫として、『和長卿記』の校本作成を行っていたが、現在、残念ながら中断している。しかし本書刊行を機に改めて世に出したいという気持ちが湧いてきた。善本を見極めるべく、しばらく諸本調査をしていかなくてはならないわけだが、一応、叩き台になる程度の仮翻刻はできている。とはいえ、所詮、大学の非常勤講師風情の調査研究活動である。毎月ギリギリの生活の中でわずかな研究費を捻出しているような状態だから、遠地の伝本調査など容易にできるものではない。したがって第Ⅱ章第五節で提示した伝本一覧の脱漏があればご教示いただきたく、さらに関東地方以外にある伝本については書誌情報なども教えていただければ幸いの極みである。

そうした状態だから、今回、出版補助金をいただけたこと、また需要の見込まれない領域ながらも論文集を出していただけたことは幸運というほかない。感謝の気持ちでいっぱいである。

本書は独立行政法人日本学術振興会の平成二十三年度科学研究費補助金（研究成果公開促進費）の交付を受けて刊行したものである。

最後になったが、数々のご教示をくださった中でも、徳田和夫先生、武井和人先生には直接的にご指導いただいた。また本書出版にあたり、三弥井書店の吉田智恵氏には叱咤激励していただいた。深く感謝する次第である。

索　引

原則として本文中の語句のみ取り、引用文、注、表、図中の語句は省略した。

あ

い

う

え

お

き

く

け

こ

さ

し

な

に

ね

の

は

ひ

ふ

へ

ほ

ま

み

む

め

も

や

ゆ

著者略歴

伊藤　慎吾（いとう　しんご）

昭和47年生まれ
平成７年　國學院大学卒
平成13年　國學院大学大学院博士課程　単位取得退学。
平成20年　埼玉大学で博士号（学術）取得。
現在、恵泉女学園大学、國學院大学等非常勤講師。
著書　『室町戦国期の文芸とその展開』（三弥井書店、平成22年２月）。
共著　『仮名草子集成』第47巻（東京堂出版、平成23年６月）など。
最近の論文　「説話文学の中の妖怪」（小松和彦編『妖怪学の基礎知識』角川学芸出版、平成23年４月）、「『勧学院物語』の社会とキャラクター造形―高貴な雀の物語」（鈴木健一編『鳥獣虫魚の文学史』鳥の巻、三弥井書店、平成23年８月）など。
HP：http://narazuke.ichiya-boshi.net/

室町戦国期の公家社会と文事

平成24年２月10日　初版発行

定価はカバーに表示してあります。

©著　者　伊藤慎吾
発行者　吉田栄治
発行所　株式会社 三弥井書店
〒108-0073東京都港区三田3-2-39
電話03-3452-8069
振替00190-8-21125

ISBN978-4-8382-3218-5 C1095　印刷　ぷりんてぃあ第二